Fuochi Feltrinelli

Giovanni Floris

# La prima regola degli Shardana

Prima edizione in "Fuochi" gennaio 2016

Stampa Grafica Veneta S.p.A. di Trebaseleghe - PD

ISBN 978-88-07-07043-3

*A Tavolara.*
*E a Gato, che ha la fortuna*
*di giocarci davanti*

*Time may change me*
*But I can't trace time*

David Bowie

# NÙORO, 15 LUGLIO, ORE 21.48

La cosa più strana è che vedendosi poggiare il coltello sulla gola Giuseppe pensa: Da quant'è che non lo avranno lavato?

Guarda la lama, da vicino. Si scambia un'occhiata con Raffaele e con Sandro. Non sa dire chi dei due lo abbia messo nei guai. Le responsabilità questa volta sono indefinibili, senza confini netti. Tanto che gran parte sente di averne lui stesso.

Come dicono da queste parti? *Caddu lanzu, musca meda.* Al cavallo magro molte mosche. Significa che al povero vanno le disgrazie, significa che quanto più uno è messo male, tanto più tutto gli precipita intorno. E se pensa a Raffaele e Sandro il concetto non fa una grinza.

Ma lui non è messo male. Lui è Giuseppe Rodàri, cazzo.

E qui in Sardegna... Dopo tante traversie, non si era messo finalmente tutto a girare per il verso giusto?

Fino a cinque minuti fa, avrebbe detto di sì.

Omar Di Rocco probabilmente è il peggiore dei Di Rocco. Il più cattivo. Quello che a stare con un coltello in mano dentro questi spogliatoi che puzzano di piscio ci gode.

Qui dentro ormai faranno cinquanta gradi.

Da fuori la folla continua a ritmare: "In-fer-ru, In-ferru, In-fer-ru...".

"Aspettano voi, signorine," sillaba Omar nella sua inconfondibile parlata slavo-romana. "Avete quarantacinque minuti per farci godere. Non ci deludete, campioni. Fatelo capire a quei disperati che giocano con voi. Specialmente ai due negri. Spiegategli che dovete uscirne con le ossa rotte. Sempre meglio che con la gola aperta, no?"

E mima l'atto muovendo in orizzontale la lama del coltello davanti al collo di Giuseppe. Senza toccarlo. Per ora.

Giuseppe chiude gli occhi e deglutisce, come se fosse l'ultima volta che può togliersi il gusto di farlo. Che poi, in realtà, non riesce a pensare ad altro: Quel coltello andrebbe disinfettato prima dell'uso.

Raffaele e Sandro sono come paralizzati. Osservano, ma non riescono a proferire parola.

Michela apre la porta dello spogliatoio di botto: "Ragazzi, si va? Dai che vi stanno aspettando!".

Giuseppe sente come un soffio di vento. Omar è scomparso. Si gira, lo cerca con lo sguardo, lo trova nello spazio docce, invisibile a Michela. Il gigante si porta l'indice sulle labbra, come a dire: "Silenzio!".

"Be', che c'è?" chiede impaziente la ragazza. "Non sarete stanchi? C'è una partita da vincere, ragazzi!"

I suoi begli occhi verdi brillano.

I tre uomini si guardano.

C'è una partita. Da vincere?

Nessuno dice una parola.

È il momento di tornare in campo.

# ROMA, DUE MESI PRIMA

# 1.

Un angelo. Gol sotto al sette, di testa, girata in tuffo. Il cross arriva teso, da calcio d'angolo. Giuseppe sente il pallone che lo chiama a sé. Gli corre incontro. Con la coda dell'occhio guarda velocemente alla sua sinistra, inquadrando lo specchio della porta libero tra il portiere e il palo. Poi (ma è questione di una frazione di secondo) si concentra sul pallone, salta e... bam! Impatto secco e la sfera vola a 100 all'ora (almeno) sotto l'incrocio dei pali. Portiere incolpevole, arbitro che fischia il gol, Giuseppe che plana a terra.

Sulla panza.

Lo stadio esplode, i compagni di squadra increduli gli si lanciano addosso, festeggiando l'insperato 2 a 2.

Al novantesimo. L'arbitro fischia tre volte, è finita.

E non è un sogno.

Certo, non è la Champions: è il torneo dei padri. Giuseppe gioca con i "padri dei 2005", e gli avversari sono i temuti "padri dei 2007". Ma cazzo... un gol così non lo faceva da quasi trent'anni.

Esce dal campo a braccia alzate, cantando inni di vittoria e guardando verso gli spalti, dove ci sono moglie e figli.

Un mito.

Dopo un gol così, pensa, ha risolto il rapporto con la discendenza per i prossimi cinque o sei anni. Arriva negli spogliatoi, si siede sulla panca. Canta e festeggia con gli altri. Poi fa per alzarsi, e sente come una lama dietro la schiena.

Bloccato.

Il colpo della strega.

Prova a non dare nell'occhio, continua a cantare ed esultare, ma i muscoli del viso sono troppo contratti. Un compagno di squadra lo nota, lo accompagna a braccia fuori dallo spogliatoio. Lo consegna alla moglie.

"Grazie tante, ci penso io," sorride lei. "E complimenti per la vittoria! Andiamo, caro. " Anna, la moglie di Giuseppe, è una donna alta, con i capelli castani, che dimostra dieci anni meno della sua età. Non perché si faccia tirare, anche se potrebbe, ma perché le uniche rughe sono quelle d'espressione attorno agli occhi, che le regalano un'aria scanzonata da ragazzina.

Giuseppe, stasera, non è in condizioni di apprezzarla.

"Hai visto che gol?" riesce a gracchiare tra una fitta e l'altra.

"Fantastico, caro. Vero, ragazzi?" Gli passa un braccio dietro la schiena e lo trascina fuori come un sacco di indifferenziata, mentre i figli annuiscono e portano la borsa (in realtà non lo hanno visto, giocavano col telefonino del più grande). Giuseppe si lascia incastonare nel sedile dell'auto.

E immobilizzato dalla cintura di sicurezza, mentre comincia a piovere e i tergicristalli portano via l'acqua dal vetro, mentre i ragazzini dietro ridono e scherzano litigandosi lo smartphone, mentre la moglie preoccupata gli domanda come va la schiena, lui pensa: Un angelo, cazzo. Un angelo. E chi s'addormenta stanotte.

# 2.

Raffaele saluta padre e madre sulla porta del suo ufficio. La parola *ufficio* va intesa in senso lato perché, non svolgendo Raffaele alcuna attività, nessuno sa a cosa servano quei locali vicino piazza Fiume, un appartamento-studio che divide con un avvocato sulla cinquantina e un giovane psicologo. L'avvocato è un suo amico da sempre, Sandro Parisi. Sandro è quello che a Roma viene comunemente definito un "parafangaro", campa di piccoli incidenti d'auto e porta a casa la giornata impapocchiando truffe alle assicurazioni, rimediando certificati medici per furbetti che si sono fatti tamponare.

Per lo psicologo Claudio Becchetti non ci sono parole. I muri dell'appartamento di piazza Fiume sono sottili, e Raffaele sente tutto. Riesce a visualizzarlo, ciuffo trasandato, barbetta finto-incolta, mentre snocciola ai suoi pazienti una cazzata dopo l'altra, oppure si frega la paziente del venerdì. Michela, la sorella di Sandro, che svolge (malpagata, quando riescono, e comunque in contanti) funzioni di segretaria per i tre "professionisti" in co-working, giura che prima o poi entrerà a interrompere annunciando che a sorpresa è arrivato a prenderla il marito.

Considerando che è venerdì, e la paziente è appena arrivata, Michela capisce perché Raffaele sia così ansioso di accompagnare alla porta i genitori, che sono venuti a trovarlo. Strano, perché difficilmente si muovono dalla Sardegna, di questi tempi. Da dietro la sua scrivania in anticamera, Michela guarda Raffaele sistemare l'impermeabile sulle spalle della madre, che si trascina appoggiandosi a un bastone col manico argentato.

"Copriti, ma', che c'è un po' di vento."

Che bravo figlio, però, pensa la ragazza intenerita. E che bravo padre; pensare che gli è toccata in sorte quell'ingrata di una figlia che si fa pagare la bella vita a New York.

"Buonasera, signora," Michela si alza e tende la mano. Il volto di Iole si apre in un sorriso radioso, quasi che l'abbagliante verde degli occhi di Michela bastasse a scacciare la nuvola che qualche ora prima, durante un pranzo a dir poco teso, le ha piazzato sul capo il torvo sguardo della nuora.

"Ciao bella mia, e tanti saluti anche a tuo fratello!" risponde.

"Gli dispiacerà non avervi salutato, signora. Ora Sandro è dal giudice di pace," riferisce gentile Michela. "State bene, tutti e due, mi raccomando!" aggiunge includendo nell'auspicio anche Pietro, il padre di Raffaele, un signore piccolo e magro, ma solido. Lui la guarda e la valuta. Come fa sempre. Un lampo in quelle pupille nere e inquiete. Se la studia, ancora una volta. Dopo quel che gli ha combinato Raffaele sposando *sa bagascia*, ce ne vuole prima che si fidi di una donna che ronza intorno a suo figlio. Perché Pietro, questo bisogna riconoscerglielo, sta sempre un passo avanti.

"Però... Bella è bella..." bisbiglia udibilissimo a Raffaele, a mezza bocca. Il figlio avvampa, fissa le mattonelle biancastre del pavimento, farfuglia.

"Ma smettila, babbo..."

Michela. La sorellina di Sandro, il suo compagno del liceo. Quando loro si facevano le canne, lei si faceva gli omogeneizzati. Cosa potrebbe trovarci, in lui, una di quindici anni più giovane?

Nell'ufficio dello psicologo la cliente del venerdì comincia i suoi mugolii, e Raffaele si affretta a sospingere fuori i suoi, salutandoli di nuovo, ad alta voce, in modo da coprire i suoni cadenzati della terapia. Mentre varcano la soglia, oltre la quale campeggiano le tre improbabili targhe dei professionisti (ma forse la sua vince l'Oscar dell'ottimismo ingiustificato con quel *Ventura DSB - Drinks, Sport & Business* dorato), gli si stringe un groppo in gola.

"Grazie babbo, grazie anche a te, mamma... Vedrete... Vedrete che non vi pentirete di avermi dato fiducia."

Pietro Ventura si allaccia con attenzione la giacca di panno. È un amministratore di condomini in pensione, ma prima di venire a vivere a Roma, dove ha messo al mondo Raffaele, viveva in Sardegna. Lì è nato, lì ha passato con la famiglia tutte le vacanze della sua vita, e lì è tornato ad abitare con sua moglie da quando non lavora più. Roma gli piace, tutto sommato, ma più passa il tempo meno la sente sua. Conosce poche persone, con la famiglia della nuora certo non si prende, e poi, in fondo, alla capitale non si è mai abituato. La considera un luogo freddo, figuriamoci. Da cui la giacca di panno a maggio. Nel natio paesino di Prantixedda Inferru, nel cuore della Sardegna, lì sì che il sole cuoce e il vento leviga tutto, anche i pensieri.

Pietro è alto sì e no 1,65 e per prendere tra le mani il volto di Raffaele deve alzare le braccia, ma le sue dita sono dure e forti. L'eterno sorriso tagliato che gli segna il volto, di botto, si distende. E con quella capacità innata che ha di passare in un fulmine dallo scherzo alle cose serie guarda il figlio dritto negli occhi, lo bacia su entrambe le guance, e lo saluta dicendogli: "*Tèntalu. Sas cosas bellas sunt sas pius difficiles*". Provaci. Le cose belle sono le più difficili. Poi offre il braccio alla signora Iole, risistema le labbra in posizione sarcasmo, lancia a Michela quello che per i suoi standard è uno sguardo benevolo e si avvia piano piano giù per le scale.

Raffaele resta a fissarli dalla porta, e a Michela che lo osserva di sottecchi sembra proprio di veder scendere una lacrima. Ma perché mai Raffaele dovrebbe piangere? I suoi non diventano certo più giovani, ma sembra stiano bene.

Eppure, quando lui si volta verso di lei con un sorriso tirato, ha gli occhi lucidi. Non si è sbagliata.

"Raffa..." comincia, pensando che forse questa è la giornata giusta per strappargli un aperitivo alla vineria all'angolo. Ma lui è già rientrato nel suo "ufficio" e si è chiuso la porta alle spalle.

Michela sospira e torna a chinarsi su conti che, comunque li si guardi, danno sempre somma negativa.

Raffaele si siede dietro alla scrivania, ci mette i piedi sopra, e guarda fuori dalla finestra. I due vecchietti stanno attraversando la strada, Iole si appoggia a Pietro, il ginocchio le dà più fastidio del solito. Suo marito sostiene che è il clima umido della capitale. Fuori ci sono ventisette gradi, ma vallo a spiegare a un nativo di Prantixedda Inferru.

Raffaele guarda la pila di documenti davanti a sé, che i suoi hanno firmato in mattinata alla presenza del notaio. Si sente un po' l'Alberto Sordi del *Vedovo*, un po' il Franco Fabrizi dei *Vitelloni*. Gli rimane quel tanto di senso critico che gli consente di vedersi dall'esterno. Un quasi cinquantenne fallito che tenta il colpo della disperazione poggiandosi sulle spalle degli anziani genitori. Da un passato remoto gli echeggia in testa un avvertimento quasi dimenticato.

*Ricorda, Raffaele... La prima regola degli Shardana... non perdona...*

Digrigna i denti, come se avesse buttato giù qualcosa di alcolico, e scaccia quella voce scuotendo la testa, come per farla uscire dalle orecchie a forza.

Chi può chiamare? Sua moglie Rosy? Neanche a parlarne.

La loro figlia, in America? Sarà al corso di yoga, o di hip hop, o a farsi un aperitivo in un locale di Tribeca con qualche professionista di Vigna Clara in vacanza. Tipico anche della madre: andare a vivere dall'altra parte dell'oceano per frequentare gli stessi che potresti incontrare – e dovresti sperare di non incontrare – sotto casa.

Distrattamente, apre la home page della sua banca. Il sistema fa i capricci. Forse cerca di impedirgli di accedere al suo conto per ragioni di salute. Forse lo hanno bandito dall'elenco dei clienti. Forse il mondo sta per esplodere e lui si salva.

Mentre insiste ignorando i "Riprovi più tardi" piuttosto chiari del sito, il suo amico in co-working, l'avvocato Sandro Parisi, entra tirando una fune.

Solo che la fune non c'è.

Si ferma davanti alla sua scrivania. Annaffia un fiore immaginario.

"Sandro, ancora con questa storia del mimo?"

Sandro fa una smorfia da mimo, alzando le sopracciglia in un'espressione di stupore e sporgendo le labbra a beccuccio.

"Sandro, non è giornata," ringhia Raffaele, riportando lo sguardo sul monitor.

Sandro si arrende, e si lascia cadere su una delle due sedie acquistate a suo tempo da Raffaele, anche queste ottimisticamente, per clienti e visitatori. Quando i suoi hanno fatto per sedersi, poco fa, le ha dovute spolverare. La sua manica non sarà mai più la stessa.

"Pensavo di riproporre *Mistero buffo*, Raffaele," esordisce Sandro.

"Cosa?" Raffaele non lo guarda, continua a ticchettare.

"*Mistero buffo*, l'opera del Maestro. Stiamo provando a studiare una nuova versione, più contemporanea."

"Tu e chi?" chiede senza grande interesse Raffaele, sempre guardando lo schermo. "Lo sfasciacarrozze che ti dà le auto incidentate?"

"Io e la mia nuova compagnia teatrale, la cooperativa Sogno persistente."

"Sogno persistente?" l'amministratore delegato della Ventura DSB interrompe la guerra col computer. Sandro è riuscito a ottenere la sua attenzione.

"Sì. Sono due mesi che la frequento. Siamo tutti attori che ancora non hanno sfondato."

Raffaele vuole scoppiare a ridere. Ma sa che per gustarsi davvero il momento dovrebbe avere Giuseppe vicino. Gli basterebbe poter registrare la scena col telefonino e mandargli un whatsapp, ma ormai l'attimo è perso.

"Sogno persistente?" soffoca la risata in gola, per quel che è possibile. Ha le lacrime agli occhi. L'avvocato Parisi non lo guarda nemmeno, si alza e ricomincia a imitare Marcel Marceau, questa volta mentre sale una scala a pioli. Mai stato fermo più di quattro minuti di seguito Sandro, nemmeno quando dorme.

"Io e la compagnia intanto lavoriamo sul classico," prosegue. "Dovremmo essere a buon punto. Rivisitiamo il concetto di giullare alla luce dell'esperienza satirica italiana nell'epoca berlusconian-renziana. Partiremmo con una citazione della Rame e poi giù, con *Il Lonfo* di Fosco Maraini..."

"Che?"

"*Il Lonfo.*" E, spalancando di nuovo le palpebre e la bocca in una smorfia di meraviglia, tende il braccio con la mano destra aperta e inizia a declamare:

"*Il lonfo non vaterca né gluisce*
*e molto raramente barigatta...*".

Raffaele ascolta allucinato il monologo di quel coglione del suo amico, che evidentemente non ha compreso l'aria che tira nell'ufficio in co-working. Nell'altra stanza, un forte gemito indica che la paziente del professor Freud sembra finalmente aver tratto profitto dalla seduta. Sandro completa la sua performance:

"*Ehi! L'è terminàt lo spectàcolo... Siléntì!...*
*Tüti dormienti in sempiterno! E no' rompìtì i cojón!*".

Dall'anticamera si sente l'applauso di sua sorella Michela, e un altro arriva da dietro il muro. A quanto pare Freud e la sua paziente hanno di nuovo le mani libere, e apprezzano il buon teatro contemporaneo.

Raffaele fissa l'amico che si inchina e ringrazia, prima verso di lui, poi voltato verso il divisorio di compensato.

Sandro non è normale, questo si sa da sempre. La scissione è arrivata all'università, quando i suoi lo hanno costretto a laurearsi in legge invece di lasciarlo iscrivere al Dams. O forse era già scisso anche prima. Probabile.

Dopo, di sicuro, ha elaborato quella che lui stesso definisce la bipolarizzazione dell'esistenza. Si è letteralmente sdoppiato e vive due vite: in una studia teatro, legge molto, va al cinema e a vedere le mostre. Nell'altra è diventato un abile avvocaticchio dedito a truffe da quattro soldi, dopo aver rubato i clienti all'azzeccagarbugli amico del padre da cui è stato praticante, approfittando di un infarto piuttosto chiacchierato. Poche ore dopo che l'avvocato era rimasto secco in un centro massaggi di cinesi al Tuscolano, Sandro gli ha sottratto agenda, dossier e incartamenti vari simulando un'effrazione in ufficio, e si è messo in proprio.

È stata quella l'unica attività davvero criminale nella

vita di Sandro, Raffaele ci metterebbe la mano sul fuoco. O meglio, ce l'avrebbe messa fino a un paio di mesi fa perché da qualche settimana nell'ufficio è un viavai di facce poco raccomandabili.

"Sandro, ma quel tipo butterato che era qua ieri l'altro..." comincia. Ma non fa in tempo a notare lo sguardo improvvisamente sfuggente dell'amico, perché riesce a entrare nel proprio conto corrente. "Cazzo, Sandro!"

"Che c'è?"

"Sul conto c'ho 47 euro!"

"Te l'hanno svuotato?"

"Mi sa che l'ho svuotato da solo... O forse il problema è che mi *dimentico* di riempirlo."

"Cioè? Hai solo 47 euro in banca?"

"47, sì... praticamente un euro per ogni anno di vita."

"Ma come campi?"

"Male, Sandro... Campo male." Raffaele sa benissimo che se non si appoggiasse a sua moglie Rosy, che a sua volta si appoggia (e alla grande) al padre, non camperebbe affatto. Ma vedersi il concetto espresso in cifre sullo schermo del computer fa un certo effetto.

"Ma questo ufficio come lo stai pagando?"

"Ancora non ho tirato fuori una lira... Il proprietario è sicuro che io sia ricco quanto mio suocero."

"Ma così non vai lontano, Raffaele. Quello prima o poi i soldi te li chiede. Tutti insieme. Ti organizzo un bell'incidente? Di quelli sicuri, eh?"

"Di nuovo? Ma tu sei pazzo! L'ultima volta quasi finivamo dentro!"

"Quasi! È tutto là il gioco..." chiosa Sandro mentre riprende a tirare la fune.

"Lascia perdere, qua serve una botta di culo. E io mi sa che l'ho avuta."

"Cioè?"

"Sai chi ho visto qualche settimana fa?"

"Chi?"

"Merda."

"Merda?" ripete Sandro.

"Sì, Merda. Merda Crisponi."

"Merda Crisponi? Ma dai! Dopo tutti questi anni?"

"Una vita..."

"E ti ha chiamato lui?" trasecola Sandro. "Pazzesco. Che è, ha perso la memoria? L'ultima volta che l'ho visto correva a fianco della nostra Polo," aggiunge nel tono di chi ricorda i bei vecchi tempi. "Gli avevo chiuso la manica del giubbotto nel finestrino mentre parlava e ti avevo detto di partire."

"Giuseppe guidava, tu lo tenevi bloccato e io, dal finestrino di dietro, gli sputavo sulle chiappe," lo corregge Raffaele nello stesso tono memore.

"Lo potevamo ammazzare," commenta Sandro.

"Ma no, andavamo piano..."

"Ecco bravo, gli hai detto così, che andavamo piano?"

"Magari non se l'è presa." Raffaele si chiede se può raccontargli com'è andata veramente, nell'ufficio di Crisponi.

"Raffaele, lo chiamavamo Merda. Se la sarà presa sì. Sarai l'incubo della sua adolescenza. Eri pure il cugino..."

"...di millesimo grado. E poi, oh! Lui era una merda vera. Viscido, cattivo, spia di professione. Mezzo maniaco sessuale pure."

"Raffaele, parli di uno che ha fatto i miliardi e si è buttato in politica fingendo di fare un favore al popolo," conclude Sandro. "Che sia una merda non c'è dubbio. Ma da te cosa voleva?"

Raffaele lo fissa assorto. Forse potrebbe parlare con lui? Potrebbe dirglielo?

All'improvviso il viso di Sandro si stira in un'assorta smorfia interrogativa da mimo. E ricomincia a tirare la fune.

Parlare con Sandro, come no. Non si riesce a farlo star concentrato per il tempo di un concetto, figurarsi un discorso complesso. E poi da Sandro a sua sorella il passo sarebbe breve, brevissimo. E da Michela alla coscienza di Raffaele sarebbe un soffio, e si ricomincerebbe da capo.

Non si ferma a chiedersi perché sia così importante nascondere a Michela certe sue miserie. Ma in quel momento capisce che con qualcuno deve parlare.

Deve chiamare Giuseppe.

# 3.

Giuseppe Rodàri ha fatto un solo scoop, in tutta la vita. Ma lo ha saputo far rendere.

È stato a metà anni novanta: vent'anni fa. E sull'Inps, che adesso è come sparare sulla Croce Rossa. All'epoca no: il giornalismo economico non andava di moda come oggi, e la notizia fece boom. L'opinione pubblica era meno scafata e l'ondata di indignazione fu tale che si dovettero dimettere alcuni pezzi grossi. Giuseppe finì sugli scudi: giovane, brillante, piacente, giornalista moderno e d'inchiesta quando ancora si respirava aria di Tangentopoli, fu intervistato da Santoro e fu il primo cronista di agenzia a sfilare sulla passerella del *Costanzo Show*.

Svelto a parlare, furbo, innamorato del proprio lavoro, bucava il video come pochi, e fu assunto dal Tg5. Arrivò ben presto alla conduzione delle 13, e continuò a lungo a sedersi sulle poltrone del Parioli. Di lì la politica, non con Forza Italia ma con i Ds: uno splendido ibrido tra l'ancora scintillante mondo Fininvest e l'intellighenzia progressista. Cinque anni al parlamento europeo, poi il ritorno al giornalismo, con un fortunato talk show e gli editoriali su "Repubblica". Da alcuni anni – quattro? cinque? ha perso il conto – conduce una seguitissima striscia del preserale di Rai1. Intervista la gente importante, e questo lo rende più importante di loro.

Che ha moglie e figli lo sapete, erano quelli che lo hanno riportato via a braccia dal campo sportivo. Quello che non sapete è che da sempre Giuseppe, Raffaele e quando può anche Sandro si vedono per un aperitivo il venerdì pomeriggio, al baretto di piazza Caprera, dietro corso Trieste.

Non è come girare tutto il pomeriggio in motorino saltando la scuola, ma è qualcosa.

Quel giorno di maggio ai tavolini di piazza Caprera ci sono solo Raffaele e Giuseppe.

"Sei bloccato di nuovo?" Raffaele osserva la cautela con cui Giuseppe si siede, sostenendosi sui braccioli e tenendo la schiena bella dritta.

"Ho giocato a un torneo di padri."

"Ma che sei scemo? Non ti alleni da un decennio."

"Voltaren e Muscoril da due giorni, e ancora non mi muovo."

"E in trasmissione come fai?"

"Mi sono fatto mettere una specie di cuscino dietro la schiena... Tanto dura dieci minuti... Non è grave. Stasera invece avevo una cena importante e salta."

"Ma che ti è preso di giocare?"

"Pensavo di andare per non dare un dispiacere ai ragazzi... Poi... Poi sai che è successo?"

"Che ti è preso il colpo della strega, direi."

"No... Sì, anche, ma ascolta," Giuseppe si ferma come per rivedere alla moviola quei momenti magici. "All'inizio stavo in panchina, perché non ero mai andato a queste partite coi padri, quindi giocavano quelli che avevano sempre giocato. Poi dopo un quarto d'ora mi hanno fatto entrare."

"Be', certo. Hanno il vip, lo schierano..."

"Ma lo sai che secondo me molti non mi avevano mai visto in tv? Quello che decideva i cambi di sicuro mai."

"Ma se stai in tv da una vita!"

"Mi ha detto: Vai, Giovanni, entra!"

"Giovanni?"

"Giovanni. Non sapeva come mi chiamo. Non mi succedeva da anni."

"Ci sei rimasto male?"

"Per niente. Ero sollevato. Ho iniziato a giocare. All'inizio goffo, pesante, senza scatto."

"Che poi tu eri solo scatto! Piedi quadrati..."

"Piedi quadrati un cazzo! Comunque io so giocare solo

davanti, quindi mi sono messo di punta. Buttava male e dopo un paio di volte hanno iniziato a non passarmi la palla."

"Avranno pensato che eri una pippa."

"Infatti."

"Umiliante!"

"Infatti. Considera che mi guardavano anche i miei figli."

Dieci e tredici anni: Raffaele lo sa che i figli di Giuseppe sono nell'età delle critiche ai genitori.

"Pericoloso," si limita a commentare.

"Eh. Infatti, mi intestardisco. Inizio a correre, cerco la palla, presso... Dopo un po' riesco a fare un tiro. Ma quelli mi guardano ancora come se fossi una pippa."

"I tuoi figli?"

"No, i compagni di squadra. Qualcuno mi sorride comprensivo."

"C'erano altri come te?"

"Pochi. Gli altri erano tutta gente allenata, più giovane, correvano come struzzi. Poi c'erano un paio di esseri umani. Tipo un professore, che faceva smorfie di dolore a ogni scatto."

"Quello ti aveva riconosciuto?"

"Sì, lui penso di sì. Ma pure qualcun altro. Gli leggevo in faccia: figurati, è chiaro che *uno famoso* non può saper giocare a pallone."

"Umiliante."

"Lo hai già detto."

"Ho capito, ma è umiliante!"

"Sì, infatti. Anche la mia reazione lo era: insistevo, insistevo... Non ci volevo stare al tempo che passa. Mi dicevo: a pallone io ci so giocare, cazzo! Il cervello mi diceva: corri, scatta, proponiti. Il corpo sbuffava, sudava, mi tratteneva. Ma ho insistito, insistito. Sono riuscito a fare un bel cross, poi a recuperare un pallone... praticamente non respiravo più. Rischiavo l'infarto. Però davo segnali di vita."

"Ma gli altri com'erano?"

"Chi, gli avversari? Ma neanche 'sta cosa... Comunque vincevano 2 a 0. Il tipo che mi aveva chiamato Giovanni mi fa uscire, e io mi sento morire. Ho fallito, penso. E adesso quando mi ricapita di giocare? E tutti questi rimarranno convinti che io a pallone non ci so fare. Devo arrendermi? Il tempo è passato e mi ha trasformato da forte in pippa?"

"Ma sei scemo? Hai quasi cinquant'anni! Sei malato se pensavi 'sta roba..."

"Sì, indubbiamente. Ma la pensavo. Lasciami dire: mi dirigo verso la panchina. Evidentemente a quello che faceva i cambi qualcuno aveva detto chi ero, magari gli ha detto guarda, quello è un giornalista della tv, si chiama Giuseppe Rodàri... E allora lui, calcando il mio nome mi dice: Bravo *Giuseppe,* hai giocato bene. Ma lo dice per farmi contento e mettermi da parte, io lo capisco. E lì so con certezza di aver fallito."

"Sei malato."

"Poi, per fortuna, si infortunano due della mia squadra."

"Per fortuna?"

"Eh! Così rientro. Insieme a me rientra una pippa assurda. Siamo contati e non possono mettere in campo altri. Sono costretti a darmi la palla più spesso. E inizio a giocare. Bene, ti dico. Sempre un po' in affanno, ma benino. Prendo fiducia. Mi muovo, salto uno, la tocco a un altro. A un certo punto tiro (male), il portiere ribatte, un tipo la butta dentro."

"2 a 1?"

"Sì. Manca un minuto alla fine."

"E allora?" Raffaele si sporge in avanti, preso dalla telecronaca. Quante conversazioni così hanno fatto? Quant'è che non ne fanno più?

"E allora volo, Raffaele. Volo."

E Giuseppe gli racconta di come quel pallone gli sia andato incontro. Di come lui abbia saltato, dimenticandosi tutto d'un colpo di Canale 5, di Strasburgo, dell'Inps e di Rai1... Di come lui e il pallone si siano riconosciuti, dopo tanti anni. Di come poi lui abbia continuato la sua parabola atterrando su quell'incubo di panza che gli tocca sempre tirare in dentro quando va in onda, mentre il pallone si infilava dritto sotto al sette.

Un gran gol.

Un grandissimo gol.

Nient'altro che un grandissimo gol.
Silenzio.
Raffaele applaude e imita il boato di una curva che esulta: "Oèèèèèèèèèhhh!".
Giuseppe annuisce, gli occhi luccicanti.
"Ma a quel punto lo sapevano che era il gol di un vip?" domanda Raffaele.
"Ti dico solo che quando sono entrato nello spogliatoio è partito il coro: Gio-van-ni, Gio-van-ni!..."
"Stupendo! Di te non gliene fregava davvero un cazzo a nessuno!"
"Niente! Gli importava solo che avevo segnato... Ero io! Trent'anni dopo, ero di nuovo io. Giovanni, di testa, sigla il 2 a 2 con un gran tuffo."
"Grande Giovanni!"
A vederli da lontano questi due che brindano a un inesistente Giovanni sono veramente ridicoli. Ora stanno ridendo senza più fiato, piegati sui tavolini del bar.
Uno si tiene la schiena.
Sono circondati da comitive di ragazzini in motorino che hanno l'età che avevano loro quando si sono conosciuti. Età che, fatto salvo l'aspetto fisico che tradisce in pieno la classe 1967, sembrano non aver mai superato. Eppure uno dei due tra un'ora e mezza intervisterà il premier in diretta su Rai1, e l'altro (per citare una pietra miliare della loro formazione) ha certi cazzi che neanche Mafalda che è pratica li ha visti mai.
"...Ma tu invece?" Giuseppe riemerge dai suoi ricordi di gloria sentendosi un po' in colpa. Lui a raccontare dell'effetto psico-filosofico che ha una partitella su un giornalista di successo e Raffaele che è appena uscito da quello squallore di ufficio. "Che mi dici?"
Raffaele esita qualche istante. Forse alla fine non gliel'avrebbe detto, forse non così. Ma sull'onda del racconto di Giuseppe glielo dice. Fosse solo per riequilibrare il karma.
Tira su il fiato, e spara: "Io? Io ho comprato una squadra di calcio".

# 4.

Raffaele non glielo vuole spiegare, a Giuseppe, com'è diventato proprietario di una squadra di calcio, esattamente. Non gli vuole dire della scena di questa mattina con i suoi genitori. Ma neanche della scena di domenica pomeriggio con suo suocero. Perché se glielo dice si fa pena da solo. Come se ne faceva mentre parlava al vecchio.

"Mariano, ti assicuro, questa è la volta buona."

Il cavalier Mariano Quattrociocchi, il padre di sua moglie Rosy, sta giocando alla PlayStation del nipote sprofondato (lui e il suo enorme pancione) nel divano di pelle bianca della sua villa. Raffaele si sporge dalla poltrona al suo fianco per farsi sentire senza dover urlare.

A pranzo c'erano tutti: Raffaele, Rosy (all'anagrafe, ovviamente, Rosaria; per gli amici del marito semplicemente la Stronza), Lupo (il fratello di Rosy) e il figlioletto di lui, Mariano junior. Mariano junior è il figlio di Lupo e di una dominicana che, dopo avergli svuotato casa e conto in banca, se n'è andata lasciando all'ex marito un figlio di tre anni e un biglietto sul tavolo: "Vaffanqulo, scemo". Beata lei.

Ovviamente al pranzo della domenica erano presenti anche il cavalier Quattrociocchi e signora, Tilde, una vecchietta grossa grossa, sempre zitta, con le caviglie gonfie e lo sguardo triste perennemente rivolto verso il basso. I suoceri di Raffaele vivono nel cuore dei Parioli in una villetta liberty a due piani, assistiti da una squadra di servitori bengalesi in livrea.

Appena Lupo e Mariano junior se ne sono andati, il

cavaliere si è messo a giocare a *Call of Duty*, il videogame in cui gli americani cercano di uccidere più russi possibile. Mentre gioca mangia olive dolci, sputando i noccioli per terra. Il bengalese aspetta lo sputo, fermo sugli attenti dietro al divano, e quando il nocciolo arriva al suolo, finiti i rimbalzi, si china a raccoglierlo, asciugando i residui di saliva dal marmo con una salvietta. Poi torna sull'attenti, nella posizione di partenza.

"Stai a fa' 'n'antra cazzata, Tequila." Quattrociocchi chiama così il genero per ricordargli la sua unica impresa commerciale riuscita, e poi fallita. Tanto per rigirare il dito nella piaga.

"Mariano, ti assicuro, l'idea ci sta. Prantixedda Inferru è il posto ideale, il calcio è l'unico prodotto che si vende oggigiorno."

"Mortacci tua!" urla il cavaliere sterzando il controller, per evitare il colpo di un cecchino russo che invece lo prende in piena fronte. *Game over*.

Fosse così facile, pensa Raffaele. Lo guarda con più odio del solito. L'uomo dal cui capriccio dipende la sua salvezza.

Mariano Quattrociocchi del cavaliere ha ben poco. Non è senza paura – per esempio ha un sacro terrore di Carabinieri e Guardia di finanza – e tantomeno senza macchia, avendo fatto fortuna nell'edilizia negli anni settanta-ottanta, sporcandosi le mani non solo di calce.

Raffaele sa che il Tom-Tom del fallito lo sta spedendo dritto verso il posto di zerbino nell'organigramma di famiglia. Se non gli riesce questo affare, non si risolleverà mai più. E i soldi per sponsorizzare la squadra e ristrutturare un po' quello che passa per uno stadio o glieli dà Quattrociocchi o non glieli dà nessuno.

"Cavaliere..." riprende, facendosi forza.

"A Tequilaaaaa, sei pieno de buffi, hai rotto er cazzo," mugugna il cavaliere, ma nei suoi occhi porcini c'è uno sguardo furbo. Tenta di alzarsi, ma il divano lo attira a sé, come se cercasse di fagocitarlo.

Panzone di merda, pensa Raffaele porgendogli invece la mano perché si agganci e si faccia sollevare. Quattrociocchi si mette in verticale. Si stabilizza. Fa per avviarsi verso la camera da letto. Dopo tutto quel moto ad accoppare russi, ci vuole una siesta.

"Penso che invece l'affare ci sia," riesce a dirgli suo genero. "La squadra già c'è, lo stadio pure, vanno solo... Rimessi in sesto. Il terreno non ci costa praticamente niente."

"Ecco," fa il cavaliere, fermandosi. "A chi jaa hai data l'inculata? Com'è che nun paghi 'n cazzo pe 'sto terreno?"

"È dei miei."

"Dei tuoi che?"

"Dei miei genitori."

"Alla faccia del cazzo," chiosa il cavaliere alzando la voce. "Er Tequila s'è messo a giocà pesante... Li voi rovinà pure a loro!"

"Ti assicuro, Mariano..."

"Assicura 'sta ceppa, Tequila," conclude il cavaliere, portando entrambe le mani all'inguine. Fa cenno al bengalese di dargli il braccio, e riparte.

La sua unica speranza sta scomparendo oltre la porta che dà sul corridoio e Raffaele resta lì, in piedi in mezzo al salone. Incrocia per un attimo lo sguardo di Rosy, ancora seduta a tavola con la madre. Lei sta sfogliando una rivista scandalistica poggiata sul tavolo, la signora Tilde fissa per terra, strofinandosi le nocche delle mani come se stesse sgranando un rosario immaginario.

Gli occhi di Rosy dicono a quelli di Raffaele: "Che poveraccio che sei". Poi la donna esce e se ne va in cucina.

Raffaele non ci fa caso, torna a guardare quel ciccione che si allontana assieme al suo business.

Tira un profondo respiro e decide di raccontare un po' (ma solo un po') di verità.

"Mi dicono che Feliciani sta pensando di investire nella zona!" gli urla dietro.

Silenzio. Poi il cavaliere si ferma. Si gira verso il genero.

"Feliciani, hai detto?"

"Proprio lui." Raffaele prova a restare impassibile.

"E nun te lavi la bocca prima de fa' quer nome?" e ride. Ride da solo. La sua risata è come uno scatarro. Tanto che si piega su se stesso, e sembra mancargli l'aria.

Magari, maledetto stronzo. Magari ci rimani, pensa

Raffaele. Ma il bengalese gli salva la vita dandogli tre scappellotti sulla schiena.

"Stamme a sentì, Tequila," si riprende il cavaliere, "quanto te serve?"

"Poco, cavaliere... trenta, quarantamila... per iniziare!"

"Poco?" Quattrociocchi potrebbe dargliene dieci volte tanto senza che il suo conto in banca se ne accorga. "Saranno pochi quanno saranno i tuoi, Tequila. Per ora so' i miei, e siccome so' tanti, te ne do ventimila. Ma sai perché te li do?"

"Perché?" chiede Raffaele, realmente incuriosito.

"Perché so che nun me li ridarai mai. E se nun me li ridai, io me prendo lo stadio. E il terreno. E tuo padre le pecore le porta a pascolà da 'n'antra parte."

"Mio padre non pascola pecore," si limita a ribattere Raffaele, guardando Quattrociocchi dritto negli occhi, questa volta.

"'O farà... 'O farà!" e il cavaliere, a quanto pare però un po' turbato, si gira e riprende ad arrancare verso la pennica, sostenuto dal maggiordomo.

Raffaele si immagina come il russo del videogioco. *Pam!* un colpo alla nuca del vecchio, che cade a terra. Rosy strilla, e *pam!* pure a lei. No, a lei forse basterebbe un calcio in culo. A Tilde la lascio vivere, pensa. Mi sembra una povera crista, come me. A Lupo neanche lo vado a cercare. Non vale la pallottola.

C'è qualcosa comunque che non capisce. Ha ottenuto i soldi, ma si sente sconfitto. Finché la signora Tilde alza gli occhi dal suo rosario di nocche e con un dito lo chiama a sé.

"Hai capito che t'ha detto?" gli domanda in un sussurro quando lo ha vicino.

Raffaele la guarda interdetto.

"Ha detto che i soldi te li dà," chiarisce la donna.

"Infatti!" sottolinea lui. "Quindi va bene, no?"

"Non ti fidare, Raffa... Se te li dà ha in mente qualcosa..."

"Ad esempio?"

"Ad esempio che te fa fallì e il terreno se lo prende lui. Je ha telefonato..." gli fa con un filo di voce. Si sentono i tacchi di Rosy in avvicinamento dalla cucina. Tilde si interrompe, si guarda intorno, si accerta che la figlia non la possa sentire. Sembra spaventata, pensa Raffaele, ma da cosa? "È vera 'sta storia de Feliciani?" riprende la vecchia, a bassa voce.

Raffaele sussurra a sua volta, chiedendosi perché stia sussurrando: "Sì, abbastanza...".

"E allora se c'è un affare di mezzo co' Feliciani te taja fuori e prova a farlo lui..." Gli stringe le mani e aggiunge: "Svegliati Raffaele, ti prego... Svegliati!".

Poi Rosy compare sulla soglia e la donna gli lascia in fretta le mani, torna a contarsi le nocche.

E così Raffaele scopre tre cose. La prima è che, se possibile, la signora Tilde odia il vecchio quanto lo odia lui. La seconda è che quel bastardo i soldi glieli darà. La terza è che proverà a fregargli l'affare.

Ma Quattrociocchi, si dice con perversa soddisfazione, stavolta sta un passo indietro. Per ora nemmeno lo sa qual è l'affare. Nessuno lo sa. Lo sa solo il Merda.

## 5.

"Raffaele? Raffa? Sei ancora tra i vivi?"

Raffaele si riscuote dall'inquietante rievocazione del pomeriggio a casa Quattrociocchi.

"Scusa, dicevi?"

"Non dicevo niente, dovevi dirmi tu della squadra e invece sei scomparso. Digrignavi i denti..." ribatte Giuseppe. "Si può sapere a che stavi pensando, con quella grinta?"

Raffaele non vuole dare la risposta vera, e sceglie quella plausibile.

"A mia moglie."

"Allora capisco," annuisce Giuseppe. Fa per parlare, ma per l'ennesima volta negli ultimi ventidue anni si interrompe. Non si suggerisce a un amico di divorziare. Soprattutto se l'amico è in bolletta. "Ma allora, questa squadra?" chiede invece. "Che è, hai comprato il Cagliari?"

"Meglio," esagera clamorosamente Raffaele. "Sono il nuovo presidente del Prantixedda Inferru!" Taglia l'aria da sinistra a destra con il palmo della mano aperta, come a percorrere un'immaginaria insegna di Broadway.

"La squadra del paese tuo?" Giuseppe non è in grado di pronunciarne il nome. Da sempre sostiene che è una questione di nascita: per mettere insieme quel "prantisgedda", con il fonema "sg" che si pronuncia "shhh" come quando chiedi silenzio, ma con la "g" morbida, devi avere sangue sardo nelle vene. O le corde vocali geneticamente modificate.

"Già."

"Ma è fichissimo! Te l'ha passata tuo padre?"

"No, l'ho comprata io. Per pochi euro."

“Ma dai... presidente Ventura!” Giuseppe sente una fitta d’invidia del tutto inaspettata. Lui, che ha uno scaffale pieno di premi e il suo nome sui giornali un giorno sì e uno no, prova invidia per Raffaele che all’improvviso ha l’unica cosa che manca a lui. Un’avventura davanti.

“E ora che fai?”

“La iscrivo. La iscrivo al campionato. Vabbè, intanto al torneo estivo, va’. La Coppa Sarda.”

“Quella che guardavamo d’estate quando eravamo piccoli?”

“Sì.”

“Me la ricordo benissimo... Da quelle parti è più importante della Champions. Bello! Ma i soldi chi te li ha dati?”

“Mio suocero.”

“Che è diventato scemo?”

Raffaele non si offende.

“Alla fine ci so fare, Giusè... Alla fine ci so fare... L’ho convinto!”

“Ma lui che ci guadagna?”

“Il calcio è sempre un affare, dà popolarità, contatti...”

“Aspetta, aspetta!” Giuseppe alza una mano per fermarlo, folgorato da un’idea. “Ma il sindaco di Pra... del paese non è...”

Maledizione, pensa Raffaele. C’era da giurarci che se lo ricordava. Ad avere l’amico giornalista...

“Eh sì,” tanto non serve negare, e perché dovrebbe, poi? “È proprio lui. Merda Crisponi.”

“Merda Crisponi... Certo! Ho letto che Renzi è impazzito per lui perché ha venduto la sua iper-azienda, è miliardario e fa il sindaco gratis...”

“See, vabbè! Gratis...”

“Non è vero? Lo sospettavo. La politica gratis...”

“C’ha certi impicci... lascia fare, va’. Non dico nulla perché è il mio sindaco e faremo grandi cose insieme. Serie A!” Lo sguardo di Raffaele non è convinto per niente, ma Giuseppe non se ne accorge.

“E tuo suocero così spera di entrare nelle grazie di Renzi?”

“Ecco, bravo... Capisci il suo tornaconto?” Raffaele

aderisce immediatamente all'improbabile lettura dell'amico, troppo avvezzo alle dietrologie della politica per elaborare l'ipotesi più semplice. Per fortuna.

"Capisco." Ma in realtà Giuseppe sta facendo due conti. Comprare la squadra di un paese che ha la parte più interessante del nome nella parola "inferno" sembra di per sé la solita cazzata di Raffaele. Il solito affare sballato. Eppure, a volergli dare credito, in questo caso degli elementi che sembrano inspiegabilmente sensati ci sono. Merda Crisponi è il tipo che di questi tempi potrebbe far carriera politica velocemente, e l'orrendo cavalier Quattrociocchi non è uno che i soldi li butta... Tantomeno uno che si fida del genero. Se si è lasciato tirar dentro a questa stupidaggine ci deve essere ben altro che la speranza di una benevolenza politica.

Giuseppe scruta Raffaele, a fondo, come non faceva da tempo. Quell'uomo è un disastro, è chiaro. Ha una fiammante auto decappottabile ma la moglie deve pagargli anche gli Arbre Magique. Ha i capelli ancora folti e neanche troppo grigi, ma sono lunghi sul collo, e un ciuffo sciagurato gli ricade sulla fronte abbronzata neanche fosse Briatore. Il sorriso è quello di chi ci sa fare con la gente, ma in quel buco di ufficio a piazza Fiume sono anni che di gente non ne vede. Ha una moglie piuttosto bella ma stronza, probabile zoccola, e si vede lontano un miglio che non lo ama. Beve parecchio, Raffaele, se è vero che sono le 18.30 e si è già buttato giù due spritz Campari mentre lui sta a metà del primo.

Ma lui lo conosce da sempre. E sa che è uno che vale. È sfortunato, è cialtrone, ma rispetto a quelli che Giuseppe intervista ogni sera... Be', non c'è paragone. Per intelligenza, cultura, cuore, Raffaele se ne mette in tasca parecchi di quei fantocci della classe dirigente.

"E ora che fai?" gli chiede.

"Vado a Prantixedda Inferru, e costruisco la squadra. A luglio gioco la Coppa Sarda e a settembre, se il gruppo è pronto, si comincia."

Mentre Raffaele parla, ci crede davvero. Per davvero si sente presidente e sente l'entusiasmo dell'impresa.

La Coppa Sarda è un torneo di otto partite che impegna le squadrette di Ogliastra, Barbagia, parte del Campidano e parte della Gallura. Per i paesi dell'interno è importante come la Coppa del Mondo. Già a Olbia, nessuno sa che esiste.

Mentre racconta e gesticola come se stesse mettendo su la formazione che toglierà lo scettro isolano al Cagliari, Raffaele sente un'ombra scendergli sul cuore. Solo un momento. Tanto che Giuseppe non se ne accorge, dell'ombra. E si butta.

"Prendimi con te, Raffaele. Fammi fare l'allenatore."

"Eh?"

"O già ce l'hai?"

"Che cosa?"

"L'allenatore, il mister. Fallo fare a me! Ce l'hai già?"

"No, non ce l'ho... Ma te come fai..."

"Faccio, Raffaele! Faccio!" Giuseppe si lancia nell'apertura come se fosse l'ultimo spiraglio verso la libertà. "La trasmissione chiude stasera, riparte a fine settembre... Non c'ho un cazzo da fare! I ragazzini per ora sono al Wwf, a luglio andiamo a stare a Golfaranci che sono due passi dal paese tuo..."

"Sono tre ore di curve."

"Vabbè, che ci vuole... Tornerò un po' meno spesso, tanto Anna lavora," la moglie di Giuseppe è una professoressa universitaria e quest'estate deve lavorare a un saggio su Joseph Bodin De Boismortier, compositore francese del primo Settecento. E quando Anna scrive, Giuseppe deve prendere un appuntamento anche per vederla a cena. "Dai, ti prego, Raffa, fammi fare il mister! Se non altro pensa ai giornali: *La squadra allenata da Rodàri*... Il vip ti serve, ti può aiutare. Guarda, se mi dici che dobbiamo partire stasera stessa cazzo... Mollo pure l'intervista a Renzi!" Ha lo sguardo di chi lo farebbe. Raffaele pensa al premier che aspetta sconsolato in studio il suo intervistatore che è partito per il culo del mondo ad allenare dei brocchi di paese, e gli viene da ridere.

"Se è per quello si parte lunedì..."

"È fatta, presidente! Dammi in mano la squadra e ti porto in A! Come dite voi: dall'inferno al paradiso?"

"Noi chi?"
"Voi sardi."
"Sono romano come te."
"Vabbè, dai... come si dice?"
"Bah, tipo... *Dae s'inferru a paradisu.*"
"Fallo mettere sullo stemma, Raffa: *Dae s'inferru a paradisu.*"

# 6.

Prantixedda Inferru è un paesino dell'Ogliastra, nel bel mezzo della Sardegna.

Per chi non lo sapesse, la Sardegna non è un atollo. Non è solo spiaggia e mare. È una grande isola circondata (ovviamente) dal mare, ma all'interno è in gran parte un susseguirsi di montagne, burroni e boschi selvaggi. In particolare l'Ogliastra, la regione centro-orientale che affaccia da una parte sulle splendide spiagge della costa, dall'altra sui selvaggi monti della Barbagia, è una sorta di riassunto di tutto quello che si può trovare nell'isola. Montagne di arbusti e roccia, gole e spacchi che ricordano i canyon dell'Arizona, altipiani che precipitano ripidamente nelle baie che vanno da Orosei a Muravera.

Prantixedda (come la chiamano familiarmente gli abitanti) non è sul mare. Non è in uno splendido parco. Non è in una mite vallata – che comunque nella zona non esiste. Il paese se ne sta piantato al centro di un altipiano brullo come la bocca dell'inferno, sovrastato da splendidi, ma minacciosi, picchi di roccia chiamati *tacchi*, tanto per avere un'idea chiara della loro conformazione.

Per arrivare a Prantixedda Inferru bisogna lasciare la statale e inerpicarsi su per le montagne, lungo una strada che fu asfaltata in tempi in cui la Regione queste infrastrutture le pagava al chilometro. Si capisce quindi perché gli avidi costruttori abbiano realizzato strade a chiocciola, che curvano praticamente a ogni metro senza alcuna necessità. Se alle elementari ti insegnano che il modo più diretto per unire due punti è la linea retta, in Ogliastra si impara che se questi due punti li unisce un arzigogolo si guadagna molto di più.

Prantixedda Inferru. Traduzione letterale, *piccola pianta dell'inferno*. D'estate, da quelle parti, fa davvero caldo. Ma spesso non te ne accorgi, perché tira un vento micidiale.

Questa sera invece non si muove un filo d'aria.

"Ma dove diavolo mi hai portato?" boccheggia Giuseppe. Per anni, da ragazzino, ha passato le vacanze estive assieme all'amico qui a casa Ventura, ma giurerebbe che allora non faceva così caldo. O era lui ad avere un altro fisico? "Non me la ricordavo così calda... Ed è pure sera!"

"Sei tu che hai insistito per venire." Raffaele alza le spalle e si guarda intorno soddisfatto. Sono nel patio della casa dei suoi genitori e si sente bene. Sua madre ha servito una cena degna della festa del patrono: antipasto di salsiccia, peretta, panadas di carne e verdure. Poi malloreddus con sugo di salsiccia e zafferano, bocconcini di maiale in umido, melanzane ripiene; panini con ricotta, amaretti, pane di sapa, frittelle di carnevale. Da bere un cannonau che brucia la lingua.

"Certo tu ti sarai abituato all'aragosta, adesso che sei diventato uno famoso..." ha sorriso Iole a Giuseppe. "Se non ti piace lascia lì, eh."

Figurarsi. Sarebbe bastata una mossa falsa, tipo rifiutare di fare il bis di pasta, e lei lo avrebbe preso per un orecchio proprio come quando era ragazzino. Quindi Giuseppe ha fatto il tris.

E ora, tra le calorie ingerite e la calura esterna, si sente sull'orlo dell'infarto.

Tra l'altro, negli anni, una cosa non è cambiata: la signora Iole è la cuoca peggiore dell'isola. In particolare gestisce il sale secondo la legge del pollo di Trilussa: se il primo è salatissimo e il secondo è insipido, in media il pranzo sarà salato al punto giusto. O no? No. Per fortuna non arriva a spargerlo sul dolce.

"Animo, Giuseppe, ci devi giocare a calcio in questa temperatura," gli ricorda allegramente Pietro. Raffaele sorride sornione al padre. È incredibile il legame che c'è fra quei due, anche se vivono lontani, come tra i cespugli di questa terra e le loro radici, pensa Giuseppe. Radici profonde, per trovare l'acqua.

"Adesso ho capito perché voi due siete sempre abbronzati," commenta solo, guardando dal padre al figlio. "Altro che tintarella, è la mutazione che assicura la sopravvivenza a queste temperature."

"Pelle da mufloni," annuisce Pietro. "Ma vedrai che un po' di scorza, a star qui, te la fai anche tu." E non si capisce se stia parlando solo del caldo.

Raffaele e Giuseppe sono atterrati a Olbia stamattina. Hanno ritirato al noleggio l'auto prenotata dalla segretaria di Giuseppe. A ricevere un vip come lui c'era il direttore della sede, che al prezzo di un'utilitaria aveva riservato ai due amici uno splendido Suv blu metallizzato.

Hanno passato la giornata un po' a zonzo per strade e ricordi, con pranzo sulla spiaggia di Pittulongu. Spaghetti cozze e sugo, orata al sale e vino bianco. Anche qui trattamento speciale, tavolo con vista sulla splendida isola di Tavolara. Il proprietario li ha seguiti personalmente per l'intero pasto, offrendo loro anche le sue lenti da presbite quando ha notato che allontanavano troppo il menu.

Per questo Raffaele è così contento di essere qui, coi suoi, stasera. Nella vecchia, grande casa, nel cortile dove i nonni dei nonni lasciavano i cavalli. Qui è lui a poter riservare a Giuseppe un trattamento da re – vabbè, quantitativamente almeno, e pazienza per il sale sui malloreddus. Giuseppe si merita di essere un po' viziato, considerata la fatica che lo aspetta. E la fregatura che sta per prendere.

"Un bicchierino di mirto?" chiede allegramente Iole. È incredibile come sembri dieci anni più giovane rispetto alla settimana scorsa, a Roma. Raffaele riflette che per i suoi genitori stare lontani dalla Sardegna è un po' come la Kryptonite per Superman. Che sia così anche per lui? Da quando è sbarcato dall'aereo si sente rinascere, come se dalla terra gli salisse direttamente nelle gambe un'energia invincibile.

Poi pensa al Merda e l'energia scompare.

"Grazie, mamma, volentieri," le sorride, affettuoso.

"Non è che per caso ha del mirto bianco, signora?" chiede invece Giuseppe cercando di non ostentare un tono da intenditore.

Lei fa per dire qualcosa, ma Pietro la blocca con un gesto.

"Come no, il mirto bianco," dice, e si alza personalmente per prendere le bottiglie. Versa il mirto rosso nel bicchiere di Raffaele, e quello bianco nel bicchiere di Giuseppe. Lui nota che ce n'è molto di più, nella bottiglia, e subito si sente in colpa. Magari lo tengono da parte per le occasioni speciali...

"Che buono!" esclama, poi soggiunge, democratico: "Sono sicuro che è buonissimo anche quello rosso... Che poi, per dirvi la verità, non ho mica mai capito bene la differenza."

"Il mirto bianco è fatto con le foglie della pianta," risponde Pietro impassibile. "Il mirto rosso con le bacche."

"Quindi in realtà," replica perplesso Giuseppe, "è più buono quello rosso..."

"Sì," annuisce Pietro, e Giuseppe vede Iole che trattiene una risatina.

"E allora perché tenete quello bianco?"

"Perché lo chiedono quelli come te," lo fulmina Pietro, ma con un sorriso benevolo (sempre per i suoi standard).

Giuseppe quasi arrossisce. Lui, lo scafato giornalista che per di più viene in Sardegna da una vita, preso in castagna come un turista. Nessuno glielʼaveva detta mai, questa storia del mirto bianco. Sono anni che a Golfaranci glielo versano guardandolo come un esperto. Quant'è che nessuno gli dice più la verità? E comunque cazzo, pure questo signor Pietro non cambia mai...

"Non farci caso," ma anche la voce di Iole ha una punta di compiacimento, "è tipico dei sardi pensare che tutti gli altri siano un po' tonti..."

"Me la sono cercata," ammette Giuseppe.

"Sai, Peppe," Pietro lo chiama così da sempre. È l'unico al mondo. "*Diverso* non vuol dire automaticamente *migliore*."

Giuseppe si sente di nuovo bambino, preso in giro dai grandi e costretto a imparare una morale. Che poi il mirto bianco non era mica così male, ecco. Raffaele nota la sua faccia e scoppia a ridere.

"Bentornato in Sardegna! Bentornato..."

# 7.

"Dobbiamo andare ad Arbatax, a prendere Sandro," annuncia il mattino dopo Raffaele. Giuseppe, che si sta mettendo alla guida del Suv, lo guarda sbalordito.

"E non mi dicevi niente... Hai invitato pure er Pippa?"

"Er Pippa!" Raffaele scoppia a ridere. "Non lo sentivo chiamare così dall'82! Sandro era il Pippa, hai ragione!"

"Piantala... Cosa c'è sotto?"

"Sotto cosa?" Raffaele è il ritratto dell'innocenza offesa.

"Ma scusa, tu vuoi fare una squadra di calcio e come prima cosa ingaggi uno che si chiama er Pippa!"

"Mica deve giocare per forza..."

"E se non gioca cosa lo hai chiamato a fare?" Giuseppe mette in moto e mentre escono dal paese rimugina sull'incomprensibile scelta dell'amico. Per un bel po' guida senza parlare, poi sbotta: "E poi Sandro è pippa complessivamente, mica solo in campo! Sandro è pippa in tutto!".

"Vabbè, adesso non è che perché sei un vip puoi sputare su tutti gli altri, eh?"

"Macché vip, dai... Sandro è un disastro. Si metterà là coi suoi trucchetti a cercare scorciatoie illegali per ogni problema... Per tacere dei suoi pezzi da saltimbanco. Tira giù tutto, abbassa il livello..."

"Ma livello de che!" stavolta lo sbalordimento di Raffaele è del tutto sincero. "Hai capito dove siamo? A Prantixedda Inferru vivono settecento persone e seicento di loro hanno più di novant'anni... Capace che Pippa o non Pippa far giocare Sandro sarà l'unico modo per essere in undici."

"Boh! Fai come vuoi, il presidente sei tu. Ma il Pippa secondo me ci frena."

"Ma frena che? Frena 'sto cazzo, Giuseppe... E poi stiamo parlando di trent'anni fa."

"Pippa al liceo pippa per sempre, Raffaele."

"Ma dai," conclude Raffaele. E poi, dopo qualche secondo, ridacchiando: "Magari lo mettiamo in porta".

"Ma che sei scemo? Il portiere guida la squadra, deve dare sicurezza a tutti e poi..."

"Non rompere il cazzo, Giusè," sbotta Raffaele. Sa com'è Giuseppe quando parte per la tangente, ma qua si deve dare una calmata, è un po' troppo lanciato per i suoi gusti. "C'è pure Sandro, punto e basta. A parte che è un amico, poi forse stavolta ha fatto un imbroglio di troppo, ed è meglio che si allontani da Roma."

"Che ha fatto?"

"Non ho capito bene come, ma mi sa che questa volta si è messo contro i Di Rocco."

"I Di Rocco? La mafia dei rom?"

"Sì... Tipo che aveva promesso al clan di fargli avere dei soldi da un falso incendio e la cosa è andata male. Hanno arrestato uno di loro e il capoclan ha dovuto anche rimborsare del denaro al proprietario dell'edificio bruciato. Qualcosa del genere. Adesso se lo trovano, Sandro, se lo inchiappettano."

"Ma allora sei pazzo il doppio! Ma ti pare che ti trascini qui un pippone mezzo attore, mezzo avvocato e mezzo truffatore ricercato dalla mafia? Quello ci rovina, quello..."

"Un terzo, al limite."

"Un terzo che?"

"Un terzo attore, un terzo avvocato e un terzo truffatore... Lo stai dividendo in tre parti."

"Ma vaffanculo, va'!"

E Giuseppe parcheggia in silenzio. Sono arrivati. Se ne farà una ragione, pensa Raffaele filosofico, scendendo dall'auto. Non poteva certo lasciare Sandro nelle peste, in un ufficio infestato da ceffi con la spranga.

Sandro... e Michela.

"Ahò!" mormora Giuseppe guardando i passeggeri scendere dal traghetto.

"Ah, hai ritrovato la parola? Pensavo fossi diventato muto," commenta Raffaele.

"Ma quella chi è?"

"Quella chi?"

"Quella fica stratosferica."

Raffaele fissa invano la folla colorata. Un gruppo di ragazzini, alcune coppie... Nessuna fica in vista, né stratosferica né di medio calibro. Però vede Sandro.

"Eccolo!" esclama sventolando un braccio, eccitato come se non si vedessero da quattro anni anziché da quattro giorni. "Ecco Sandro!"

"E l'ho visto Sandro," sbuffa Giuseppe. "Quello che voglio sapere è chi è la sventola che si porta appresso."

Nella mente di Raffaele si fa strada la luce.

"Ma quella non è una sventola, è Michela!" esclama. "Non te la ricordi?"

"La sorella? Ma non la vedo da vent'anni... Mi ricordo una con l'apparecchio ai denti. Quella di sicuro non ha l'apparecchio ai denti, no?"

"Be', no, l'ha tolto molti anni fa..."

"È un pezzo di fica micidiale!" taglia corto Giuseppe.

"Dici?"

"Ma che sei scemo? Ma la vedi?"

"No, no, hai ragione, è una bella ragazza..."

"Ma che cazzo dici?" Giuseppe non sa se essere esasperato dalla cecità dell'amico, o contento di non avere concorrenza. Poi si riscuote: concorrenza? In che senso? Lui non tradirebbe Anna. Ci mancherebbe. Si dà uno scappellotto mentale, ma continua a fissare la ragazza che si avvicina.

In effetti Michela è bellissima. Sapete la storia delle rane nell'acqua calda? Quella delle rane che se le butti nell'acqua bollente saltano fuori dalla pentola, ma se le metti nell'acqua fredda e sotto ci accendi il fuoco basso basso, e l'acqua diventa calda piano piano, loro non se ne accorgono, e muoiono bollite senza reagire. Tra Raffaele e Michela è andata così. La sorella piccola di Sandro è cresciuta diventando uno splendore di donna sotto gli occhi di Raffaele, il quale ovviamente non se n'è accorto.

Alta. Snella. Capelli lunghi castano chiaro, occhi verdi,

pelle perfetta. Una donna bellissima di poco più di trent'anni. Single da poco, tra l'altro, dopo aver scoperto i ripetuti tradimenti del suo fidanzato storico. Insomma, la perfezione: giovane, bella, onesta (e vulnerabile).

Ora la guardano entrambi, Giuseppe e Raffaele. Viene verso di loro con un passo leggero e senza valigie: ha in spalla solo uno zaino, come una studentessa. Giuseppe, che l'acqua calda la sa ancora riconoscere, non riesce a decidere se saltare fuori. Raffaele ha una perfetta faccia da rana mentre per la prima volta si dice che Michela ha un gran bel sorriso.

Michela ha sempre un bel sorriso quando saluta Raffaele.

"Ciao..." sembra un po' incerta, come se il contesto diverso dalle mura grigie dell'ufficio di piazza Fiume la intimidisse. Si allunga in un bacio goffo che mira alla guancia e finisce in una specie di scontro di nasi.

"Grande Giuseppe! Siamo tutti qua... Manca solo l'aperitivo e piazza Caprera," sta dicendo intanto suo fratello, soddisfatto.

"È presto per un aperitivo," risponde meccanicamente Giuseppe senza guardarlo. "Ciao Michela."

"Ciao Giuseppe! È tanto che non ci si vede."

"Saranno vent'anni... e tu sei cresciuta, eh?"

Silenzio imbarazzato. Giuseppe ha avuto anni per perfezionare lo sguardo da vip che ti trova attraente.

"Che palle questo," lo brucia Sandro, vedendo la sorella che avvampa. "Stai lontano da tua moglie da trenta minuti e già fai il viscido?" Poi si rivolge a Michela. "Tu l'hai presente, vero, Giuseppe?"

"Be'... Anche se non me lo ricordassi, la tv a casa ce l'ho!"

"Lascia stare la tv," replica Sandro. "Te l'ho mai detto come lo chiamavamo?"

"Oddio. Non so se voglio saperlo," ma Michela sorride.

"Giuseppe era l'Avvoltoio... Si cibava di vittime d'amore. Ragazze che si erano appena lasciate, mogli separate, signore divorziate... E tu sei single da poco: attenta!"

Tana per Giuseppe, che non trova la replica, e non gli resta che scoppiare a ridere. In fondo è imbarazzato, ma gratificato che qualcuno ricordi ancora le storie dell'Avvoltoio. Non è solo che Michela è bella. È che in quel clima, tra gli amici di sempre, con una così davanti, l'Avvoltoio *deve* tornare a volare. Altrimenti dovrebbe ammettere che non sa (o non vuole) spiegare più le ali.

E lui è qui per quello, invece, cazzo. Per spiegare le ali.

"L'Avvoltoio!" esclama. "L'Avvoltoio, li mortacci tua! 'Sta pippa!..." aggiunge spintonando Sandro. E ridono anche i due fratelli. Solo Raffaele resta un po' interdetto. Perché all'idea che Michela possa essere corteggiata (e corteggiata da Giuseppe) si deve ancora abituare.

# 8.

Prantixedda Inferru. Ore 15 di un giorno di fine giugno. Quarantacinque gradi all'ombra.

Nessuno ha il coraggio di sfidare un sole che dà il senso al nome del paese.

Bar, fornaio, Municipio, tutti con le serrande abbassate. Su una sedia piazzata davanti all'ingresso di una palazzina a un piano, schiacciata sotto la pensilina del portone in modo da avere il capo all'ombra, è seduta una vecchia vestita di nero. È lei ad avvistare, per prima in paese, il Suv blu della nuova dirigenza della squadra di calcio.

Dal Suv scendono nell'ordine:

1) quello che ogni sera sta prima dei pacchi in tv. Camicia blu e bermuda chiari. Se lo immaginava più alto e più magro, ma in fondo è sempre un bell'uomo, così autorevole e serio;

2) il figlio di Pietro Ventura: alto e un po' appesantito, con un sorriso accattivante ma tirato, capelli brizzolati tenuti troppo lunghi per la sua età, e per di più legati dietro in un improbabile codino. Catenina d'oro al collo, camicia a righe aperta sul petto villoso e fuori dai jeans, slacciati per permettere alla pancia di respirare;

3) due tipi alti, evidentemente fratello e sorella, belli come il sole. Lei avrà un quindici anni meno di lui, e se ci fosse qualcuno in questa piazza infuocata tutti gli sguardi sarebbero per il suo fisico snello e per i suoi occhi di smeraldo. Aiuta il fratello con la borsa. Lui ha qualcosa di strano: elegante nei movimenti, ma scattoso. Si muove circospetto, si guarda intorno. Alto alto, magro ma muscoloso,

capelli ricci un po' ingrigiti dall'età, barba un po' lunga da attore di Hollywood. Che è quello che sembra.

È lui a farsi incontro all'immobile vecchina.

"Signora... Signora, scusi."

La *tzia* resta immobile. Le pupille nere bucano il volto rugoso e perforano l'interlocutore. Poi, come una schioppettata:

"*Itte chèrese?*".

Sandro fa un salto indietro rivolgendosi a Raffaele. Non si aspettava un tono così duro e nemmeno una lingua straniera. Lui in vacanza con Raffaele e Giuseppe non ci veniva, da ragazzino.

"Che ha detto?"

"Dice 'Cosa vuoi, cosa c'è...' Lascia fare a me. Signora Mariedda, buonasera," Raffaele sorride, si abbottona discretamente i pantaloni tirando in dentro la pancia e si avvicina. "Sono Raffaele Ventura, il figlio di Pietro e Iole."

"*Eja,*" soffia la signora.

"Mi scusi, sa... Avevo appuntamento col sindaco qui in piazza, ma sono un po' in ritardo..."

"*Bellu cussu, vì.*"

"Che ha detto?" fa Giuseppe

Raffaele traduce: "Buono, quello". Poi rivolto alla signora: "Mariedda, l'ha visto? Sa se è passato di qui?".

La vecchia lo fissa per alcuni lunghissimi secondi, poi scandisce in un italiano perfetto: "Raffaele. Tu a quel sindaco non gli devi credere mai".

Lui si guarda intorno imbarazzato, come colto in fallo. Giuseppe e Michela hanno l'aria perplessa. Sandro si è allontanato, sta pascolando nella piazza come se studiasse il punto in cui montare un palcoscenico.

"Ehm... Forse lo trovo al Municipio?" prova ad abbozzare Raffaele.

"Se vi ha dato un appuntamento, non viene. Ed è meglio. Perché se vi ha promesso sole, scende neve. E se vi ha promesso acqua, porterà aceto," pronuncia la vecchia in tono profetico. Detto questo si alza, prende la sua sedia, si gira e la tira dentro casa. Borbotta di nuovo qualcosa in dialetto, poi chiude la porta.

"Cosa ha detto?" chiede Michela.

"Niente," fa Raffaele. "Un vecchio proverbio..."

"Sarebbe?"

"Roba senza senso."

"E dai, Raffa... Traduci, tanto mica scappiamo terrorizzati dalla strega," insiste Giuseppe.

"È complicato, ma più o meno dice: *Mraxiani ia fattu votu de fai unu conillu, ma candu ia biu su fillu, fudi mraxiani e totu*."

"E che cazzo significa?"

"Qualcosa tipo: 'La volpe ha fatto voto di partorire un coniglio, ma quando ha visto il figlio era volpe lo stesso'."

"Cioè?" indaga Sandro che si è riavvicinato vedendo scomparire la temibile nonnina.

"Cioè che qua a Merda lo hanno già capito bene, Sandro," chiosa Giuseppe. "E mi sa che c'ho ragione io... Se uno è merda al liceo resta merda per sempre."

"Dai, ragazzi," riprende Raffaele, col sorriso sempre più tirato. "Andiamo alla sede sociale. Magari il sindaco lo troviamo lì."

# 9.

Dieci giorni dopo, il sindaco non s'è ancora fatto vedere. Non è proprio in paese, si mormora che sia "trattenuto a Milano". Il gruppo dei romani, come li chiamano qua, si è attivato senza di lui. Come referente hanno Antonello, unico dipendente del Municipio dopo la *spending review* operata dal Merda. Ha una trentina d'anni, bassetto, magro ma muscoloso. Occhi neri come il carbone marcano il suo volto come un avviso di svolta pericolosa dopo ore di rettilineo. La sua barba non rasata non è una barba trendy, ma è semplicemente quella di chi non se la fa. Anche la foltissima capigliatura nera è disordinata semplicemente come quella di chi non si pettina.

È lui che fin qui ha risolto tutti i (molti) problemi pratici della ristrutturazione della sede del Prantixedda Inferru. Figura discreta, si siede sulle scalette della palazzina, approfitta dell'ombra della pensilina e aspetta che gli vengano assegnati dei compiti, che non esegue mai, però, senza spirito critico. Figurarsi: loro sono forestieri, lui vive in paese da sempre. Dalla nascita peraltro deve aver detto cinque o sei frasi in croce, a giudicare da quanto è parco di parole. In compenso con i romani è molto disponibile.

"È che gli fa pena Michela," sghignazza Sandro con fraterno disprezzo. Da quando sono arrivati sua sorella sembra far fatica ad ambientarsi, è imbranata, perde le cose. Si sente fuori posto.

Ieri ha chiamato Antonello disperata al cellulare, perché non trovava più la chiave e non riusciva a entrare in sede. Arrivato in un istante alla guida del suo Ducato, un furgone che sembra sprecato per un single di neanche un metro e settanta, Antonello ha provato ad aprire e poi ha sentenziato:

"Non gira. Sei uscita tu per ultima, ieri?".

"Sì."

"Hai lasciato la chiave inserita all'interno."

Michela ha protestato. Non poteva ammettere davanti allo spirito della Sardegna in persona di aver fatto un errore così marchiano: "No, no, Antonello, ti assicuro...".

"L'hai lasciata all'interno."

"Ma no, Antonello, mica sono scema!"

Antonello ha fatto il giro, ha trovato una finestra al primo piano socchiusa, si è arrampicato ed è andato ad aprire la porta a Michela. Dopo aver tolto la sua chiave dalla serratura, all'interno.

"Porca miseria, Antonello, avevi ragione... Scusa..."

"Ora dove la metti?"

"Cosa?"

"La chiave."

"La metto qua, in borsa..."

"Fai vedere?"

Alla faccia della fiducia. Ed è tutto così, forse lo sarà per sempre, si dice Michela quando la mattina apre gli occhi chiedendosi chi glielo fa fare di affrontare il mondo esterno. Ogni incombenza quotidiana, anche la più banale, in questa terra bellissima, ma aspra e sospettosa, si trasforma in un esame da superare. Se non fosse per Raffaele sarebbe già scappata da una settimana. D'altra parte se non fosse per Raffaele non sarebbe nemmeno qui...

Per fortuna c'è la famiglia Ventura. Nell'immensa casa di Pietro e Iole, Michela si sente bene, non vorrebbe uscirne mai. Ospiti perfetti, i genitori di Raffaele hanno assegnato una stanza a ognuno, non interferiscono con i loro affari, né con i loro orari. Dopo la prima cena che ha quasi stroncato Giuseppe, Raffaele ha convinto sua madre a venire a più miti consigli. Ma nessuno si alza mai da tavola affamato. E la sera i tre amici fanno tardi a discutere della squadra, della vita, di qualsiasi cosa man mano che i bicchieri si riempiono e si svuotano. Come ai vecchi tempi. Michela aiuta Iole a sparecchiare e la donna osserva intenerita gli sguardi della fanciulla per suo figlio.

E nonostante le difficoltà di adattamento nella realtà sarda, ogni mattina Michela sale in macchina e va con gli altri alla sede sociale, una palazzina alla periferia del paese dopo l'ultima fila di case, dove la strada asfaltata si trasforma in un sentiero sterrato e dopo quasi un chilometro si arriva al terreno di Muvruneddu, un piccolo altipiano di terra e sassi battuto da un sole atroce. Lì stanno il campo da gioco e la sede, un cubo a due piani. Non pensate all'erbetta: dentro e fuori dal campo la terra è secca e piena di crepe. Prantixedda Inferru sembra Twin Peaks, per chi se lo ricorda, ma invece di essere circondata da montagne e pini, è circondata da rocce e arbusti. E non piove mai.

Il campo è delimitato da una rete oltre la quale è il nulla. Poche sedie in ferro arrugginite, di quelle che trovavi nei bar prima che arrivasse la plastica, montano la guardia a quella desolazione subito dentro il recinto, a testimonianza di qualche partita che fu seguita da qualcuno in passato.

I romani lavorano sodo.

Raffaele e Giuseppe hanno ripulito la palazzina, gli spogliatoi, Antonello ha sistemato le docce, Sandro ha ritinteggiato le pareti. Per tutto quello che serviva ha pagato sempre Giuseppe, anticipando di tasca propria soldi che Raffaele assicura gli verranno restituiti appena le cose cominceranno a girare. Ma lui i soldi non li rivuole, ne ha più di quelli che gli servono, dice (ed è vero). Anticipa volentieri, ma sia chiaro: il mister dell'Inferru, come per comodità hanno preso a chiamare la squadra, sarà sempre lui. Ha posto la condizione subito, al primo conto da saldare. Pensava di dover combattere un po', invece Raffaele gliel'ha data subito vinta, alzando le spalle come a dire: contento tu...

Michela ha rimesso a posto l'archivio della società. Documenti, conti, vecchie carte e nuovi registri: dal niente si è creata una segreteria amministrativa al piano di sopra, scegliendo la stanza accanto a quella del presidente. Sempre al piano di sopra è stata creata una sorta di sala riunioni, che però non viene mai usata dal momento che è esposta male, ci batte sempre il sole ed è un forno per tutta la giornata. L'unico Pinguino De Longhi a disposizione della società viene spostato di volta in volta nella stanza del più sofferente: l'impianto elettrico antidiluviano non regge più di un condizionatore. Spesso lo lasciano a Michela, per cavalleria e anche perché loro sono quasi sempre fuori.

L'unica altra stanza frequentata è quella al piano di sotto in cui Giuseppe siede al tavolo, studiando per ore sul suo iPad schemi e tattiche di tutte le migliori squadre del mondo. I segreti di Luis Enrique, le tattiche di Guardiola, le idee di Mancini, Mihailović, Allegri e Garcia, nulla viene tralasciato. Spesso Raffaele si unisce a lui in lunghe discussioni. Ogni tanto si sente vibrare un cellulare.

È sempre quello di Giuseppe. Nessuno chiama Raffaele. Michela comunica con le amiche solo la sera perché non vuole distrazioni sul lavoro (lavoro?). Sandro lo vorrebbero chiamare in tanti, ma lui il cellulare lo ha gettato in mare, nella traversata da Civitavecchia ad Arbatax, sicuro che le sue spiegazioni non convincerebbero i Di Rocco.

Giuseppe invece sente vibrare il maledetto telefonino cinque, sei volte l'ora. Guarda il nome che appare sullo schermo. La presidente della Rai. Oppure il direttore di Rai1. Oppure Confindustria. Oppure la presidente della Camera. L'ufficio della Presidenza del Consiglio. Il collega di Sky, o la collega di La7, che lo vorrebbero ospite per il commento alla giornata.

Giuseppe non risponde mai.

Studia schemi, ragiona sulle ripartenze, appena il sole cala va al campo, mette in porta Sandro (che resta immobile) e prova le punizioni.

# 10.

Dato che Prantixedda Inferru è un forno a microonde, i provini per la squadra vengono fissati alle 19.30 del sabato sera.

Le convocazioni sono state diramate per una settimana intera. Manifesti affissi in paese e dintorni, con Antonello a volantinare tra i bar tornando dai suoi giri con un alito piuttosto rivelatore. Ma tra una Ichnusa e un fileferru ha fatto il suo: ha avvertito tutti che facciano girare la voce. S'Inferru risorge. Raffaele Ventura, imprenditore romano impaccato di denaro, ha deciso di investire nel paese del padre, e la squadra verrà allenata da Giuseppe Rodàri in persona. Tra due settimane si esordisce nella Coppa Sarda, poi comincia la scalata fino alla Champions.

Giuseppe, Raffaele e Antonello hanno messo un tavolo in mezzo al campo. Dietro al tavolo tre sedie. Sembra *X-Factor*.

Davanti alla giuria di qualità i provinandi.

Si sono presentati in otto.

Il prete di Prantixedda, don Virgilio. Una sessantina d'anni, mal portati. Centromediano nelle giovanili del Lanerossi Vicenza, prima dell'arrivo di Paolo Rossi, Filippi e Faloppa. Di calcio ne capisce, ma pensare di metterlo in campo a quell'età e con quella panza sembra francamente impossibile.

"Don Virgilio, ma lei ce la farebbe a reggere novanta minuti?" chiede Giuseppe.

"Dottor Rodàri", e sentire l'accento veneto, quella parlata guidata da una vera e propria cantilena, fa a Giuseppe l'effetto di una secchiata di profondo Nord in faccia, dopo il coma vigile cui il caldo di Prantixedda Inferru lo ha condannato, *"se lei me dise che devo corere xe un problema. Ma se lei me dise che devo far corere il pallone, ciò, vedrà di cosa son capace. Lei me mete lì in mezzo, al resto ghe pensi mi."*

"Grazie, don Virgilio," sospira Giuseppe, rispettoso ma poco convinto. "Voi due chi siete?"

Al fianco del parroco due ragazzini che sembrano usciti da un film di De Sica. De Sica padre. Gavino detto Baìnzu e Raffaello, detto Lillìnu, quattordici e quindici anni, fratelli. Ne dimostrano meno. Magrissimi, abbronzatissimi. Piccoli di statura, capelli neri rasati ai lati e più lunghi al centro, come tutti i loro coetanei.

Dopo aver dato le generalità al mister, Lillìnu inizia a palleggiare. Il pallone vola da un piede all'altro come telecomandato. Anzi, è una piuma. Non rispetta la legge di gravità. Ora è sul destro, ora sul sinistro. Ora vola su una spalla, viene toccato, torna sul sinistro. Ora è dietro al collo, si appoggia, rotola sulle spalle, finisce sullo stinco. Ancora sullo stinco. Stinco, stinco, stinco. Coscia. Ora è di nuovo sui piedi che lo rilanciano in alto colpendolo sotto, di taglio, imprimendogli un effetto che lo porta a ruotare su se stesso mentre sale e ricade. Stop. Lillìnu schiaccia il pallone a terra, con la suola. E il pallone lì rimane.

Neymar in Ogliastra.

"E anche tu lo sai fare?" chiede Giuseppe al giovane Baìnzu. Nella sua voce trema l'entusiasmo.

"*Deo curro*."

"Come ha detto?" domanda Giuseppe a Raffaele.

"Dice che corre. Che è veloce."

Senza aspettare ordini, Baìnzu dà uno sguardo a don Virgilio e inizia a correre. Corre più veloce del vento. Quando il ragazzino sta per arrivare al vertice di un'immaginaria area di rigore (Antonello non ha ancora avuto il tempo di segnare le zone di gioco con la polvere di gesso) il parroco colpisce il pallone che arriva come teleguidato a 30, 40 centimetri dal destro del velocista. Baìnzu stacca da terra e bum! Un colpo secco al pallone, che si insacca sotto l'incrocio dei pali.

Michela, seduta su una delle sedie arrugginite su cui

Giuseppe ha galantemente drappeggiato un asciugamano per evitarle il tetano, si alza in piedi e applaude.

Giuseppe fissa meravigliato Raffaele. L'altro ricambia lo sguardo, ma il lampo di ammirazione lascia il posto quasi subito a una luce perplessa, quasi preoccupata. Nessuno se ne accorge.

Giuseppe invece comincia a respirare.

Tocca a Boèle, il forestale. Alto uno e novanta, peserà almeno centoventi chili. Fa paura solo a guardarlo. La folta capigliatura brizzolata prosegue senza soluzione di continuità a coprire tutto il viso sotto forma di barba, baffi, sopracciglia. Un sospetto di collo sprofonda quasi subito dentro due spalle che sembrano le ali spalancate di un'aquila. Seguono un torace ampio e una pancia gigantesca, dalla quale partono due gambe lunghissime e muscolosissime, da giocatore vero.

"Buongiorno Boèle," esordisce Raffaele.

"*Salude Raffaè,*" risponde il colosso, guardando dritto davanti a sé come nei film fanno le reclute Marine interrogate dal sergente istruttore.

"Giochi a pallone?" domanda il presidente.

"*Eja.*"

"*Fias forte?* Sei forte?" Raffaele passa al dialetto, e traduce in contemporanea per Giuseppe.

Pausa di Boèle. Poi la risposta.

"*Lu fippo.*"

"Lo ero."

"In che ruolo giochi, Boèle?" interviene timidamente Giuseppe, il mister.

Boèle gira le palle degli occhi verso di lui senza muovere alcun muscolo. Risponde in italiano:

"Dove vuole lei, mister".

Silenzio. Giuseppe ci riprova:

"Ma se tu potessi scegliere?".

Boèle lo guarda, stavolta dedicandogli la sua piena attenzione: volta addirittura la testa.

"*A palas.*"

"Come?" chiede Giuseppe a Raffaele.

"Dietro," traduce Raffaele.

"Grazie Boèle," conclude Giuseppe, piuttosto sconcertato, ma già immaginandoselo bello immobile là, al centro della difesa, a macellare qualunque attaccante abbia in animo di segnare all'Inferru.

Il momento di ottimismo dura poco.

Dopo Boèle tocca a *tzìu* Martine, lo zoppo del paese. Fa vedere che da fermo tira delle buone punizioni, ma, come cerca di far capire Giuseppe a Raffaele che sembra positivamente impressionato, resta pur sempre zoppo.

Poi c'è Veronica, la figlia di Bobòre, il proprietario del bar della piazza, una ragazzetta di diciassette anni che sostiene di amare il calcio, ma se è così non si tratta di amore ricambiato, pensano i romani. Si avvicina alla sfera e la colpisce di punta con una potenza inaudita, mancando clamorosamente la porta ma rischiando di centrare in pieno il volto di Raffaele, che la ringrazia e la rimanda al posto. Seguono Valerio e Fabio, due ragazzini di undici e otto anni, che non vengono nemmeno provati, visto che il regolamento del torneo (per quanto così illuminato da ammettere le giocatrici) pone dei limiti anagrafici. Almeno verso il basso.

A parte loro due, tutti vengono ringraziati, schedati in anagrafica e convocati per un appuntamento in piazza dopo cena. La riunione al vertice può cominciare.

"Ragazzi, è un disastro," esordisce Giuseppe.

"Be', dai," ribatte Raffaele in tono consolatorio. "In fondo i ragazzini sono forti, il parroco ha un bel piede e Boèle fa paura..."

"Ma che cazzo dici, Raffaele!" Giuseppe lo guarda come se fosse scemo. "Un ciccione, un vecchio e due bambini? A parte tutto, non ti ricordi che si gioca in undici? Il torneo inizia tra una settimana e stiamo messi così?"

"Ma la ragazza non era male," azzarda Michela.

"Dai Michela, per favore!" sbotta Giuseppe. Poi si pente, perché lei stringe le labbra e guarda in basso. Ma non ha la pazienza per essere gentile, ora.

Ci pensa Raffaele, mettendole una mano sul braccio.

"Ma no, infatti non era male," dice, incoraggiante. "Ha tirato in porta, dopotutto."

"Ti ha tirato in faccia, poteva ucciderti," precisa Giuseppe.

Michela alza gli occhi grata verso Raffaele che l'ha difesa, ma l'espressione di lui è quella di chi conforta una cuginetta, non c'è da farsi illusioni. Meglio cuginetta che sorellina, pensa ferocemente la ragazza, sfiorandosi il braccio nudo dove si è appoggiata la mano di Raffaele.

"Vabbè, dai, cerchiamo qualcun altro in giro," taglia corto Sandro.

Ma Giuseppe sta già pensando oltre.

Dobbiamo ricordarci che Giuseppe, nel suo mestiere, è il numero uno. L'adrenalina davanti a un problema gli invade il sangue e prende il controllo. Giuseppe inizia a pensare, velocemente, e i problemi che incontra non fanno che aumentargli la capacità di risolverli. Li punta, li valuta, li sgomina. E allora inizia a parlare.

"Al torneo ci iscriviamo con una lista provvisoria, ci accertiamo che la lascino aperta e intanto cerchiamo altre persone che via via iscriviamo," decide. "Mettiamo il parroco, Boèle, i due ragazzini e Veronica. Sandro fai il portiere."

"Io? Ma neanche per idea!"

"Sandro, non rompere i coglioni, ti iscrivo e se nel frattempo trovi un portiere ritieniti libero."

"Ma dai, Giuseppe, ma che cazz..."

Raffaele gli lancia un'occhiata, Sandro capisce. Giuseppe è così mica da ieri, non si ricorda come li convinceva a gettarsi nelle imprese più deleterie, a quindici anni? Adesso è meglio stare zitti, e lasciarlo fare.

"Poi naturalmente io e te," riprende Giuseppe guardando Raffaele.

Raffaele guarda Sandro, che gli restituisce lo sguardo con cui è stato zittito pochi secondi prima.

"Tu, Antonello, come sei?"

"A pallone?" chiede Antonello.

"Eh no, a boccette!" sbotta Giuseppe.

Antonello lo guarda come se si fosse risvegliato da un lungo sonno.

"So giocare."

"Giochi bene?"

"So giocare."

"Vabbè, un altro chiacchierone," sbuffa Giuseppe.

"Ma che c'avete da queste parti, una tassa sulla conversazione?"

Raffaele gli tocca un braccio, come a dire, non esagerare. Giuseppe torna a guardare Antonello. Antonello ricambia, senza proferire altra parola, e Giuseppe è il primo ad abbassare gli occhi. Riepiloga, indicando i nomi sul foglio davanti a lui.

"A questo punto siamo noi quattro, Boèle, don Virgilio, Baìnzu, Lillìnu e Veronica. Siamo nove. In campo possiamo andare. Iscriviamo questi, e abbiamo cinque giorni per trovarne altri."

"Lo zoppo?" chiede Sandro.

"Ma vaffanculo," Giuseppe chiude la questione.

Raffaele guarda per terra. Tutto sommato un esordio incoraggiante. Er Pippa in porta, un vip sovrappeso in campo e una squadra più sconclusionata che mai. Lui compreso. Mentre pensa all'inevitabile sconfitta, lo sguardo gli cade sulla sedia arrugginita su cui era seduta Michela. Ora c'è accovacciata la sagoma di un Gollum.

È arrivato il sindaco. Merda Crisponi.

# 11.

Il cielo è pieno di stelle e la piazza centrale del paese è piena di prantixeddesi curiosi, che osservano i romani alle prese con le scartoffie. Allora i giocatori li hanno trovati, dopotutto. Qualcuno, discretamente, riscuote le scommesse di chi aveva puntato su un fallimento totale entro la prima settimana. A un tavolo del bar – *su tzilléri* nella lingua locale – Giuseppe, Antonello e Michela hanno finito di registrare i "convocati" e controllano le carte dell'iscrizione al torneo. I clienti affezionati dello *tzilléri* lanciano loro saggi consigli sorseggiando tutti, senza eccezione di sorta, Ichnusa gelata o vino rosso. Su un punto in paese c'è totale unanimità: da quando sono arrivati i romani è meglio del circo in città. Chi se lo immaginava, che ci si potesse divertire tanto nell'immobile estate prantixeddese? Stai a vedere che quella merda di un sindaco ne ha fatta una buona, a chiamare il figlio dei Ventura e la sua banda per questa impresa scriteriata della squadra di calcio.

All'altro lato della piazza l'ombra della notte scesa da poco avvolge Merda e Raffaele in piedi a discutere, a quanto pare piuttosto animatamente. Sono venuti dal campo fin qui, da soli, nella macchina del sindaco, lasciando agli altri il Suv. Raffaele si è sfilato dal gruppo, senza presentare – o meglio ripresentare – Merda a nessuno. Tutto sommato un gesto di cortesia visto che la sagoma filiforme e un po' curva del Merda spande attorno onde di equivoca mestizia anche a guardarla da lì.

Pure Sandro si è staccato dal gruppo, ma per altri motivi.

"Vai a vedere se a qualcuno di loro interessa giocare a

pallone," gli ha chiesto Giuseppe mezz'ora prima, indicando una panchina su cui era appollaiata la gioventù del paese, ovvero un gruppo di tre ragazzi e tre ragazze. Per rompere il ghiaccio, Sandro ha attaccato il suo repertorio di pezzi vintage di Dario Fo, e già che c'era ha passato in giro una canna. Chissà quale delle due cose gli è valsa la rapita attenzione con cui adesso lo guarda il sestetto.

"Ma che ha il sindaco da scaldarsi tanto?" è già da un po' che Michela si distrae dalle operazioni di registrazione per scrutare verso l'altro lato della piazza. A quanto pare la situazione sta degenerando. Vicino al grande leccio che segna il confine della piazza, il serpentello che si agita davanti a Raffaele alza la voce, assume atteggiamenti arroganti, sposta il peso del corpo verso l'interlocutore che arretra, quasi temesse di essere colpito.

Michela dà di gomito a Giuseppe, che guarda l'amico. Giuseppe è uno sveglio, questo lo abbiamo già detto. Capisce che qualcosa non quadra. Lascia Michela e Antonello a finire il lavoro, si alza e parte al salvataggio.

"...allora non ci siamo capiti, bello mio! Se non ti sbrighi a fare come abbiamo stabilito faccio saltare tutto!" Merda sembra furente mentre apostrofa Raffaele, che ha incassato la testa dentro le spalle, e se potesse la ritirerebbe dentro al torso come una tartaruga per scomparire davanti all'odiato cugino (alla lontana).

Ma perché?

Con un riflesso istintivo, Giuseppe cerca di comporre a mente una breve scheda del Merda. La madre è tipo una cugina remotissima di millesimo grado del padre di Raffaele, ma Prantixedda Inferru è un posto minuscolo, lì sono tutti parenti. Attilio Crisponi ha fatto fortuna in qualche ramo d'industria che Giuseppe non ricorda – dov'è la sua redazione quando serve? – e poi ha venduto l'azienda alla Graf di Otto von Kausen, la multinazionale con sede a Francoforte, diventando uno degli uomini più ricchi della Sardegna. Qualche mese fa, novello san Francesco, si è prestato alla politica senza chiedere un euro alle casse pubbliche.

Per ora, aggiunse fra sé Giuseppe, abituato a pensar male di chi predica bene.

Crisponi svolge gratis il lavoro di sindaco, e le voci lo danno già seduto sulla poltrona di presidente della Regione Sardegna, poltrona che gli sarebbe stata prospettata da Matteo Renzi in persona, colpito e conquistato dalla dedizione di quest'uomo alla cosa pubblica. Uno schifoso opportunista e probabilmente pure delinquente, insomma, riassume Giuseppe che forse è un po' prevenuto, ma che sulle persone difficilmente sbaglia.

L'altra cosa che ricorda, e questa senza bisogno della redazione (loro lo ritengono una persona seria, non capirebbero), è che il culmine del loro rapporto con Merda è stato quando nel 1985 lo hanno convinto con l'inganno a mangiare un panino ai peli di culo. Solo a pensarci gli torna da ridere.

Merda. E come altro potevano chiamarlo. Sfuggente, spregiudicato, infame e opportunista. Attilio Crisponi, sempre sprezzante, sempre da solo in classe, in corridoio, a ricreazione. Un viscido, e un vigliacco. Negli intervalli camminava raso al muro, come un geco. Lo odiavano tutti e tutte a scuola. Spia dei professori, denunciò il gruppo che chiuse il preside dentro al cesso. Appostato alla finestra del corridoio al primo piano, sbirciava convinto di non essere scoperto il bagno delle femmine al piano terra, fino a che non lo scoprì la bidella Ofelia. Al compito di greco che per molti significava il passaggio (o meno) dal ginnasio al liceo consegnò al professore il vocabolario di La Solvia, perché quel poveretto ci aveva nascosto dentro le traduzioni. Merda gli strappò il Rocci dalle mani con violenza, durante il compito. Roba che lo redarguì lo stesso docente, ma La Solvia fu bocciato comunque (ci dovettero pensare loro a fargliela pagare, con quella storia della ricreazione in piedi).

Fisicamente non è cambiato di un millimetro, osserva Giuseppe. Magro magro, lungo lungo, la stessa affilata faccia da cazzo, gli stessi capelletti ormai radi ma sempre unti. Quell'andatura da rettile, con il collo parallelo al terreno, proteso in avanti, come se le spalle mandassero la testa in avanscoperta a vedere se ci sono pericoli. Chi non lo avesse conosciuto ai tempi del liceo magari lo definirebbe un uomo di successo. Il vestito fatto su misura costa diverse migliaia di euro, non proprio l'abbigliamento ideale per la piazza arroventata di Prantixedda Inferru, ma lui non sembra sentire il caldo né alcuno stimolo fisico. Un automa. Un Visitor, a giudicare dalla smorfia di collera mentre conclude la sua arringa:

"Sono stato chiaro, imprenditore di questa minchia?".

Raffaele blocca la sua furia sollevando il mento, per segnalargli che alle sue spalle sta arrivando qualcuno.

Quello si gira e si trova davanti un volto conosciuto. Giuseppe parte subito col piede giusto:

"Merda! Volevo dire... Sterco! Visto che sei diventato sindaco non vorrei essere irrispettoso. Che piacere vederti..." sorride con perfidia.

"Ecco il vip di questo cazzo," replica Crisponi sibilando. "Non c'era da sbagliarsi, che ti avrei trovato ancora in compagnia di questo fallito dell'amico tuo. E quell'altro? Quell'altro cretino non c'è? Non mi dire che da quando sei famoso ti sei rifatto una vita e hai eliminato qualche peso morto."

Giuseppe non è stupito dalla conferma di trovarsi davanti al solito Merda, così come lo aveva lasciato ai tempi del liceo. È anzi intimamente soddisfatto. Non gli tocca recitare la parte dell'uomo civile che è cresciuto, maturato e adesso sa trattare con le persone al di là dei vecchi schemi e delle etichette dei tempi della scuola. Lo invade la gratitudine per il buon vecchio Merda, che gli consente per una volta di poter essere se stesso. Quello che lui, profondamente, intimamente, è convinto sia il vero se stesso. Non certo il giornalista di successo, quanto piuttosto lo sfrontato diciottenne che passa al viscido compagno di classe il panino ai peli di culo preparato da Sandro Parisi.

"No, no sindaco, non temere... Il tuo chef sta là", e Giuseppe, leggero e spensierato come non si sentiva da tempo, indica Sandro che, in batik e bandana, gira in tondo sostenendo se stesso su un solo braccio, mantenendosi col corpo perfettamente parallelo al terreno; intorno a lui il circolo dei giovani è notevolmente aumentato. Sono donne per la maggior parte, che applaudono rumorosamente.

"Eccolo là," fa Merda sprezzante. "Che bel carrierone che ha fatto pure lui... da giullare a saltimbanco. Complimenti! Il pagliaccio, il giornalaio comunista e l'importatore di tequila fallito: trent'anni dopo si è ricreato il fantastico trio."

Sandro lo ha intravisto mentre zompettava. Si dà lo slancio con il braccio muscoloso, balza in piedi e con un salto mortale raggiunge gli amici, tra gli applausi di quello che possiamo ormai definire il suo affezionato pubblico. Ha i capelli un po' fuori posto ma non è neanche rosso in viso, nota Raffaele invidiandolo.

"Ehm... Sandro, ti ricordi di *Attilio*, vero?" chiede calcando sul nome per cercare di salvare la situazione.

"Ciao Merda!" gli fa Sandro, sordo a ogni buonsenso. "Come va?" Giuseppe è colpito dalla ritrovata verve dell'amico di sempre. Raffaele no, perché lo vede tutti i giorni da anni e lo conosce per quello che è: un pazzo.

"Stavo dicendo al tuo fidanzatino qui," replica Merda indicando Raffaele, "che mi fa piacere vedervi navigare nella cacca, ancora, dopo tanti anni."

"Su dai, Stercolino..." replica Sandro, con la vecchia scintilla negli occhi. "Rilassati e cerca di non rompere il cazzo. Vuoi che ti preparo qualcosa? Magari un panino dei miei?"

Giuseppe riesce a stento a trattenere uno scoppio di risa mentre Attilio diventa tutto rosso dalla rabbia. Si avvicina a due centimetri dal naso di Sandro e sussurra rabbioso:

"Bada bene, coglione... I tempi dei panini al culo sono passati. Vedete di far funzionare bene le cose qui, tu e questi altri due subnormali, che se no vi rovino".

"Sentimi bene tu, Merda," ribatte secco Sandro riducendo di un altro centimetro la distanza tra le due facce e squadrando spalle di una certa ampiezza. "Io ci metto un attimo a prendere la macchina del tempo e riportarti a quando scorrazzavi attaccato al finestrino della Polo." Gli stringe il mento tra pollice e indice. "Io non lo so cosa hai in mente, e su cosa stai creando problemi, però vedi di pascolare lontano dal mio culo, Merda, e forse, quando ci saremo rotti il cazzo del tuo villaggio, te ne tornerai tranquillo al tuo Municipio a intascare le mazzette. D'accordo?"

Merda non dice una parola, guarda Sandro con rabbia. Poi con uno strattone si gira verso Raffaele. Giuseppe, a braccia conserte accanto all'amico, guarda da lui a Merda perplesso. Perché Raffaele tace? Normalmente il discorso di Sandro avrebbe fatto partire la ola. Possibile che il sindaco sia tanto importante, per la squadra? E anche se fosse, perché quello sguardo imbarazzato?

"Fai quello che devi fare, Ventura," conclude Crisponi e si allontana camminando all'indietro come se temesse di voltare le spalle al Trio – il che, a ben vedere, è comprensibile. "Pezzi di merda... poveracci..." sibila infine, girandosi e accelerando per la sua strada.

Giuseppe incrocia lo sguardo di Raffaele e gli fa un cenno del capo come a chiedere "Che è successo?" e per risposta Raffaele apre un gran sorriso e alza il pollice sillabando: "Tutto ok!".

"Ma ok cosa, che ti ha fatto una capa tanta per venti minuti?"

"È che Merda rosica se faccio una bella squadra. E zitti zitti... vedrai..." Eppure non lo dice con convinzione. Cambia discorso, muovendosi verso l'altro lato della piazza: "Allora, a che punto siamo con le iscrizioni?" e arrivato al tavolo: "Fammi vedere un po'!".

"Raffaele, tutto bene?" chiede Michela con uno sguardo ansioso appena lui le arriva a tiro.

"Certo! Certo! Benissimo!" la rassicura Raffaele con allegria un po' forzata.

Giuseppe e Sandro restano sotto il leccio, a guardarsi in faccia. Poi un vociare dalla panchina richiama a gran voce Sandro per il bis. Lui alza le spalle e sorride.

"Sai Giusè? Sento che gira bene. Questa vacanza già mi piace", e con un nuovo salto mortale torna a buttarsi in mezzo al suo pubblico, che applaude unanime e rumoroso.

Giuseppe si gratta il mento perfettamente rasato e fissa Raffaele. È una vita che fiuta quello che gli altri non vedono. Qui c'è qualcosa che non va.

## 12.

La prima partita è fuori casa. Giuseppe, nello spogliatoio, si immagina ripreso dalle telecamere di Sky pochi minuti prima del fischio di inizio. Certo lui non è tatuato, e non si sta sistemando i parastinchi. Dopo aver inserito i plantari negli scarpini si sta chiudendo in vita una gigantesca fascia elastica steccata, di quelle che (in teoria) servono per tutelare la schiena, ma in pratica possono aiutare (e molto) a nascondere la pancia. Poi tocca al tutore del ginocchio, quello rinforzato, che garantisce la stabilità della rotula. Quindi infila il polsino contro l'epicondilite e si organizza per mettere le lenti a contatto, cosa non semplice, perché nello spogliatoio non c'è specchio.

"A Robocop...! Quando hai finito ci raggiungi in campo!"

Raffaele esce dallo spogliatoio scalcinato che il Bidda Ruja ha messo a disposizione del Prantixedda, tirando la maglietta il più possibile per allargarla e non farla aderire troppo alla pancia. "Ma che cazzo v'è venuto in mente di comprare le maglie gialle?" ha chiesto a Sandro e Giuseppe quando sono arrivate. "Le dovevate prendere nere, o blu che sfinavano... Così facciamo ridere!"

"Parla per te, io sono un figurino," è stata la risposta di Sandro. Che vestito da portiere è l'unica cosa al mondo più ridicola di Raffaele e Giuseppe con la maglia gialla. È evidente che lui e il calcio non c'entrano nulla l'uno con l'altro: è questione di movimenti, di immagine complessiva. Chiunque degli avversari lo guardi non potrà che pensare: devo tirare in porta, quel portiere è una pippa.

"Respira forte, Sandro," gli fa Giuseppe raggiungendoli sulla porta dello spogliatoio, "magari l'odore di piscio ti fa da doping e pari qualcosa."

Spingono la porta e sono sul campo.

Il Bidda Ruja è già schierato.

"Minchia, ma sono dei ragazzini!" sbotta Raffaele.

Creste, tatuaggi, tartarughe, magliette attillate: undici gladiatori tra i venti e trent'anni aspettano a centrocampo le vittime predestinate.

Infilati dentro improbabili magliettine gialle sponsorizzate Ventura DSB, undici disperati si avvicinano alla linea di metà campo.

Undici, perché alla fine c'è pure lo zoppo. E c'è Michela.

Sandro in porta sorride, tanto per lui è tutto di guadagnato. Pensa ai suoi pollici. Meglio infilati nei guanti da portiere che piegati all'indietro da un Di Rocco.

Difesa in linea: Antonello, Raffaele, Boèle e Michela (che a giocare è pure peggio dello zoppo ma con la sua maglietta gialla aderente rischia di essere l'unica arma a disposizione della squadra, arma di distrazione di massa).

A centrocampo il rombo con Giuseppe, don Virgilio, Veronica che purtroppo è piatta come un'asse, e (più spostato in avanti) Lillìnu.

Tzìu Martine sulla fascia destra: il posto che si dà all'infortunato quando hai finito i cambi.

Baìnzu unica punta.

Giuseppe è mister e capitano. L'arbitro ne approfitta per farsi un selfie col vip, gli avversari non sembrano proprio riconoscerlo. Ci si dà la mano, si tira la monetina, ci si schiera e poi il fischio d'inizio.

# 13.

Una partita undici contro undici che finisce 32 a 0 non può essere raccontata. Va presa per quello che è, un bagno di sangue.

Giuseppe non si arrabbia con la squadra, perché chiamarla squadra non è neanche possibile. Finite le docce, mentre gli altri sono sparsi tra il furgone di Antonello e il camion di Boèle, se la prende con Raffaele che torna con lui sul Suv verso Prantixedda Inferru.

"Raffaele, dimmelo ora e non m'incazzo, promesso. Mi stai prendendo per il culo?"

"Cioè?" L'altro guida e tiene gli occhi fissi sulla strada, comportamento sensato visto come sono fatte le strade da queste parti. Se non fosse che Giuseppe ha l'impressione che voglia evitare il suo sguardo.

"Dimmi solo se mi stai prendendo per il culo."

"Ma che vuoi, Giusè... Questo è quello che abbiamo trovato. La squadra migliore che potessimo mettere in campo."

"Il problema non sono loro, Raffaele. Sei tu. A te di questa partita non te ne fregava nulla."

"A me? Ma che dici..." E di colpo Raffaele ammutolisce. Guarda fuori, ma è come se oltre la strada, tra quei cespugli neri nella notte buia vedesse volti e occhi brillanti che Giuseppe non vede.

"Lo sai, Giuseppe," mormora, "qual è la prima regola degli Shardana?"

"E adesso chi sarebbero questi? Una squadra di rugby?"

"Sarebbero antichi guerrieri del mare... Gli antichi sardi, dicono. Gente di qualche mila avanti Cristo che le suonò pure ai faraoni. Loro..."

Giuseppe serra la mascella, non gli lascerà cambiare argomento così, a caso, come a scuola durante l'intervallo.

"Raffaele, io lo so che tu a pallone ci sai giocare," lo interrompe, alzando un po' la voce. "E tu sai che questa partita la potevamo perdere meglio!"

"Dai, Giuseppe, su! Giocavamo con uno zoppo, non mi rompere i coglioni."

"Guarda che se era per fare due calci a un torneo me ne rimanevo a Roma... Qui possiamo anche perdere, e male, come abbiamo fatto oggi, ma mi devi far capire che stiamo costruendo una squadra."

"Ma che squadra, Giuseppe!" Raffaele ne ha le palle piene di fare quello col pensiero positivo. "Che la cosa migliore in campo erano le bocce di Michela!"

"Be', io così non ci sto!"

"Senti, Giuseppe, abituati, perché nel mondo dei perdenti le cose vanno così. Si perde 32 a 0, ci si prepara alla prossima sconfitta e avanti un altro."

"Senti tu, Raffaele, non mi fare la scena madre a me, non piagnucolare con me, va bene? Perché io c'ero, ti ricordi? C'ero al liceo, c'ero a scorrazzare per il mondo con la tua fottuta tequila e c'ero anche dopo!"

È ora di spiegare la vicenda della tequila Sabòr. Tanto si fa in fretta.

Negli anni novanta Raffaele si era assicurato l'esclusiva italiana per l'importazione di una speciale marca di tequila cubana. La Sabòr. Per qualche anno, tutti avevano voluto solo Sabòr. No Sabòr, no party. I soldi piovevano dal cielo, Raffaele Ventura aveva ventiquattro anni, ed era stato allora che aveva commesso due errori gravi. Il primo: pensare che il momento d'oro sarebbe durato per sempre. Il secondo: sposarsi.

Quest'ultimo è stato un errore tutto suo, ma alla tequila ci avevano creduto pure Giuseppe e Sandro, eccome. Dopo che il viaggio della vita a L'Avana, oltre a fornire abbastanza avventure per i racconti di un'intera esistenza, lo aveva reso ricco, Raffaele se li portava dietro ovunque. Giuseppe aveva il pallino per le pubbliche relazioni. Sandro aveva il fascino italiano e quel che di intellettuale da aspirante attore, epigono di Dario Fo. Studiavano, viaggiavano, compravano e vendevano tequila e facevano i soldi.

Ricordare quei tempi, ora, a Raffaele fa più male del 32 a 0. Molto, ma molto più male.

"Ma che vuoi, direttore!" esplode. "Che cazzo vuoi da me se giochiamo con un prete, due ragazzini e uno zoppo! Mica stai a Strasburgo coi professori del Pd, qui! Stai nel culo del mondo, ora, bello!" La voce gli si spezza in quello che sembra il sospetto di un singhiozzo.

Ma anche Giuseppe ha ricordato quei tempi. I loro tempi dorati. E a lui il contrasto con questi due bolsi di mezza età in Suv non fa tristezza, gli fa proprio rabbia. Una rabbia nera.

"Questa è la scusa, stronzo! Qualsiasi squadra può vincere... a patto che sia una squadra!"

"Non mi fare il positivo! Non mi fare il positivo! Che coi milioni tuoi ci sono buoni tutti a fare i vincenti. Nel culo del mondo si perde 100 a 0 e si va a casa, e non si rompe il cazzo agli altri!"

Raffaele sbanda e frena di botto. Sono le 23 passate. Tutto intorno è buio. Anzi a dire il vero sono in mezzo alla provinciale più buia dell'universo.

In silenzio.

Si sente il respiro pesante dei due, come pugili al terzo round.

Raffaele è il primo a riprendere il controllo, e a cambiare tono. Mette una mano sulla spalla di Giuseppe. "Andiamo, va', capitano. Che la prossima almeno la giochiamo in casa..."

"C'è qualcosa sotto, Raffaele?" Giuseppe non se n'era mai reso conto ma adesso capisce quanto ce l'ha nel sangue, questa cosa che non può lasciar perdere una pista se fa odore di marcio.

"Ma che ci deve essere sotto, Giuseppe... Falla finita..."

"Ti dico una cosa, Raffaele. Io qui mi voglio mettere in gioco. Questa impresa mi piace, e te lo dico sapendo che mi sto rendendo ridicolo."

"Ma no, Giuseppe, ma perché ridicolo... Anche io, guarda..."

“Lasciami parlare. Tu non lo sai quanto ci tengo. Io qua in Sardegna t’ho seguito per egoismo, non per farti un favore. E questo vuol dire che su di me ci puoi contare davvero. Perché a me questa cosa serve.”

“Ma che ti serve a te, Giuseppe? Tu sei Rodàri, nuoti nella considerazione e nell’oro. C’hai due figli bravi, una moglie che ti vuole bene... non una che rischi che se la frega il primo istruttore di pilates che passa...”

“Ti sbagli, Raffaele,” ma poi su quella grande verità a Giuseppe viene da ridere. “Aho’! Non voglio dire che tu sei messo bene con la stronza eh!”

“Ecco. Che Rosy è stronza mette d’accordo tutti...” anche Raffaele sorride, sollevato nel sentire l’atmosfera che si fa un po’ più leggera.

“Tu non lo sai quanto mi sono rotto il cazzo io, però. Ormai quando vedo un politico che mi si siede davanti... mamma mia... quando iniziano a parlare... Tu non lo sai che si prova. Guarda che non ce l’ho con loro, eh. Non è il politico il problema. Il problema è la vita... La vita che è sempre la stessa...”

“Vedi? Tu puoi fare il filosofo e ti lamenti? Tu hai il lusso di annoiarti... e ti pare poco? Io campo alla giornata, Giusè. Ogni giorno rischio di andare sul lastrico, ogni giorno rischio di finire schiacciato da mio suocero, ogni giorno...”

“...Rischi che ti si schioppano la moglie!”

“Eh... appunto.”

“Allora due cose: la prima te la volevo dire già da qualche giorno, ma dovevo prenderti da solo.”

“Che c’è?”

“Tuo suocero, se lo bevono.”

“Lo arrestano?”

“Sì, lo beccano in un giro di mazzette romane.”

“Ma è una tragedia!”

“Chettenefrega a te, lo odi!”

“Ma qua in Sardegna paga tutto lui!”

“Ha già pagato?”

“Sì, a dire il vero ha già versato...”

“E allora lascia che se lo bevano: gli farebbe anche bene

un po' di gabbio a quel pallone gonfiato. Hai visto mai che pure quella stronza della figlia abbassi un po' la cresta."

"Cazzo, si bevono il panzone!" ripete Raffaele incredulo.

"Eh!"

"Grande... Il panzone a Regina Coeli... un mito!" (Raffaele purtroppo è fatto così. Quando c'è da godere gode.) "Ma secondo te sarà un guaio del tipo che fallisce tutta la famiglia, o roba del genere?"

"No, non credo... è un'indagine di un giudice giovane, che vuole farsi notare. Qualche giorno ai domiciliari e torna fuori. È un'indagine piuttosto campata in aria, ma che farà un bel casino."

"Mortè... Quattrociocchi in galera... A casa mia scoppierà un inferno. Ma sei sicuro?"

"Sicuro. Se non domani, dopodomani."

"Così presto?"

"Così presto. E non lo dire a nessuno, Raffaele... Se no si bevono anche te."

"No, e a chi vuoi che lo dica?"

"A Rosy, per esempio."

"Figurati. Ha il telefono staccato da ieri, quando la trovo?"

"Neanche alla signora Tilde, Raffaele... Guarda che finiamo male."

"Non lo dico, tranquillo..."

Riparte a guidare, quasi in stato di trance. Nel cervello gli si disegna un bellissimo film in cui i Carabinieri arrivano a casa di Quattrociocchi e lo portano via in manette. Lui che urla, sbraita, minaccia... e quelli gli abbassano la nuca e lo infilano in macchina. Magari non andrà così, ma è un bellissimo film lo stesso.

"E poi," riprende dopo un po' Giuseppe, accendendosi una sigaretta nel buio. "C'è la seconda cosa."

"Da quando in qua fumi?"

"Ho ricominciato."

"Proprio adesso che ti serve il fiato?" chiede Raffaele con un velo di rimprovero. C'è voluto del bello e del buono per far smettere di fumare Giuseppe, dieci anni prima.

“Proprio adesso,” dice lui in tono definitivo. “La vuoi sentire la seconda o no?”

“Seconda che?”

“La seconda cosa che ti volevo dire. Raffaele, stai sul pezzo che se ti addormenti sul volante finiamo fuori strada.”

“Stai tranquillo che io su queste strade a casa ti ci riporto pure in sonno,” l’immagine di Quattrociocchi umiliato dalle forze dell’ordine ha infuso nella voce di Raffaele una sicurezza che latitava da un quarto di secolo. “Madonna mia... Un’altra cosa oltre a Mariano in manette? E che altro c’è? Spara.”

“La seconda cosa,” dice Giuseppe. “È che per salvare la squadra serve un’idea.”

“La squadra?”

“La squadra, Raffaele! *S’Inferru!*”

Raffaele si risveglia come da un sonno. “Certo, certo! La squadra!” L’amico gli lancia uno sguardo di traverso. “Giuseppe, non te la prendere a male... Ma che idea vuoi che salvi due falliti come noi? Oh, uno dei due di successo, devo ammetterlo!” aggiunge in fretta.

“Bella questa! Fallito di successo!” ride Giuseppe. “Me la devo segnare!”

“E non preoccuparti, la squadra la mettiamo nel lungo elenco dei miei fallimenti... La tua, di fedina penale, rimane immacolata!”

“Macché fallimento,” Giuseppe si batte una mano sul ginocchio. “No, no... Raffaele... Qua ci vuole solo un’idea.”

Ancora una volta Raffaele non ha il coraggio di dirgli che lui l’idea l’ha già avuta. E che non è più sicuro che si tratti di una buona idea.

# 14.

Era solo pochi mesi fa: aprile, Raffaele lo ricorda bene. Ma sembra passato un secolo da quella conversazione. Da quando Raffaele ha risposto alla convocazione del Merda chiedendosi cosa mai poteva volere da lui la vittima di tante angherie del liceo. Dopo trent'anni.

E hai voglia a dire che le cose cambiano. Certi schemi non cambiano mai. Chi nasce tondo non muore quadrato. Le cose che devono succederti lo fanno entro i primi venti, venticinque anni di vita. Poi per il resto della tua esistenza le gestisci, ma il materiale è quello. O si rimane gli stessi o si cerca di andare all'estremo opposto per reazione. Le magre che vivono di stenti per far dimenticare che da piccole erano grasse. I cinquantenni che si comprano la Porsche perché da ragazzini venivano presi in giro. I settantenni con i capelli lunghi perché hanno nostalgia dell'autostop e della chitarra. Chiunque sia stato il boss, o la regina, o lo schiavo, o il peluche di un gruppetto, per tutta la vita si comporta come se quel gruppo esistesse ancora. O ne fugge, o lo insegue.

Raffaele da questo punto di vista è persino fortunato. Il suo gruppo esiste ancora per davvero. Lui, Giuseppe e Sandro. Il Trio.

Ma purtroppo per lui esiste ancora anche il Merda. E non sfugge alla legge universale dell'invarianza.

È rimasto una merda.

Raffaele ha fissato l'incontro poco dopo essere stato contattato dal Merda: o meglio, dalla segreteria del "sindaco Crisponi". Ha provato a chiamare al centralino del Municipio di Prantixedda Inferru, ma gli hanno spiegato che in Sardegna il sindaco va raramente. Meglio cercarlo nel suo studio di Milano. La sede della società.

Alla faccia dell'imprenditore prestato alla politica, pensa Raffaele entrando. Un prestito con gli interessi.

L'ufficio è bellissimo. Gelido, con un'aria condizionata inspiegabile per fine aprile a Milano. Merda se ne sta lì, davanti alla parete vetrata e guarda giù. È impeccabile: completo di sartoria, scarpe fatte a mano, dopobarba costoso che si sente fin dalla porta. Raffaele si avvicina. Dal venticinquesimo piano del grattacielo Milano sembra minuscola. L'altro si volta.

"Raffaele, buongiorno!"

"Attilio!" si ricorda all'ultimo di chiamarlo con il suo nome. "Saranno trent'anni Attilio... saranno trent'anni," aggiunge cercando di rompere il ghiaccio.

"Ma sei sempre un gran pezzo di omone!" dice amichevole Attilio, e Raffaele si distende. Si stringono la mano, si danno una pacca sulla spalla. In fondo (anche se di millesimo grado) sono cugini. Si incrociavano da piccoli durante lo struscio estivo a Prantixedda Inferru, quando Raffaele tornava per le vacanze. Anche Merda veniva dal continente, da un qualche paese vicino Torino dove si erano trasferiti i suoi. Poi pure i Crisponi (il padre era un capitano dell'esercito, si spostava in continuazione) erano finiti a Roma, così Attilio, Raffaele, Giuseppe e Sandro si erano trovati insieme al liceo.

"E gli altri, Raffaele? Vedi qualcuno?"

"Ma no, guarda... Ho perso di vista tutti..." Sono un Giuda, pensa. Neanche un minuto e già rinnego gli amici. O quello era san Pietro?

"Anche Sandro e Giuseppe? Non ci credo... Eravate così... legati", e con il semplice tono della voce Merda riesce a trasformare la loro amicizia in una associazione torbida.

"Ma... in effetti loro sì, ogni tanto, ma sporadicamente... purtroppo il tempo passa, sai..."

"Ecco, giusto," Merda si allontana dalla finestra e va a sedersi alla scrivania, accennandogli alla sedia lì davanti. "E siccome il tempo è poco, Raffaele, veniamo subito al punto."

Raffaele si siede in punta di sedia, dimenticandosi quasi di respirare. Crisponi pare ben disposto. E in fondo perché lo avrebbe fatto chiamare, se non per proporgli un affare?

Merda sembra leggergli nel pensiero: "Hai mai pensato di metterti in affari in Sardegna?".

L'ha detto! L'ha detto! Che ci sia davvero lo spazio per chiedergli un finanziamento per i suoi progetti? Un villaggio turistico a Tortolì... Un agriturismo a Perdasdefogu... Un ristorante dalle parti di Orgosolo...

"Attilio, sono contento che tu me lo chieda, perché insomma... Io e te..." è più difficile di quanto pensasse. Le parole gli rimangono in gola. *Io e te?* Lui e chi? Lui e il Merda? Non è un'equazione che abbia un senso. "Idee ne ho tante, e funzionerebbero," tenta da un altro angolo. "Purtroppo però non ho i fondi per partire, Attilio."

"E come mai," chiede Crisponi senza punto di domanda e senza guardarlo. Scarabocchia appunti sulla sua agenda, distrattamente.

"Perché sono stato sfortunato... O forse poco abile, non lo so. Non so come sia successo, come sia riuscito a perdere tutto il capitale della Sabòr..."

"Ah, già," Attilio solleva di scatto lo sguardo dall'agenda, e il suo sguardo è un lampo. "La storia della tequila. Com'è che era andata?"

Lo sa benissimo, com'è andata, pensa Raffaele con astio. Era sui giornali. E non sono passati poi tanti anni... Comunque abbastanza pochi perché la ferita sia ancora aperta.

"Andavate alla grande, con quella tequila, no?" insiste Merda rigirando il coltello con gusto. "Tu e gli amici tuoi."

"Eh, e poi... È sparita," dice Raffaele tra i denti. Valla a capire, Cuba. Come fa a sparire una marca di tequila, dall'oggi al domani? Non è mai riuscito a scoprirlo. Problemi di soldi, problemi con il regime, il morso di uno scorpione letale... Vai a saperlo. Ma dall'oggi al domani lui si era ritrovato unico importatore autorizzato di un bel cazzo. Con partite di liquore già pagate, da consegnare. Preso dalla disperazione, aveva provato a contraffare la merce – in fondo una tequila vale l'altra, no? No. Soprattutto perché lui come falsario non valeva una cippa, e i clienti lo avevano beccato subito. Era stato fortunato a cavarsela senza denunce. Ma la reputazione era a brandelli, e dopo i risarcimenti anche le finanze dell'azienda.

Si accorge che Merda ha detto qualcosa che non ha afferrato, perso nei suoi tormentosi ricordi.

"Ho detto: posso fare qualcosa per te?" sillaba quello, con il tono di chi si rivolge a un mentecatto. Raffaele prova a rimontare.

"Pensavo ai fondi europei, Attilio. Se potessi aiutarmi... Lo sai che le imprese che dispongono già di un capitale iniziale sono più credibili. Poi compiliamo i bandi, e con i soldi che arrivano recuperi subito il prestito..."

"Ma a me i capitali non mancano," Attilio sorride, ed è rassicurante come veder sorridere un alligatore. "A che servono i fondi europei? Potrei finanziarti direttamente io."

"Attilio, certo che... Ma... dici davvero? Cazzo, Attilio, sarebbe forte se davvero..." Raffaele quasi dimentica chi ha di fronte. Pensa già a organizzare l'agriturismo. O il ristorante, o certo, se Attilio aprisse davvero la borsa, il villaggio turistico... I trasporti, le partenze... Gli sembra di vedere gli ombrelloni sulla spiaggia, gli animatori, il campo da tennis. Eh! Magari Sandro come animatore funzionerebbe. E invece quanta gente potrebbe entrare a dormire in quel potenziale bed and breakfast che ha scovato a Perdasdefogu? Quindici persone, venti. Certo se fosse il villaggio sarebbero un 7-800... "Madonna mia, ti sarei talmente grato... Davvero lo faresti, Attilio?" gli brillano gli occhi. Bisognerebbe essere davvero una merda per spegnere quella luce.

E Crisponi, in questo campo, è tra i migliori.

"Ma perché mi chiami Attilio?" lo interrompe, negli occhi un nuovo lampo.

"Che vuoi dire?" Raffaele sente il sangue che gli diventa ghiaccio.

"Non avevi un altro nomignolo per me?"

"Attilio..." balbetta Raffaele.

"Non ricordo bene," l'altro guarda per aria, con finta innocenza. "Tu invece ricordi, vero? Tu ricorderai tutto, è stato un tempo così glorioso per te e per quegli altri due..."

"Eravamo ragazzini, dai..."
"Ricordami quel soprannome, e ti aiuto," insiste Attilio allungando il collo in avanti neanche fosse Mister Fantastic. La sua faccia affilata sembra un machete. E le labbra sono scomparse, in un sorriso perfido e infame. "Avanti, Ventura. Ricordami i bei vecchi tempi..." E Merda lo guarda negli occhi, in segno di sfida. Con quel sorriso obliquo e la gobba rialzata da cobra che sta per attaccare.
Raffaele vorrebbe stampargli un cartone in faccia, ma sa che non può farlo. E allora si butta. E piano piano sussurra:
"Merda...?".
"Oh, bravo. Certo, ecco cos'era! Carino, vero? Un soprannome proprio azzeccato," mormora il Merda. "E magari ti ricordi anche dove mi facevate mettere, in classe, a ricreazione? Una posizione panoramica, ma mi sfugge quale. La mia povera memoria..."
Raffaele suda copiosamente nonostante l'aria condizionata a meno dodici gradi. Ma l'incubo generato dalla voce suadente di Crisponi ha qualcosa di ipnotico.
"Nell'angolo in fondo, voltato verso il muro..."
"Con...?"
"..."
"...con?"
"Col Rocci in testa."
Maledizione, se ci pensa gli viene da ridere. Gli stava una favola, il vocabolario in testa, a Merda, ecco la verità. Cazzo, gli serviva una lezione a quel serpente...
"Già, ecco cos'era! Quanti ricordi. Quanti bei ricordi di gioventù. Bene, Ventura, vedi a volte la combinazione. Marlene!" chiama. La porta dell'ufficio si apre. Raffaele vede entrare una figa pazzesca, bionda, algida, perfetta. In mano tiene un vocabolario di greco. Il Rocci. "Dallo pure al signore, Marlene," dice Merda, in inglese. "È suo. Aspettava da anni, che gli tornasse."
Raffaele allunga le mani a prendere il vocabolario, un automatismo. Guarda la bellissima donna impassibile e nei suoi occhi non scorge alcuna compassione. Forse è meglio così.
"Adesso mi fai un favore, Ventura," riprende il suo tor-

turatore. “Vai là, nell’angolo in fondo,” lo indica con un cenno distratto. “Ti metti quel coso in testa, in equilibrio, ti volti verso il muro, e te ne stai fermo, in piedi.”

“Merda...” ripete Raffaele, e stavolta gli viene dal cuore.

“Vai, Ventura. Pensa ai debiti.”

“Ma... Quanto devo starci?” chiede debolmente Raffaele.

“Fino a che non finisce l’intervallo, Ventura,” risponde Merda con voce di velluto. “Finché non finisce l’intervallo, naturalmente.”

Quanto dura la ricreazione? Cinque minuti, quindici, un’ora? Raffaele non sa calcolare, non saprà mai dire quanto tempo abbia passato in quell’angolo. Maledicendo Merda. Maledicendo il destino cinico e baro. Ma senza muoversi.

“Bene, Raffaele, Bene. Ora puoi tornare,” sibila Merda una vita dopo, al termine di una telefonata di lavoro, con quella cazzo di vocina stridula. “Hai visto? Non è stato neanche così terribile. E ti ho risparmiato il panino al culo.”

Raffaele si muove dall’angolo e torna lentamente verso il tavolo di Crisponi. *Stronzo, ti mangio il cuore*. Ma non può. È disperato. Si tiene il Rocci sulle ginocchia.

“Adesso,” riprende Merda, “siccome mi metti tristezza e non ho più tempo da buttare, ti spiego in due parole come funziona il patto, e tu cerchi di capire alla prima, chiaro?”

Quale patto? Ma Raffaele non può fare altro che annuire.

“Quel vecchio rottame di tuo padre è il proprietario di un pezzo di terra completamente improduttivo poco fuori da Prantixedda, giusto?”

“Sì, l’area di Muvruneddu. Dove c’è il campo da calcio comunale.”

“Dove non va nessuno.”

“Ci giocano un po’ i ragazzini della zona.”

“Ma quali ragazzini, che Prantixedda è un ospizio.”

Non è del tutto falso. Il paese ha una relativa carenza di ragazzini, carenza peraltro compensata dal numero elevato di ultranovantenni. A Prantixedda Inferru vive la famiglia più longeva al mondo: la capostipite Mariedda Mulas (che abbiamo già conosciuto) ha raggiunto i 108 anni, e con lei vivono otto fratelli ultranovantenni e ultraottantenni per un totale di 782 anni. Giovani, invece, ben pochi. I più sfortunati riescono a scappare solo dopo il liceo, gli altri se ne vanno prima. Quelli che rimangono studiano piani di fuga. E a calcio, effettivamente, ci giocano in pochi. Raffaele li conosce tutti per nome, uno a uno. Ma a loro, e a quei pochi figli che hanno, il campo serve.

"Mi ha chiamato Feliciani..." riprende Merda.

"Feliciani... Paolo Feliciani?" E adesso che c'entra? si stupisce Raffaele. Paolo Feliciani è uno degli imprenditori che finiscono regolarmente nelle classifiche di "Forbes". Abruzzese, nato dalle parti di Pescara, ha costruito un impero dal nulla. Prima costruttore, poi banchiere, infine nelle comunicazioni, ha conquistato gli Stati Uniti con la sua tv via internet, la StarNet, che è poi sbarcata in Europa e sta arrivando anche in Italia. Dopo essersi comprato il Bologna dagli americani, sembra che ora Feliciani abbia intenzione di acquistare una rete da Mediaset e una dalla Rai, tanto per par condicio. Feliciani è il futuro, tutto ciò su cui mette le mani si trasforma in oro.

"Feliciani, sì. Paolo Feliciani. Ascoltami bene, coglione. Feliciani vuole quel pezzo di terra."

"Muvruneddu? E per farci che?" L'idea del potentissimo Feliciani che gioca a calcio nel mezzo del nulla è un po' incongrua. Come un fotomontaggio.

"È il punto ideale per piazzarci un ripetitore," spiega Merda. E le cose cominciano ad avere un senso. Raffaele crede di capire che cosa gli si sta chiedendo.

"Mio padre non lo venderà mai!" protesta. "Per metterci un ripetitore poi? Quello porta il cancro, la leucemia... Ma poi scusa, anche se riuscissi a convincerlo... Tu sei il sindaco: come fai ad autorizzare un ripetitore di fianco allo stadio?"

"Lo stadio lo buttiamo giù. È lì che va il ripetitore."

"Lo sposti?"

"Ma che cazzo sposti!... pensare che c'è chi si stupisce che hai fatto fallimento... C'è da stupirsi perfino che tu riesca ad allacciarti le scarpe la mattina!" Poi Crisponi si calma, si sporge di nuovo sul tavolo e scandisce con infinita pazienza: "Stai a sentire cosa farai se vuoi tirare il culo fuori dai guai. Ti fai dare il terreno da tuo padre. Ti compri stadio e squadra di Prantixedda, te li do io a una cifra simbolica, dopo essermi opposto un po' sostenendo che lo stadio è di tutti e deve rimanere pubblico, naturalmente. Tu insisterai, prometterai mari e monti, dirai che vuoi portare il Prantixedda in serie A. Alla fine io cedo in nome del Bene Comune e tu diventi presidente".

"Ma esiste una squadra del Prantixedda?"

"Esiste la società. La squadra non gioca da decenni. Tu la iscriverai tanto per cominciare alla Coppa Sarda. Se tanto mi dà tanto, non andrai oltre le prime partite nemmeno di quella. La squadra fallisce (questo non dovrebbe risultarti difficile) e tu vendi a Feliciani terreno e stadio. Io mi prendo l'80 per cento della somma, tu il 20."

"Mi odieranno tutti."

"Sì. Però con quel 20 per cento tiri su il culo da tutti i debiti che ti ritrovi, e restituisci a chi te li ha dati i soldi che hai speso per stadio e squadra, con gli interessi."

"Cioè?... Ma i soldi per squadra e stadio ce li dovrei mettere io?"

"E che io, così mi arrestano?"

"E chi me li dà?"

"Stai ancora con quella zoccola rifatta?"

"...Sto con Rosy..."

"Allora i soldi fatteli dare dal padre, se è ancora a piede libero."

"Non me li darà mai."

"Tu di questo non ti preoccupare. Tu devi solo chiedergli i soldi. Butta là il nome di Feliciani, fagli venire un po' d'acquolina in bocca. Vedrai che poi s'informa. È l'unica cosa che devi fare, cuginetto." Merda si appoggia soddisfatto allo schienale, lo sguardo che filtra dagli occhi socchiusi che lo fissano è più che mai quello di un rettile. "È l'unica cosa che *puoi* fare."

Merda. E come altro potevano chiamarlo.

Raffaele esce dall'ufficio, passa davanti all'anticamera della bella Marlene, le restituisce il Rocci e fa di tutto per non incrociarne lo sguardo.

Madonna che esperienza umiliante, pensa mentre scende in ascensore. Che amarezza.

Ma il bicchiere va visto comunque, e indubbiamente, come mezzo pieno. Si tratta solo di non dire una parola di troppo a nessuno. Di cazzate ne ha fatte tante, una in più, una in meno. Una squadra la può metter su, tanto tutti lo prendono da sempre per coglione. Bisogna solo avere il coraggio di dare una fregatura a babbo e mamma. Questa è dura. È tutto un problema di pelo sullo stomaco. Farselo crescere, e in fretta. E questa volta portare a casa l'affare.

E comunque altro che panino ai peli di culo. Merda prima o poi la pagherà.

Ma bisogna prima uscire dai guai.

E per farlo bisogna affrontare un altro bagno di fango. È con questo spirito che Raffaele si è imbarcato per la Sardegna.

Ma Giuseppe no. Giuseppe è l'imprevisto che rischia di far saltare tutto.

Giuseppe vuole vincere.

Bisogna impedirglielo a ogni costo.

## 15.

Quando suonano alla porta il cavalier Quattrociocchi non si alza dal divano. È in un passaggio cruciale di *Grand Theft Auto V* e non si può certo distrarre. Comunque, a rispondere alla porta ci pensa Bengala.

E infatti Bengala arriva in salotto pochi minuti dopo, con una busta su un vassoio d'argento. La signora Tilde ci ha messo anni a trovare il vassoio giusto. Costoso, ma che si veda che lo è: bello carico di fronzoli. Chissà perché, tutti quelli davvero costosi erano semplici semplici che sembravano da due euro.

Se guardassimo con attenzione, vedremmo un lievissimo sorriso aleggiare sul viso del giovane bengalese in livrea. Negli occhi, più che sulle labbra. Mentre dice, scandendo bene le maiuscole:

"Cavaliere, raccomandata per Lei".

Quattrociocchi sbuffa, prende la busta dal vassoio. Aggrotta. Strappa. Spiega. Legge. Impallidisce. Urla.

"Tildeee! Rosyyyy!"

E in un attimo in casa si scatena il finimondo.

Il cavalier Quattrociocchi è arrivato faccia a faccia con la sua più grande paura.

"Mariano! Cosa succede?" la signora Tilde arriva allarmata, distratta da qualunque incombenza a cui stesse fingendo di dedicarsi per non dover stare in salotto con il marito.

Quattrociocchi mette in pausa il videogioco, appoggia sul tavolino il controller della Play e si volta, facendo perno sulle braccia e ruotando la spina dorsale sul bacino che resta immobile, ancorato al divano di pelle bianca.

“’N’ avviso de garanzia, cazzo!” imperversa.

L’ha vista la foto del pm la cui firma compare su quel foglio. L’ha vista sui giornali, e già questo dice molto. Visualizza l’immagine che accompagnava l’intervista. La cravatta allentata sul colletto di una camicia di marca. I capelli in ordine, lo sguardo seducente. Il pizzetto, anzi, peggio: la mosca sotto al labbro.

*Un pm narciso, cazzo. La peggior specie. Uno che passa più di cinque minuti davanti allo specchio alla mattina è uno che per farsi i cazzi propri è pronto a buttarlo al culo a chiunque.*

“Un avviso di che?” chiede confusa la signora Tilde.

“Andrea Fabiani,” Quattrociocchi sventola la raccomandata. “Un pubblico ministero communista e scassacazzi... M’ha fatto mannà un avviso de garanzia. A me, capisci?” sputa le parole con rabbia, insieme a parecchia saliva. “A me!”

Giuseppe ci era andato vicino, e al cavaliere è andata meglio del previsto. Niente galera. Almeno per ora.

“Un avviso di garanzia!” trasecola la signora Tilde. “Ma quindi... Andrai in prigione?” Cerca di non far filtrare la speranza nella voce e ci riesce malissimo. Per fortuna il marito è troppo alterato per le sottigliezze.

“In prigione? Io? Ma che stai a dì... Bengala, chiama il mio avvocato.”

“Subito, cavaliere.”

“Ma quindi...” comincia la signora.

“Zitta, Tì... controlla che Bengala faccia il numero giusto, e chiama Rosy. Dille di venire qua di corsa, cazzo, che c’è da fare quello che sa.”

“Ma che cosa sa? Che cosa...?” la signora Tilde è confusa. Non è sicura di ricordarsi neanche dove sta il telefono.

“Tilde, fa’ quello che te dico, che se volevo una intelligente nun me sposavo te,” sbotta Quattrociocchi. “Chiama Rosy, ok? Allora, Bengala, ’sto numero?”

Torna a fissare il foglio con il timbro della procura. Ci sono elencate le ipotesi di reato. Corruzione, tangenti, gare d’appalto truccate... “Sospettato”: gli viene da ridere. Vuoi che non hanno già le prove? E se hanno le prove c'è solo una cosa da fare. Corruzione scaccia corruzione, si sa.

"No, Bengala, aspetta, nun chiamà, vie' un po' qua."

Poggia il foglio sul tavolo e fa per alzarsi. Il bengalese posa il telefono e lo solleva dal divano. Quattrociocchi si avvicina a Tilde, e la abbraccia. Lei quasi si spaventa tanto non è abituata a gesti d'affetto da parte del troll. Poi tutto si spiega, perché lui le sussurra all'orecchio: "Io in questa cosa nun ce posso comparì, Tilde. Sembra un pariolino, vuole far carriera, ma magari 'sto pm è uno che magna. Di' a Rosy e all'avvocato di informarsi, e vedere se si può comprare. Chi è, chi non è, chi è sua moglie, chi è l'amante, se va a mignotte, se va coi trans... diteme tutto de 'sto pezzo de merda".

Ad alta voce, in favore di eventuali microspie piazzate nella stanza, dice solo:

"Sta' tranquilla, Tì, che chi nun fa gnente nun teme gnente, e io so' 'nnocente. Vado a fa' 'na pennica".

La signora Tilde rimane basita in mezzo al salotto, sente ancora addosso il peso del marito. Rosy, deve chiamare Rosy.

Ma cosa sarà questa cosa che deve fare sua figlia?

## 16.

A Prantixedda la settimana è volata. Prove generali, schemi, allenamenti. E la domenica la squadra si prepara a scendere di nuovo in campo, in casa contro il Gonnèsa, squadra che sembra essere più alla portata dell'undici ogliastrino. Si sono un po' allenati, sono stati molto insieme su suggerimento di Giuseppe, hanno fatto qualche schema, soprattutto sui calci piazzati perché di correre avevano poca voglia tutti.

Sono nello spogliatoio, in attesa degli avversari, quando si sente bussare alla porta.

"Permesso?"

"E tu che ci fai qui?" Raffaele pensa di avere le allucinazioni: è Claudio. Guarda lo psicologo. Poi guarda Sandro. Manca solo la macchia di umidità sul soffitto, e hanno ricreato in pieno l'ufficio di piazza Fiume. Ma l'umidità a Prantixedda Inferru è merce rara.

Giuseppe alza gli occhi dai segni che sta tracciando su un foglio, ma non conosce il nuovo arrivato.

"Serve un motivatore?" Claudio entra accennando un passo da avanspettacolo. "Ta-daa! Eccomi qua!"

"Eccoti qua cosa?" ma Raffaele si alza e va verso di lui, se non altro per accertarsi che non sia un'allucinazione. "Ma che ci fai qua?" ripete, poi si gira verso Giuseppe, che segue la scena incuriosito: "Ti presento il dottor Becchetti, psicologo di oscura fama, co-titolare del rinomato studio Becchetti, Ventura e Parisi...".

"...e chiunque altro si voglia aggiungere per pagare l'affitto," conclude Claudio. Si avvicina tendendo la mano. "Piacere di conoscerla, dottor Rodàri."

"*Itte* dottore!" si intromette Lillìnu. "È il mister!"

Dalla voce non si capisce se un mister sia più o meno prestigioso di un dottore, ma Giuseppe sceglie di sentirsi lusingato.

"Ben detto, campione!" Stringe la mano a Claudio. "Scusa... Ci diamo del tu, vero?... Scusa la domanda, ma tu... Che ci fai, qui?"

"Be', la Sardegna è sempre di moda, no?" scherza Claudio.

"Prima che venga di moda Prantixedda Inferru, deve sprofondare tutto il Mediterraneo," ribatte Raffaele. "Avanti, Claudio, spara. Hai i romeni alle calcagna pure tu?"

"Oddio, Claudio," Sandro, che si stava ponendo la stessa domanda, all'improvviso si sente in colpa. "Ti hanno menato?"

"L'ho chiamato io!" si intromette Michela che è comparsa sulla porta già pronta per entrare in campo. Don Virgilio arrossisce e si affretta a finire di vestirsi. "Ci serve un motivatore, come hanno le grandi squadre!"

Svariate paia di occhi maschili la guardano basiti. Come in una sit-com, quando la moglie dice al marito "serve *proprio* un nuovo divano".

"Ottima idea!" è Giuseppe a rompere il silenzio attonito, non è chiaro se per effettiva convinzione o per ingraziarsi Michela. Claudio, intanto, la guarda con interesse e non negli occhi.

"Di', ma te eri così carina pure a Roma?" chiede.

Michela arrossisce.

"Claudio, se sei venuto per fare il piacione potevi anche startene a casa," Raffaele si stupisce del proprio tono deciso, quasi seccato. Da quando in qua gli dà fastidio che Claudio ci provi con chiunque? Gli ha visto, o meglio sentito, fare ben di peggio.

Ma non con Michela.

E a proposito di Michela. Si rivolge a lei, lo sguardo altrettanto duro:

"Quanto a te, spero che tu stia scherzando".

Lei sobbalza nel sentirlo così severo. Ma alza il mento, combattiva.

"Per niente," risponde. "Ma lo hai visto come abbiamo

perso male la scorsa settimana? È evidente che serve qualcuno in grado di farci dare il meglio!"

"E secondo te il Freud del materasso, qui, è capace di farci dare il meglio?" la aggredisce Raffaele.

"Di farsi dare qualcosa è capace," risponde secca Michela. Lillìnu fischia (in tono di: "Wow!"), Claudio sorride, Raffaele no. Non sa se gli dà più fastidio che lei abbia preso l'iniziativa senza dirglielo, o che stia prendendo tanto sul serio quell'impresa del cazzo, o che Claudio dopo averla ignorata per oltre un anno si sia messo a guardarle le bocce.

"Forse ti serve davvero un po' di *psicoanalisi*," replica secco, e appena pronunciate si rimangerebbe quelle parole, ma è troppo tardi.

"Sei proprio uno stronzo!" la voce di Michela si spezza. "Siete tutti degli stronzi! Giocatevela voi, allora, la vostra cazzo di partita!" e corre fuori.

"Guarda cos'hai fatto!" esclama Giuseppe. "A mezz'ora dal calcio d'inizio... E adesso che facciamo, giochiamo in dieci? Non è che abbiamo 'sta panchina, eh, presidente?" Poi si ferma, e gira lo sguardo su Claudio: "A meno che tu...".

"Giocare?" trasecola lo psicologo. "Impossibile! Negato come nessun altro. Ma non preoccupatevi, ci pensa il motivatore!" aggiunge. "È un chiaro caso di ansia da prestazione... Lasciatemi fare", e la segue fuori.

"Ansia di cui tu non hai mai sofferto, stronzo," borbotta Raffaele a mezza voce.

"Ma questo divide con voi lo studio?" chiede Giuseppe a mezza bocca a Sandro. Con Raffaele è inutile anche solo parlare, è evidente. Che gli avrà fatto, questo biondo con le mèche? A guardarlo giurerebbe che è gay.

"Più che dividerlo ci scopa," risponde Sandro, anche lui a mezza voce.

"Cioè? Non è un bravo professionista?"

"Come no... Un professionista della mutanda!" ride Sandro. "Però almeno le pazienti femmine vanno via contente... Devi vedere che fine fanno i maschi! L'ultimo s'è fatto un'ora di pianto davanti a me, lo volevo sgozzare."

"Un'altra sòla. Manco sa giocare... Che invece il motivatore di per sé mica era una brutta idea," Giuseppe scuote il capo. "Ma che cazzo di studio c'avete, poi! Questo che se lo becca l'ordine degli psicologi lo polverizza, tu che scappi dagli zingari..."

"Nomadi, Giuseppe, si dice nomadi! E infatti nomado anch'io..." ride Sandro, e va a confortare Raffaele che si è risieduto con la testa fra le mani, incerto se ridere o piangere.

Comunque, psicologo d'accatto o meno, è evidente che Claudio ha i suoi metodi. Quando entrano in campo Michela c'è.

Sia chiaro, viene persa anche questa partita. Ma Giuseppe inizia a vedere che qualcosa si muove. Innanzitutto Antonello quando ci si mette sa giocare, e bene. Ma soprattutto Raffaele, forse galvanizzato dall'incazzatura che si è preso negli spogliatoi, gioca quasi come ai vecchi tempi. E a quei tempi Raffaele a pallone ci sapeva fare davvero. Anche l'idea di Giuseppe di spostarsi di punta e mettere l'agile Baìnzu sulla mediana sembra dare spessore al centrocampo del Prantixedda.

Le donne tutte in difesa, e Boèle libero anni ottanta, dietro a tutti, a spazzare via e spaventare gli avversari. Con tzìu Martine sempre largo a destra.

Ragazzi, non si può certo dire che il Prantixedda Inferru sia diventato una squadra, ma la partita finisce 4 a 1 (Lillìnu da fuori). E a quindici minuti dalla fine le squadre erano ancora sull'1 a 1. Il catenaccio architettato da Giuseppe aveva decisamente funzionato. Il crollo finale ci stava tutto, e tre gol presi negli ultimi minuti non bastano a togliere alla squadra quel sapore che hanno sentito per gran parte della partita.

Chiamarlo sapore di vittoria sarebbe troppo. Ma già quello della sconfitta dignitosa è più di quel che sperassero di poter mai provare, dopo la batosta di domenica scorsa.

E negli spogliatoi si respira un'aria nuova.

Giuseppe al centro della stanza batte il cinque a ogni giocatore che entra. Baìnzu si complimenta con don Virgilio, Raffaele e Sandro cantano cori liberatori ("Se s'Inferru poi si incazza, se s'Inferru poi si incazza..." sulle note di *Comme facette mammeta*), Veronica e Michela abbracciate ridono e scherzano, Antonello, sempre silenzioso, guarda sorridente gli altri dieci disperati che festeggiano un residuo passivo ventisette volte meno pesante dell'esperienza di pochi giorni prima. Gli avversari dallo spogliatoio di fronte ascoltano perplessi tutto 'sto tripudio. Ma non avevano vinto loro? Cos'è che non hanno capito?

"E adesso, date retta al motivatore!" la voce di Claudio si fa sentire sopra al caos dello spogliatoio. Lo psicologo è rimasto in camicia bianca, jeans e mocassini per tutta la partita, e dalla panchina ha alternato sguardi intensi ad atlete e tifose con qualche appunto preso su un taccuino. Raffaele nell'intervallo ha provato a sbirciare, e come sospettava le annotazioni del professionista erano profili di donne nude.

"Motivatore di 'sta cippa," brontola, ma sorridendo. "Figurati se adesso non diventa tutto merito tuo."

"Sarà merito mio quando vincerete," ribatte Claudio. "E vedrete che ci arriviamo..."

"Bravo Claudio! Raffa, questo tuo socio mi piace!" esclama Giuseppe.

"Anche a me!" urla Veronica alzando la mano, e scoppia l'applauso generale.

"Michela, mettila in agenda per un venerdì alla ragazza!" ride Sandro. Claudio gli lancia un'occhiataccia.

"Non raccolgo provocazioni," dice con dignità. "E anzi, vi regalo gratis – e sottolineo gratis – un saggio consiglio."

Una risata lo seppellisce. Nello spogliatoio cominciano a volare esempi di "saggi consigli", appunto, da spogliatoio. Michela e Veronica si mettono le mani sulle orecchie.

"E lasciatelo parlare, no?" protesta Michela.

"Il saggio consiglio per rafforzare lo spirito di corpo è..." dice Claudio imperturbabile, e lascia che la suspense produca silenzio intorno a lui, "...una bella cena di pesce pagata dal presidente, qui!"

E stavolta il boato è quello di un unanime consenso.

Nel caos generale il presidente guarda preoccupato Giuseppe con l'angolo dell'occhio. Giuseppe annuisce. Al conto penserà lui.

# 17.

L'effervescenza un po' insensata della sconfitta non accenna a scemare, nonostante la mangiata di pesce, nonostante il vino bianco, nonostante il mirto. Forse un po' *a causa* del mirto, a ben vedere. Attorno al tavolo cosparso di avanzi, quella che fino a ieri era un'accozzaglia di elementi male assortiti sta scoprendo di essere (forse) una squadra.

"Rodàri!"

Giuseppe si volta stupito verso don Virgilio, che lo ha sempre trattato con un po' di ritegno.

"Non ci racconti della tv?" chiede il prete con la sua cadenza vicentina.

È chiaro che si teneva dentro quella domanda da settimane. È evidente per tutti. Ma per Giuseppe è una coltellata. Attesa, ma una coltellata. Proprio quando si stava rilassando con gli amici, si sente tirare indietro verso quello che per altri è il sogno, ma per lui è la dura quotidianità.

"No, Virgilio, ti prego... Così mi ammazzi!" la butta sullo scherzo. "È come se io adesso ti chiedessi di dir messa!"

"Ah, ma se vuoi la dico!" si offre subito il prete, immediatamente sommerso da un coro di "per carità!".

"Dicci almeno se in tv si scopa!" interviene Sandro dall'altra parte del tavolo. Boato della tavolata. Giuseppe, per un riflesso condizionato, si guarda intorno per controllare se qualcuno li stia ascoltando, o magari addirittura filmando col telefonino. Ma nel ristorante sono rimasti solo loro, per fortuna. Uscire con una banda di scalmanati capace di far scappare tutti gli altri clienti a suon di decibel ha i suoi vantaggi.

Michela protesta: "Non voglio sentire!". Veronica invece inizia a battere ritmicamente le mani sul tavolo: "Giu-se-ppe! Giu-se-ppe!" e tutti le vanno dietro in un coro irresistibile.

"Un po' di silenzio, prego!" don Virgilio si alza in piedi con aria severa. La tavolata si fa silente. E don Virgilio domanda a Giuseppe, serissimo:

"Allora: si scopa in tv?".

Esplode un altro applauso e Giuseppe non può fare a meno di unirsi alla risata collettiva.

"Più o meno come in canonica, don," risponde poi. "Diciamo che le occasioni non mancano... Per chi vuole peccare." E stavolta un applauso se lo becca pure lui. Per fortuna la prontezza nelle risposte è uno dei suoi attrezzi del mestiere. "E comunque in questo momento non riuscirei a sollevare nemmeno un braccio, figurarsi il resto..." getta uno sguardo a Michela. "Sono paralizzato," riassume un po' imbarazzato, consapevole di essersi fatto sfuggire la frizione. "Ho dolori ovunque."

"Siamo troppo vecchi per queste cazzate," decreta Raffaele.

"Parla per te!" esclamano in coro Lillìnu e don Virgilio.

"Evidentemente, l'età è uno stato mentale," sentenzia Claudio.

"Aahh!" sottolinea impietoso Sandro, "ha parlato il professore! Lo psicologo dei Baci Perugina..."

"Se hai corso novanta minuti su un campo da calcio, ti assicuro che è uno stato fisico," aggiunge Giuseppe.

"Infatti l'unico che respira è l'avvocato che stava in porta!" interviene Michela. Poi guarda Raffaele, aggrottando appena le sopracciglia. "Ha ragione Claudio, comunque. Non siete affatto troppo vecchi," dichiara con forza. "State facendo una cosa bellissima e siete perfettamente in grado di farla!"

Raffaele, malgrado tutto quello che gli pesa sul cuore, non riesce a non sorriderle, con un calore quasi sospetto (sarà sempre il mirto).

"Michè, ma con te in squadra a che ci serve un motivatore?"

Parte una salva di fischi e motteggi ("Presidente cucciolone, presidente cucciolone...") e Michela assume un'espressione così confusa, sebbene compiaciuta, che Giuseppe parte al salvataggio.

"Statemi un po' a sentire," richiama l'attenzione con la sua miglior voce da diretta, e tutti si voltano. Funziona sempre. Intercetta uno sguardo grato di Michela e continua: "L'età sarà anche relativa. Ma il tempo non lo è. Quello passa, e ci prova a fregarti. Ti ingrassa, ti fiacca la colonna, ti abbassa la vista. Ma a noi..." Pausa da oratore. Tanti anni a Strasburgo sono serviti a qualcosa. "A noi..." la voce si abbassa, gli occhi ruotano a coprire l'intera tavolata. "A noi non ce ne frega un cazzo! Perché siamo tanti! E se io non corro, corre Baìnzu, e se Baìnzu non corre, corre Lillìnu, e se Lillìnu non corre..."

"...siamo fottuti!" si inserisce Sandro, e scoppia l'ennesimo applauso.

Giuseppe rinuncia alla chiusura del discorso (non serve, il clima è quello giusto) e urla levando il calice: "Alla vittoria! Alla Coppa Sarda!".

Tutti lo seguono. Vola il mirto giù per i gargarozzi, e sono applausi, urla e pollici alzati verso il capitano.

Giuseppe ha dato il massimo. Ora può risedersi, perché la fascia lombare lo sta torturando come un cilicio. Si gira verso Raffaele e chiede piano: "Ti sono piaciuto, preside'?".

Raffaele, quasi stordito, annuisce. "Le sai dire le cazzate, eh?"

"Ho detto solo una mezza bugia," ribatte l'altro, avvicinandosi e abbassando ancor di più la voce. "Perché il tempo può anche essere ingannato, ma il passare del tempo no. Il passare del tempo accartoccia il mondo. Lo rende più piccolo, più sterile, lo ripiega su se stesso. Ci si prova a tornare indietro, ma non ci si riesce. Non ci si riesce..."

Raffaele si guarda attorno per controllare chi, oltre a lui, rischia di sorbirsi una delle pippe filosofiche di Giuseppe, ma l'uditorio si è sgranato. Ognuno parla col suo vicino. Antonello è uscito per fumare una sigaretta accompagnato da Veronica. Boèle si è addormentato con la fronte nella ciotola dei gusci di cozza. Claudio insegue la cameriera per ordinare il dolce – dice lui. Raffaele incontra lo sguardo di Sandro mentre chiede:

"Non ci si riesce a far cosa?".

"A violentare il mondo," risponde Giuseppe. "Con una chat di WhatsApp, o un profilo di Facebook che ti permetta di proporti come quello che vorresti essere. Ma il mondo ti raggiunge sempre, e ti riporta alla realtà."

Sandro si è alzato intuendo che c'è da distogliere Giuseppe da uno dei suoi pipponi, e adesso si mette dietro ai suoi due amici, con una mano sulla spalla di ciascuno.

"Alla faccia, Giusè, avevi appena fatto un discorso da vero leader e adesso mi diventi malinconico?" sbotta.

Giuseppe abbassa lo sguardo nel piatto vuoto. Loro possono capire. E domani, se serve, dimenticare. "Il tempo vince. Vince per abbandono: il nostro, alla fine. Alcuni uomini si mettono con donne più giovani, alcune donne si tengono in tiro. Ma la realtà è che alla lunga nessuno può farci nulla."

"Alla faccia dell'ottimismo!" protesta Sandro. "E poi scusa, ma tu di che cazzo ti lamenti?"

"Non è come pensi," risponde Giuseppe.

"Cos'è, il successo ti stordisce? Dopo vent'anni?" ironizza Raffaele.

"No. Non si può certo dire che il successo mi abbia travolto in un istante. È arrivato in maniera fluida."

"Cioè?" Sandro resiste alle sottigliezze. Lo fa da sempre.

Giuseppe ci pensa su, poi trova le parole. "Inatteso, ma non sorprendente. Come se fosse stata una logica conseguenza di quello che ho sempre fatto."

"Pensa un po'," fa Raffaele. "Io invece è una vita che cerco il colpo a effetto."

"Anch'io! E avete visto oggi come m'è riuscito?" interviene Lillìnu seduto di fronte, all'improvviso. Dei discorsi degli adulti capisce un 10 per cento ma si sente molto navigato a stare a tavola a parlare di successo con una celebrity.

"Be', può darsi che alla fine il colpo arrivi, ma non sarà a effetto, non credo," ribatte Giuseppe, guardandolo con benevolenza. “Sarà più probabilmente la conseguenza logica della vita che hai condotto. Come per te, Raffaele,” prosegue rivolto all'amico. “Tutti i tuoi tentativi sporadici...”

“...e fallimentari...” si inserisce Sandro ridendo.

“...magari messi in fila faranno l'esperienza che ti porterà al successo. Perché il successo è una conseguenza delle cose che si fanno. Se si aspetta quando c'è da aspettare, si combatte quando c'è da combattere, si trascurano meno particolari possibile, il successo in genere consegue.”

“Un lavoro da artigiano insomma,” chiosa Raffaele.

“Che palle,” chiosa Lillìnu tra sé, e abbandonando i vertici societari ai loro discorsi riprende in mano il suo telefonino.

“Torno a dire: di che cazzo ti lamenti?” insiste Sandro. “Non lo avrai cercato, 'sto successo, però ce l'hai.”

“Sì, ma cerca di capire,” Giuseppe lo sa che questa cosa è difficilissima da spiegare. Ma si guarda intorno. Sente che a questi vecchi amici, e magari a quelli che amici lo stanno diventando, deve riuscire a spiegarla. Se no per loro resterà per sempre un estraneo, il vip piovuto tra i comuni mortali per qualche inspiegabile errore del Fato. Invece non è così. È lui che ha bisogno di essere salvato. Ben più di quanto ne abbia bisogno il Prantixedda Inferru. “Il successo magari non ha cambiato la mia vita, ma l'ha irretita, irreggimentata, ingessata. Paralizzata. Soffocata. Effettivamente l'ha *congelata*,” dice, cercando con cura le parole. “L'ha portata a un punto morto. Eterno, che si ripete. Statico.”

“Statico. Che bella parola. Il successo statico. Sa di godimento perenne,” sospira Sandro.

Giuseppe ora si sente sconfortato. Non capiranno mai.

“Meglio il mio? Il fallimento dinamico? Facciamo cambio?” interviene Raffaele.

“La vuoi piantare di dire che sei un fallito?” si arrabbia Michela smettendo di parlare con don Virgilio. È evidente che con un orecchio ha continuato a seguire Raffaele. Come sempre. “Guarda la partita di oggi...”

“Eh. Abbiamo perso,” le fa notare Raffaele.

“Ma abbiamo perso bene!”

"E la prossima la vinciamo," dichiara don Virgilio. "Com'è vero Iddio! Ops." Si mette una mano sulla bocca. Nella risata generale, l'ombra gettata dal discorso di Giuseppe si stempera.

Raffaele guarda la "sua" squadra e avverte una fitta di senso di colpa. Fantastico: ora non gli dispiace più solo per i suoi o per se stesso: gli dispiace anche per loro. L'età *magari* è uno stato mentale, il successo *magari* è una questione di logica. Ma al momento è solo l'insuccesso che può salvarlo.

Il suo sguardo indugia su Michela, bellissima con il viso acceso dal mirto e dall'ilarità. Lei ci crede davvero. Crede in lui. Quant'è che non gli capitava?

Se provassero a vincere solo una partita? Una partitella sola, per lasciarsi dietro meno amarezza... In fondo non sarebbe poi così grave, no?

Mentre si immagina portato in trionfo dalla sua squadra, una volta sola, tanto per poter dire di aver vissuto quel momento, squilla il cellulare.

È Rosy.

## 18.

In quella stessa domenica in cui Raffaele e la sua squadra conseguivano la loro miglior sconfitta, il cavalier Quattrociocchi si è svegliato presto: alle 7 del mattino il suo avvocato ha suonato alla porta. Bengala è sceso ad aprire e lo ha fatto accomodare nel salotto, dove gli ha servito un caffè.

Quattrociocchi arriva accompagnato dall'altro maggiordomo in livrea, il cugino di Bengala, che lo sorregge tenendolo per un braccio. Il cavaliere, col fiato rotto come sempre dall'affanno, si lascia cadere pesantemente sul divano. È convinto di essere intercettato, e probabilmente ha ragione, quindi fa accendere lo stereo ad alto volume dal maggiordomo e parla all'orecchio dell'avvocato, il professor Roberto Angelo Rizzotti.

"Rizzò," sussurra mentre la voce spiegata di Laura Pausini invade la sala, "allora s'è capito chi è 'sto piemme, 'sto Fabiani?"

...*Marco se n'è andato e non ritorna più*...

"Sembra integerrimo. Lavora come un mulo, non fa neanche politica. Un osso duro."

"Ma ce l'ha un'amante? Dei buffi?"

"Macché. Moglie e due figlie adolescenti. La moglie insegna in una scuola media al centro. Vivono in un palazzo di dieci piani a San Giovanni."

"Mortè che squallore... E mo' che famo? Rizzò, come jee portamo 'e mele a mi' nonna?"

"Eh?"

"Le mele... a mi' nonna..."

"Mi perdoni, cavaliere, ma io non riesco a capire cosa..."

"Ma sei professore de che? De istituzioni de 'sto cazzo? Rizzò: devi portà i sordi ar piemme!"

*Chissà se tu mi penserai, se con i tuoi non parli mai...*

Rizzotti si guarda intorno terrorizzato, incontrando solo il viso impenetrabile del servitore bengalese.

"Parli piano, per carità, cavaliere! Qui sarà pieno di microfoni", e va ad alzare il volume dello stereo.

*...stringi forte a te il cuscino...*

"Stamme a sentì, beota," riprende Quattrociocchi. "Devi comprà Fabiani se no io da 'sto casino non esco più."

"Ma lei non crederà che io..."

"Ce credo invece, e ce credi pure tu. E ce credono pure le mignotte 'ndo te mando e nun paghi mai."

"Ecco... ma il fatto è, cavaliere, adesso è difficile raggiungere Fabiani senza farsi notare. E poi consideri che quello è uno tosto, incorruttibile..."

"Incorruttibile 'sta ceppa, Rizzò! Qui magneno tutti... Tu mandaje quarcuno co' mezza testa..."

"Cioè uno un po' sciocco?"

"Ma dde che parli?"

"Uno con mezza testa... uno che non capisce?"

"Ma che cazzo stai a dì! Ma sei proprio un deficiente! Mezza testa! Mezzo milione de euro, Rizzò!"

"Giusto... Giusto... Mezzo milione, certo. La classica mezza testa..."

"Vedrai come se scioje."

"Ma come posso avvicinarlo... Lo sa che sono il suo avvocato..."

"Mandace un Di Rocco."

"Un Di Rocco? Ma quelli sono dei criminali!"

"Ecco bravo... Un po' de paura... Un po' de sordi... e vedi er giudice come torna sulla retta via."

*Non è possibile dividere la storia di noi due...*

"Manna 'o zingaro dar giudice. 'O fai arrivà né troppo tardi né troppo presto..."

"Domani?"

"Vedi che nun capisci 'n cazzo? Domani è presto. Prima ce deve arrivà la mezza testa dalla Sardegna... Ce la deve portà quer cojone de mi' genero."

"Parlo con suo genero?"

“Madonna mia sei proprio ’n’imbecille. Ma davvero te volevano fa’ presidente der Senato? Co’ mi’ genero ce deve parlà mi fija, dije che deve annà dar marito a raccoje ’a frutta.”

“...la frutta...?”

“Rizzò! Porca troia!”

“Certo! La frutta! Quella che noi speriamo mangi il giudice... Ma mi scusi, cavaliere... Chi ci assicura che suo genero li abbia? E chi ci assicura che il pm... gradisca... la macedonia?”

“Mio genero ce pensa Rosy. Er piemme... Alla fine dovrà sceje: o continua a far ’r morto de fame coi pollici spezzati o se ne va co’ ’na borsata de mila euro. Capito? Tu che sceglieresti?”

“La borsata, ovvio.”

“E bravo Rizzotti. Tu ’n te sbagli mai, eh? Va’ a chiamà Rosy, va’. E prima portame ’n bicchier d’acqua.”

*Ti prego aspettami perché non posso stare senza te...*

Raffaele arriva il giorno dopo. È stupito da quanto gli sembri fredda Roma. Fredda, caotica, insensata. Si stringe nella felpa e capisce suo padre. E comunque, in quella sala giochi di un centro commerciale, l’aria condizionata è mortale, lo sarebbe anche se fuori ci fosse la stessa temperatura che c’è a casa.

*A casa.*

Due settimane e il paese dei suoi genitori è già diventato “casa”. O forse è la casa con Rosy che non è più sua già da tempo. Quando lei lo ha chiamato per chiedergli – o meglio, per ordinargli, gelida – di rientrare in tutta fretta, ieri notte, è stato come sentire la voce di una sconosciuta.

A quanto pare è stato Rizzotti a suggerire che loro due si incontrassero qui, c’è troppo caos perché si possa essere intercettati. I giornali, le tv, le radio parlano soltanto del nuovo scandalo che ha travolto la politica e la Roma bene. Che se lo avessero chiesto a Raffaele glielo avrebbe detto subito, quanto è bene la Roma di Quattrociocchi.

Dentro sono finiti un bel numero degli idoli di Rosy. Commercialisti, avvocati, dirigenti e politici che, si scopre, nei circoli sul Tevere alternavano alle cene coi sottosegretari quelle con la mafia dei rom. Ora il generone romano per l'ennesima volta in ginocchio cerca un modo di rialzarsi. Naturalmente cerca di farlo nell'unico modo che conosce.

"Rosy, mi sembra una cazzata, ti assicuro."

"Capirai... Il parere dell'esperto..."

"Ma ti pare che uno che viene indagato per corruzione reagisce tentando di corrompere il pubblico ministero? Ma non ragionate in famiglia?" protesta Raffaele ignorando l'offesa.

"Ragionando così noi abbiamo fatto un sacco di soldi, tu hai dissipato le due lire che avevi," ribatte lei.

"Be', se la metti così..." annuisce Raffaele, sempre equanime. "A me però non m'hanno mai arrestato."

"E non hanno arrestato neanche mio padre!" si offende Rosy. "Proprio per evitare che succeda siamo qui... Ma mi sa che è tempo perso venire a chiedere aiuto a te. Che se fossi buono a qualcosa non saremmo costretti a vivere sulle spalle dei miei."

"Sulle spalle di chi? Forse a te ti pagano i massaggi, a me non hanno mai dato un euro."

"Ah no? E la squadra di calcio chi te l'ha comprata, Babbo Natale?"

"Quello è diverso! È un investimento!"

"Ecco, bene allora. È il momento di farlo fruttare. E i complessi di inferiorità nei confronti di mio padre fatteli passare, va bene?"

"Inferiore a uno che finirà ai domiciliari? Vorrà dire che per superarlo mi faccio dare almeno dieci anni."

"Testa di cazzo."

"Troia."

"Non ti permettere."

"Veramente eri tu che non ti dovevi permettere. Con l'istruttore di tennis, intendo."

"Guarda che se sono finita con quello la colpa è tua."

"E certo, e se ti si scopa pure l'elettrauto è colpa di mio zio!"

"Non urlare, ci sentono tutti."

"Perché, avere un pubblico non ti eccita?"

"Sei un poveraccio."

"Ecco, e appunto. Allora perché mi stai chiedendo dei soldi?" Raffaele non sa se si sente più incazzato o più depresso. Probabilmente un mix delle due cose, più letale di un cocktail di farmaci. Deve uscire al più presto da questo posto d'inferno, da questa situazione d'inferno.

Peccato che lui questa situazione d'inferno se l'è sposata.

"Devi farti pagare, e in fretta," incalza Rosy.

"Da chi?"

"Da Feliciani, no? Guarda che papà l'inghippo col sindaco lo conosce. Si è informato. Adesso lui ha i conti tutti bloccati, e ci serve mezzo milione cash."

"Mezzo milione? Ma che sei matta?" poi abbassando la voce. "Ma mica mi tocca mezzo milione!"

"E quanto ti tocca?"

Raffaele si rende conto che non lo sa. Sta armando un imbroglio vergognoso, destinato a distruggergli famiglia e amicizie e non sa neanche quanto ci guadagnerà. Per di più, quel criminale di suo suocero sapeva tutto fin dall'inizio. Altro che averlo convinto. Si sente un coglione totale, ma cerca di recuperare assumendo un atteggiamento da uomo vissuto, rotto a situazioni del genere.

"Meno... molto meno..."

Rosy abbocca: "E allora dobbiamo inventarci qualcosa". È bastato darle l'impressione di avere il boccino in mano per tornare a farle usare la prima plurale.

*Che troia*. Ma ormai può giocare al maschio alfa.

"Non puoi mandare Rizzotti in Svizzera?"

"Noi non possiamo muoverci. Tu sì. In questa tua ultima follia del pallone mio padre ufficialmente non c'entra, i soldi te li ha dati in contanti, ti ricordo."

"E chissà quant'erano puliti..."

"Quando li hai presi non mi sembrava che li spolverassi," scatta Rosy, tornata nel suo ruolo. "Allora, la vuoi vendere quella sassaia a Feliciani e fare per una volta in vita tua qualcosa di utile, o lasci che la famiglia di tua moglie vada in rovina?"

Con parenti così, pensa Raffaele, chi ha bisogno di nemici?

Comunque Rosy le sue ragioni le ha. Il cavaliere l'ha aiutato dandogli i soldi, e adesso che è lui ad aver bisogno avrebbe una logica venirgli in soccorso. Solo che "accelerare" il fallimento dell'Inferru per intascare quel misero 20 per cento di chissà quanto non basta. Per ricavarci mezzo milione serve sicuramente un'altra idea.

Raffaele, a detta di molti tra cui sua moglie, non sa stare al mondo. Ma una cosa la sa. Ed è che c'è solo un modo, nell'ambiente dello sport, per guadagnare così tanti soldi, così in fretta.

# 19.

L'atrio del vecchio casale è fresco, almeno relativamente. Forse andare a fare spese nel caldo torrido di metà mattina non è stata una buona idea, si dice Michela. Ma d'altra parte quando andarci altrimenti, a mezzanotte?

La pressione bassa. Dev'essere per quello che si sente così abbacchiata.

La signora Iole la trova ancora lì, cinque minuti dopo, immobile in piedi con le braccia lungo i fianchi da cui pendono due sacchetti piuttosto vuoti.

"Michela, cosa c'è? Tutto bene?" chiede notando il suo sguardo fisso. Non è da lei, sempre così solare e positiva.

La ragazza alza gli occhi e le fa un mezzo sorriso.

"Sì, credo di sì, solo... Ho fatto la spesa."

La signora Iole inorridisce:

"Da sola?".

"Be', sì, io... È una vita che faccio la spesa da sola."

"Ma non a Prantixedda Inferru!" la mamma di Raffaele la prende gentilmente per un braccio e la accompagna verso la cucina. "Vieni a prendere un bel tè freddo," dice premurosa.

Da come la tratta sembra che Michela abbia appena corso la maratona in apnea.

"Dovevo andare in farmacia," spiega, quasi scusandosi. Si fruga in tasca ed estrae un foglio, lo porge alla signora. Iole inforca gli occhiali. E sul suo viso si allarga un'espressione di estrema diffidenza.

La stessa della farmacista, poco fa.

"Un medico giovane, eh?" chiede la signora scuotendo

il capo. Sottinteso: uno di quelli moderni che devono prescrivere sempre l'ultima diavoleria della pubblicità.

"Be', in effetti..."

La prescrizione è per una nuova marca di fermenti lattici. La farmacista (una bionda sulla cinquantina) li ha retrocessi a "un'enterogermina alla moda", e ora nel sacchetto c'è un prodotto sconosciuto che, le ha assicurato con decisione la signora, è uguale e costa meno. Dell'acqua micellare per struccarsi che ha chiesto Michela non ha nemmeno voluto sentir parlare, le ha allungato un prodotto da banco. Uguale, che costa meno.

"Serve altro?" ha chiesto poi con aria sollecita. Quella ragazza così carina e dall'aria spaesata andava salvata da se stessa, chiaramente.

"Con questo caldo... Un integratore per la mattina... Del Supradyn, direi," ha azzardato Michela. "Oppure qualcosa di uguale ma che costa meno," si è affrettata ad aggiungere.

"Caldo ha, signora?" la farmacista ha scosso il capo. "Ma guardi che si abitua... Si prenda un frutto e un bel caffè la mattina, e vedrà che si sentirà a posto!"

Mentre metteva nella busta gli altri acquisti della ragazza – aspirina, acqua borica, cerotti per le vesciche da scarpini da calcio e così via – la dottoressa brontolava inquieta:

"Troppa roba... Ha comprato troppa roba... Ma non ce l'aveva a casa sua, in continente?".

"Sì, ma..."

"E perché non l'ha messa nella valigia, benedetta ragazza?"

Michela ha avuto l'impressione che "Perché era più comodo comprarli qui" non fosse la risposta giusta. Il processo di integrazione a Prantixedda Inferru è una corsa a ostacoli, lo sa. Il gruppo dei romani è stato da subito bene accetto, grazie ai suoi legami con i Ventura, ma non conviene tirare troppo la corda. L'ostracismo sarebbe immediato e totale.

Mentre Michela provava a balbettare una scusa qualsiasi, la farmacista ha preso in mano la situazione e le ha svuotato la busta: "Facciamo così. Ne prenda meno, non faccia la scorta. Se mai torna".

Mentre finisce di raccontare alla signora Iole il suo incontro ravvicinato con il pragmatismo sardo, Michela non sa bene se ridere o piangere. Solleva la busta mezza vuota contenente una serie di farmaci che né lei né il suo medico conoscono, ma che sono stati approvati da una signora bionda che inoltre le ha prescritto caffè e frutta al mattino.

"Ma qui è sempre così?" chiede alla signora Iole. "Cioè, non voglio dire che non siano tutti molto cortesi ma..." Appoggia sul tavolo l'altra busta. "Poi sono stata al supermercato," aggiunge. "E non sono riuscita a comprare quasi niente... Continuavo a domandarmi se davvero mi servivano quelle cose!"

La signora Iole intanto le ha appoggiato davanti un bel bicchiere di tè freddo fatto in casa e le si è seduta di fronte.

"E infatti non ti servono," le dice con dolcezza. "Sei ospite nostra, non devi comprare niente."

"Ma voi siete così gentili... E noi siamo così tanti..." protesta Michela. I genitori di Raffaele stanno ospitando lei e Sandro, Giuseppe, e adesso pure Claudio, per di più invitato da lei. E la signora Iole che fa la spesa e cucina da sola. E il signor Pietro che, le sembra, continua a guardarla con diffidenza, quasi fosse un ordigno sul punto di esplodere e ferire il suo prezioso figliolo. Come se lei potesse far peggio di quella stronza che Raffaele ha sposato, poi, pensa Michela con un moto di irritazione.

"Non ti preoccupare, *pitzinedda mea,*" la signora Iole le batte un materno colpetto sulla mano. "Per noi è un piacere aiutare Raffaele. Gli fa bene stare con gli amici."

"È così, vero?" Michela annuisce radiosa. "Speriamo che ora non torni troppo depresso dopo aver incontrato... *quella.*" Lo sa che non dovrebbe parlar così con la signora Iole di quella che dopotutto è sua nuora. Ma ha sentito troppe scenate di Rosy dietro la porta chiusa dell'ufficio di Raffaele, non ci riesce proprio a essere diplomatica.

"Non ti preoccupare," ripete la signora Iole. "Ora sai cosa facciamo? Andiamo a fare la spesa."

"No! Di nuovo?" Michela non riesce a trattenere un moto di panico. La signora Iole scoppia a ridere e per un istante è identica a suo figlio, pensa la ragazza. In quel momento la seguirebbe in capo al mondo, altro che al supermercato.

La sera, quando Raffaele torna a casa dall'aeroporto, trova in cucina un bel quadretto casalingo. Sua madre e Michela stanno sfornellando insieme e Giuseppe, seduto al grande tavolo centrale, sorseggia un bicchiere di bianco. Raffaele si ferma appena prima di entrare, li guarda seminascosto dallo stipite. Michela toglie un po' di sale dal pugno di Iole, lei le spiega come tagliare la salsiccia, Giuseppe ridacchia. Gli sembra quasi un peccato disturbarli, irrompere in quella scenetta serena con il suo carico di fatica e amarezze.

"E allora la cassiera mi ha chiesto: Caldo?" sta dicendo Michela. "E io ovviamente ho annuito... E quella, con aria di sufficienza: È una sua impressione."

"Una tua impressione? Ci sarebbero quaranta gradi all'ombra... Se ci fosse l'ombra!" insorge Giuseppe.

"Sì, ma mica potevo dirglielo... a Prantixedda Inferru non si fa così," obietta Michela, saggia. Raffaele sorride silenziosamente a quel coraggioso tentativo di integrazione. "Ma la signora Iole è stata fantastica," aggiunge la ragazza. "Si piazza davanti alla cassiera e le fa: Secondo me fa caldo. E quella ci pensa un attimo, poi: In effetti fa caldo."

Giuseppe scoppia di nuovo a ridere.

"Sono più anziana di lei," borbotta la signora Iole con finta severità, ma senza riuscire a nascondere un sorriso. "Se dico che fa caldo, fa caldo. E non ti distrarre che il ragù si attacca."

"Oddio!" Michela, costernata, riprende a girare il cucchiaio di legno nella padella.

"Comunque non dovresti andare a fare la spesa con questo caldo," dice Giuseppe. "La prossima volta ti accompagno io."

Raffaele decide che è giunto il momento di fare il suo ingresso.

"La prossima volta le accompagno io. Tutte e due," sottolinea deciso.

Michela si volta. È più forte di lei. Lascia cadere il cucchiaio di legno nel sugo alla salsiccia – ricetta segreta della signora Iole da generazioni – e corre ad abbracciare Raffaele.

"Ciao, sei tornato!" esclama. "Devo raccontarti, ho avuto un sacco di avventure. Ho fatto la spesa!"

Colto di sorpresa, Raffaele la abbraccia, abbassa lo sguardo sulla testa castana e le accarezza i capelli.

"Lara Croft non è nessuno al confronto," commenta.

"È stata bravissima," lo informa sua madre contemplando il quadretto con aria di approvazione. "E tu?" aggiunge, inquisitoria.

"Già, Raffa, come te la sei cavata con la stronza?" chiede Giuseppe che ha registrato gli slanci di Michela con una certa invidia.

"Bene... Bene," ma lo sguardo di Raffaele si fa cupo e sfuggente. Allontana Michela da sé e va a sbirciare nella pentola. "Cosa state combinando di buono? Ragù alla salsiccia..." chiede con evidente fretta di cambiare argomento. "Non dirmi che le hai rivelato l'ingrediente segreto!" esclama rivolto a sua madre.

Giuseppe ha sentito bene la nota stonata nella sua voce. Non è solo stanchezza. Qualcosa non va. Non è il caso di parlarne davanti a tutti, ma è l'ora di scoprire esattamente cosa. Chissà perché, ma ha l'impressione che il tempo non sia dalla loro parte.

## 20.

Rientrano negli spogliatoi in silenzio.

Si siedono.

L'ultimo a fare ingresso è Giuseppe.

Lillìnu lo guarda, alza la mano al cielo e intona: "Un capitano! C'è solo un capitano!".

E tutti in coro: "Un capitanooooo... C'è solo un capitanooo!".

Urla di gioia, abbracci e salti per aria. Il Prantixedda ha vinto. Fino a ieri sembrava un risultato da fantascienza: 3 a 0, contro il Cala Frisìni.

Una gran partita. Lillìnu-Lillìnu-Baìnzu, e per la squadra di Raffaele sono i primi tre punti del torneo.

Raffaele e Giuseppe rimangono gli ultimi a fare la doccia, quando gli altri sono già andati. Non vorrebbero più uscire, da quegli spogliatoi. La loro prima vittoria. Giuseppe è su di giri come non succedeva da quando vinsero contro la II F al torneo del liceo. All'epoca lui era magro come un chiodo, veloce, scattante. Raffaele era quel grande giocatore che tutta la scuola idolatrava. Poi in squadra c'era... chi c'era? Sandro non giocava, si era appena messo con Silvia Pennacchi, la più bella del mondo, e con lei guidava la tifoseria. La squadra erano lui, Raffaele e... e che importa. Oggi sono di nuovo lui e Raffaele e hanno vinto, hanno vinto di nuovo. E c'è pure Sandro.

Siamo noi, siamo sempre noi, pensa Giuseppe. Dopo trent'anni!

"Stammi a sentire, Raffa," si trova a dire ad alta voce, senza soluzione di continuità con i suoi pensieri. "Dobbiamo solo trovare altri tre o quattro giocatori e ci siamo."

"Siamo dove?" Raffaele finge di non capire. Una vittoria alla squadra la doveva, ma adesso basta. L'entusiasmo dell'amico lo faceva sentire un verme già prima, figurarsi adesso. Un doppio verme. Un verme biforcuto.

"Finiamo decorosamente il torneo, poi perfezioniamo la campagna acquisti e possiamo iniziare a fare sul serio. Io mi trovo un bel secondo allenatore qui sul posto e faccio avanti e dietro da Roma per tutto il campionato. Vengo le domeniche e metto in campo la squadra."

"Bravo, così tua moglie divorzia. Un anno da vedova bianca, con due ragazzini: scommetto che non aspetta altro."

"No, Anna ci sta. Nelle decisioni importanti mi è sempre stata vicina," ribatte Giuseppe. "È solo per un anno. Un anno di purgatorio, poi l'anno prossimo coi soldi veri campagna acquisti fenomenale. In cinque anni in B, e poi chissà?"

"Ma Giuseppe, ma ti senti? Di che cosa stai parlando, di trasferirti a Prantixedda Inferru?" adesso Raffaele è seriamente preoccupato.

Oggi anche lui ha giocato bene, meglio che mai. Lo ha fatto per regalare alla squadra una soddisfazione, una piccola cosa da ricordare prima della batosta. E anche un po' per far crescere le quote al picchetto delle scommesse clandestine, ebbene sì.

"Io mi levo dal cazzo la trasmissione e mi faccio una nuova vita da allenatore," Giuseppe continua come se l'amico, invece che cercare di scoraggiarlo, gli stesse dando corda. "Tu diventi il presidente che porterà il derby in Sardegna. Pensa: Cagliari-Inferru. E poi come il Chievo, come il Sassuolo, il Carpi, come il Frosinone: serie A. E infine..."

"Non lo dire!"

"...Il Verona di Bagnoli!..."

"Ah matto!!!"

"...Scudetto..."

"Ah matto! Partito in quarta!..." Raffaele ride, e come a prenderlo in giro aggiunge "...abbiamo un vero Shardana qui..."

"Abbiamo chi?"

"Uno Shardana, cazzo, Giuseppe. Mi cadi sui fondamentali! E te l'ho pure detto che gli..."

Lo sguardo di Raffaele finisce però su, fuori dalla finestrella della doccia. Gli spogliatoi sono nel seminterrato e da quella finestrella, se si vede qualcosa, in genere sono piedi di passaggio.

E invece quelli che incontra ora Raffaele sono due occhi: neri occhi di brace.

"Aaah!" getta un grido, si precipita fuori e resta a fissare la porta del cubicolo. Anche Giuseppe esce dal suo, allarmato.

"Cosa succede? Stai male?"

"C'era qualcuno che guardava dentro la doccia! Dalla finestra!" grida Raffaele.

"Tutto qui? Pensavo avessi preso coscienza della futura serie A," sbuffa Giuseppe divertito. "Sarà uno dei ragazzi che ti faceva uno scherzo."

"Ma no... Era un viso sconosciuto. E guardava dentro..."

"Magari era Michela che sbirciava," aggiunge Giuseppe ridacchiando, ma con un'evidente punta d'invidia. Non che ci provi con molta convinzione, con Michela, ma che lei abbia comunque occhi solo per quel simpatico perdente di Raffaele gli dà un po' sui nervi.

"Macché Michela. Era un uomo... Uno sconosciuto," mentre lo dice, il cervello di Raffaele è attraversato da una specie di lampo di illuminazione. Che purtroppo si spegne subito. Eppure lui quegli occhi, quell'espressione, già li ha visti.

"Cosa succede?" Sandro irrompe negli spogliatoi. Si blocca sulla porta.

"Sandro, cosa c'è? Raffaele sta male?" chiede la voce di Michela dietro di lui. "Fammi passare!"

Raffaele e Giuseppe si guardano intorno in preda al panico. Perché non c'è neanche un asciugamano in vista?

"Michela, mi sa che è meglio se non entri," dice Sandro sghignazzando. "Resteresti delusa! Non è niente di grave, comunque: stavano facendo a pisellate."

"Ma dove cazzo sono tutti gli asciugamani?" ruggisce Raffaele.

Sandro, che ha visto uscire poco prima Lillìnu e Baìnzu con una bracciata di biancheria e l'aria furba, sogghigna sotto i baffi.

"Uscite pure così, non dovete vergognarvi, le dimensioni non contano..."

Giuseppe ride, e ride davvero di gusto. Solo lui sa quanto gli mancano quelle battute quando sta al trucco, o in camerino, prima di andare in diretta. Comincia a rivestirsi, tanto con questo caldo se ancora non è asciutto lo sarà presto.

"Sandro," Raffaele si mette a cercare i suoi vestiti ma è ancora un po' sconvolto, i movimenti rallentati, scoordinati. "Hai visto qualche faccia strana là fuori?"

"A parte Boèle, vuoi dire?"

"E piantala... C'era qualcuno che guardava qua dentro. Un uomo. Occhi neri, direi carnagione scura. Sembrava..." e improvvisamente nel suo cervello si fa luce davvero. "Sembrava uno zingaro, ecco cosa. Sandro! Se fosse un Di Rocco?"

Dal viso dell'amico scompare ogni voglia di scherzare.

"Non è possibile. Ma chi hai visto? Stai scherzando?"

"No! E non lo so, è stato un attimo... Ma se ti avessero trovato?"

"Impossibile, e come avrebbero fatto? A Roma nessuno sa che sono venuto qui, e sono sicuro che nessuno mi ha seguito..."

I tre uomini si fissano confusi.

"Oddio..." dice una voce da fuori. "Oddio... è colpa mia..."

Michela, che da dietro il fratello ha sentito tutto, spinge da parte Sandro e si para sulla porta. È bianca come un lenzuolo.

"Claudio," dice. "Se sono qui, è perché hanno seguito Claudio. E sono stata io a chiamarlo..." Si aggrappa al braccio del fratello. "Sandro, devi scappare!"

"Ma cosa scappare! E un altro portiere dove lo troviamo? La squadra ha bisogno di lui," protesta Giuseppe.

"Giusè, ma che dici?" Raffaele lo guarda inorridito. "Ma chi se ne frega del portiere! Se ci sono qua in giro i Di

Rocco, Sandro rischia di finire sciolto nell'acido e tu stai a pensare alla cazzo di squadra?"

"*Se* sono qua in giro," sottolinea Giuseppe. "In fondo cos'hai visto, due occhi in una finestrella per quattro secondi? Poteva essere un inserviente."

"Giuseppe, non li abbiamo gli inservienti!"

"E allora uno dell'altra squadra. Pensaci: scuro, occhi neri... un sardo! Decisamente!"

"Sandro, queste sono sciocchezze," interviene Michela lanciando a Giuseppe uno sguardo disgustato. "Se non sei al sicuro devi andare via."

"Io non scappo," dichiara Sandro a sorpresa.

"Eh?" trasecola Raffaele. "Ma se è tutta la vita che non fai altro!"

"Io non scappo," ripete l'altro, e serra la bocca in una piega ostinata. "Giuseppe, ripeti quello che hai detto."

"Che cosa?"

"Quello che hai detto ora."

"Che è un sardo?"

"No, prima."

"Che ho detto?" fa Giuseppe guardandosi intorno, come a cercare suggerimenti.

"Hai detto che la squadra ha bisogno di me."

A Giuseppe non sembra vero. Sandro, il portiere più riluttante del mondo, quello che a scuola odiava il calcio e durante le partite pensava solo a rimorchiare, si è affezionato all'idea della squadra?

"Sì, Sandro. La squadra ha bisogno di te," dice serio.

"Allora resto. Io non mi chiamo Merda. Io sono Sandro."

"Così si parla!" esulta Giuseppe.

"Siete pazzi," commenta Raffaele quasi con voce spezzata. Ancora con le mani appoggiate sopra il pube, a nascondere almeno quelle vergogne.

"E poi comunque," riprende Giuseppe, "dieci a uno che non c'è nessun Di Rocco. In un paese di una dozzina di anime in croce, se fosse arrivato uno straniero minaccioso ti pare che non l'avremmo saputo?"

"Questo è vero..." annuisce Michela, dubbiosa, mentre

con la coda dell'occhio si rende conto della posizione di Raffaele.

"Staremo attenti," conclude Giuseppe. "Via ora, andiamo ad assaggiare la tua zuppa di pesce, Michela!"

"È venuta buonissima!" si illumina lei. Dal giorno della spesa al supermercato, Iole ha deciso di darle lezioni di cucina sarda (Michela ha capito il trucco: basta non seguirla nella speziatura) e le due se la spassano come madre e figlia. O come suocera e nuora, pensa Raffaele con una fitta di qualcosa che somiglia al rimpianto.

Lo abbiamo detto che questo gruppo di amici non è mai stato un campione di pragmatismo e autoconservazione? Basta pensare alla zuppa di pesce preparata dall'alunna improvvisata di una chef scarsissima, ed ecco che a tutti quanti passano di mente i potenziali assassini in agguato fuori dagli spogliatoi di un campo da calcio perso nel nulla.

Per questo sobbalzano quando, mentre sbucano alla luce del sole calante, si trovano di fronte due figure in attesa. Uno getta un'ombra piuttosto lunga, nonostante la bassa statura. L'altro è alto, e getta un'ombra lunghissima.

"Merda," commenta Giuseppe con perfetta sintesi. "E dire che sembrava tanto una buona giornata."

# 21.

Fuori dallo stadio aspettava un'auto blu, con l'autista dentro. Ci sono saliti senza dire una parola. Raffaele ha fatto un cenno di saluto a Giuseppe, Sandro e Michela, come per dire: "Torno subito". Ma sembrava un arrestato che viene portato via dalla pantera della polizia.

"Chi era quello?" chiede Michela mentre l'auto si allontana. "Ha un'aria familiare..."

"Quello era Feliciani," mormora Giuseppe.

"Nientemeno!" Sandro spalanca gli occhi in modo teatrale. "E che ci fa in questo deserto? Ha deciso di investire in sassi?"

"Sei proprio un cretino!" Michela si inalbera come se avesse insultato casa sua. Da quando nei negozi le commesse hanno smesso di rimbrottarla – e a volte le danno perfino quello che chiede – si sente un'autoctona.

"Non lo so che ci fa, Sandro," risponde Giuseppe, fissando l'orizzonte vuoto che ha inghiottito l'auto blu. "Ma se c'è di mezzo il Merda direi niente di buono."

Raffaele potrebbe confermare. In questo momento, però, nel sedile dietro dell'auto, è paralizzato dal terrore. Non è tanto l'aria fosca del Merda al suo fianco, a cui sono tutti abituati, ma la presenza sul sedile davanti di un mito dell'imprenditoria come Feliciani, al cui cospetto si sente, se possibile, ancora più fallito del solito. Da lui emana un'inconfondibile aura di autorità e successo. Anche se il suo saluto è stato amichevole, illuminato da un sorriso vincente, lui non si lascia ingannare. L'anima dietro a quel sorriso è di acciaio.

*The Ferret*. Il Furetto. Così lo chiamano nella City, un

soprannome appioppatogli dal "Financial Times". Il furetto può essere persino tenuto come animale da compagnia, perché amabile e amico dell'uomo (salvo trovarselo infuriato nella vasca da bagno, come capitò al grande Lebowsky). In realtà, allo stato di natura è un predatore puro: veloce, scaltro, pericoloso e con un fiuto infallibile.

*Furetto* è davvero il soprannome giusto per Feliciani.

Raffaele lo sbircia di sottecchi, mentre l'auto si ferma davanti all'edificio scrostato del Municipio. Ha un volto naturalmente affidabile. Lo sguardo di chi capisce le persone, di chi sa come saltare i convenevoli, di chi immagina sempre che una via d'uscita ci sia. I capelli bianchi, la statura modesta e il girovita appesantito del sessantacinquenne di buona forchetta contribuiscono a dargli un aspetto rassicurante. Fosse stato un impiegato del catasto lo avrebbero soprannominato "il pinguino", altroché.

*Ferret* Feliciani, a Raffaele, sta simpatico d'istinto.

Ma non ha il tempo di dirglielo perché il pallino, appena entrati nell'ufficio, lo prende in mano il sindaco. L'aria condizionata è sotto zero, come in tutti gli uffici in cui lavora Crisponi: evidentemente la merda si conserva in frigorifero.

"Tutto procede con il nostro piano, vero *caro* Raffaele?"

"Tutto a posto, sì, tutto a posto," assicura lui, sapendo che non è a posto niente.

"Quante partite vi rimangono da perdere?" insiste Crisponi.

"Be', mi pare cinque o sei..."

"Eravate partiti bene," riepiloga Crisponi. "Due partite disastrose una dopo l'altra... Oggi ho portato l'ingegner Feliciani a vedervi per mostrargli in quali mani sicure sia il suo investimento."

Dal che Raffaele capisce che l'imprenditore una bella parte della mazzetta l'ha già sganciata, parte di cui lui naturalmente non ha visto, né vedrà, un euro. Il suo 20 per cento deve aspettare, e chissà su quale cento verrà calcolato. Ma nel calcio esistono molti modi di fare i soldi, ed ecco che ha immaginato il piano B. Certo, anche per quello ci vogliono un po' di coraggio e parecchia fortuna: andare più avanti possibile, magari addirittura in finale, al momento giusto scommettere contro il Prantixedda Inferru e perdere.

Cioè vincere.

Vincere perdendo.

I due concetti nella sua mente cominciano a confondersi. Ma del suo piano B non deve parlare a nessuno. Quei soldi devono essere solo suoi. Feliciani si prende l'antenna, Merda la mazzetta, lui fa un po' di cresta e ci liquida il padre di Rosy. E finalmente i Quattrociocchi capiranno con chi hanno a che fare. L'allibratore per scommettere sulla Coppa Sarda lo sanno tutti chi è. Un salto ad Arbatax – ben camuffato per non destare sospetti – ed è fatta.

"...e invece avete vinto!" È Crisponi, che punta un indice accusatore, a strapparlo ai suoi pensieri e a riportarlo alla realtà.

"Come hai detto?" chiede Raffaele.

"Dico che invece avete vinto!"

"Capita a tutti, sindaco!" Raffaele non tiene la battuta. "Anche lei mi sembra che qui abbia strappato la carica!"

A sorpresa, Feliciani seduto accanto a lui si lascia sfuggire una risatina. Raffaele si volta stupito.

"Bella partita," commenta l'uomo d'affari, sempre con quell'aria affabile che lo spiazza. "E poi vi ho sentiti cantare, negli spogliatoi..."

"Mah, sì... Si figuri, ingegnere! Abbiamo vinto contro dieci pensionati... Veda lei che vittoria."

"*Abbiamo* vinto, dice?" sottolinea sorridente Feliciani. Merda segue il dialogo con gli occhi, come se stesse guardando un incontro di ping pong.

"Be', noi... Sì insomma, la squadra..." Raffaele si impantana sempre di più, ripensando alla vittoria di oggi gli filtra l'orgoglio nella voce e lo sa.

"Sa chi non è male?" continua Feliciani. "Il 27, quel ragazzotto..."

"Antonello."

"Tosto, gioca a testa alta."

"Ma sì, è bravino," sminuisce Raffaele, e gli sembra che lo sguardo di Feliciani diventi sempre più acuto, come una trivella. Altro che benevolo. "Ma non è che poi... Solo lui là dietro..."

"Be', solo non è! Quei due ragazzini sono due fenomeni, o no? E pure lei, il calcio lo conosce eccome! Rodàri, poi. Non è malaccio..."

"Rodàri, figurarsi... Non c'ha più il fisico, troppe cene vip all'amatriciana!" Raffaele prova a scherzarci su, ma comincia a sudare.

"Ho letto una sua intervista in cui racconta di essere stato a un passo dalle giovanili della Roma. Dice in compagnia di un suo amico... Era lei l'amico, immagino, vero, Ventura?"

L'amico era lui, e quella intervista Raffaele se la ricorda. All'epoca giocavano bene, è vero, ma quella delle giovanili della Roma è una vera bufala. Glielo dice sempre a Giuseppe che il vero titolo dell'articolo sarebbe dovuto essere *Rodàri il cazzaro*.

"Ma erano tanti di quegli anni fa..." Raffaele ripensa a quando le partitelle non erano questione di vita o di morte, di salvezza o di rovina, ma solo un modo di stare insieme. Oggi, in campo e negli spogliatoi, c'era quella stessa aria. Come se avessero riportato indietro il tempo. Ma il tempo non torna più, gli ha spiegato Giuseppe l'altra sera (o era la Mannoia?). Anzi no, era quella splendida canzone di quando era bambino. *Nanneddu meu, Nanneddu meu, su mundu er gai: a sicut erat no torrat mai.* Il mondo è così: come era non torna mai.

Ora vivono nel mondo dei grandi (questo è Emis Killa), ed è un mondo gelido, come quell'ufficio che sembra una cella frigorifera.

Confermando in pieno le sue teorie, Merda si sporge sopra al tavolo e gli artiglia il braccio.

"Stai a sentire, Maradona... Non fare il furbo, capito? Non pensarci nemmeno, a fare il furbo con noi!"

"Sindaco! Lasci fare per favore," interviene Feliciani con aria severa, tirandogli via la mano dal braccio di Raffaele. "Siamo gente di mondo... Ventura si sta solo divertendo un po', vero? Non ha alcuna intenzione di fare il furbo."

La voce è liscia come olio. Lo sguardo inchioda Raffaele alla sedia come una farfalla catturata dallo spillo.

"Io non sono mai stato furbo in vita mia," riesce solo a

replicare. Ed è soddisfatto della risposta, perché con Feliciani vuole essere sincero.

"Ne ero certo," annuisce Feliciani, e si alza. "Ora venga con me, Ventura, che tra l'altro volevo chiederle un favore..." e anche Ventura si alza, come ipnotizzato. Feliciani gli passa un braccio intorno alle spalle e se lo porta via. Raffaele si sente lo sguardo cupo di Crisponi nella schiena, ma quello non si muove.

Sta venendo buio, il caldo si è un po' allentato, nella Times Square di Prantixedda cominciano a filtrare gli habitué dello *tzilléri*, crocchi di donne, il manipolo dei ragazzi del paese. Tutti pronti per lo spettacolo di Sandro, pensa Raffaele controllando l'orologio. Tra poco arriverà con uno dei suoi monologhi classici riadattati per la gioventù locale. Ormai lo fa tutte le sere.

"Le volevo chiedere, Ventura..."

"Mi dica, ingegnere."

"Mi potrebbe presentare Giuseppe Rodàri?"

"Giuseppe?" Raffaele non se l'aspettava. "Ma certo, dottore, non c'è problema... In realtà pensavo già vi conosceste."

"Non è mai capitato, finora. Le sarei molto grato se ci mettesse in contatto."

Probabilmente vuole andare in trasmissione, si dice Raffaele. Ci vogliono andare tutti, in trasmissione da Giuseppe. Magari ha pure un libro da promuovere.

"Certo, certo dottore. Nessun problema," ripete. "La faccio chiamare?" già, e chissà se Giuseppe ce l'ha, il numero? Com'è complicata, la vita.

"Non si preoccupi, lei lo avverta che gli vorrei parlare, poi nei prossimi giorni sarò io a contattarlo. La ringrazio, Ventura, e complimenti ancora. Quella squadra ha qualcosa... *Spero se ne sia accorto anche lei*. In bocca al lupo!"

E Feliciani si congeda con una stretta di mano. Ferma e sincera. Ma sincera in che senso? Quello è l'uomo cui Raffaele ha promesso di fallire. L'autista scende, gli si fa incontro, gli apre lo sportello e aspetta che lui si accomodi. Raffaele, come i suoi amici poco fa, guarda l'auto blu che si allontana.

*Spero se ne sia accorto anche lei.*

Feliciani ha ragione. Quella squadra ha qualcosa. E Raffaele, che conosce il calcio, sa che cos'è.

*È una cosa bella*, dice una vocina nella sua testa.

*E io le cose belle le mando a puttane, è la mia specialità*, le risponde Raffaele. *La differenza è che stavolta ci guadagno qualcosa.*

*Ci guadagni qualcosa o ci perdi qualcosa?* insiste la vocina.

"Non rompermi i coglioni," conclude Raffaele. A voce alta. La vecchia in nero che si stava avvicinando lo guarda offesa e gira largo.

"Scusi signora Mariedda, non ce l'avevo con lei!" le grida dietro Raffaele. Manca solo mettersi contro la megera. "Questa capace che si presenta di notte e con un ferro mi abbatte. *S'accabadora*, cazzo." E ride, dispiaciuto di essere da solo a godersi la battuta.

In quel momento il Suv blu metallizzato svolta l'angolo della piazza, parcheggia e scarica i romani nel cuore della vita paesana. Sulla panchina i ragazzi acclamano. Sandro sta arrivando per il suo spettacolo serale. Gli altri per la loro razione di Ichnusa e chiacchiere. Non possono più farne a meno, soprattutto Michela.

Raffaele li osserva entrare nella piazza con un passo sicuro che il primo giorno di certo non avevano. In realtà non ce l'ha solo con se stesso, ce l'ha anche con loro. Giuseppe, per esempio. Doveva proprio mettersi in mezzo a complicare tutto con i suoi sogni di gloria? Non gli basta la gloria che ha? Deve pure impedirgli di perdere a un cazzo di torneo di paese? Tra l'altro, ora cosa vorrà dirgli Feliciani? E se poi gli racconta dell'intrigo con il sindaco, del fallimento della squadra eccetera? Dopo che è riuscito così bene a sviare i suoi sospetti fino a ora... E Giuseppe lo dirà a Sandro, e Sandro a Michela... Si sente male al solo pensiero delle facce dei suoi amici quando finalmente scopriranno che il Merda non è l'unica merda a Prantixedda Inferru.

E a proposito, meglio andarsene di qui prima che quello decida di uscire dal suo frigorifero, pensa Raffaele muovendosi per raggiungere i suoi amici.

Finché ne ha.

La piazza si sta animando e le case si svuotano. C'è un'unica luce accesa sulla facciata dell'edificio di fronte al Municipio. La sua squadra è proprio come quella lucina, pensa Raffaele. Un piccolo, fragile lume nel buio della sua vita.

La luce si spegne.

Ecco, pensa Raffaele. A posto.

## 22.

Si fa presto a dire “fallimento”. Invece.

Quando le cose devono succedere sono capaci di farlo travolgendo ogni previsione. E trasformando, in sole tre settimane, una squadra di sfigati in un manipolo di eroi. Un paese nel cuore dell’Ogliastra nell’ombelico dell’isola. E un comune di mille vecchietti in una curva di ultrà scatenati.

Dopo la vittoria col Cala Frisìni è arrivata la partita col Tertènia, un vero e proprio derby. Il Tertènia si è presentato in sei, la partita è stata annullata e il Prantixedda ha incassato 3 punti a tavolino. In questo modo la squadra si è trovata a metà classifica nel girone. Quando il Gonnèsa è stato squalificato per aver nascosto tra le proprie fila un giocatore di serie B in vacanza di cui era stato falsificato il cartellino, non solo si è beccato un meno 10 punti in classifica, ma tutte le partite giocate sono state assegnate agli avversari. Con un altro più 3 a tavolino il Prantixedda è salito a 9 punti.

C’è stata poi la partita con il Padru, e quella è stata davvero una bella sfida.

Giuseppe su punizione, il solito Lillìnu e don Virgilio da fuori area hanno assicurato il 3 a 2 contro la squadra gallurese. Il Prantixedda inizia a girare, anche perché Martine, Veronica e Michela sono finalmente riusciti a sedersi in panchina, essendosi uniti al gruppo altri tre elementi di tutto rispetto. Uno è Ambrogio, il cugino della farmacista di Prantixedda. Si tratta di un prezioso quarantenne, di quelli che alla mattina presto vanno a correre e che hanno una salute da ventenni. Capelli cortissimi e occhialetti, magro e muscoloso, è un assicuratore di Gallarate (sbrigativamente battezzato infatti *il milanese*) che è stato notato e subito arruolato da Antonello sulla provinciale mentre faceva jogging.

"Felice di giocare," ha detto subito Ambrogio. "Ma lunedì prossimo prendo il traghetto da Arbatax. Finisco le ferie."

Meglio due partite che niente, si è detto Antonello, che poi ha tirato su anche due non meglio specificati cugini di Boèle che vengono da Siniscola e si chiamano entrambi Virgilio, il che genera un po' di confusione in campo, come se ce ne fosse bisogno.

Comunque non c'è da girarci intorno: sono secondi in classifica nel girone, e vanno in semifinale. Raffaele si sveglia urlando la notte in preda agli incubi, e per fortuna i muri di casa sono spessi. A turbare i suoi sonni si danno il cambio Merda, armato di panini ai peli di culo, e Feliciani con la faccia da Feliciani e il corpo da furetto, che gli azzanna la giugulare. Che nessuno dei due si sia più fatto sentire dopo quella serata al Municipio non lo rassicura affatto.

Ma più ancora delle notti tormentate quello che non riesce a sopportare sono l'entusiasmo di Giuseppe e degli altri e lo sguardo pieno di orgoglio dei suoi genitori, ormai gli idoli del paese. Cerca di consolarsi pensando che le quotazioni dell'Inferru al picchetto salgono, ma la situazione gli è decisamente sfuggita di mano.

Al loro ritorno da Padru tutta l'Ogliastra sembra aver occupato la piazza di Prantixedda. "*S'inferru est in paradisu*" è scritto su un lenzuolo all'ingresso del corso.

Cori, striscioni, vuvuzela e fumogeni accolgono gli eroi che tornano vincitori. Non si erano mai visti tanti giovani a Prantixedda. Neanche tanti giornalisti: la squadra del vip, del prete e dello zoppo sta diventando il fatto dell'estate. Un inviato della "Nuova Sardegna" che ha seguito la partita si avvicina a Raffaele.

"Presidente Ventura! Una squadra con uno zoppo, un prete, un gigante, due bambini e uno dei giornalisti più famosi d'Italia. Glielo confesso: non vi avremmo dato due lire. E invece state sbancando la Coppa Sarda... Un commento per il nostro giornale?"

Raffaele lo fissa muto. Lo sguardo che ha negli occhi

ricorda in modo straordinario quello di un coniglio davanti ai fari di un'auto in rapido avvicinamento.

Un articolo sulla "Nuova Sardegna". Figurarsi, con la penuria di notizie che c'è in questo periodo, è un attimo che sia ripreso dai giornali nazionali. Rischia che la cosa arrivi a Quattrociocchi. Già c'è Rosy che lo chiama un giorno sì e l'altro pure per sapere a che punto sta e quando riuscirà a mandarle i soldi. Se vengono a sapere che la squadra sul cui fallimento contano per salvarsi il culo sta pure vincendo...

È il disastro. Il disastro assoluto.

"Che vuole che dichiari? È il successo dell'anno!" è la voce di Giuseppe quella che gli squilla nell'orecchio. Lo ha visto in difficoltà con la stampa ed è venuto a dargli manforte, in fondo è il suo campo. Era meglio se restava dov'era, accidenti a lui.

Il giornalista della "Nuova Sardegna", a tu per tu con la star, assume un'espressione di sovrana indifferenza. Ai giornalisti, i televisivi non sono mai andati giù.

"Lo scriva, finché è ancora uno scoop," gli consiglia Giuseppe, gli occhi scintillanti, un braccio intorno alle spalle dell'amico. Dalla botta di adrenalina di questa sera non si riprenderà mai più. E non è neanche per la vittoria.

Il punto è quanto si è sentito in partita.

Come ha girato il pallone da lui calciato, prima di infilarsi sotto il sette.

Quanto ha stretto i denti quando non ce la faceva più.

"Lo scriva," continua, "che il presidente Ventura farà per l'Inferru quello che Viola ha fatto per la Roma, quello che Berlusconi ha fatto per il Milan."

Mentre il giornalista ammette con se stesso che Rodàri sarà pure un pallone gonfiato, ma le notizie gliele sta dando, e si scioglie un po', vede il candidato al ruolo del magnate vittorioso gettare un grido strozzato e diventare bianco.

"Presidente Ventura! Cosa c'è?" chiede tra il preoccupato e lo speranzoso. Sta' a vedere che l'uomo del momento gli cade secco davanti, quello sì che sarebbe uno scoop.

Raffaele sta fissando un punto dietro di lui. Nel pieno della folla festante è sicuro di aver riconosciuto un viso scuro e due occhi minacciosi. Stavolta non si sbaglia, quello è uno dei Di Rocco.

Poco più in là Sandro, portato in trionfo dai suoi fan della piazzetta, non si è accorto di niente. Forse non è il caso di allarmarlo. Raffaele si ricompone.

"Tutto a posto, tutto a posto," rassicura il cronista. Poi gli indica Giuseppe. "Intervisti lui, vedrà che il suo direttore sarà più contento", e si allontana, cercando di recuperare tra la folla quella figura inquietante che è apparsa e scomparsa in un istante. Ma questa sera è impossibile, per il presidente, camminare liberamente nella piazza che solo poche settimane fa era un deserto. La signora Mariedda sta stappando uno spumante sull'uscio di casa. Paesani che lo abbracciano, amici di una vita che gli offrono vino, mirto e fileferru.

Ma per tutto il resto della serata, mentre gli altri festeggiano, Raffaele è sulle spine. Finché l'alcol fa effetto, e si convince di essersi sbagliato di nuovo... Ed è allora che quegli occhietti che aveva inquadrato da lontano se li trova davanti, a pochi centimetri. Sono montati sopra un naso da pugile e una bocca tagliata come una cicatrice, incastrati su un teschio largo e tozzo, a sua volta pressato direttamente su un larghissimo paio di spalle, senza la mediazione del collo. A breve distanza due enormi pettorali e due gambone da toro.

"Omar Di Rocco," dice il minotauro mettendogli una mano sulla spalla. "Piacere di conoscerti, presidente."

Lo prende da parte. La discussione dura cinque minuti al massimo, senza contraddittorio. Queste sono le istruzioni che arrivano da Roma: la semifinale va persa, e va persa male, di modo che le polemiche travolgano Ventura e la squadra.

"È chiaro o serve un aiutino?" conclude Di Rocco stringendogli la spalla. Molto forte.

"È chiaro," deglutisce Raffaele.

Intorno a lui i suoni di festa sembrano un canto funebre. Quello del breve, fulgido sogno di Prantixedda Inferru.

# 23.

*"No est gai chi si 'achede, no est gai!* Non si fa così!"

Nel torrido primo pomeriggio la voce di Antonello che urla dalla strada perfora i timpani degli abitanti di casa Ventura. Timpani già abbastanza provati, dato che i festeggiamenti sono andati avanti fino all'alba.

Giuseppe si stava giusto chiedendo se restare in coma o alzarsi dal letto per provare a procurarsi un caffè. Ora si alza dal letto e spalanca la finestra. Antonello arriva sotto e lo chiama: "Giuseppe, scendi... scendi!".

"Cosa è? Che succede?"

"Se ne vanno, Giuseppe! Se ne vanno i fratelli!"

"Chi?"

"Baìnzu e Lillìnu!"

"E dove vanno?"

"Se ne vanno, lasciano la squadra!"

"Ma come è possibile... Ma come è possibile!" Giuseppe, improvvisamente sobrio e presente a se stesso, corre giù infilandosi la camicia. Antonello gli va incontro sul portone.

"Il SoleVillage! Il SoleVillage ha fatto un'offerta di lavoro e se li porta via tutti: Lillìnu, Baìnzu, Boèle e i due Virgilii! Li assume tutti, da stasera!"

"Da stasera..."

Giuseppe resta immobile e attonito, come un pugile che ha ricevuto un gancio al mento. Solo poche ore fa rilasciava un'intervista sul trionfo dell'Inferru e ora non esiste più la squadra? Intanto, attirati dalle urla, tutti gli abitanti della casa sono scesi a unirsi a loro. Tranne Claudio che ieri sera ha gozzovigliato più degli altri, è stato visto allontanarsi con una delle poche mogli attraenti di Prantixedda, e non verrebbe svegliato nemmeno dallo scoppio di una granata sotto il suo letto.

Michela prende dolcemente Giuseppe per un braccio: "Giuseppe, tutto ok?" poi guarda Antonello. "Cosa è successo? Che gli hai detto?"

Giuseppe si scuote, come se si svegliasse di colpo. "Dove sono?" chiede.

"Sei davanti a casa," lo informa Antonello.

"Ma no: dove sono loro. Dov'è la squadra?"

"Sono al bar, si sono trovati per parlare di questa cosa... Io ero lì e..."

Benedetto l'alcolismo di Antonello e il suo immancabile fileferru mattutino, pensa Giuseppe. Forse si può ancora fare qualcosa.

"Anche Boèle?"

"Anche Boèle."

Ma che pensa di farci un villaggio turistico, con Boèle? Il pilone di ormeggio per le barche?

"Andiamo subito!" esclama Michela, la prima a diventare operativa.

"Ma ormai..." si frappone timidamente Raffaele, seduto sui gradini che portano al patio senza l'aria di volersi muovere.

"Che fai, ti arrendi?" lo gela suo padre.

"Al bar, presto!" Giuseppe corre a prendere le chiavi del Suv e un minuto dopo è in auto. Antonello si siede al suo fianco.

"Raffa, tu non vieni?"

"Vi raggiungo dopo." Non spiega né quando, né perché. Si volta e rientra in casa.

Nel cortile lo raggiunge Michela. Lo ferma mettendogli una mano sulla spalla.

"Ma tu non vai, Raffaele?"

Lui nemmeno si gira a guardarla.

"E dove vado, Michè... Lasciamo perdere..."

"Raffaele, ma che cosa ti prende?"

"Niente," scatta lui, e le scrolla via la mano. Quel tocco fiducioso, un po' preoccupato, è come se bruciasse. "Diciamo che non mi va di assistere in diretta alla solita disfatta, va bene?"

"Perché fai così?" sussurra la ragazza. "Io voglio solo aiutarti..."

"Lascialo perdere, Michi," Sandro ha raggiunto la sorella, dispiaciuto nel vederle le lacrime agli occhi cerca di rimediare a modo suo. "Lo sai che questo figuro non è proprio capace di trattare con le donne..." la abbraccia. Poi si drizza in posa da istrione e parte con un monologo shakespeariano:

"*Io che non fui fatto per tali svaghi, / né per corteggiare uno specchio amoroso / io che sono di stampo rozzo e manco della maestà d'amore / con la quale pavoneggiarmi davanti a una frivola ninfa ancheggiante, / io sono privo di ogni bella proporzione, / frodato nei lineamenti dalla natura ingannatrice, deforme, incompiuto...*" e Sandro accompagna questi ultimi versi piegandosi su se stesso, ingobbendosi, strizzando gli occhi e digrignando la bocca. E alzando la voce.

Raffaele si volta. Fallito va bene, ma quando è troppo è troppo.

"Oh, ma deforme e incompiuto a chi?" si inalbera.

"E poi scusa, ninfa ancheggiante non lo dici a tua sorella," interrompe Michela, offesa anche lei. Si potrebbe dire che Sandro ha raggiunto il suo scopo: adesso tra Raffaele e Michela regna di nuovo l'armonia. Peccato che entrambi siano sul punto di picchiare lui.

"Vabbè, io vado a vedere cosa succede al bar," taglia corto l'attore. "Chi viene con me?"

A sorpresa, il signor Pietro dichiara:

"Vengo io".

"Babbo, ma che ci vai a fare tu?" strabilia Raffaele.

"Qua c'è qualcosa che non va," sentenzia Pietro. Non vuole dire altro. Se ne esce con Sandro. Raffaele rimane un attimo in silenzio, poi guarda Michela quasi con vergogna.

"Scusa."

Lei non dice né grazie né figurati. Dice:

"Vieni che ti do un bel bicchiere di tè freddo".

Mentre lo sospinge gentilmente verso la cucina, dall'ombra del portone la signora Iole sorride.

Il primo che Antonello e Giuseppe incontrano al bar è Boèle. Normalmente, il pensiero di sgridare un colosso come Boèle non attraverserebbe una mente sana. Ma loro sono entrambi parecchio alterati.

"Dove vai, Boèle! Ma dove vai?" Giuseppe quasi gli si scaglia contro.

"Lascio, mister. Mi dispiace."

"Ma che è successo?"

Si fanno avanti coraggiosamente anche Lillìnu e Baìnzu, con le lacrime agli occhi, accompagnati dalla mamma, che li tiene per mano.

"Mister, non possiamo perdere un'occasione come questa," spiega Lillìnu. "È un contratto di tre mesi, capisce? Vale tutta la stagione... E dopo sei nei loro registri, per la prossima..."

È la cosa più vicina al concetto di "carriera" che possa esistere a Prantixedda Inferru, capisce Giuseppe. "Ma Boèle!" riesce a dire, "tu non sei un forestale?"

"*Eja* mister. Ma sono in ferie, e ho bisogno."

Con che coraggio può dire a questa gente di buttare all'aria un'occasione come questa in nome suo e della Coppa Sarda? Cosa può offrire in cambio? Per un momento gli balena l'idea di assumerli tutti in redazione, poi pensa alla faccia del direttore dei programmi di fronte a cinque nuovi impiegati: due minorenni, un forestale, e i di lui cugini dalle confuse credenziali scolastiche.

"Ma come fanno a prendervi tutti insieme, dall'oggi al domani... ma come fanno?" Non si rassegna.

"Mi dispiace, dottore," dice Boèle.

"Chiamami Giuseppe, Boèle, ti prego!"

"Sa dottore, hanno detto che ci sono state delle deiezioni..."

"Delle *che*?" Li avranno presi per pulire le fognature?

"Delle... Sì, insomma, dei dipendenti che li hanno piantati in asso di colpo."

"Ah, delle *defezioni*!" corregge Antonello.

"*Eja*. E allora gli serve gente. E qui non gira un'offerta di lavoro da anni, adesso cinque in un colpo... È un'occasione unica. *Mi dispiaghede, dottore*. È ora di andare. In bocca al lupo, dottore. *Antoneddu, A nos bìdere*." È il discorso più lungo che Boèle abbia mai fatto da quando lo conoscono, e forse in tutta la sua vita.

"*A nos bìdere* mister," fanno in coro Lillìnu e Baìnzu. Tanto è già stato detto tutto.

"*A nos bìdere,*" ripete la mamma.

"*A nos bìdere,*" ripete meccanicamente Giuseppe.

Sfilano fuori. E Giuseppe resta là. Si siede sullo scalino dello *tzilléri*. Antonello in piedi, davanti a lui. Non sono ancora riusciti a dirsi una parola, quando arrivano Sandro e Pietro nella macchina di quest'ultimo.

"Raffaele dov'è?" chiede subito Giuseppe. In qualche modo, l'assenza dell'amico di sempre fa bruciare questa ferita ancora di più.

Sandro mima un uomo disperato.

"Sandro, falla finita con le tue buffonate che non è giornata, d'accordo?" scatta Giuseppe.

Sandro fa il gesto di chiudersi la bocca con una cerniera lampo e rimane immobile. Giuseppe alza gli occhi al cielo.

"Quindi sono andati tutti?" è il signor Pietro a rompere il silenzio.

"Sono andati in cinque," risponde Giuseppe. "Che nel nostro caso è tutti."

"Se non fosse assurdo..." l'uomo si interrompe, meditabondo.

"Cosa?" incalza Antonello.

"Il SoleVillage non assume gente del posto da anni..." riprende Pietro. "E adesso, all'improvviso... Adesso che la squadra cominciava ad andare bene... Se non fosse impossibile..."

A casa, Michela è appena arrivata alla stessa conclusione del signor Pietro. Raffaele è scomparso nella sua stanza e lei, anche se avrebbe tanto voluto seguirlo e continuare a consolarlo, si è piazzata in cucina. Se esce lo vedrà passare, pensa. Ha preso con sé il portatile e si è messa a cercare, con determinazione, in rete. SoleVillage. Bastardi. Perché assumono cinque persone a metà stagione? E per di più a chiamata personale, come se fossero cinque professionisti insostituibili. Due ragazzini, due scansafatiche di Siniscola e un gigante malandato con la pancia da birra... Come è possibile?

Clicca nervosamente da una schermata all'altra. Chi siamo... Direttore del villaggio... Lo staff... No, non è questo che le serve. Eccolo qui. Proprietà. Il SoleVillage è proprietà di un gruppo di imprenditori che ama la Sardegna... Va bene, come no. Ecco qui. Il cda. Cliccare.

Michela legge la lista dei nomi. Sgrana gli occhi.

Le si stringe lo stomaco. Si guarda intorno come se stesse facendo qualcosa di proibito, come se potessero scoprirla. Ma non c'è nessuno. Le pulsa la testa. Vorrebbe urlare. Vorrebbe prendere Raffaele a schiaffi. È impossibile. Impossibile che non c'entri.

E d'altra parte, non è che con la famiglia della stronza vada poi molto d'accordo. Forse... Forse, solo *forse*, non ne sa niente davvero.

Forse è un brutto scherzo di quella brutta gente.

Riporta lo sguardo sullo schermo.

SoleVillage; consiglio di amministrazione: Massimo Iannini, Marco Feroci, Angelo Profeta, Francesca Dori. E poi due nomi ben conosciuti: Mariano e Rosy Quattrociocchi.

Moglie e suocero di Raffaele. Assumono Boèle e gli altri. Ma perché? E lui? Lui sapeva o no?

E se sapeva... Perché?

Si alza, tutti i muscoli del collo irrigiditi. Sale le scale, va a bussare alla porta di Raffaele. Ma lui non c'è.

Percorre la casa invano. Come ha fatto a uscire senza che lo vedesse? Dov'è finito?

# 24.

Raffaele ha deciso. Ritira la squadra dal torneo. Ha telefonato a Crisponi, che non è sembrato né sorpreso né tantomeno dispiaciuto.

"Vieni tra due ore," gli ha detto.

Quando il presidente arriva in Municipio, Crisponi ha messo su un processo farsa per far sfogare i cittadini. Nella stanza del sindaco c'è una piccola folla di notabili del paese e semplici curiosi. Nessuno ci crede ancora, che appena un giorno dopo la grande vittoria il presidente del Prantixedda stia venendo a calare le braghe.

La prima domanda è del sindaco.

"Cosa succede alla squadra, Ventura? È vero che non giocherete la prossima partita?"

"È vero."

"Ed è vero che avete intenzione di ritirarvi dal torneo?"

"È vero anche questo."

"Perché?"

"Perché non c'è più una squadra. Siamo rimasti sette," otto compreso lo zoppo, pensa, ma non lo dice. Nove se si conta Freud, che non ha mai dato un calcio a un pallone, e piuttosto che schierare lui tanto vale schierare il signor Pietro che almeno non è il tipo che sta fermo a preoccuparsi di non sporcarsi. Ma Raffaele non dice neanche questo. È come se il suo cervello stesse cercando una soluzione, come stanno facendo i suoi amici – ma lui la soluzione mica vuole trovarla. "Gli elementi migliori se ne sono andati. Sindaco, mi dispiace, è finita."

"Ma come è finita? Noi ti abbiamo ceduto una squadra che era un gioiello..." esplode, esagerando clamorosamente, il tabaccaio del paese, che neanche ventiquattr'ore fa ad Arbatax ha piazzato una scommessina in favore dell'Inferru. "E tu la fai durare sei partite?"

"Avete cominciato a vincere ieri e volete finire oggi?" rincara il macellaio, che è venuto ancora vestito "da ufficio" e con un mannarino che gli sbuca dalla tasca risulta piuttosto convincente. Raffaele lo adocchia nervoso e fa una parziale retromarcia.

"Ma no, è solo una contingenza... Questo torneo va così, ma ora ci organizziamo..."

"Brutto cialtrone, truffatore!" esplode la farmacista, il cui cugino riparte domani ma ha avuto tutto il tempo di gasarla al massimo sui destini dell'Inferru. "Avevi promesso a questa città di far rinascere la squadra!"

"Ventura, lei è la vergogna di questa città," Merda ha negli occhi una luce di perverso divertimento. "Suo padre si starà rivoltando nella tomba!"

"Mio padre è al bar, sindaco. E sta piuttosto bene," Raffaele si infila discretamente le mani in tasca.

"E la smetta di fare lo spiritoso! Io la diffido! La diffido formalmente dal ritirare la squadra dal torneo," tuona Crisponi, tra le esclamazioni di approvazione dei suoi elettori. "E le dico di più. Lei ha sottratto un bene a questa comunità. Con l'inganno. Si è presentato come un benefattore, ha promesso che Prantixedda Inferru avrebbe fatto la storia, si sarebbe imposta nell'isola per il calcio. Adesso pensa di poter girare le spalle e andare via? Non è così, furfante! Lei non solo termina il torneo. Ma lo vince. Capito cialtrone? Lo vince. Vada via ora, e torni solo con la coppa in mano!"

"Ben detto, sindaco!" esplodono all'unisono tabaccaio, macellaio e farmacista, seguiti dal manipolo di perdigiorno ammassato in un angolo della stanza.

Raffaele guarda attonito il Merda. Con una recitazione così, non c'è da stupirsi che abbia imbambolato i politici a Roma. È già tanto che non si sia ancora sistemato a Palazzo Chigi.

Gira le spalle, apre la porta, esce. Appena fuori c'è Antonello, che ha sentito tutto.

"Giuseppe è rimasto dall'altra parte della piazza..." comincia.

Eh certo, pensa amaramente Raffaele. "Col cavolo che il grande Giuseppe Rodàri attraversa una piazza per venire a condividere la vergogna del suo amico, vero?" sibila.

"No, non è così, è che proprio non..."

Ma intanto Raffaele ha aperto il portone del Municipio e vede da sé qual è il problema. Tutti i cittadini di Prantixedda che non sono venuti a rumoreggiare nella stanza del sindaco stanno rumoreggiando fuori. Si è radunata un'autentica folla. E in mezzo alla folla Giuseppe e Sandro, in piedi sul predellino del Suv, sono circondati da una ventina di persone che insultano, domandano, commentano, urlano. Sembra una scena di un film di zombie, con i due protagonisti sul tetto di un'auto assediati dai morti viventi che prima o poi, inevitabilmente, azzanneranno loro un braccio.

Raffaele, appena compare, si prende qualche insulto bello pesante. Arretra. E ora come ci arriva alla macchina? Ma una figura bassa e decisa esce dal Suv e si fa strada fendendo la folla. Al suo passaggio si apre come il Mar Rosso, perfino le grida di indignazione si smorzano in mugugni.

"Babbo," sussurra Raffaele.

"Andiamo, vieni," gli fa cenno il signor Pietro, mentre con la sola forza dello sguardo tiene a bada la masnada di onesti cittadini determinati a linciare suo figlio.

Raffaele lo raggiunge.

Riescono a balzare sui sedili prima che l'effetto carisma si esaurisca. Sandro mette la prima, ripartono. Al suo fianco Giuseppe; dietro Pietro e Raffaele. Antonello è rimasto in piazza e prenderà la macchina di Pietro. Tanto a lui non lo tocca nessuno.

"Ho saputo cosa intendevi fare che eri già dentro," Giuseppe si volta, il viso cupo. "Ma che cazzo ti è venuto in mente? Potevano ammazzarci tutti!"

"Ora non esagerare," lo rimbrotta il signor Pietro, ma gli trema la voce per la tensione sostenuta.

Raffaele, buttato sul sedile accanto a lui, sta per rispondere, ma in quel momento suona il cellulare. Guarda il nome. Esita. Poi sfiora il pulsante verde. Tanto ormai.

"Rosy?" dice con voce esausta.

"Raffaele, che è questa storia che avete vinto addirittura tre partite?" lo aggredisce subito lei.

"Come lo hai saputo?" ma lo ha già capito.

"Era sul giornale, se n'è accorto Bengala." Maledetto, pensa Raffaele. L'unico bengalese che legge i giornali italiani dovevano avercelo come maggiordomo i Quattrociocchi. "Una bella mezza pagina nella sezione sportiva... La squadra dello zoppo del prete e del vip, messa insieme dall'imprenditore Ventura. Tra parentesi, lo zoppo non te lo potevi proprio evitare, vero? Grazie dell'ennesima figura da cioccolatai che hai fatto fare alla famiglia."

"Non c'è di che," risponde Raffaele con voce piatta.

"Uno zoppo e un prete, sant'Iddio... Vabbè. Comunque," Rosy ora alza la voce, "il punto è: che cazzo vuol dire che hai vinto delle partite? Tu non devi vincere, idiota. Devi sbrigarti a chiudere la cosa. Qua serve... serve che chiudi l'affare!"

"Forse è fatta."

"Forse? Che vuol dire forse? Mi permetto di ricordarti che mio padre rischia la galera! E che da te, per una volta tanto, ci aspettiamo che risolvi... Che chiudi l'affare!"

Evidentemente Rosy teme di essere intercettata, e questo almeno la trattiene un po'. Peccato che la magistratura non punisca l'essere una stronza. Chissà se vale come crudeltà mentale?

"Fatti liquidare, capito? Fatti li-qui-da-re!" strilla Rosy.

"Non è così semplice, sai... Qui la squadra stava decollando... C'è tanta gente che crede in noi e..."

Per un momento Raffaele vorrebbe raccontare tutto a Rosy, parlarle come fosse davvero quello che dovrebbe essere una moglie. Come se lei davvero partecipasse alle sue angosce, alle sue paure, come se lei davvero lo capisse, soffrisse con lui nel tentativo di risalire una china che sembra disperante e infinita. Pietro e gli altri osservano, silenti e dolenti, la tenera ipocrisia con cui Raffaele finge a se stesso di avere una compagna di vita e immaginano facilmente, dall'altro capo del telefono, il gelo. Ma sbagliano. C'è astio, non gelo.

"Ma non dire fesserie, Raffaele. Sappiamo tutti e due cosa sei andato a fare e cosa devi portare a casa. Accelera. Accelera."

"Rosy... Ma non riesci a capire che..."

"Non essere aggressivo!"

"Io aggressivo? Ma se sei tu a..."

"Senti che tono che usi con me. Ma come ti permetti? Ricorda che sono tua moglie!"

"Vabbè..."

"Vabbè che?"

"Vabbè, vaffanculo va'!" esplode Raffaele, provato oltre ogni sopportazione. Nell'auto scoppia un applauso spontaneo.

"Vaffanculo? Vaffanculo? Tu a me vaffanculo? E poi chi cazzo è che sta applaudendo? Con chi sei? Con quelle altre teste di cazzo degli amici tuoi?"

"Scusa Rosy, è la tensione, e poi tu..." ricomincia a scusarsi Raffaele. Ma suo padre gli prende il telefonino dalle mani.

E riattacca.

"Babbo, ma cos'hai fatto? E ora chi la sente quella?" Raffaele non sa se essere sollevato o terrorizzato.

"Nessuno la sente, quella stronza," sentenzia Pietro.

Il Suv esplode con un nuovo boato in un tifo incontenibile per il santo, vecchio, tosto babbo. Pacche sulle spalle, applausi. Sandro, guidando, tenta di voltarsi per baciarlo e rischia un frontale con una Yaris.

"Ha fatto bene," riassume Giuseppe voltandosi dal sedile davanti. I suoi occhi sono pieni di comprensione mentre osserva il viso tirato dell'amico. "Ora non preoccuparti, Raffa. Andiamo a casa, anzi andiamo in sede. Ci mettiamo attorno a un tavolo e capiamo insieme come venirne fuori, ok? Se servono dei soldi non preoccuparti, ce li metto io e..."

"Non andiamo da nessuna parte," lo interrompe l'amico. Manca solo che Giuseppe faccia risorgere di nuovo il Prantixedda Inferru. Con il solo risultato di doverlo ammazzare ancora una volta. Lui un'altra giornata come questa non la può sopportare, poco ma sicuro.

"Ma siamo ancora in gioco, Raffaele!" insiste Giuseppe.

"Giusè, non ci siamo stati mai," taglia corto. "Almeno: non io. Sandro, per favore, ferma la macchina."

"Qui? Ma non siamo ancora a casa!" Intorno ci sono solo arbusti e sassi. Battuti da un gran vento.

"Il resto della strada me la faccio a piedi."

"Ma..."

"Voglio stare un po' per i cazzi miei, va bene?" sbotta Raffaele.

Sandro inchioda, offeso.

"Oh adesso poi basta eh?" esclama mentre i suoi passeggeri vengono proiettati pericolosamente contro il parabrezza. "Basta pigliarmi a pesci in faccia... Ci sono rimasto male anch'io, d'accordo?"

Giuseppe si sente in colpa. Sandro è pazzo, ma quel suo sfogo ha un fondamento. Nessuno prende mai sul serio Sandro. Ma ha perso quanto loro. Stavolta ha persino giocato quanto loro. E a lui neanche gli andava.

Raffaele invece è troppo sconvolto per sentirsi in colpa. Si limita a scendere dalla macchina, e senza dire niente a nessuno si allontana.

"E adesso dove va?" chiede Sandro.

"Lascialo fare," dice comprensivo Pietro. "Noi andiamo a casa, e cerchiamo di capirci qualcosa."

Sandro si zittisce e riparte, lasciando Raffaele in mezzo al nulla che si allontana a passi lenti verso chissà dove.

Quando Michela rientra a casa dalla sede, dove è andata a controllare i conti per cercare invano di far saltare fuori qualche "ingaggio" a pagamento, si è ormai fatto buio. Scopre che Raffaele non è ancora tornato e che nessuno ha idea di dove sia, e va fuori di testa. Non ce n'è per nessuno, neanche per il signor Pietro.

"Come sarebbe a dire *Se n'è andato per i fatti suoi*?! E *nessuno* è andato con lui? Non lo avete seguito?" si volta a scatti, come una vipera, dall'uno all'altro. "E passi per questi due cazzoni, ma lei... Mi meraviglio di lei, signor Pietro!"

"Ha ragione!" le dà manforte la signora Iole. "Possibile che non sei capace di tenere d'occhio tuo figlio?"

Pietro non risponde. La madre e la moglie non possono capire un uomo che deve rimanere solo. Poi si sorprende di se stesso: ha davvero pensato *la moglie*? Il pensiero successivo lo sorprende meno: *magari*.

"Quando lo avete lasciato?" indaga Michela, le mani sui fianchi come una moglie vera, e di quelle furibonde.

"Quattro, cinque ore?" azzarda timidamente Sandro.

"Ma vi rendete conto in che stato è?" tempesta Michela. "Come ci si risolleva da un colpo così? E se pensasse di... farsi del male?"

"Ora non esageriamo, dai... è solo un torneo di calcio..." prova a placarla Giuseppe senza crederci neanche un po'.

"*Solo* un torneo di calcio? *Proprio tu* dici questo?" la voce di Michela è una frusta. Giuseppe infatti trasalisce colpito. "Ma già," aggiunge lei con spregio. "Tu tanto sei il grande Rodàri, vero? Per te questa è solo una piccola, sfortunata avventura che nemmeno farà notizia in continente." Parla come un'isolana e nemmeno se ne accorge. "Ma Raffaele... Raffaele paga più di tutti noi. E ha solo quarantotto anni. Hai in mente quanto lo farà soffrire questa cosa per il resto della vita?"

Giuseppe vorrebbe tranquillizzarla, ma non sa come. E si sente invadere da un bruciante senso di ingiustizia. Non è vero che per lui è solo un incidente di percorso cazzo. Lui in questa squadra ci aveva messo l'anima, lui...

Ma Sandro lo precede.

"Be', cosa dovremmo dire noi, Michela?" obietta. "Adesso che facciamo? Uno studio circondato da zingari furibondi... Uno stadio circondato da sardi inferociti..." Si guarda intorno. Silenzio assoluto.

Claudio sceglie proprio quel momento per entrare in cucina. Si è appena svegliato, era sceso per cenare, si è trovato in un'atmosfera tesa che non riesce a decodificare. Si guarda intorno, va ad aprire il frigo, cercando un pezzo di formaggio, o di salsiccia. Qualsiasi cosa.

"E tu che cazzo fai, pensi a mangiare?" lo aggredisce

Michela, ormai fuori controllo. Guarda fuori, ormai è notte fonda. "Quando Raffaele potrebbe essere già morto in fondo a un burrone?!"

"Eeeehhh!" esclama Giuseppe, ma gli altri stanno zitti. Nessuno ha il coraggio di farle notare che il primo burrone disponibile si trova a un paio d'ore di cammino e, conoscendolo, Raffaele sarà ancora fermo nel punto dove l'hanno lasciato, al limite cercando un passaggio in autostop.

Stanno tutti zitti tranne Claudio.

"Raffaele? Perché in un burrone?"

"Tu taci, è questa l'ora di alzarsi?" lo castiga Michela. "E non credere che non ti abbiamo visto ieri sera... Non ce la fai proprio a evitare di fare il cialtrone con le mogli degli altri?"

"Se sei gelosa..." comincia Claudio, fatuo.

Non finisce, perché Michela gli molla uno schiaffo. Poi scoppia in lacrime.

Claudio si tiene la guancia, cerca sguardi intorno e tenta di fingere un sorriso, per uscire dall'imbarazzo. Ma tanto nessuno gli fa caso.

E poi si sente suonare il telefono.

"Vado io!" si precipitano in quattro, ansiosi di sfuggire alla Erinni dagli occhi verdi. Ma Michela e Iole li seguono.

"Pronto," il signor Pietro, che inaspettatamente ha vinto sullo scatto – oppure lo hanno lasciato vincere per rispetto – ascolta la voce dall'altro capo del filo. È una voce maschile. Gli altri lo vedono impallidire. "Certo. Certo, veniamo subito," e riattacca.

Otto occhi lo fissano ansiosi.

"Era Antonello," dice piano, la faccia sconvolta. "Ha trovato Raffaele."

# 25.

Un'ora prima Antonello guidava il suo Ducato a fari spenti nella notte. Il viottolo che porta alla spiaggia dei Tarocchi a quest'ora è libero, non è zona frequentata dalle coppiette. Da Prantixedda Inferru, alla velocità che sa tenere Antonello, c'è voluta una mezz'oretta per arrivare, passando davanti al moletto, al di là della casa dei Piras, di quella dei Muganu e di quella dei Colomo. In mezzo quelle altre che non contano e lo spaccio. Poi ci sono i tornanti sottovento, quelli che quando d'inverno piove e soffia la tramontana si rischia di finire nel burrone. Lì c'è lo sterrato che porta alla spiaggia dei Tarocchi. Poco dopo essere sceso alla spiaggia, Antonello è tornato indietro in gran fretta. Ha risalito il viottolo che porta al bar di Giannetto, la svolta a gomito che porta alla parte sopravento, i tornanti. Per fortuna quella strada la conosce da vent'anni, la può fare avanti e indietro cento volte anche a fari spenti, tanto più che stasera la mezza luna fa il suo lavoro.

Qualcosa è andato storto. I corrieri dovevano arrivare alla spiaggia dei Tarocchi, ma lui li ha visti da lontano, hanno sbagliato l'angolo. Guarda il gommone dall'alto, cercando di capire dove diavolo stanno andando a cacciarsi. Per un momento pensa che finiranno dritti dentro il villaggio turistico, ma poi capisce: stanno dirigendo su una caletta irraggiungibile a chiunque non sia del posto, nascosta da arbusti di mirto e rocce. La sanno trovare solo quelli di Prantixedda, e forse qualcuno di Tertènia, la caletta di Efisio.

Efisio era il proprietario di una casetta che spicca ancora sul promontorio, abbandonata e scalcinata da quando lui è emigrato in Germania, negli anni settanta. Ha lasciato un buon ricordo: non impediva a nessuno di andare a fare il bagno in quell'unghia di sabbia incantevole. Che sì, certo che la spiaggia è pubblica, ma il vecchio Efisio se avesse voluto avrebbe potuto rompere i coglioni eccome. E invece bisogna dire che è sempre stato di manica larga, e non ha mai impedito a nessuno di farsi un tuffo.

Antonello sterza, dalla litoranea scende per la duna e guida sulla sabbia della spiaggia nascosta. Spegne il motore, apre lo sportello e resta in piedi sul predellino, cercando di inquadrare il punto sul mare dove si trovano. Finalmente li vede. Aveva ragione. Stanno puntando dritti alla spiaggia di Efisio.

Fortunatamente la mezza luna inquadra precisamente quel punto in lontananza, in mezzo a un mare che sembra petrolio fuso con il cielo d'inchiostro.

Comincia a urlare: "Ehi... *inoghe!*... sono qui... dove cazzo andate... *inoghe!*... Qui!". Accende una potente lanterna da segnalazione ed è allora, mentre la luce corre sull'acqua, che lo vede. Chi è quel bagnante notturno a mollo fino alla vita, rivolto verso la sagoma che si avvicina dal largo?

*Cazzo li ha visti. Cazzo la polizia.*

Ormai quel tizio ha visto la barca, e se si volta vede anche lui. Eppure... Quella figura alta, un po' corpulenta. Quello non è un bagnante fuori orario, e di sicuro non è un finanziere. Quello sembra proprio...

"Raffaele!"

"Antonello?..." l'uomo si volta. La voce è vaga, come di qualcuno che si risveglia da una trance. Comincia a venire verso di lui. È a torso nudo, con i pantaloni fradici.

"Raffaele! Che ci fai in acqua coi pantaloni, a quest'ora?"

"Lascia stare, Antonello. Che ci fai tu col Ducato in spiaggia?"

Sempre quella voce strana. Ma è in sé? Forse è meglio che chiami casa Ventura. Lo fa rapidamente, a voce bassa e restando nell'ombra del furgone per non farsi scorgere da Raffaele. Quando lui gli arriva vicino, ha già messo giù.

"Ma sei ubriaco?" gli chiede.

"Una giornataccia, Antonello. Vabbè, già lo sai."

Antonello lo sa, ma non capisce il nesso con il bagno di mezzanotte vestito.

"Sei qui da solo?" chiede.

"Sì. E tu? Ma che stai facendo?"

"Lascia perdere, Raffaele, non è roba per te. Torna a Prantixedda, dammi retta. E facciamo finta che non ci siamo incontrati."

L'altro gli è arrivato vicino e lo scruta con attenzione, facendo due più due. Un impiegato comunale in furgone su una spiaggia di notte. Un gommone in avvicinamento.

"Antonello, facciamo così. Da quant'è che ci conosciamo io e te?"

"Da sempre, Raffaele. Tuo padre insegnava a nuotare a me e mio fratello."

"E io a tuo fratello giravo 'Caballero' e 'Le Ore'. Giusto?"

"Giusto."

"E tu poi ci trovavi il fumo, giusto?"

"Giusto."

"Ecco," Raffaele accenna alle rocce. "Quindi abbiamo scoperto come te lo procuravi, il fumo, esatto?"

"Io mica ti ho mai chiesto come ti procuravi i giornaletti," obietta Antonello (c'è sempre spazio per il sarcasmo, se si vuole).

"Te lo dico ora: li rubavo all'edicola con tuo fratello che faceva il palo."

"Raffaele, fammi un favore, vattene. Che se no quelli riprendono il largo e sono fottuto."

Raffaele lo guarda dritto negli occhi.

"Ok, mi nascondo," annuisce poi. "Ma non me ne vado... Bisogna che parliamo, Antonello."

Risale il viottolo fino alla strada, ma appena è fuori vista si nasconde. Aspetta che Antonello sovrintenda le operazioni di scarico e carico, tra ordini concitati in una lingua che potrebbe essere sardo o arabo, e che i "fornitori" si allontanino sul mare nero. Poi ridiscende.

"Stammi a sentire, Antonello," dice. "Ti compro il carico."

"Che cazzo dici?"

"Cosa è? Lo prendo io."

"È hashish, Raffaele, lasciami in pace."

"Perfetto. Lo prendo, te lo piazzo in una settimana, poi ti pago quello che ti devo."

"*Ma tandu ses maccu!* Completamente pazzo. Mica è mia, questa roba! Se ti dico chi l'aspetta ti metti spavento."

"E tu gli dici che sono in ritardo, che ti hanno avvisato che il carico arriva sabato prossimo."

"Ma che dici! Non è possibile."

"È possibile, Antonello. Una settimana. Sette giorni. Dimmi quanto ti devo dare e te li do."

"Raffaele, non so cos'hai bevuto, ma qui io devo lavorare. Levati dal cazzo."

"Antonello, mi servono soldi."

"A che ti servono i soldi? A te servono cinque giocatori."

"Anche quelli, ma meno..."

"E perché ti servono tutti questi soldi all'improvviso?"

Raffaele esita. Non può mica dirgli che contava di boicottare la squadra e per di più scommetterci contro, ma che adesso che si ritirano dal campionato non potrà più farlo. Non può dirgli che il misero 20 per cento dell'inghippo con il Merda – che poi 20 per cento di sicuro non è, e d'altronde non si sa neanche bene quanto sia il 100 – non basterà a tirar fuori dai guai lui, e figurarsi quel delinquente di suo suocero. Può dargli una sola spiegazione vagamente plausibile.

"I Di Rocco," dice, cercando di stare sul vago.

"Chi?"

"I Di Rocco. I mafiosi rom... Quelli che stanno appresso a Sandro. Sono arrivati qui."

"Sandro ha la mafia zingara alle calcagna?" Antonello strabuzza gli occhi. Ci manca solo quello. Criminali fuori dalla loro zona, forse la polizia. Le vendite andranno a rotoli. Proprio adesso che il SoleVillage con il suo carico settimanale di milanesi annoiati aveva ampliato il suo giro d'affari... "Cos'ha fatto, s'è fregato la donna del capo?"

"Ma no, ma perché con Sandro si pensa sempre a una questione di donne?"

"Chissà," commenta Antonello, ironico.

"Comunque non sono donne. Sono soldi."

"Originale anche questa."

"Vabbè. Sarai originale tu che fai lo spacciatore. Comunque hai capito a che mi servono i soldi? Devo tirare Sandro fuori dai guai," detta così sembra quasi convincente.

"Me? Quali guai?" la voce di Sandro risuona dal sentiero che porta alla caletta e manca poco che ai due venga un infarto. "Ma che diavolo ci siete venuti a fare in questo posto dimenticato da Dio?" arriva giù e si guarda attorno. Il mare, le rocce, la luna, una fantastica stellata. "Però, fico. Stavate pomiciando?"

Mentre Raffaele e Antonello lo guardano basiti arrivano giù anche Giuseppe e Michela... Seguiti da don Virgilio.

"Padre!" esclama Raffaele.

"Se stavate pomiciando, *Ego vobis absolvo*," fa quello per tutta risposta, tracciando un segno della croce nell'aria. "Però smettila di fare il mona e far preoccupare questa bella ragazza, qui," aggiunge rivolto a Raffaele.

Accenna a Michela che sta fissando il presidente Ventura con occhi indagatori, come ad accertarsi che sia ancora tutto intero. Nota i pantaloni bagnati, l'aria da cane bastonato.

"Preoccupare? Perché dovrebbe preoccuparsi? E poi che c'entri tu, don?"

"Oggi pomeriggio è venuta a chiedermi se potevo usare il mio... Potere di persuasione per arruolare qualche giocatore per la tua squadra."

"Dal pulpito! Pensa che idea!" sbotta Raffaele.

"Be', poteva funzionare..." borbotta Michela. "E non è che voi ne abbiate avute di migliori, comunque."

"Soprattutto Raffaele," Giuseppe guarda l'amico fradicio. "Raffa, il bagno di mezzanotte vestito?"

"E poi perché siete venuti quaggiù col furgone?" si informa don Virgilio. "Va bene che nessuno di noi è un grande atleta, ma dalla strada son duecento metri... L'ecosistema si rovina, sapete ragazzi."

Le domande cominciano a diventare un po' troppe per Antonello.

"Ecco, lo sai che hai ragione don?" butta per terra la sigaretta in segno di amore per l'ambiente e monta sul camioncino. "Io allora porto il culo via da qui. *Salludoso a tottusu!*"

E parte a tutto gas prima che Raffaele possa fermarlo, per quanto si sbracci a gridare: “Antonello, aspetta! Ma quella cosa... Quell’affare di cui stavamo parlando...?”.

Il rombo del motore si allontana e sulla caletta scende un silenzio pieno di disagio. Raffaele non guarda in faccia gli amici. Michela non guarda in faccia Raffaele, con questi incontri segreti su una spiaggia non lontana da quella del SoleVillage le sembra che i suoi sospetti stiano trovando conferma... Allora è implicato anche Antonello? E gli altri? Di chi può fidarsi? Forse di nessuno? Le scoppia la testa, e forse anche il cuore.

Guarda il mare, scintillante sotto la luna come una promessa di pace. Non ne può più di questa giornata, non vuole altro che lavare via tutti questi pensieri. Andare al largo e dimenticarsi i postumi della sbronza di ieri sera, il dramma di oggi pomeriggio, lo spavento per Raffaele e tutto quello che (forse) ha scoperto. Si libera di pantaloncini e maglietta e tra lo sbalordimento generale si tuffa in acqua in mutandine e reggiseno.

“E brava Michela!” è l’urlo liberatorio di Giuseppe, che comincia a spogliarsi anche lui. E la segue in acqua come un topolino seguirebbe un pifferaio magico, o come (per l’appunto) un quasi cinquantenne seguirebbe qualcosa per lui di altrettanto ipnotico.

“Ma che cazzo fai? A quest’ora?” gli grida dietro Raffaele, che vorrebbe andare a casa e mettere fine a questo fallimento di giornata. Ma un po’ vorrebbe anche essere stato lui il primo a buttarsi in acqua dietro di lei. “Don Virgilio, ora mi dirai che vuoi fare il bagno anche tu?” chiede al prete.

“Figliolo, io di acqua frequento solo quella santa, non mi piace nuotare.”

“Sei venuto a lavorare nel posto giusto allora,” osserva Sandro togliendosi in fretta la maglietta. “Un’isola, ottima scelta. Ispirata dallo Spirito Santo?”

“Non bestemmiare lo Spirito Santo,” lo esorta amaro Raffaele, “che potresti averne bisogno.”

“Perché?” chiede Sandro. Si ferma su un piede solo, tipo gru, mentre si sta sfilando i pantaloni.

Raffaele tace, indeciso.

"Perché?" insiste Sandro, e nella voce filtra la paura. Appoggia anche il piede.

"Li ho incontrati, Sandrino. Sono qui."

Sandro strabuzza gli occhi.

E non è una delle sue facce da mimo.

# 26.

“Sediamoci.” Don Virgilio, vedendo le sue due pecorelle così smarrite, le conduce dove alcune rocce piatte formano una sorta di salotto naturale. Dopo tanti anni di confessionale le situazioni le capisce al volo. Era da qualche giorno che se li studiava, i romani. E Raffaele, in particolare, lo convinceva poco. Così, dopo la visita di Michela, ha deciso di andare a casa Ventura a parlargli. Solo per scoprire che lui era scomparso da ore e i suoi amici stavano andando a recuperarlo in qualche caletta sperduta. È salito in macchina con loro, e Michela gli ha raccontato: di Raffaele, della sua sfortuna e delle sue speranze di riscatto frustrate. Gli ha detto anche che suo fratello Sandro sta sfuggendo da una banda di criminali che potrebbero arrivare da un momento all’altro, o essere già in paese. Del SoleVillage non ha detto nulla: con don Virgilio si sarebbe anche confidata, ma non voleva sbugiardare Raffaele di fronte a Sandro e a Giuseppe. Sarebbe la fine, per la squadra. E lei la squadra spera ancora di poterla salvare.

“Michela mi ha raccontato quel che è successo oggi,” esordisce don Virgilio. “Mi ha detto che sei andato dal sindaco a proporre di ritirare la squadra dal torneo.”

“E te l’ha dovuto raccontare Michela? C’era mezzo paese in piazza, un casino...”

“Ho tante qualità, ma non sono un tipo sveglio.”

“Dillo a me,” ribatte Raffaele senza ironia. “Comunque sì. Con sei giocatori dove andiamo? E son rimasti solo i più brocchi... Con tutto il rispetto per la tua potenza di tiro, eh don.”

“Non posso darti torto,” annuisce il prete. “Hai fatto una scelta ragionevole.”

“Quindi non mi consideri anche tu un traditore della patria? Non pensi che dovrei insistere? Non vuoi farmi cambiare idea?” Raffaele non l’avrebbe detto, don Virgilio non è uno che si dà per vinto facilmente. Se no da queste parti non sarebbe durato cinque minuti, figurarsi cinque anni. A Prantixedda Inferru, prima dell’arrivo di Virgilio, i preti li chiamavano cornacchie. Quando li stimavano.

“Niente affatto. Mi sembra che la tua sia una decisione molto saggia.” Le vie del Signore, pensa don Virgilio, sono infinite. Senza squadra, Sandro potrà andarsene dal paese. Lontano dalle grinfie di quei criminali. “E cosa avete intenzione di fare... dopo?”

“Be’, non ci ho pensato... Tornarcene a Roma, suppongo,” risponde Raffaele.

“Ecco, figlioli...” qui viene il punto delicato. “Potrei consigliarvi, così, da amico... Di andarvene in un posto un po’ riparato, per qualche tempo?”

“Devo aver paura, vero, don? Roma è bruciata,” realizza Sandro. “Ma quindi mi hanno trovato anche qui?”

“Mi hanno parlato,” ribatte Raffaele. “Se giochiamo quella finale tu ti ritrovi a parare i rigori senza pollici e io...”

“Ma che c’entra la finale? E tu che c’entri Raffa? Hai dei debiti anche tu?”

“No, che hai capito, io mi preoccupo solo per te,” ribatte subito l’altro. Don Virgilio stringe gli occhi. Perché Raffaele sta mentendo?

“Figliolo, scusa, ma tu prima di venire qui, che facevi?” gli chiede.

“Dividevo uno studio con questo fenomeno, qui”, Raffaele accenna a Sandro, “e con Claudio, lo psicologo, il nostro cosiddetto motivatore.”

“Non più,” lo informa Sandro.

“Eh?”

“Ha perso la sua, di motivazione. Ha fatto le valigie e se n’è andato poco fa. Ha detto che senza una squadra lui non serve.”

"Insomma ha capito che tirava una brutta aria e se l'è squagliata," traduce Raffaele.

"Bell'amico," chiosa don Virgilio.

"C'è anche da dire che mia sorella gli ha mollato un ceffone olimpionico," lo scusa Sandro.

"Michela?" si stupisce Raffaele. "E perché?"

"Perché s'era alzato tardi," ride Sandro. "E pure perché s'è fatto una del paese."

Virgilio storce la bocca.

"Ma che le è preso a Michela?" si stupisce Raffaele. "Di solito è sempre così dolce..."

"Con te, è dolce," sbuffa Sandro. "Io quasi quasi tra lei incazzata e i Di Rocco scelgo i Di Rocco."

"Ma non sarà che Claudio se li è tirati dietro apposta da Roma, questi Di Rocco?" insinua don Virgilio. "Sono arrivati quando è arrivato lui..."

Il pensiero di Claudio caporione della mafia rom è troppo assurdo. Raffaele e Sandro scoppiano a ridere.

"No, don, lui non è cattivo," dice infine Raffaele. "È solo che Claudio... Non è uno di noi." È proprio così. Non è *uno di loro*. Non gli era mai stato così chiaro... Loro tre: lui, Giuseppe e Sandro, il Trio Tequila (come si erano autonominati prima che quella parola maledetta rimanesse appiccicata solo a lui). Loro che sono cresciuti insieme, che hanno visto il tempo passar loro addosso e trasformarli senza che se ne accorgessero. Loro che hanno condiviso successi e insuccessi, amori e passioni, all'insaputa di tutti gli altri, se si esclude forse il barista di piazza Caprera.

Loro che ora sono qui, su questa spiaggetta nota solo ai pesci e alle stelle, oltre che agli spacciatori e alle coppiette prantixeddesi, certo. Perché alla fine la differenza tra loro e tutti gli altri sta solo lì, pensa Raffaele: i suoi amici non ci hanno neanche pensato, a salire sull'aereo e smammare. Sono venuti a cercarlo. Guarda il cielo severo e brillante della sua isola, il mare muto con la luce lunga della mezza luna. Le rocce. Tutto è semplice, e scabro. Tutto è elementare e bellissimo. Qui ci sono le rocce, lì c'è la sabbia, infine arriva il mare. Niente di più, niente di meno.

"Sai cosa facevo, don Virgilio, prima?" Quando fa di

nuovo sentire la sua voce è in un tono meditabondo, come se parlasse con se stesso.

"Che ne so... Non eri imprenditore?"

"Lo ero, lo ero. Ti ricordi la tequila Sabòr?"

"No, a dir la verità no."

Sandro unisce pollice e indice e muove la mano in linea retta, come a dire: "Eccolo là!".

"Strano," dice invece Raffaele. "Ha occupato il mercato italiano per anni... diversi anni fa."

"Be', ma io bevo poco. Sono un veneto atipico," si scusa il prete.

"Comunque la importavo io. E ho fatto davvero tanti soldi," spiega Raffaele. "Poi quella tequila è... diciamo passata di moda a Cuba e io sono rimasto senza una lira, senza un lavoro e con una famiglia da incubo sui coglioni."

Nessuno commenta. Quando un amico enuncia una serie così disarmante di verità, c'è poco da dire.

"Sai, Virgilio? Quello che ti fa male quando le cose iniziano a girare per il verso storto dopo che hanno girato per il verso giusto è che cominci a pensarla come gli altri," prosegue Raffaele, senza guardare nessuno dei due interlocutori. "Come chi dice che avevi avuto solo fortuna. E che quel momento di successo è stato una parentesi in un più logico andamento, quello che caratterizzerebbe dal profondo il tuo destino, se non fosse stato per quella incredibile botta di culo ora rientrata. In pratica ti convinci di essere quello che sei al netto dei tuoi successi."

Don Virgilio e Sandro tacciono. Tacciono le rocce. Per un momento sembra che taccia anche lo sciabordio delle onde. Ma Raffaele ha così tante parole che gli premono dentro da bastare per tutti.

"Ecco cosa mi fa male, nello sguardo di Rosy. Non il fatto che mi odi e mi disprezzi, quanto piuttosto il fatto che io sto cominciando a pensarla come lei. E più la penso così più vedo chiaro il mio destino. Perché se lei ha ragione io non ho speranze. Tanti anni da vivere, e nessun'altra via che continuare a rendermi ridicolo in tentativi disperati di riottenere quel biglietto della lotteria vincente che ho già intascato." Raffaele si passa le dita tra i capelli e alla luce della luna la sua espressione è così sconvolta che Sandro, istintivamente, gli appoggia una mano sulla spalla. “Alla salita segue sempre la discesa,” continua Ventura sempre fissando il mare. “Ma dopo la discesa che c’è? A volte sembra non ci sia nient’altro.”

Don Virgilio chiama in soccorso la sua lunga esperienza nella consolazione degli afflitti e prova a intervenire. “Ma lo sai, Raffaele, che invece la vita offre sempre una seconda possibilità...”

“E qua ti sbagli, prete. Non esistono le seconde opportunità. Ogni opportunità è sempre nuova. Ti prende in un punto della tua storia che non ha nulla a che vedere con il punto in cui eri prima, e ti porta dove non ti avrebbe mai portato l’occasione che hai perso in precedenza. Se la cosa non facesse paura, sarebbe fica,” Raffaele guarda Sandro, l’esperto di *occasioni*, solo che nel suo caso la parola è sinonimo di *frodi*. “O no?”

Sandro non sa che dire. Non è che non gli interessi, è che proprio non sa che dire. Anche lui chiama in soccorso l’esperienza: anni di improvvisazione teatrale. Per tacere delle riviste lette dal barbiere.

“Ma la crisi serve sempre, Raffaele, ti aiuta a capire cosa funziona e cosa no. Cosa è falso e cosa è vero... O no? C’è anche un ideogramma cinese, o giapponese, o coreano... Ma non mi ricordo qual è, bisognerebbe chiederlo alla signora del negozio tutto a un euro, sotto casa, che è cinese, credo...”

Raffaele lo guarda. Sandro è un bravo ragazzo, ma a volte è veramente un idiota. Su una cosa, però, ha ragione.

“E infatti,” lo interrompe. “Sai cosa mi ha fatto male quando ho perso il successo? Scoprirmi tanto odiato. Questa era la vera novità. Scoprire che nell’ombra, per anni, avevano allignato così tanti nemici che si sono scatenati impietosi quando è diventata opinione comune che io fossi un coglione. Le persone sono fatte come gli animali del branco. Appena annusano insicurezza ti azzannano. E se non lo fanno è pure peggio, perché sai che ti stanno concedendo la loro compassione.”

“Questo però non è insolito, Raffaele,” gli fa notare don Virgilio. “I falsi amici li abbiamo incontrati tutti...”

“Non è una questione di amicizia,” insiste Raffaele. “Figurarsi se pensavo che quelli fossero tutti amici miei. Però ai tempi della tequila credevo di sapere cosa la gente pensava di me. Bene, male, non era quello il punto. Il punto è che sapevo chi pensavano di avere davanti. Uno che ce l’aveva fatta, e non importa se per abilità, per culo, per un parente nella massoneria... Comunque ero quello che ero. Scomparsa la tequila non sapevo più chi pensassero di avere davanti. Quindi non sapevo chi ero io. E girare in pubblico senza sapere chi sei è come andare a una rissa bendato. Ti può arrivare un colpo in faccia in ogni secondo, da una qualsiasi angolazione. È così che ho perso il controllo della mia vita.”

Si è quasi dimenticato che sta parlando con qualcuno. Il fatto è che Raffaele da anni non era così sincero con se stesso. Forse perché da anni non era se stesso. Ma tornare in questo paese, su queste spiagge, con queste persone ha fatto il miracolo. O il danno.

“E poi è arrivata la squadra,” dice, piano. Comprendendo finalmente che lui quell’avventura non l’ha accettata per tirarsi fuori dai guai, né tantomeno per tirarne fuori suo suocero. L’ha accettata perché ne aveva un disperato bisogno, come Giuseppe. Come Sandro, se avesse la coscienza per rendersene conto. Non sono lì per sfuggire a qualcosa, o a qualcuno. Sono venuti lì per ridefinire se stessi, nella luce senza scampo della Sardegna.

E ora stanno per fuggire. Senza aver ridefinito un bel cazzo di niente.

“Ma in acqua coi pantaloni che ci facevi?” chiede don Virgilio per tornare sul pratico. E lo chiede un po’ preoccupato.

“Ma niente, figurati,” replica Raffaele con un sorriso un po’ tirato, “non temere!” E poi, con la voce giusto un po’ bassina: “Anche se devo dire che ormai la vita l’ho capita. Non è che ci sia chissà che altro da scoprire”.

Silenzio. Poi Raffaele si guarda intorno, seguendo il corso dei suoi pensieri.

“Ma Giuseppe che fa, è annegato?”

# 27.

Giuseppe è al largo, sotto la luna. Non è una situazione facile per lui.

Per riuscire a baciare una ragazza ci vuole serenità. Ma soprattutto bisogna evitare di guardarsi da fuori. Non bisogna essere abituati a valutare le conseguenze di quello che si fa.

E per Giuseppe questo ormai è impossibile.

Saranno almeno vent'anni che sta attento se lo ascoltano, se lo riprendono, se lo fotografano, se lo registrano di nascosto i suoi interlocutori.

Michela è bella, e tanto. Stanno nuotando sotto un tappeto di stelle in uno dei paesaggi più belli del mondo.

Ma:

*Mi va davvero di provarci?*

*Se provo a baciarla e mi dà buca? Chi ha voglia di affrontare le conseguenze ?*

*A lei piace Raffaele, è evidente. Ma lui sembra non cacarsela, e in una notte così lei potrebbe decidere di farlo rosicare. L'Avvoltoio è pur sempre l'Avvoltoio.*

*Se un paparazzo ci ha seguito?*

*Se ci sta e domani reclama un ruolo? Pensa che guaio. Mi ci gioco la famiglia...*

*Che bello sarebbe se non stessi pensando ai punti 1, 2, 3, 4 e 5.*

*Ma ci sto pensando.*

*E allora è meglio tornare a riva.*

*Certo che figura con lei... Metti che ci stava, faccio proprio la figura dal coglione. Mi sa che ci provo e vada come vada.*

Michela intanto sta facendo il bagno. Un semplice bagno. Giuseppe la affascina un po', certo.

Ma:

*Non mi sembra convinto. Mi sembra si senta in dovere di provarci.*

*Io sono innamorata di Raffaele, se avessi un'avventura stasera con il suo amico potrei compromettere tutto.*

*Ma compromettere cosa, che Raffaele neanche mi guarda?*

*Giuseppe è sposato e ha figli, e non farei una bella cosa.*

*Certo questa però potrebbe essere una garanzia che dopo lui non reclami un ruolo.*

*E certo sarei stata con una star!*

*Mi sa che è meglio lasciar perdere, va'.*

*La luna e le stelle sono così romantiche...*

*Facciamo una cosa: lasciamo fare a lui e poi decido all'ultimo.*

Giuseppe si avvicina, le prende una mano.

Lui pensa: *Ma no, meglio di no.*

"Torniamo a riva?" chiede Giuseppe.

Lei pensa: *Bravo. Meglio così.*

"Sì, dai!" risponde Michela.

Lui pensa: *Madonna, che coglione.*

Lei pensa: *Madonna, che coglione.*

A riva trovano un tale silenzio che sulle prime pensano che i loro amici siano andati via.

"Non dirmi che ci hanno lasciati qui!" esclama Giuseppe, quasi sperandoci. Sulla terraferma si sente meno vulnerabile, chissà perché. Magari...

"Ma no, Raffaele è lì," dice subito Michela additando alcune rocce dove solo uno sguardo molto acuto tipo rapace potrebbe discernere i lineamenti di qualcuno.

"Gli occhi dell'amore, proprio," borbotta Giuseppe (che è un po' come dire *colpa d'Alfredo*), ma lei non lo sente, è già partita per raggiungere gli altri.

"Eccoti! Dov'eri?" la domanda esce di bocca a Raffaele appena la vede, con più che una sfumatura di gelosia, prima che riesca a controllarla.

"L'acqua era bellissima," Michela la sfumatura la percepisce benissimo. E di colpo è contenta di non aver dato neanche un bacio a Giuseppe. Si siede accanto a Raffaele, sfiorandogli il braccio con il suo braccio bagnato. "Cosa stavate confabulando, voi tre?"

"Stavo dicendo a Raffaele e a Sandro che ora che la squadra non c'è più è... Auspicabile che partano il prima possibile," dice don Virgilio. Forse, pensa, è meglio che parta anche lei. "Immagino che partirete insieme," aggiunge in fretta.

"Partire?" Michela mette una mano sulla coscia di Raffaele. "In che senso non c'è più? Non vuoi neanche provarci? Davvero?"

"Sei giocatori brocchi. È tutto quel che è rimasto," ripete per l'ennesima volta Raffaele. Lo choc nella voce di lei gli fa male. La capisce, ma non può aiutarla.

"Brocchi a chi?" interviene Giuseppe che li ha raggiunti. "Parla per te!"

"Giusè, guardiamoci negli occhi: i più forti se ne sono andati," gli fa notare l'amico.

"Ma ce ne possono essere altri!" esclama Michela. "Si tratta solo di... Solo di trovarli!"

"Michela, ma sei seria?" sbuffa Sandro. "Ti ricordi i provini? C'è voluta una settimana per trovare uno zoppo, cazzo!"

"Ma adesso conosciamo meglio i dintorni, siamo diventati più bravi, ci conoscono tutti e..." comincia lei con foga.

"Michè, non è che perché adesso non ti vendono la ricotta quando chiedi le patatine ti sei integrata, sai. Non funziona così!" sbotta Raffaele. Si rende conto che finisce sempre a trattarla male. Ma anche lei, ogni tanto, potrebbe restare sul pianeta Terra, no? E ora di sicuro le verrà da piangere...

Invece Michela tira il fiato e quando parla di nuovo la sua voce è forte e vibrante di collera trattenuta.

"Che ci facevi qua di notte?"

"Lascia perdere."

"Che ci facevi?"

"Boh. Volevo stare solo. Poi sono entrato in acqua."

"Ti volevi ammazzare?"

"Servono le palle, per quello," interloquisce Sandro, scherzando ma non troppo.

Raffaele si limita a fare spallucce.

"Ti volevi ammazzare?" ripete lei.

Lui sta zitto, e gli altri cominciano a guardarlo strano.

"Lo volevi fare?" urla Michela, fuori di sé.

"Ma no..." borbotta lui. "Volevo solo schiarirmi le idee in acqua..."

Il silenzio intorno a Raffaele è assoluto. Sandro e Giuseppe lo guardano, poi si guardano. È incredibile come si possa essere tanto amici di una persona e non capire nulla di quello che sta pensando.

"E sei morto?" insiste Michela senza ascoltarlo. Quando Raffaele non risponde gli prende il mento tra le dita e gli gira il viso verso di sé. "Rispondimi! Sei morto?" E insiste: "Sei completamente morto o vuoi darti una chance?".

"Ma che devo fare, Michela..." quegli occhi verdi lo ipnotizzano. "La squadra non esiste più. E io sono nei guai, più di quanto pensassi. Ormai è fatta... Mi dispiace. La squadra è morta, il torneo è morto, e io devo salvarmi il culo. È andata così. Vi ho deluso, chiedo scusa a tutti, ma non rompetemi i coglioni. Vi siete fatti una vacanza in Sardegna, tanti saluti e amici come prima!"

"Sei morto o no?" gli urla in faccia Michela, come se non avesse parlato.

Raffaele tace.

"Sei morto o no?!"

"Ma che cazzo significa..." geme Raffaele.

"Io sono vivo, Michela," risponde a sorpresa Giuseppe. "Io sono vivo. E se vogliamo rimettere in piedi questa cosa io ci sono. Fino in fondo."

"Io sono vivo, sorellina," si aggiunge Sandro. "A me basta arrivare a domani, schivare gli zingari e prendere Merda per il collo prima di andare via."

"Tu, presidente?" Michela non ha smesso un istante di fissare Raffaele. "Tu sei vivo?"

"Ragazzi, vi assicuro che..."

"Sei vivo?!"

"Ma non è questione..."

"Sei vivo o no?!"

"Sì! Sono vivo, cazzo! Sono vivooo!" esplode Raffaele. "Ma cosa pensi, che non soffra? Cosa pensi, che sia contento di mollare i nostri sogni a Merda? Di tornare da quel ladro di mio suocero e da quella mignotta di mia moglie? Credi che mi piaccia?"

Il silenzio è profondo e attonito, come tutti quelli che seguono a uno scoppio. Poi scoppia un'altra cosa, ed è il sorriso di Michela. Che non ha il tempo di stupirsi di se stessa e già si è chinata ad appoggiare un bacio sulle labbra di Raffaele. Non ha tempo di stupirsi neanche lui perché Michela è già in piedi. Va verso i vestiti che lei e Giuseppe si sono tolti per fare il bagno e a sorpresa prende i pantaloni di lui. Fruga in una tasca.

Tira fuori le chiavi della macchina.

"Cosa fai?" chiede Sandro, nel tono di un fratello che vede sua sorella sul punto di cacciarsi nei guai. E con ogni probabilità di cacciarci lui.

"Voi non vi preoccupate. Restate a casa e non fate entrare brutta gente. Aspettate. Se qualcuno ve lo chiede, il torneo continua. E ci vediamo presto." Prima che qualcuno possa fermarla, è sparita su per la stradina sterrata, veloce come uno stambecco. Non si è neanche rivestita.

"Ma che caz... La macchina!" esclama don Virgilio, troppo tardi.

Dal buio li raggiunge la voce allegra di Michela: "Buona passeggiata fino a casa! Schiaritevi le idee!".

Poi il rombo di un motore che si avvia e si allontana.

# 28.

"Michela! Raffaele lo avete trovato?"

Michela fa un balzo. Dall'ombra della cucina le vengono incontro, nell'ordine: la voce della signora Iole, il bastone della signora Iole e poi la sagoma un po' tozza e zoppicante della signora Iole. La suddetta la fissa con intensità snervante.

"Lo avete trovato?" ripete, e Michela si rende conto che era in ansia. Nessuno si è ricordato di mandarle nemmeno un sms, pensa vergognandosi. Chissà cosa sta pensando, vedendola rientrare da sola e in biancheria.

"Lo abbiamo trovato," la rassicura subito. "Però..." Riflette un attimo. Durante il tragitto in auto si è resa conto che una cosa è avere un'idea, e un'altra metterla in pratica, in quest'isola sconosciuta. Ha ragione Raffaele: non è che adesso diventa tutto facile solo perché la farmacista le dà l'acqua micellare (di malavoglia, comunque).

La signora Iole, come alleata per l'impresa che ha in mente, le sembra un po' improbabile. Ma se uno pensa troppo finisce che non fa più niente.

"Le posso parlare, signora?"

L'altra accenna a una sedia.

"Faccio il caffè," dice.

Alle tre di mattina? Ma d'altronde se davvero deve imbarcarsi in questa faccenda, non avrà certo tempo per dormire.

"Ho paura che Raffaele abbia fatto una caz... una sciocchezza," esordisce Michela.

"Se avessi mille lire per ogni volta che ho sentito questa

frase..." sospira la madre di Raffaele, irrimediabilmente legata al conio della sua vita. "E stavolta qual è?"

"Non ne sono sicura. Ma credo che abbia fatto qualche inghippo con il... sindaco."

"Con Merda," la corregge la signora Iole, serafica. "Per far fallire la squadra?"

"Lei ne è sicura? Lo sa?" Michela sbarra tanto d'occhi.

"Quella della squadra era un'idea troppo balzana persino per Raffaele," la signora si stringe nelle spalle. "E quel suo cugino è sempre stato un poco di buono. Mai piaciuto, fin da piccolo." E aggiunge con una smorfia del viso e mimando le quattro zampette aperte: "Un geco".

"Ma se ho capito bene," fa Michela, "lui e Raffaele sono alleati!"

"Qui ti sbagli, *pitzinedda mea,*" replica Iole voltandosi a guardarla mentre accende il gas, e sentenzia con un sorriso: "*Homine bonu e homine malu, non andat mai cumpare*".

Michela gliel'ha sentito dire spesso. Uomo buono e uomo cattivo non vanno mai d'accordo. Se solo fosse vero.

"Ma in questo affare c'entra di sicuro il sindaco. Con Raffaele si comporta in modo strano da quando siamo arrivati... E quando ho visto che è stato il cavalier Quattrociocchi a portarci via i giocatori... Solo che non capisco. Cosa ci guadagna Raffaele, se il suo progetto fallisce? E cosa ci guadagna Merda?" è tutto il pomeriggio che Michela si arrovella.

"Qualche mese fa sono arrivati dei forestieri... Stavano sul campo di Muvruneddu a misurare, a confabulare," le racconta Iole. Pietro li aveva visti dalla collina, ed era andato giù per parlarci, ma il tempo di arrivare al campo e non c'era più nessuno. "Quando mio figlio se n'è venuto fuori all'improvviso che gli serviva il terreno ho fatto due più due. Ho pensato: qualcuno vuole comprare il terreno, ma non può farlo a viso aperto." Si alza, e va a spegnere il fuoco sotto la caffettiera borbottante. "Ci dovranno costruire qualcosa. Che ne so, un centro commerciale."

Michela immagina il centro commerciale in mezzo al nulla e pensa: Più probabile una discarica. Comunque sarà di sicuro una porcheria.

"E... Non gli ha detto niente?" chiede. "Sapeva che gli

stavate cedendo il terreno per un affare poco pulito e non gli ha detto niente?"

"Non ero sicura," ribatte la donna, "e poi... poi lui è arrivato con Giuseppe." Sorride. "Me li sono trovati di fronte come quando erano ragazzi. Stavano qui nel cortile a parlare, ridere, scherzare, avevano negli occhi la stessa luce di allora." Appoggia la tazzina di caffè davanti a Michela, poi si raddrizza e la guarda con occhi stanchi, ma saggi. "Con che coraggio toglievo a mio figlio quel poco di gioventù che aveva appena ritrovato? Ho sperato in un miracolo."

"E fino a ieri sembrava che il miracolo succedesse davvero..." aggiunge Michela.

L'altra si limita ad annuire. Si sente solo il tintinnio dei cucchiaini che mescolano lo zucchero.

"Signora Iole," è Michela a parlare per prima. "Bisogna salvare Raffaele da se stesso."

L'altra annuisce di nuovo.

"Solo che se questo affare, qualunque sia, gli va in porto, in fondo, immagino che avrà un guadagno. Potrebbe rimettersi in piedi, liberarsi dai debiti," prosegue la ragazza.

La signora Iole non dice una parola. Fissa dentro al caffè come se ci leggesse il futuro.

"Ma se conosco Raffaele, si è messo con gente che è più brava a fregare lui di quanto lo sia lui a fregare gli altri..." la voce di Michela è piena di tenerezza. "E comunque, non è così che si fa. Non è così che deve venirne fuori."

La signora Iole alza lo sguardo e glielo ficca negli occhi. Michela lo sostiene, ferma.

"Io credo che Raffaele debba vincere," conclude, decisa.

Un sorriso si allarga sul volto dell'anziana donna, che le prende la mano.

"È così," annuisce, sicura.

"Ma come facciamo, signora? Ho pensato che forse potrei... Mettermi a cercare degli altri giocatori. Però poi... Cosa faccio, vado a bussare a ogni casa chiedendo se c'è qualcuno che sa giocare a pallone?" Michela allarga le braccia. "Mi sa che io i miracoli mica li so fare."

Iole sta in silenzio e abbassa gli occhi, poi li rialza. Sulla porta della cucina è comparso Pietro. Iole gli va incontro. Parlottano. Michela capisce: le decisioni importanti i Ventura le prendono insieme. Alla fine i due si scambiano un cenno di intesa e Pietro va di là, nel suo studio. A fare cosa? Iole torna verso di lei e le appoggia una mano sulla spalla.

"Non dobbiamo fare i miracoli," sentenzia la donna. "Dobbiamo fare i chilometri."

## 29.

Iole alla guida del Suv è uno spettacolo. Vestita di tutto punto e con i capelli coperti da un fazzoletto per non spettinarli, alle quattro e mezzo di mattina, guida faticando ad arrivare ai pedali, con accanto Michela che è appena riuscita a infilarsi un vestito leggero. Non hanno preso niente per la notte... ma per quell'impresa basteranno ventiquattr'ore?

Se continua così le ventiquattr'ore serviranno solo per uscire dal paese. Il tempo stringe, Michela lo sa bene. Nei prossimi quindici giorni si giocano le partite decisive, e la squadra che dovrebbe giocarle non esiste più. Se tardano a tornare potrebbero scoprire che Sandro, Raffaele e Giuseppe alla fin fine hanno deciso di lasciare la Sardegna... e la signora Iole procede a trenta all'ora. Ma non ha coraggio di chiedere: Guido io? Chiede invece:

"Il signor Pietro non viene?".

"No. Lui ha un altro compito."

"Ma lui sapeva di... questa faccenda?"

"Lo aveva capito. Ne ha avuto conferma da quest'inghippo degli ingaggi al SoleVillage. E dalla facilità con cui Raffaele ha mollato tutto."

"E non viene?" ripete Michela. Forse sarebbe più serena se con loro ci fosse un uomo che, per quanto la guardi ancora un po' storto, le dà sicurezza.

"No," ripete Iole, "lui deve restare a Prantixedda. Serve lì. La sistemiamo noi, questa cosa."

Altro che Thelma e Louise. A Michela scappa quasi da ridere. Un'ultrasettantenne sarda e una ragazza innamorata.

“Ma dove stiamo andando?” chiede solo.

“Da Antonello,” è la risposta.

“Ma no, signora... Antonello non è la soluzione!” si allarma Michela. “Lui è un problema, anzi. Pensi...” forse non dovrebbe dirglielo, ma lei mica è scema, alla fine crede di aver capito che cosa poteva farci di notte sulla spiaggia uno con un Ducato. Che come macchina per un single non ha senso, ma per un commerciante sì. Deve farle capire che Antonello non può aiutarle. “Penso che venda droga!”

“Non è droga,” replica serena Iole. “È hashish. Eh, lo so, il governo non vuole. Glielo abbiamo detto di smettere, eh. Anche sua madre. Ma lui niente...”

Michela ammutolisce.

Si lascia andare. Appoggia la schiena sul sedile. Chiude gli occhi. Con tutta l’adrenalina della giornata pensa che tanto non dormirà mai più, e invece crolla di colpo.

Si risveglia sul sedile, tutta sudata. L’auto è stata parcheggiata all’ombra di una grossa quercia, ma il caldo è allucinante anche se il sole non è ancora alto in cielo. Guarda l’ora sul cellulare, le otto passate. E ci sono dieci chiamate senza risposta di Raffaele e quattro sms:

*Dov’è mia madre?*

*Dove siete?*

*Per carità non mettevi nei guai.*

*Michela, se vi succede qualcosa non potrei sopportarlo.*

Per fortuna che aveva il telefono silenziato, pensa la ragazza. La tentazione di rispondere sarebbe stata troppo forte. Ma dopo l’ultimo messaggio, di un’ora prima, Raffaele sembra essersi placato all’improvviso. Forse gli ha parlato suo padre e gli ha detto di lasciar fare; a Michela sembra di sentirlo, il signor Pietro.

“*Inue non penetrat sa femina, mancu su diaulu,*” questa le piaceva, e l’ha imparata a memoria: vuol dire più o meno che le donne sono più abili del diavolo. Si alza, si guarda intorno. È davanti a una casa bianca, un piano, con veranda. Intorno, il nulla. Rocce, cespugli, querce. Un muretto a secco delimita il terreno, separando arbusti da arbusti.

Sotto la veranda, Iole e Antonello sono seduti al tavolo davanti ad albicocche e caffè. Stanno parlando fitto. Michela esce dalla macchina e li raggiunge.

"Ciao Antonello."

"Ciao Michela," ha l'aria un po' rintronata, la signora Iole deve avergli parlato per più di un'ora. Davanti ha fogli stampati da internet, ma mentre Michela fa per guardarli li piega e se li mette in tasca.

"Bene allora!" Iole sembra eccitata. "Sei pronta a fare un bel viaggetto?"

"Certo, signora, ma... Dove andiamo?"

"Andiamo a fare campagna acquisti, *pitzinedda mea*."

"Campagna acquisti?"

"Se ci mancano i giocatori," spiega, sempre logico, Antonello, "dobbiamo trovare i giocatori."

"E dove li troviamo?"

"Sul mercato, Michela," Antonello scoppia a ridere, e lei si rende conto che è la prima volta che lo sente ridere da quando lo conosce. "Sul mercato nero!" Poi guarda le due donne. "Dispiace se guido io?"

# 30.

Il principale centro di accoglienza per i migranti salvati in mare o che approdano sulle coste meridionali della Sardegna è quello di Cagliari, nella zona militare dell'aeroporto di Elmas. Da mesi è al completo. Mentre scendono dalla macchina, Michela guarda un po' sgomenta l'alta recinzione.

"Ma gli immigrati," chiede guardando il muro, "non arrivano a Lampedusa?"

"Quelli che partono dalla Libia sì," risponde Antonello rallentando. "Quelli che partono dalla Tunisia arrivano qui. Ma nessuno se li fila." La macchina accosta sulla destra, e si ferma sotto al muro con il filo spinato.

"Ma come entriamo?" chiede Michela.

"Ci apre Glenn," risponde Antonello.

Michela si aspetta un militare americano – ma che ci fa ad Elmas? – e invece vede che sbuca dal cancello e fa loro cenno un signore sulla cinquantina, in maglietta verde sbiadito, imitazione Lacoste, e jeans. Alto non più di 1,60, peserà almeno cento chili.

"*Antoneddu! Comment'istasa?* Che bello rivedere il mio generoso amico!"

"Bene Glenn, *sos frores sunt pro a tie*", e con un mezzo sorriso Antonello si infila una mano in tasca e passa qualcosa dal suo pugno chiuso a quello del compare. Ma non sono certo fiori. E neanche soldi, pensa Michela. No, qualcosa di più piccolo. Ma certo, fumo. Comincia a chiedersi se finirà in galera.

Poi ripensa a quell'sms che ha letto dieci volte e che l'ha scaldata ben più del sole sulla lamiera dell'auto: *Michela, se vi succede qualcosa non potrei sopportarlo*.

Non succede niente. Ci penso io, Raffaele, promette silenziosamente.

"*Sìchi custu caminu, bos appèrio su canzellu de secus,*" sta dicendo Glenn.

"Continuiamo per la stessa strada e lui ci apre il cancello posteriore," traduce Iole meccanicamente per la straniera del gruppo. Fanno cento metri, poi, da un cancello piccolo piccolo, tanto che il Suv ci passa a malapena, entrano nel perimetro del centro di accoglienza, in un'area che sembra deserta. Glenn apre la portiera alla signora Iole, la aiuta a scendere, saluta Michela con una stretta di mano e, abbandonando il dialetto, spiega: "Ho parlato col ragazzo, ci sta. Ora ve lo porto. Però attenti, perché è un richiedente asilo... In teoria non potrebbe uscire".

"Se lo prendono cosa succede?" chiede subito Michela, preoccupata.

I tre sardi la guardano con indulgenza. Nessuno dei tre le risponde.

"Non mi mettete nei guai," aggiunge solo Glenn. "E che torni presto."

"Non temere, Glenn, e grazie per l'aiuto," risponde Iole.

Mentre aspettano che il loro pingue soccorritore torni con "il ragazzo" – chiunque sia – Michela si azzarda a chiedere: "Ma davvero si chiama Glenn?".

"Si chiama Carlo," risponde Antonello.

"E allora perché Glenn?"

"Perché sembra un attore americano," chiude la questione Iole. Ed è seria. Non la sta prendendo in giro.

Glenn Ford. Se proprio avesse dovuto scegliere, Michela avrebbe detto al limite Danny DeVito. Ma meno slanciato. Non fa in tempo a obiettare perché l'uomo sta tornando in compagnia di un maghrebino tra i trenta e i quarant'anni: alto, robusto, elegante nei movimenti, sorridente. Decisamente bello.

"Non c'è da sbagliarsi, è proprio quello dell'articolo," commenta Iole.

"Quale articolo?" chiede Michela.

Antonello le passa uno dei fogli stampati da internet. *Campione di calcio egiziano sbarca in Italia su un gommone, insieme ad altri centosette migranti.*

Iole schiocca la lingua, soddisfatta. "Per fortuna la burocrazia è lenta, pensa che peccato se era andato via!"

"Buongiorno," saluta il giovanottone tendendo la mano alla signora. Mamma mia, è proprio bello, pensa Michela.

"Lei parla italiano?" chiede Iole.

"Sì, lo parlo, signora. Tutti parlano italiano in Egitto!" esagera allegramente.

"E lei... è un calciatore professionista?"

"Giocavo serie A mio paese," annuisce lui. "Vinto uno scudetto, io!"

"Sei stato anche in Nazionale?" chiede Antonello, incuriosito.

"In campo solo una volta... Giocato contro Costa d'Avorio!"

Antonello sgrana gli occhi: "Hai giocato contro Drogba? Gervinho? Contro Doumbia?".

"Io marcato Drogba! E lui no ha segnato..."

Antonello si illumina in volto. Ha dato la mano a uno che ha marcato Drogba. Lo spirito del calcio è con loro.

Michela guarda da uno all'altro. "Chi è Drogba?"

La signora Iole la fissa.

Non mi risponde, ma questo non vuol dire che non sappia chi è, pensa tra sé e sé Michela, ormai abbastanza sarda da non fare salti logici. E da non perdersi in parole che non servono.

Antonello sorride con ammirazione venata di sollievo. "Amico mio, è un vero onore conoscerti! Io mi chiamo Antonello. Lei è Michela, lei la signora Iole."

"Piacere. Sono Ionis!"

"Piacere Ionis," Iole lo guarda materna. "Allora ci stai? Lo sai che non possiamo pagarti, vero? Sei dei nostri e basta. Mangi con noi, giochi con noi, se vuoi dormi da noi."

"Signora, io per calcio faccio tutto. Anche attraverso il mare!" Ci pensa un attimo, poi aggiunge. "Una cosa posso chiedere?"

"Se possiamo..." risponde cauto Antonello.

"Posso portare mio amico?"

# 31.

"Mi dispiace che non ti ho fatto vedere la città," dice la signora Iole a Michela mentre il Suv si allontana da Cagliari. Ionis e il suo amico, nero come la notte e (anche lui) bello come il sole, si sono messi dietro e guardano fuori dal finestrino scambiando ogni tanto due parole in una lingua ignota. Le donne sono nei sedili di mezzo. E Antonello, solo davanti, comincia a sentirsi un autista di pullman.

"Dispiace anche a me, ma abbiamo fretta..." risponde Michela gentile.

"Ti ci riporto quando abbiamo finito con questa storia," promette la signora Iole. "Facciamo una bella gita, viene anche Raffaele. E facciamo il bagno al Poetto. Lo sai che si fa il bagno anche a novembre?"

Michela non riesce a decidere se questa incrollabile sicurezza sul suo futuro le dà più conforto o più paura.

"Sai perché il golfo di Cagliari si chiama Golfo degli Angeli?" riprende poi la signora Iole.

"No, perché?"

"Perché gli angeli chiesero a Dio in dono un angolo di Terra tutto per loro. Girarono il mondo intero per trovarne uno che non fosse pieno di guerre, male, brutture, e infine... Trovarono la Sardegna. Il posto che più somigliava al Paradiso. E si stabilirono qui."

"Quindi a Cagliari abitano gli angeli?" chiede sorridendo Michela.

"Lucifero invidioso provò a scacciarli," risponde Iole.

"Ci fu una guerra," spiega Antonello, nel tono di chi

riporta un fatto di cronaca, "ma alla fine Lucifero fu costretto a scappare."

Michela pensa che questa gente, forse, non la capirà mai. Ma quanto le piacciono.

"Io vorrei restarci, in Paradiso," dice piano. È la prima volta che dà forma a un pensiero simile.

Davvero non tornerebbe a Roma? Guarda fuori: il Campidano. Quel paesaggio così diverso dall'Ogliastra da cui provengono, e così ugualmente bello. Le impressionanti lagune fuori Cagliari, gli stagni, i fenicotteri. Poi le pianure maestose, piatte, regolari, come se un architetto le avesse regolate con la livella. I campi coltivati. E quindi i colori, le piane ricoperte di un verde reso giallo dal sole. E ancora, tutto a ovest, le montagne che furono miniere, ora abbandonate, e che nascondono le dune di Piscinas; gli alberi e i cespugli plasmati dal vento, vento che li ha piegati ormai definitivamente, come se fossero stati messi in piega da un parrucchiere.

Il cielo, poi. Di un azzurro vertiginoso. Lo chiamano *azzurro sardo*, ha sentito dire.

Antonello, che disprezza l'aria condizionata, ha aperto i finestrini, ed entra un'aria che sa di deserto.

"Davvero ti piacerebbe vivere qui?" chiede a Michela.

"Be', sì. Credo di sì," risponde lei, con una sfumatura di incertezza nella voce perché ci vivrebbe, sì, ma con Raffaele. E c'è perlomeno un dettaglio di nome Rosy da considerare.

"La prima emigrante al contrario, che scappa dai soldi e va nel nulla," commenta Antonello.

"E cosa ci sarebbe di male?" insorge la signora Iole, che assieme a Pietro in Sardegna ci è tornata.

"Ce la vorrei vedere, a febbraio a Decimomannu..." ribatte l'uomo.

Non ha torto, pensa Michela equanime. Una cosa è innamorarsi in estate, una cosa è non trovare lavoro in inverno.

"Con il primo cinema a venti chilometri di distanza," aggiunge Antonello, spietato.

"Se la metti così..." fa Michela un po' avvilita.

"Non è importante dove vivi, *pitzinedda mea*. È importante che trovi casa," taglia corto la signora Iole. "Quando uno trova casa, può vivere dove vuole," e le batte un colpetto affettuoso sulla mano.

"Magari, se troviamo abbastanza angeli per aiutarci..." scherza Michela, incerta.

"Non ci servono gli angeli," obietta Antonello. "Infatti stiamo andando a prendere il diavolo."

Meno di mezz'ora dopo sono a San Sperate. Persino Michela ha sentito parlare del centro famoso in tutto il mondo per il parco di pietra a cielo aperto dello scultore Pinuccio Sciola.

"È bellissimo qui!" esclama mentre passano attraverso le strade strette, ammirando i murales che occupano i muri delle case. C'è di tutto: nature morte piene di frutta colorata (pesche, soprattutto), scene di lavoro e di battaglia politica, attrezzi, fiori e piante, ritratti. Alcuni più che sardi sembrano messicani. Hanno lasciato il Suv, con dentro i due nuovi acquisti della squadra addormentati, per andare a piedi a incontrare i misteriosi contatti di Antonello: la signora Iole ha insistito per far vedere alla ragazza il paese.

"Sì, ma non siamo qui per fare i turisti," Antonello ha l'aria nervosa. "Muovetevi, dai. Che se facciamo tardi quelli se ne vanno."

"Quelli" li dovrebbero incontrare proprio all'ingresso del grande parco, punteggiato di pietre e dolmen lavorati da Sciola. Il parco è impressionante: dolmen che si alternano a sculture. Rocce gigantesche, che risuonano perforate dal vento, dando vita a un'armonia che lacera il silenzio della vallata.

"C'è tanta energia, qui," commenta Michela, ammirata. Iole sprizza fierezza come se San Sperate l'avesse disegnato lei da cima a fondo. Antonello fa una smorfia di vero dolore, del genere *ma tu guarda che cazzate devo ascoltare*.

"Ma non c'è Giacinto, maledizione," ribatte, sentendosi l'unico essere pensante del gruppo. Lascia fare alle donne, si dice, e nel bel mezzo di un'emergenza si metteranno a fare del turismo, se non l'uncinetto. *C'è tanta energia, caz-*

*zo. L'energia.* "E se è venuto e se n'è andato?" si guarda intorno, nervoso.

"Be', chiamalo," suggerisce Michela, che non ci sta capendo nulla.

"Chiamare Giacinto, ma stai scherzando?" inorridisce Antonello. "Per fargli fretta, magari? Quello mi appende per i piedi!"

"Ma non hai detto che se n'è già andato?"

"E non lo so, maledizione!"

Michela non ha mai visto Antonello perdere la calma e comincia a preoccuparsi.

"Antonello, ma dobbiamo avere paura?" chiede.

"Paura? Paura no," si riprende lui. Manca solo ritrovarsi con due donne isteriche. "Tranquilla. Nessun problema."

"Ma chi sono questi con cui ci dobbiamo vedere?"

"Non li conosco."

"Ma come faccio a essere tranquilla se non li conosci?"

"Tranquilla."

"Chi sono?"

"Ora lo vedrai," la voce di Antonello si tinge di uno strano colore: sollievo misto a tensione. Perché da lontano, sotto il sole cocente del Campidano, sta arrivando una enorme Mercedes marrone. Il peso la schiaccia sulle ruote, le buche sulla strada sterrata le danno un andamento ondeggiante. E inquietante. In quel paesaggio silenzioso dai colori tersi sembra un miraggio, o la scena di un film.

Quando si ferma accanto a loro Michela vede che i vetri sono oscurati. Naturalmente.

"Sei tu Antonello?"

Un finestrino si è abbassato per rivelare il volto dell'uomo alla guida. Lunga coda di cavallo, baffoni e pizzetto, tre orecchini circolari al lobo sinistro. Una cicatrice gli spacca l'occhio sinistro dalla fronte fin sotto l'orbita, è guercio. Sull'enorme avambraccio appoggiato al bordo del finestrino spicca il tatuaggio di due chiappe di donna. Tante collane al collo, che cadono sulla canottiera traforata. Al suo fianco un figuro nella semioscurità. Dietro, nelle ombre della lunga macchina, altra gente, chissà quanti, chissà chi.

"Tu sei Giacinto?" chiede Antonello.

L'autista apre un gran sorriso, mostra un'arcata dentaria quasi tutta d'oro. Tipo lo Squalo di 007.

"Sono io fratello mio!" e scende dalla macchina. Sarà alto due metri. Abbraccia Antonello, sollevandolo da terra. Porge la mano, con rispetto, prima alla signora Iole, poi a Michela. Indugia qualche secondo di troppo a fissarla nei magnifici occhi verdi, poi le strizza il suo. L'unico, giallo come quello di un rapace.

"Quando si gioca, fratello mio?" chiede poi ad Antonello, con una marcata cadenza dell'Est Europa.

"Lei è un calciatore?" chiede la signora Iole decisa a non farsi intimidire.

"Io sono il portiere, signora. Io sono il numero uno!"

"Ha giocato già in porta...?" chiede timidamente Michela, per non essere da meno. Gigante o non gigante, i "colloqui" vanno fatti con serietà.

"Vedi... Come ti chiami?" domanda Giacinto.

"Michela."

"Vedi, Michela," Giacinto tira in su la cinta afferrando la grossa borchia seminascosta sotto una pancia abbastanza prominente. "Io sono stato il portiere più forte della mia città."

"Dove, se posso permettermi?" si informa Iole.

"A Katunitsa, a due passi da Plovdiv. Lì le partite..." e abbassa il volto all'altezza degli occhi di Michela, vicinissimo al suo, "sono guerra!"

Lo sguardo dell'unico occhio è quello di un pazzo. Michela non riesce a muoversi. Adesso sì, bisogna confessarlo, ha paura.

"Uah ah ah ah ah!"

Giacinto scoppia in una risata torrenziale, ride come potrebbe ridere Mangiafuoco, e dal buio del Mercedes con i vetri oscurati si sente sganasciarsi a crepapelle. Voci miste, di uomini, donne e, suono rassicurante, bambini. Si mette a ridere anche Iole, poi Antonello, e quindi anche Michela, un po' più nervosamente.

"Ci seguite?" chiede poi Antonello. "Dobbiamo fare un'ultima tappa."

# 32.

"Qui," spiega Antonello mentre entrano a Oliena, "è nato Gianfranco Zola, di calcio ne capiscono."

"Speriamo di trovarle in casa!" esclama Iole.

Michela non sa come facciano a sembrare tutti e due così freschi. Lei è decisamente provata, dal caldo e dai chilometri, e le sembra di essere in macchina da una settimana anche se non sono ancora le cinque del pomeriggio. La notte insonne comincia a farsi sentire. Anche il pranzo, consumato nell'unico autogrill della Carlo Felice, non è stato rilassante. Ci sono state da superare le difficoltà di comunicazione tra i due africani e gli abitanti della Mercedes, che si sono rivelati un'intera famiglia di rom, composta, oltre che da Giacinto, dalla giovane moglie Geanina, i loro due bambini piccoli, e la grossissima suocera del gitano, Viorèla, una signora apparentemente dell'età di Iole. Sull'identità del figuro seduto accanto all'autista nessuno ha dato delucidazioni, né lui ha aperto bocca. In compenso, i bambini hanno strillato quasi tutto il tempo. Avranno un anno e mezzo e cinque anni, ma hanno occhi e modi da adolescenti e Michela, abituata al limite a tenere per qualche ora i pargoli viziati delle amiche, non sa da che parte prenderli. A un certo punto Antonello e la famiglia rom si sono messi tutti a parlare in sardo stretto, e lei non riusciva a seguire. Per dissimulare il suo disagio ha mangiato troppa pasta con la bottarga, e adesso darebbe l'unico occhio buono di Giacinto per farsi una dormita.

"Chi?" chiede un po' stancamente. "Chi speriamo che sia in casa?" Tanto lo sa che non le dicono mai niente. Quando ha cercato di sapere da Antonello per quali vie sia arrivato a Giacinto il portiere rom, lui ha risposto solo: "Se te lo dicessi poi dovrei ucciderti".

E ha riso.

Ma secondo lei era serio.

"Una mia amica," almeno Iole dà uno straccio di risposta. "L'ho chiamata stamattina per un consiglio e mi ha dato una segnalazione piuttosto... insolita."

"O mio Dio," sbuffa Michela tra sé e sé. Cosa li aspetta ancora?

Li aspetta un canto. Un canto corale. Mentre scendono dall'auto davanti a una villetta a tre piani, dipinta di rosa e con graziosi terrazzini, Michela si blocca stupita. Da dentro arriva distintamente un canto armonioso di voci maschili in una lingua sconosciuta. Profondo, bellissimo e in qualche misura spaventoso, è una sorta di poesia ritmata, che sembra richiamare voci e suoni naturali: ora canta un uomo, ora si lamentano delle bestie, ora sibila il vento. L'uomo sembra sempre averla vinta, in quella che non può definirsi una lotta, quanto piuttosto una struggente ricerca di armonia. Ascoltando quel richiamo magnetico Michela si immagina un gruppo di sirene baffute. Guarda stupita Iole ma questa sta contemplando i monti che torreggiano sul paese. Alti e duri. Coperti da boschi. I boschi del Gennargentu.

"Siamo in Barbagia," le fa Antonello con una punta d'orgoglio di cui lei non capisce la ragione. "A due passi da Nùoro."

"*Monti azzurri e chiari come fatti di marmo e d'aria...*" mormora Iole. "Lo dice Grazia Deledda," aggiunge, sempre a beneficio di Michela.

"Maestosi," annuisce Antonello.

Li ammirano per qualche momento in silenzio, con l'accompagnamento di quel canto che si fonde perfettamente con il panorama, con l'immobilità calda del pomeriggio. Finché ci pensa Giacinto a rompere l'incanto.

"Ohè, ma che è, la banda del paese?" tuona scendendo dalla Mercedes insieme al suo codazzo di famigliari. "Stiamo andando a raccattare anche l'intrattenimento per il pubblico durante l'intervallo?"

"Stiamo andando a prendere un altro giocatore, speriamo," gli risponde Iole. "O meglio..."

"Signora Iole! È lei signora Iole?" la porta d'ingresso si spalanca e la cornice dell'uscio viene riempita quasi per intero da una donna così massiccia che Giacinto in confronto comincia a sembrare leggiadro come Roberto Bolle. La donna è alta più di un metro e ottanta, non ha un filo di trucco sul viso squadrato e i capelli biondi sono raccolti in un pratico chignon. Michela pensa che dimostra più di cinquant'anni ma che potrebbe averne pure dieci di meno: il viso, che ha una sua ruvida bellezza, è segnato dalle avversità ma il fisico è tonico come quello di una ragazza. O di un'atleta. Dalla maglietta e dagli short spuntano braccia e gambe muscolose: quando abbraccia la signora Iole, Michela teme che le spezzerà la spina dorsale e si muove per gettarsi al salvataggio. Ma la donna emerge illesa, ridendo.

"Lida! Beatrice mi aveva detto che eri... fuori dal comune!"

"Che donna!" apprezza senza mezzi termini Giacinto, avvicinandosi. Le tende la mano. "Piacere, sono Giacinto, questa è mia moglie e credo nella poligamia," aggiunge. Geanina, in piedi accanto all'auto col bambino piccolo in braccio, lo guarda male. Lida gli stringe la mano con forza, socchiudendo gli occhi. Lui comincia a sudare. C'è un momento di tensione mentre tutti si chiedono quale delle due mani si frantumerà per prima, e se i due passeranno alle vie di fatto.

"Entriamo in casa?" interviene Antonello. Ci manca solo che questa valkiria gli metta fuori uso il portiere appena arruolato.

Iole cerca inutilmente di sbirciare oltre la sagoma massiccia della donna, all'interno della casa. "Bea dov'è? E *sas boghes* sono qui da voi?"

"*Eja*. È il signor Tore che sta provando con i suoi amici," annuisce la donna. Michela capisce: *sas boghes*, le voci. Il coro è qui.

Lida ha un accento abbastanza leggero, ma è proprio quello dei russi nei film di spionaggio, nota Michela. Ma quando si aspetta che la russa pronunci il classico "ti spiezzo in due", quella la guarda e con grande gentilezza esclama: "Prego", facendo loro strada all'interno dell'edificio, e quindi nell'appartamento al piano terra.

Li accoglie una signora esile quanto Lida è massiccia. Sembra una contessa, snella, dai lineamenti fini. Sorride e apre le braccia nel veder entrare la sua vecchia amica Iole, con una splendida ragazza dall'aria timida e un giovanotto sardo. Poi però arriva il seguito: un gigante guercio circondato di donne e bambini, due robusti ragazzoni dalla pelle più o meno scura e Lida che chiude la carovana. Il suo ordinato salottino all'improvviso sembra piccolo come un ditale.

"Ehm... Iole, che bello vederti! E che... sorpresa!"

"Ciao Beatrice! Ma te lo avevo detto che venivo oggi," ribatte l'altra ricambiando il suo abbraccio.

"Non mi aspettavo che avessi tanta compagnia," spiega la signora elegante in tono di leggero sgomento.

Iole controlla alle spalle. "Ehm, sì... Forse è meglio se andate a fare un giro del paese?" propone alla famiglia, che si affretta ad annuire: quell'ambiente pieno di soprammobili proprio non è adatto ai bambini. E nemmeno a Giacinto, per la verità.

"Voi potete andare in giardino e imparare a cantare," suggerisce Antonello a Ionis e al suo amico, che si sono già avvicinati alla portafinestra che dà sul cortiletto dell'appartamento e guardano affascinati quattro uomini concentrati nel coro, che formano un cerchio chiuso e si guardano tra loro. Come se non cantassero per un ipotetico pubblico, ma per loro stessi.

"Scusa, sai com'è mio marito," dice Beatrice a Iole, "sono venuti i suoi compari per *pesare una boghe*..."

"Sono molto bravi," commenta Michela. Iole la guarda con approvazione. "Che canzone è?"

"È un *cantu a tenore*," risponde Beatrice. "A Oliena abbiamo una tradizione, per il canto. Abbiamo più tenori noi che tutto il resto della Sardegna messa assieme."

"Eeeh!" fa Antonello, per sottolineare l'esagerazione.

"Be', comunque ne hanno molti," taglia corto Iole. "E il tuo Tore è *sa boghe* migliore, da sempre," soggiunge rivolta a Beatrice.

"Be', di certo canta meglio del tuo Pietro!" le due donne ridono e Antonello si unisce. Il padre di Raffaele è stonato come una campana ed essendo nato anche lui da queste parti, dove il canto popolare è una tradizione fortissima, se n'è sempre vergognato.

Iole, Michela e Antonello si siedono. Beatrice offre ai visitatori un vassoio di papassini mentre Lida mette su il caffè.

"O preferite del vino?" si informa visto che sono passate le cinque.

"Per carit... Cioè no, grazie mille, meglio di no," dice Michela. Con questa stanchezza e queste temperature, l'alcol sarebbe la sua fine.

"*Eja, aggrassias,*" accetta invece Antonello. Finalmente si ragiona, a pranzo ha potuto avere solo tre bicchieri (di bianco per di più) perché Michela e Iole sostenevano che doveva guidare. Come se lui non guidasse meglio da ubriaco.

Lida gli versa un bicchiere di Nepente e gli lascia la bottiglia accanto, con un'occhiata di intesa.

"Ma allora, Lida, sei tu che sei dei nostri?" chiede Antonello, guardandola con improvvisa simpatia.

"Lida è fortissima a pallone," dice Beatrice. "Me lo hanno detti i miei nipoti, che vengono a trovarmi la domenica. Qui dietro qualcuno ha messo due porte da calcio, e i *pitzinnos* giocano per ore. Un giorno mancava uno per fare il numero e hanno chiesto a Lida di giocare. La devi vedere!"

Lida segue il discorso senza battere ciglio. Solo attenta ai movimenti di Beatrice, in modo da intervenire se ce ne fosse bisogno. Iole si rende conto di quanto la sua amica sia diventata fragile, incerta.

"Testa alta, pallone sempre tra i suoi piedi, senza che lei lo guardi. Mai più di un tocco, e sempre sa dove si trovano gli altri," continua entusiasta la signora Bea, come se stesse reclamizzando una pregiata merce locale. "Mio figlio, i nipoti... sono tutti impazziti! La chiamano... la chiamano... Com'è che ti chiamano, Lida?"

"Lothar," risponde Lida.

"Come Matthäus?" chiede Antonello.

"*Eja,*" risponde Lida.

"Chi è Matthäus?" chiede Michela. Iole la squadra.

"Però *pitzinedda mea*... per stare in gioco bisogna che almeno le basi le impari..." sussurra.

Michela diventa di un colore indescrivibile e nella confusione prende un sorso dal bicchiere di Antonello. Lì per lì le va di traverso per la sorpresa. Poi ne prende un altro.

"Ehi, ma è buono!"

"Certo che è buono," annuisce la signora Bea. "Il migliore di tutta la Sardegna. Lida, *ajò*. Dai un bicchiere anche a questa bella ragazza!"

Lida versa, mentre Michela cerca di schermirsi. Ma il vino è davvero buono. Si rilassa. Ci sono quaranta gradi all'ombra. Sta bevendo un vino rosso che ne avrà almeno tredici alcolici. E vabbè. È fra amici, se finisce sotto il tavolo la raccoglieranno. E se le viene un infarto, spera che la seppelliscano in Supramonte.

La signora Iole legge tutte le sfumature di questo mutamento d'animo sul suo viso, e sorride tra sé.

"E quindi, Lida... giochi sul serio?"

"Sì. Ero nel Rossiyanca. Tanto tempo fa."

"...Rossiyanca...?"

"La più forte squadra russa, di calcio di donne."

"Calcio femminile," la corregge la signora Beatrice, netta ma gentile. Doveva essere una professoressa del classico, pensa Michela.

"*Eja*," fa Lida, "calcio femminile", e si capisce che non sbaglierà più la parola.

"Dove giochi?" riprende Antonello.

"Centrocampo. In mezzo. Ma anche altrove."

"Come chi? Come Pirlo?"

"No. Come De Rossi."

"O come Matthäus!" esclama Antonello, sorridente ed evidentemente rassicurato da quelle poche risposte. "Allora Lida... Se vuoi sei dei nostri!"

"Ti va di unirti alla loro squadra di calcio, Lida?" chiede gentilmente la signora Bea.

"*Eja*," risponde Lida.

Che donna di poche parole, pensa Antonello ammirato, e guardando Iole commenta: "*Faeddare pagu, sabidorìa meda*".

Iole annuisce.

"Che ha detto?" sussurra Michela.

"Più o meno: Poche parole, molta saggezza," risponde la signora Beatrice sorridente. "E ha ragione, perché con Lida siete al sicuro." E rivolgendosi alla donna ucraina aggiunge strizzando l'occhio: "Allora vai, Lida, e mi raccomando... Porta a casa il risultato!".

"Ma Beatrice... E tu? Mica puoi restare da sola," si preoccupa Iole.

"Venga anche lei!" propone Michela, d'impulso.

Iole sulle prime sembra stupita, poi scoppia in una risata.

"Ma sì Bea, venite anche tu e Tore! Il mio Pietro sarà contento di vedervi!"

"Grazie Iole, ma non è che posso venir via così..." Beatrice accenna al cortile con il marito e gli ospiti – che hanno preso bene l'arrivo di due sconosciuti di colore e stanno provando a insegnar loro *sa seria* – e poi al salone. "Mi ci vorrebbe comunque un po' di tempo per chiudere casa."

"Allora promettimi che venite per la finale," insiste Iole. "È tra due settimane... E così poi potete riaccompagnare Lida."

Si sente un po' in colpa ma la sua amica è piena di risorse, pensa. Due settimane senza la sua dama di compagnia, se la caverà.

"È sicura, signora?" anche Lida sembra dubbiosa.

"Io me la cavo, Lida! Adesso serve che aiuti la mia amica Iole," risponde decisa Beatrice. "Guardala bene, Lida! Lei è mia sorella, *intesu*?"

"Va bene signora Bea. Lei è sua sorella. Vado a fare la borsa."

"Viene via con noi?" domanda Michela con un gran sorriso. Ha notato che la signora Iole ha dato per scontata una cosa che scontata non è, e cioè che arriveranno in finale. Ma è al secondo bicchiere di Nepente in meno di un quarto d'ora e vede la vita con estremo ottimismo.

"*Eja*," risponde Lida, ed esce.

"Non so come ringraziarti," dice Iole all'amica, mettendo una mano sulla sua.

"Non dirlo nemmeno," ribatte l'altra. "E allora... *Nos bidìmus a sa finale!*"

"Prima dobbiamo arrivarci, in finale," le ricorda Antonello. "E per arrivarci manca ancora un pezzetto..."

Il "pezzetto" sta qualche chilometro più in là e peserà sì e no cinquanta chili.

"Ci dobbiamo fermare anche qui?" sbuffa Iole mentre Antonello rallenta nei pressi della piscina dell'Ortobene, a Nùoro. Comincia a mostrare la corda anche lei, si è messa davanti nel sedile del passeggero per stendere le gambe e magari dormire un po'. Michela invece su insistenza della signora Bea si è portata via la bottiglia di Nepente, da cui ogni tanto beve un sorso, e sembra che le faccia l'effetto della pozione magica di Asterix. Assieme a Lida e agli africani sta improvvisando cori di varia provenienza etnica. *Generale* di De Gregori è venuto una meraviglia ma ora Lida sta cercando di guidarli sulle note dell'inno nazionale sovietico e la cosa si è fatta complicata.

"Ci metto solo un momento," dice a Iole Antonello, lieto di uscire da quella cagnara. "E d'altra parte glielo vorrà fare vedere a Michela almeno un angolo di Nùoro, no?" Lui è ironico, Iole invece ci pensa seriamente. Nùoro è il cuore della Sardegna. Si narra che i sardi portino un rispetto particolare per i nuoresi, quasi fossero i detentori originari della vera sarditudine. E la signora Iole non fa eccezione, ma è troppo stanca per scendere dalla macchina e accompagnare la ragazza a vedere il Redentore, o il parco urbano di Tanca Manna, insomma per mettersi a fare la guida turistica oggi proprio non è giornata.

Un'altra volta, si dice, un'altra volta. Ci sarà tempo. Sbircia la fanciulla, allegra e bellissima, gli occhi scintillanti e il viso colorito dal vino e dal canto. Sta sbocciando come un fiore, pensa, e prega che quel disgraziato di suo figlio stavolta faccia la cosa giusta.

La piscina dell'Ortobene è un mistero dell'urbanistica. È l'unica piscina olimpionica al mondo con l'acqua mossa, perché è stata costruita in un punto ventosissimo, in quota. Così qui fa freddo anche nelle giornate più calde. A quell'ora di un rovente giorno di luglio è deserta, a parte tre ragazzi seduti sul bordo, piedi a mollo nell'acqua.

"Franz!" chiama Antonello.

I tre, che avranno sì e no diciott'anni, alzano lo sguardo.

"*Est propriu tzìu Antoneddu,*" dice il più magrolino agli altri due.

"*Eja,*" risponde un altro.

"Vado," dice il primo, e si fa incontro ad Antonello.

E gli altri annuiscono, con un cenno del capo.

"*Comment'istasa Frantziscu?*" chiede Antonello appena il ragazzo lo raggiunge alla rete.

"Benissimo!... ho preso tre materie e mi devo fare tutta l'estate a casa."

"Ogni anno prendi una materia in più?"

"*Eja.*"

"Ma puoi uscire da Nùoro?"

"Il giudice dice di sì."

"Hai smesso di fare il pusher?"

"*Eja,* zio, ho smesso. Ma poi non facevo il pusher. Stavo facendo un favore a un amico."

"Bell'amico. Ti ha lasciato con tutte quelle pasticche sul motorino ed è scappato."

"*Eja...*"

"Della partita cos'ha detto tua madre?" Stamattina si è sgolato per cercare di convincere sua cugina a "prestargli" il figlio per la squadra. Lei ha chiuso la telefonata con un "Ci penserò" che non prometteva niente di buono.

"Ha detto che ci penserà," ripete ora Frantziscu. "Che vuol dire no," traduce con onestà. "Ma è vero che il mister è Giuseppe Rodàri?"

"*Eja.*"

"Il giornalista della tv?"

"*Eja.*"

"E dici che me lo fa fare un selfie con lui?"

"Di sicuro."

"Aspettami, zio, vado a vestirmi."

Il giovanotto scompare dentro gli spogliatoi. Ne emerge venti minuti dopo, e Antonello scoppia a ridere. Sembra uscito da una sfilata di moda uomo. Indossa bermuda larghi di lino grigio, una casacca chiara decorata con enormi stelle marine. Alla vita è legato un foulard con fiori stilizzati. Ai piedi ha un paio di Skechers dai colori fluo da mal di mare e in testa un quintale di gel che dà ai capelli neri l'effetto banana spiaccicata. Al polso un improbabile Rolex.

Gli arriva davanti tutto fiero e gli fa cenno di andare: "*Ajò*".

"Ma come cazzo ti sei vestito?" domanda Antonello mentre si avvicinano al Suv. Non riesce a smettere di guardarlo.

"Zio, sei vecchio. Questa è la moda."

"Sembri frocio!" lo sfotte mentre cerca di assestargli una pacca sulla nuca. Ma Franz lo evita con un istintivo movimento del capo.

"Chiedilo a quella che nascondi in macchina se sono frocio," lo sfida sbirciando attraverso il finestrino. Michela gli fa un cenno ebbro di saluto.

"Quella è una sposa predestinata, caro il mio Corona del Gennargentu... Tu pensa a giocare a pallone!" ride Antonello.

"Quella lo sai che è materia mia."

"Speriamo... Messo così in ghingheri male che va agli avversari li accasci dalle risate."

"Andiamo va', zio millenario, che ti insegno un po' di buon calcio," e Frantziscu si infila in macchina, saluta tutti con un cenno e si siede accanto a Michela.

"E tua madre?"

"A mia madre le porto l'autografo di Rodàri."

"E la Coppa Sarda!" ride Antonello, per niente preoccupato all'idea di portarsi via un minorenne senza il consenso dei genitori. Anzi: della madre, che è quella che conta.

Mentre avvia il motore fa i conti nella testa, ancora e ancora.

*Frantziscu. Lida. Giacinto. Ionis e l'amico suo. Poi ci siamo io, Giuseppe, Raffaele, don Virgilio, Veronica e Sandro. Poi tzìu Martine e Michela. Possiamo farcela. O meglio, possiamo farcela con la partita... Ma con quei ceffi dei Di Rocco invece come la mettiamo?*

## 33.

Seduti attorno al tavolo della cucina ci sono tre uomini chiaramente allo sbando. Stanno andando avanti da stamattina a carasau e pecorino.

Raffaele guarda l'orologio: "Cazzo, c'ho una fame...".

"Se mangiassimo la ricotta?" chiede dubbioso Sandro.

"Ma così, da sola?" chiede dubbioso Giuseppe.

"Mamma ci mette delle cose..." suggerisce dubbioso Raffaele.

"Delle cose quali?"

"Mah, a parte un sacco di sale... tipo del basilico, l'olio... qualche foglietta di timo, mi sa..."

"E il basilico dove sta?"

Raffaele accenna vagamente nella direzione del cortile interno.

"Posso andare a cercarlo," propone Sandro.

"Per carità, tu come minimo becchi le ortiche," Raffaele si alza. "Vado io."

"Certo, rimpiangere la cucina di tua madre... vuol dire che stiamo messi proprio male," commenta Giuseppe. Ma Raffaele non lo sente, è già in giardino. Ha l'aria molto più affranta degli altri. Non è la fame, tanto con questo caldo, cosa vuoi mangiare. È la preoccupazione per sua madre, si dice. Ma lo sa che non è vero. È la preoccupazione per Michela. Che è partita senza neanche dormire, alla guida di quel cazzo di macchinone enorme, su delle strade che non conosce, per andare a fare chissà cosa. Per aiutare lui. Proprio lui, Giuda. Verso metà mattina ha capito che se finisce in un burrone non potrà mai perdonarsi. Verso metà pomeriggio ha capito che non potrà proprio vivere, senza di lei.

La scoperta lo ha stupito. Quando è successo che la sorellina di Sandro gli è entrata così in profondità sotto la pelle? Noi sappiamo che non c'è stato un momento preciso. La temperatura dell'acqua è salita lentamente. E Raffaele la rana è cotto.

Esce nel cortile interno. Sul quadrato definito dagli edifici del vecchio casale veglia un cielo screziato di tramonto. Sono già le nove di sera, Michela non ha risposto ai suoi messaggi né a quelli di Sandro, e sua madre non si è messa in contatto con suo padre. Cosa stanno combinando? Dove sono?

Si china a prendere qualche foglia di basilico. In quel momento sente le voci, che sovrastano il rombo di un motore.

*"In su Monte 'e Gonare, cantat una sirena!..."*

Gli sembra di discernere la voce di Michela in quel coro confuso, ma è sicuramente un'allucinazione uditiva. Che ci farebbe Michela in una macchinata di sardi ubriachi? Esce comunque a vedere.

La macchina piena di sardi ubriachi è proprio il loro Suv a noleggio. Alla guida c'è Antonello, che sta parcheggiando davanti a casa. È lui che lancia i cori. Questo è *In su Monte 'e Gonare,* se i ricordi di infanzia non lo tradiscono.

*Si non mi dan'a tie*
*Mi trunco carchi vena*
*E mi lasso isvenare.*

"Se non mi danno te, mi taglio le vene e mi lascio svenare." Be', non esageriamo, pensa.

Scendono dal Suv una Iole un po' provata, curva su un ramo usato come bastone, un ragazzo snello con dei vestiti dell'altro mondo e lineamenti vagamente familiari, una mastodontica donna bionda che porta il bastone di Iole e due africani che sembrano i bronzi di Riace, ma che cantano *a tenore*. E da ultima emerge barcollando Michela, che cammina in diagonale e beve un sorso da una bottiglia di vino, come il più navigato degli alcolisti di strada.

Anche se stesse vomitando fuoco, farebbe lo stesso. Raffaele non ha occhi che per lei.

La ragazza lo vede, fa un sorriso che le incendia tutta la faccia, gli occhi, i capelli, e alza la bottiglia in segno di vittoria.

"Te l'abbiamo fatta! Ce l'abbiamo portati! Cioè..." si confonde, con voce strascicata, precipitandoglisi incontro.

Raffaele non ha idea di che cosa stia dicendo e nemmeno gli importa. Osserva lei e la bottiglia con occhio clinico e pensa: Cannonau, di sicuro.

Poi pensa: Sarà ubriaca persa, ma la amo. E spalanca le braccia. Michela ci si tuffa dentro mollando la bottiglia e rovesciandogli sulla camicia quel che resta del vino. Lui la bacia lo stesso. La atipica claque appena scesa dal Suv scoppia in un applauso spontaneo.

Intanto, richiamati dalle portiere sbattute e dal vociare, sono usciti di casa anche Pietro, Giuseppe e Sandro.

"Iole! Tutto a posto?" Pietro si affretta verso la moglie. È stata dura aspettare tutto il giorno senza dire una parola al figlio e ai suoi amici. Ci sono cose che mettono a posto babbo e mamma, anche quando *su pitzinnu* ha quasi cinquant'anni. "Da dove arrivi... arrivate?" si corregge notando la folla intorno a lei.

"Da dovunque," risponde Iole con voce davvero esausta. Lui non indaga oltre, si affretta a sorreggerla per accompagnarla in casa.

"Giuseppe, Raffaele sta baciando mia sorella," dice Sandro, col tono perplesso di uno che assiste a qualcosa di veramente insolito.

"Eh, beato lui," ribatte Giuseppe, e aggiunge: "Che, non te lo aspettavi?".

"Lo devo picchiare?"

"Ma che cazzo picchi."

"Eh, infatti... Se non protesta lei..."

Michela è ben lungi dal protestare. Anche perché, per come sono messe in questo momento le sue facoltà mentali, rischia di farlo usando solo delle vocali a caso.

Quando finalmente Raffaele alza la testa si scopre osservato da quelle che gli sembrano dozzine di occhi soddisfatti. Alcuni umidi.

“Ma quello è un parente di Antonello?” chiede realizzando all’improvviso chi gli ricorda l’elegantone.

*“Eja,”* sorride Michela. Le vocali le vengono facili, appunto.

“E che ci fa qui?”

“Ma soprattutto, chi cacchio sono tutti gli altri?” interloquisce Giuseppe.

E mentre lo chiede, dietro al Suv parcheggia una Mercedes marrone lunga come un autobus. Da cui esce un gigante con un occhio solo, la coda di cavallo, lunghi baffi e chili d’oro addosso.

Sandro, terrorizzato, afferra un braccio di Raffaele: “Amico, è finita, ci hanno beccato”.

“Tranquillo, Sandro,” risponde Antonello. “Giacinto è dei nostri.”

Dalla Mercedes intanto continua a scendere gente, come in un cartone animato. Un tipo smilzo dall’aria sfuggente, una vecchia enorme e sdentata, una giovane, bellissima donna dai lunghi capelli neri, due bambini piccoli di cui uno addormentato in braccio alla madre e uno che piagnucola. Giacinto urla:

“Ma c’è posto anche per la famiglia?”.

*“Eja!”* urla Michela. Le viene bene, quella sillaba. Raffaele e Giuseppe la guardano inebetiti. Dice sul serio? Questa gente dovrebbe dormire tutta a casa Ventura?

“Hello!” Ionis e il suo amico, che si è scoperto finalmente chiamarsi Jeremy ed essere del Gambia, ma con cui è difficile comunicare perché parla solo mandinka e un po’ di inglese, vanno incontro a Raffaele che hanno decodificato come il padrone di casa.

“Piacere! Siamo contenti di essere nella tua squadra!” esclama Ionis stringendogli la mano.

“Salaam aleikum,” aggiunge Jeremy, sorridendo a trentadue denti.

“In che senso nella mia squadra?” Raffaele, lasciando dondolare come ipnotizzato la mano stretta dal gambiano, rinuncia all’idea di cavar fuori da Michela una parola di senso compiuto e si volta verso sua madre. “Mamma, ma chi caz... Chi diamine sono tutte queste persone?”

È suo padre a rispondergli.

"Direi che sono i tuoi nuovi giocatori, figlio mio," dice, mentre un sorriso gli fessura il volto. Abbraccia forte sua moglie. "L'idea è sua! *Ceeeh!*, Iole, tu sei proprio un genio", e se la porta via a braccetto mormorando: "Che donna!".

Raffaele si chiede come diavolo farà a sbarazzarsi di tutti questi sconosciuti e riprendere il controllo della situazione. Lancia uno sguardo a Giuseppe e Sandro ma quelli alzano le spalle. Poi si sente tirare la manica.

"E io?" chiede timidamente Michela, sempre in modalità vocalica.

"Tu sei proprio matta." Poi non riesce a trattenere un enorme sorriso. È tornata sana e salva, e questo è tutto ciò che conta. "Matta davvero."

# 34.

Il giorno dopo nella casa di Pietro e Iole regna il caos assoluto. La sera prima gli ospiti inattesi sono stati sistemati in varie stanze da letto. In realtà ne sono bastate tre: una per Ionis e Jeremy, una per Frantziscu, una per Lida. Giacinto e la sua famiglia hanno insistito per occupare l'ala non ristrutturata a est della corte, spaziosa ma un po' cadente.

"Secondo me non se ne andranno mai più," ha commentato Raffaele guardandoli avviarsi armati di biancheria da letto, da bagno e altri oggetti utili, attraverso il cortile.

"Non essere razzista. Sono qui per aiutarci," lo ha rimbrottato suo padre.

"Ah be', la casa è tua."

In compenso questa mattina i rom hanno tirato fuori dal bagagliaio della loro enorme macchina una cassa di champagne francese che hanno messo in frigo.

"Dobbiamo varare una nave?" ha chiesto ironico Giuseppe.

"Dobbiamo brindare alla vittoria!" Giacinto gli ha dato un'allegra pacca sulla schiena che gli ha quasi fatto sputare un polmone. Poi si è fermato a guardarlo e gli ha domandato: "Ma tu sei quello dei pacchi?".

E Giuseppe ha risposto incerto: "No, vengo subito prima...".

Al che Giacinto, allungandogli un altro diretto sulla schiena: "L'avevo detto io a mia moglie, che non eravamo così fortunati! Uah ah ah ah ah!".

Raffaele e Giuseppe si sentono un po' spiazzati. Iole, Pietro, Antonello e Michela li hanno scavalcati. La squadra, fino a ora saldamente nelle loro mani – più o meno, insomma –, è diventata un affare di famiglia. Una famiglia allargata. Solo Sandro è nel suo elemento: ha fatto amicizia con la famiglia di Giacinto e il bambino più grande lo chiama già "zio".

Antonello cerca di fare da guardiano del traffico ed evitare incidenti diplomatici. Lida ha preso in antipatia la (disordinatissima) moglie di Giacinto, la quale in compenso flirta proprio con Sandro, che rischia la vita se il marito se ne accorge. Giuseppe, stravaccato sul divano, guarda Giacinto che insegna a giocare a poker al figlio di cinque anni, per soldi. Sembra di stare alla stazione di Babele all'ora di punta. Nessuno sa dove andare, dove mettersi. Ognuno parla la sua lingua, o il dialetto del suo paese, o un italiano a tratti incomprensibile. Pietro si è attaccato al telefono e sta ordinando divise del Prantixedda Inferru per tutti, da fare in tempo record. Frantziscu, seduto accanto a lui, insiste che vorrebbe il numero 18, se è vero che il 10 lo ha già don Virgilio; Pietro gli fa nervosamente cenno di aspettare, che non riesce a sentire e sta parlando ancora delle taglie. Ionis e Jeremy si aggirano spaesati, chiedendo continuamente a Iole se la possono aiutare, a volte in lingue che lei non capisce.

La semifinale è domenica e siamo già a mercoledì, come sarà mai possibile trasformare questo marasma in una squadra?

Iole e Michela, intanto, sono prese dal problema più impellente di tutte quelle bocche da sfamare.

"Temo che ci sarà da andare a fare la spesa," dice la donna più anziana.

"Non c'è problema, ci penso io!" Michela si sente invincibile. Non c'è negozio sardo che possa fermarla, adesso che Raffaele la ama. Ha un lieve cerchio alla testa dovuto al vino rosso della sera prima, ma è felice come non lo è mai stata.

"Sì, ma non puoi andare da sola, portati Raffaele," suggerisce l'astuta Iole. "Che qua c'è da fare la spesa per quin..." Si sente suonare il campanello. Sono don Virgilio, Martine e Veronica, venuti a vedere se è vero come si dice in paese che a casa dei Ventura è arrivata una delegazione dell'Onu. "La spesa per diciotto," sospira Iole. "Siamo al completo." Ma sprizza energia. Suo figlio è perplesso e preoccupato, lo vede, ma è sulla strada della vittoria sportiva della sua vita. E soprattutto, è finalmente innamorato della donna giusta. Doveva arrivare quasi ai cinquant'anni, per cominciare a darle delle soddisfazioni.

"Signora," urla Giacinto sentendo che comincia a tirar fuori teglie e padelle – ne avrà di abbastanza grandi? "Non si disturbi! Andiamo in paese e qualcosa troviamo..."

Ionis e Jeremy, che hanno l'ordine di farsi notare il meno possibile, assumono un'espressione preoccupata.

"Per carità! Siete nostri ospiti," Iole si affaccia alla porta della cucina. "Ora ci organizziamo. Per questo pasto facciamo con quel che c'è... Va bene a tutti pasta aglio e olio? Ci sono religioni che impediscono qualcosa?"

A quanto pare lo spaghetto aglio e olio è un concetto che passa indenne attraverso tutti i credo.

"Bene!" annuisce Iole. "Tu, *pitzinedda mea,*" aggiunge rivolta a Michela, "magari puoi provare ad apparecchiare sul tavolone fuori?"

"Certo signora Iole, vedrà che ci facciamo stare tutti."

"Faccio io!" si aggiunge Lida. "Abbiamo dei piatti di carta?"

"Geanina!" urla Mangiafuoco alla moglie. "Viorèla!" chiama la suocera, e con un gesto secco del mento le spedisce in cucina. Prende lui il bambino piccolo, che in braccio alla madre piagnucolava ma con il padre si mette subito buonissimo.

"Posso essere utile?" gli chiede Frantziscu terrorizzato.

"Domanda alla signora Iole," ruggisce Giacinto fissandolo con l'occhio giallo mentre culla il piccolo con tale forza che quello (presumibilmente) sviene.

Giuseppe guarda Raffaele.

"Mancano quasi due settimane alla finale, se ci arriviamo. Ma come li teniamo questi?" sibila.

"Aglio e olio..." risponde Raffaele studiando inebetito il salone dei genitori invaso dalla sua nuova squadra.

"Ok," annuisce Giuseppe. "E poi?"

"Poi niente," fa Raffaele. "Aglio e olio..."

"Una settimana di aglio e olio?"

"...Non si respirerà più, qui dentro," chiosa Sandro, con il figlio più grande di Giacinto sulle spalle.

"Raffaele!" chiama la signora Iole dalla porta della cucina. "Vieni qui!"

"Non la riconosco più," brontola suo figlio alzandosi.

"Era una donna così tranquilla..." aggiunge Giuseppe.

"Bada che ti ho sentito sai?" si offende la signora. "Allora visto che non stai facendo niente puoi andare ad apparecchiare, e manda qui Michela, che deve andare con Raffaele a fare la spesa."

A quella prospettiva Raffaele si rasserena un po'.

"Andate allo spaccio, trovate la signora Adelasia che già ho avvertito," lo istruisce Iole. "Fatti dare tutto il pesto pronto che puoi. E alici, sgombro, acciughe, tonno, tutto il pesce in scatola, tutti i sottolio. E surgelati pronti, quello che c'è. Insomma, chiedile tutto il cibo per divorziati che ha."

"Cibo per divorziati?" ripete Raffaele.

"Lei lo chiama così. Domattina poi prima degli allenamenti insegniamo agli africani a calare la pasta."

"Io so fare la gricia," si offre Sandro.

"No, quella no, c'è il maiale."

"Oddio è vero, il maiale."

"E non dire oddio," aggiunge Iole, poi ricomincia a elencare ricette della salvezza da appaltare a questo o a quell'ospite in modo da fare i turni. Ionis sussurra a Raffaele al suo fianco:

"È brava mamma in cucina, eh?".

"Cucina una merda."

Per fortuna Iole non lo sente perché si è rivolta a Giacinto.

"Pesce e carne sulla griglia i tuoi li sanno appoggiare?"

"Geanina è la numero uno!" risponde il colosso. "Vedi qui?" e si indica un tatuaggio sulla clavicola.

"Roberta?" legge Iole perplessa.

Lo sguardo di Geanina si fa di temporale.

"Ah, no, quello lo devo cancellare... Qui!" si corregge Giacinto cambiando clavicola.

"Cinque stelle?"

"Le mie mogli lo sanno... Io mangio solo a cinque stelle! Uah ah ah ah ah!"

Raffaele non riesce a decidere se è peggio quando ride o quando urla.

"Bravo, bravo Giacinto," Iole rientra in cucina poggiandosi sul bastone. Dopo tutto il moto di ieri, il ginocchio ha ripreso a fare i capricci. Giacinto decide di intrattenere la sua famiglia con una bella partita di moscacieca e li conduce fuori vociando. Nel salotto cala una pace così totale che, rientrando con Michela, Giuseppe si stupisce.

"Ionis, Jeremy, vi dispiace andare a finire di apparecchiare?" ne approfitta per chiedere. Non vuole perdersi lo spettacolo di Raffaele che guarda la sua ragazza con il cuore negli occhi. Gli toglie trent'anni dalle spalle, quell'espressione da merluzzo innamorato.

Raffaele neanche si accorge che c'è qualcun altro nella stanza, oltre a Michela. Ieri sera, con lei ubriaca e nel mezzo di quella che sembrava un'emergenza umanitaria con frotte di gente da alloggiare, non è riuscito a fare altro che augurarle la buonanotte. Ma stasera, forse... Pensa che potrebbero andare a fare il bagno di mezzanotte alla caletta di Efisio. La luna è quasi piena e quasi magica e...

La prende per mano pensando che nel tragitto in macchina forse ci scapperà qualche minuto di parcheggio. Non fa un pensiero del genere da quando aveva sedici anni. Anche Sandro e Giuseppe che ridono di lui per mano a Michela è un bellissimo déjà-vu.

Ma mentre si avvia con lei verso la porta del salone, quella si apre di colpo. E sulla soglia, preceduta da una zaffata di profumo, compare una signora tra i quaranta e i cinquanta. Magra, decisamente ben fatta, un'abbronzatura troppo viola per non essere opera di un centro estetico, un volto duro, severo e affilato ingentilito da una frangetta di capelli biondi di tintura, ben tagliati sulle spalle. Una collana di perle e oro, che richiama il bracciale al polso. Una camicina bianca stretta e abbondantemente sbottonata scende su un cinturone nero borchiato dalle due G di Gucci, e quindi su un paio di pantaloni beige piuttosto attillati. Seguono scarpe nere, zeppa alta.

Rosy.

La stronza.

## 35.

In quel casino di voci, linguaggi, colori, nessuno ovviamente è andato ad accoglierla all'ingresso, nonostante abbia suonato per parecchi minuti. Poi ha spinto la porta, che non era chiusa, ed è entrata.

Rosy a casa di Pietro e Iole c'è stata solo una volta, appena sposata, poi non ci è più voluta tornare. Per lei la Sardegna inizia a Porto Cervo e finisce a Porto Rotondo. Raffaele dai suoi c'è sempre andato da solo e, dopo alcuni anni di matrimonio, la cosa ha smesso di dispiacergli.

Se la ricordava diroccata e agli antipodi del design, pensa ora Rosy, ma qui siamo fuori controllo. Ha passato una specie di accampamento rom con due bambini urlanti sui divanetti dell'ingresso, in cortile ci sono due africani che apparecchiano e una bionda dall'aria sovietica che li dirige.

"Buonasera..." ha provato a chiedere a quello nerissimo con i dreadlocks. Lui si è voltato a guardarla con un gran sorriso dalla dentatura bianca, perfetta. E non ha detto una parola.

"Buonasera... cerco Raffaele Ventura," ha ripetuto Rosy più lentamente.

Jeremy l'ha fissata silente, allargando il sorriso.

Avranno aperto la loro casa a qualche carico di immigrati venuti giù da un barcone? Conoscendo Pietro non ci sarebbe tanto da stupirsi. Un po' a caso e un po' seguendo il rumore di voci, Rosy ha trovato il salone.

Qui, perlomeno, non sembrano esserci extracomunitari: solo un ragazzo vestito all'ultima moda, un trentenne scapigliato secco e nero che sembra più sardo dell'Ichnusa, un'adolescente bionda con i capelli rasati su una tempia e lunghi sull'altra e il piercing al naso, un sessantenne col colletto da prete e uno zoppo che prova ostinatamente a palleggiare sulla gamba offesa. Considerato quel che c'è fuori, quasi normale.

E poi loro, *le tre teste di cazzo*: Giuseppe, Sandro, Raffaele.

Raffaele che sta per mano a una figa trentenne dalle tette pneumatiche, e guarda sua moglie sulla porta come tramutato in una statua di sale.

Sandro, il più vicino alla porta, sussurra a Giuseppe: "Ahi ahi... è arrivata la strega cattiva".

È un sussurro perfettamente udibile fin dalla Groenlandia. Rosy, gelida, scatta: "Guarda chi c'è, il parafangaro," poi allarga lo sguardo a comprendere Giuseppe, e aggiunge: "E il comunista. Buongiorno, omuncoli".

Sandro per tutta risposta fa un ampio gesto di invito indicandole di accomodarsi e sussurra: "Prego, principessa... affanculo da questa parte".

Giuseppe sorride amabile, felice che la sua presenza le dia fastidio. Ma pensa: Adesso succede un casino.

Michela sente che Raffaele le stringe la mano fino a farle male, di sicuro neanche se ne rende conto. Lei ricambia la stretta e per buona misura stringe anche le labbra. Fissa Rosy che si avvicina, squadra le spalle come davanti al nemico. L'atteggiamento di Raffaele per il momento è più quello dell'uomo davanti al velociraptor: se non mi muovo, non mi vede.

Rosy non degna Michela di uno sguardo, come se non esistesse e non stesse tenendo per mano suo marito. Apostrofa Raffaele:

"Chi è tutta questa gente?".

Raffaele la guarda senza rispondere. Don Virgilio sta per intervenire – anche se controvoglia: il suo compito sarebbe riconciliare gli sposi uniti nel sacro vincolo del matrimonio, ma ha più voglia di darle una manata, a questa stronza con la scopa nel culo, quando irrompe nel salotto mamma Geanina che insegue il figlio maggiore. Riesce ad afferrarlo per una caviglia e lo solleva, sgridandolo in qualche idioma dell'Est mentre quello si divincola e urla, come se fosse tirato verso il cielo da una trappola nella jungla.

"Questi ragazzini..." Cerca di sdrammatizzare Raffaele. "Sono abbastanza ingestibili!"

"Ma chi sono questi?" ripete schifata Rosy seguendo con gli occhi la giovanissima gitana, a quanto pare determinata a far andare il sangue al cervello di quello che presumibilmente è suo figlio. "Siete stati invasi dagli zingari? L'hai chiamata la polizia?"

Geanina si volta e le lancia una sola parola, non in italiano ma perfettamente decodificabile. Adesso tutti sanno come si dice "troia" in lingua rom.

"Non sono zingari!..." alza un po' la voce Raffaele. E spinto dall'adrenalina che gli circola in corpo affila la voce e sillaba provocatorio: "...Sono rom! È la famiglia di Giacinto".

"E chi sarebbe Giacinto?" fa gelida Rosy.

In quel momento Geanina molla al bambino una sberla sulla nuca da tramortire un camionista. Il piccolo rotola a terra, si rialza, le fa una pernacchia e ricomincia a correre. Lei si sfila una scarpa e gliela tira dietro mentre lo insegue per il salone, scartando nell'ordine un prete, un diciottenne nuorese, uno spacciatore, uno zoppo, un giornalista e un parafangaro. La scarpa si schianta sul muro.

"Benvenuta nella sede sociale del Prantixedda!" conclude Raffaele ironico rivolto a sua moglie. "Ti presento agli amici?" aggiunge maligno. Non sembra neanche lui, pensa Giuseppe. Altro che casino, sta' a vedere che qua assistiamo alla rivolta di Spartaco. Dopo vent'anni e passa.

Rosy lo fulmina inviperita.

"Gli amici tuoi li conosco da una vita, non c'è verso di liberarsene," risponde.

Giuseppe le scocca un bacio dal divano.

"Sei sempre bellissima, Rosy," sorride melenso.

"A te ti odio da sempre," sibila Rosy. "Ma chi ti credi di essere, cretino." Poi si volta verso Sandro.

Lui la guarda.

Lei lo guarda.

Non esistono le parole per dirgli quello che lei gli vorrebbe dire.

Lui invece le parole le avrebbe pure, ma sa che al momento è meglio non usarle. Ma prima o poi il momento verrà, Dio buono. Oh, se verrà...

"Raffaele, dobbiamo parlare," Rosy torna su suo marito. "Non so cosa stiate combinando e secondo me non lo sai neanche tu. Ma lui", e indica Giuseppe, "è milionario e può giocare a fare il deficiente, quell'altro", e indica Sandro, "è un mentecatto e non può finire più in basso di dove sta. Tu invece sei mio marito. Sei pieno di debiti, e devi ascoltare me."

"Sei dolce come sempre," commenta Raffaele.

Giuseppe e Sandro spalancano gli occhi e si lasciano sfuggire un "*A dorceee... dico: dorceee...!*" che non migliora l'umore di Rosy.

"Ma anche io ti devo parlare," aggiunge Raffaele, serio.

Sulla porta che dà in corridoio compare Pietro. Non dice né buongiorno né benvenuta. Dà un'occhiata al trolley di Rosy. "Era un po' che non ci facevi l'onore," commenta. "Sei venuta per una visita lunga?"

Lei accenna a Raffaele. "Dato che lo scopo della visita è fargli recuperare un minimo di buonsenso, potrebbe essere lunghissima. Forse servirà un'operazione al cervello." Stronza sì, ma ha sempre avuto la risposta pronta, bisogna riconoscerglielo.

*Quanto mi piaceva, una volta*, pensa Raffaele. Sa che ci sono state discussioni appassionanti, litigi accesi, riconciliazioni torride, e che il loro amore è stato fatto anche di quello. Solo che non li ricorda più, i momenti belli. Sono troppo lontani. E forse erano belli solo per lui.

"Andate in ospedale insieme allora," replica intanto Pietro, senza sorridere. "Così intanto tu ti operi al cuore."

Rosy, per una volta, sembra colpita. Raffaele si guarda intorno.

"Qualcuno può portare la valigia di mia moglie in camera mia?" chiede cortese.

Sandro e Giuseppe si alzano ma Lida, che è rientrata dal cortile e stava osservando muta la scena, si fa avanti per prima.

"Ci penso io, presidente."

Rosy la osserva e nota che anche Giacinto è entrato a

godersi lo show. Stringe forte il manico del trolley. Un covo di immigrati, di falliti e di avanzi di galera. Sarà il caso di lasciare la borsa nelle mani di una sconosciuta?

Ma non fa in tempo a opporsi perché Lida, con piglio sovietico, le strappa il trolley di mano e se ne va. Se i pensieri avessero voce adesso sapremmo anche come si dice "troia" in russo.

"Direi di andare a parlare nel cortile, che qui c'è troppa gente," le dice Raffaele, con un tono secco che non gli conosceva da tempo. "Vengo subito. Mi aspetti là?"

Sarà che non ha più il manico del trolley da stringere, ma Rosy si sente all'improvviso vulnerabile. Suo marito ha un'espressione severa e una piega decisa delle labbra che non gli vedeva dai tempi della tequila. E lui ce l'ha, qualcosa da stringere, a quanto pare. Rosy sposta uno sguardo al vetriolo su Michela.

"Ma certo. E vieni da solo o ti porti l'assistente?" chiede.

Raffaele sembra ricordarsi solo in quel momento di avere Michela ancora per mano. Si accorge che è bianca come un cencio. E che sta fissando sua moglie con odio.

Devo tenerla fuori da questa storia, pensa. Soprattutto perché non sa davvero quale sia, a questo punto, la storia. Quella davanti a lui dopotutto è sua moglie. La madre di sua figlia, quella che ora starà ordinando un altro cocktail a Manhattan.

"Michela, ti secca andare da sola a fare la spesa?" chiede lasciandole la mano.

A Michela sembra di venire scaricata e le viene il magone. Ma alza il mento.

"Nessun problema," risponde fredda. Raffaele si sente morire un po' dentro.

"Ti accompagno io!" Giuseppe balza in piedi dal divano. Raffaele si sente pure peggio. Ma certo, approfittane, pensa con astio. Vai in soccorso della donzella. Tu che hai una moglie meravigliosa.

"Vengo anch'io!" si alza anche Sandro. Meglio così, grande Sandro! Pure lui. Ora escono tutti insieme, e Raffaele è solo al mondo, o almeno gli sembra così. Abbandonato dagli amici – e da Michela – nel momento del bisogno.

"Raffaele, tutto bene?"

Lui si volta. Sulla porta della cucina è comparsa sua madre. Lo guarda preoccupata. Tiene in mano un lungo cucchiaio di legno come se brandisse un'arma contro l'invasore.

Raffaele si concede di immaginare la scena di Iole che caccia Rosy di casa con lancio di arnesi da cucina. Ma non è così che si fanno le cose. Lui questa situazione deve risolversela da solo.

"Buongiorno, Iole," saluta Rosy, con una voce gelidamente educata che tradisce la rabbia. Sono tutti contro di lei. Ma non sanno con chi hanno a che fare, maledizione.

"Rosy," Iole china appena il mento. Poi ripete rivolta a suo figlio: "Raffaele, tutto bene?".

"Non preoccuparti, mamma," risponde lui, e prende sua moglie per il gomito. "Andiamo fuori di qui."

## 36.

In cortile, Ionis e Jeremy hanno finito di apparecchiare e ora, per rendersi utili, stanno risintonizzando i canali tv. Raffaele accompagna sua moglie verso una panca all'ombra pensando al da farsi. L'istinto è quello di mandarla subito via, ma forse non è la cosa giusta. Forse è solo quella più facile. Non riesce a pensare che lei sia venuta a dargli manforte in un momento così complicato. Intanto però è venuta. Potrebbe rendersi conto di quello che lui e i suoi amici stanno facendo qui, e capire, finalmente. Capire che suo padre è un criminale e che invece Raffaele è suo marito, e merita la sua solidarietà. Potrebbero persino riconciliarsi. Scaccia con determinazione dalla mente il pensiero delle labbra di Michela contro le sue, la sera prima.

"Ionis, Jeremy, questa è mia moglie, Rosy," la presenta ai due giovani atleti.

I due la salutano, Ionis con un cenno amichevole e Jeremy con il solito bellissimo sorriso.

"Forse potreste andare in salotto a studiare con don Virgilio gli schemi per domenica?"

Un attimo dopo è solo con sua moglie. L'aria è rovente e non è solo la solita temperatura di Prantixedda Inferru.

"Gli schemi della semifinale..." prova a spiegare Raffaele a Rosy.

Lei sente salire un conato di bile dal profondo dello stomaco.

"Quale semifinale? Ma cos'è questo bordello?" chiede rabbiosa.

Raffaele respira a fondo. Per una volta vuole essere lucido, parlarle con calma.

"Mi fa piacere vederti qui," riattacca con poca sincerità ma molte buone intenzioni.

"Dal benvenuto non si direbbe," scatta lei. "E poi, non che mi interessi, ma chi era quella?"

Lui non prova nemmeno a cascare dalle nuvole, si limita a dare la risposta diplomatica.

"La sorella di Sandro. La conosci, fa da segretaria a studio."

"Non l'ho mai vista."

"L'hai vista. È che tu a studio non ci vieni da un anno."

"E anche *a studio* la tenevi per mano?"

"Rosy, è una della squadra," sospira lui. "Stavamo andando a fare la spesa perché, come vedi, ci sono un bel po' di bocche da sfamare."

"Ma quale squadra?" sbotta lei, tornando al punto. "Quale squadra, Raffaele? Non ci dovrebbe più essere nessuna squadra, a questo punto!"

"E invece c'è." Raffaele si gira verso di lei sulla panchina e osa l'inosabile: la prende a lei, la mano. "Rosy, io mi gioco il torneo, lo vinco e ricostruisco la squadra."

Rosy rimane un attimo in silenzio. Lo guarda. Ora mi dirà che è con me, pensa Raffaele. Ora capisce e manda affanculo suo padre e...

"Ma che cazzo dici, sei diventato scemo?" esplode Rosy strappando la mano dalla sua. "Tu ora mandi a casa questi sfollati, ti ritiri dal torneo, incassi la mazzetta e mi giri la parte di mio padre. Capito? Punto e basta."

E va bene. Fine del sogno.

"No, Rosy, io gioco. E gioca pure Giuseppe, che è disposto a investire un anno del suo tempo in questo progetto. Tempo libero, per inciso, rubato a sua moglie. Che lo appoggia e lo incoraggia. Lei."

"Sei scemo? Dico... sei scemo?" Rosy non registra nemmeno l'affondo sulla solidarietà coniugale. "Per un torneo di calcio nel cuore del nulla vuoi rovinare l'unico affare che riuscirai – forse – a concludere nella tua vita? E soprattutto per questo assurdo capriccio vuoi condannare mio padre al carcere?!"

"Ma sul serio pensi che quel piemme si prenderebbe i soldi?"

"Se glieli do forse sì. Se li tiene Feliciani perché tu vuoi giocare a pallone con i tuoi amici del liceo e due negri, no."

"Attenta alle parole!"

"È una famiglia di zingari, dimenticavo..."

"Rosy..."

"...e una zoccoletta dalle grandi tette, come ciliegina sulla torta. Che fai, te la scopi? È lei che ti fa sentire giovane? È lei che ti dice di vincere la coppa? Facciamo una cosa, la coppa te la compro io davanti casa. Venti euro. Ci scrivi Coppa del Nonno e te la metti *a studio*. Così tu, il parafangaro e il dottor Young ve la guardate il pomeriggio, quando non sapete che fare!"

"Jung."

"Eh?"

"Lo psichiatra si chiama Jung. Young è il musicista. E poi noi a Claudio lo chiamiamo Freud."

"Ma *lo chiamiamo* chi? Chi è questo *noi*? Tu e i due pezzenti?"

Raffaele resta in silenzio, la guarda. Potrebbe risponderle che perlomeno Giuseppe non è pezzente, e andare avanti ancora per un po' con il botta e risposta. Ma non ha nulla da dirle. Non c'è più nulla. Non sa nemmeno se può dire di averci provato. Sa solo che non vuole più questa donna corrosiva nella sua vita. Succeda quel che deve succedere.

"Sveglia, Ventura! Ci sei? Sveglia!" sta urlando la corrosiva.

Raffaele non parla.

"Allora? Sveglia! Muovi il culo e caccia tutti questi derelitti da casa, avanti!"

Raffaele rimane muto.

"Cammina! Poi vai da Crisponi e gli dici che la squadra è morta, e prendi i soldi. Chiaro? L'ho detto in parole abbastanza semplici?"

Giacinto si affaccia in cortile, attirato dalle urla.

"Tutto bene, presidente?"

Raffaele alza gli occhi. Non va bene niente. E forse lui è un fallito. Può darsi. Ma giura che è l'ultimo giorno, l'ultimo maledetto giorno in cui permetterà a chiunque di trattarlo come tale.

“Tutto ok, Giacinto, non ti preoccupare,” dice quieto.

Giacinto guarda Rosy poco convinto, riaccosta la porta e rientra in casa.

“Ecco, bravo, *presidente*. Fatti proteggere dagli zingari.” Fa una pausa, chiedendosi quanto dire. “Ma lo sai che mio padre ti ha mandato dietro i Di Rocco? Sono già qui in tre, nel tuo idilliaco paesino, che ti tengono d’occhio. Finora non hanno fatto niente perché ho pregato papà di aspettare. Ma non c’è più tempo, lo capisci che se torno senza aver risolto questo affare mio padre gli dà il via libera, ai Di Rocco? Lo sai che succede?”

Nella sua voce c’è una nota di vero allarme e Raffaele è colpito. È preoccupata per lui?

“Ti rendi conto che quelli non li tiene nessuno? Io non mi sono mai fidata di quella gente. Quelli esagerano. E se qualcuno ci lascia la pelle finiamo nei guai, di sicuro!” riprende Rosy.

L’ultima bolla di speranza di Raffaele si sgonfia come un palloncino. È preoccupata per se stessa, non per lui. Per se stessa e per quel mostro di suo padre, il Cavaliere dell’Apocalisse criminale.

“Rosy, vattene,” si limita a dire. “È meglio per tutti.”

“Ma i Di Rocco...”

“Facciano quel che devono fare.”

I picchiatori mafiosi sono d’altronde l’ultimo tassello del puzzle che va a posto. E pensare che in principio credeva fossero arrivati seguendo Claudio. Il malaffare invece lo porta la Roma bene. Lo porta la famiglia Quattrociocchi. Pensa che colpo li ha presi quando hanno visto pure Sandro. Probabile che a questo punto pensino di prendere due piccioni con una fava, quando i nodi verranno al pettine.

E appena Rosy esce da quella porta, i nodi ci verranno, al pettine.

Rosy lo guarda, capisce che non c’è niente da fare. Le spalle si curvano un po’, come fosse di colpo stanca, o arresa. “E io che sono pure venuta a metterti in guardia... Ad aiutarti.”

“Vattene, Rosaria, davvero. Senza rancore.”

“Senza rancore? Ma che cazzo dici, povero scemo...”

Raffaele rientra in casa, lasciandola sola in cortile.

Rosy rimane seduta sulla panchina, si guarda intorno nell'ombra del rettangolo sterrato. La bougainvillea si arrampica sul muro di fronte, incendiandolo di rosa. Il pomeriggio è immobile e silenzioso, stranamente tacciono gli strilli dei bambini e gli altri schiamazzi di quella specie di corte dei miracoli. Rosy inspira l'aria profumata di mirto, e forse è la polvere che a un tratto le fa lacrimare gli occhi. O forse è questa pace che non le appartiene.

Non sa quanto tempo è passato quando sulla porta che dal salotto conduce in cortile compare il signor Pietro. In una mano nodosa regge il suo trolley. Copre i pochi passi verso la panchina in un'atmosfera da mezzogiorno di fuoco, senza trascinare la valigia, reggendola per la maniglia, con forza. Rosy sa che è pesante ma quell'uomo di quasi ottant'anni la porta come fosse un sacchetto di carta. Quando le arriva davanti, la lascia cadere ai suoi piedi. Poi le indica il portone.

*"Bàitìnde,"* dice. Vattene. Come un colpo di pistola. E se il signor Pietro non fosse un gentiluomo adesso sapremmo come si dice "troia" anche in ogliastrino.

Rosy si alza, fa per dire qualcosa, ma le parole si infrangono contro il muro di quegli occhi neri prima ancora di uscire.

Raggiunge il portone, trascinando a fatica il suo trolley sul terreno sconnesso.

Appena è fuori, dall'ombra dietro l'angolo di casa Ventura si stacca una figura massiccia e la raggiunge.

"Allora?" le chiede l'uomo grosso e scuro.

## 37.

Rosy sta per rispondere all'ombra massiccia che l'ha interpellata quando da lontano vede avvicinarsi il Suv blu. Hanno fatto presto a fare la spesa, quei due cazzoni, pensa. Probabilmente la nuova fiamma di Raffaele è più efficiente di quanto sembri.

Trascina l'uomo scuro dietro l'angolo dell'edificio, manca solo di incontrare di nuovo quella masnada di impuniti. Giuseppe l'ha sempre odiata, lo sa. Sandro è un decerebrato, le dà sui nervi, e la odia pure lui. Quanto alla sciacquetta, si accorgerà presto che bell'affare ha fatto, con Raffaele.

Rosy aspetta di sentire l'auto che si ferma davanti a casa, la portiera che sbatte, poi sbircia per vedere se il campo è libero. Non lo è, Michela sta scaricando borse della spesa dal bagagliaio.

Ma è sola.

D'impulso, esce dal suo rifugio e le si avvicina. La dovrebbe insultare? Ma come fai a insultare una con i capelli tenuti fermi da una matita? si dice esasperata. La dovrebbe colpire? Ma Raffaele non vale una rissa. Anche se è strano pensare che il suo potere sul marito, l'ordine naturale delle cose, possa essere svanito così, di colpo. Lui ha vissuto sotto il suo tacco per anni e adesso all'improvviso sotto il suo tacco non c'è più nessuno. Può succedere?

Ormai è a un passo da Michela, e non sa che fare. Così si lascia andare a una semplice e pacata presa d'atto: "Sei davvero molto bella".

Michela, che sta recuperando una rete di limoni fuggita in fondo al bagagliaio, sobbalza, si alza di scatto, sbatte la testa. Alla vista di Rosy che la fissa le si gela il sangue.

Cosa vuol dire quel complimento acido? Cosa deve rispondere? Rimane lì a fissarla, con una rete di limoni in mano, e maledice il momento in cui ha detto a Giuseppe e Sandro di fermarsi pure in piazza con gli amici della panchina, che la spesa a casa la portava lei.

Rosy intanto tira fuori dal pacchetto una sigaretta, di quelle lunghe e sottili, e se l'accende.

"Cosa vuoi?" chiede infine Michela. Non ha intenzione di lasciarsi intimidire da questa stronza che ha rovinato la vita a Raffaele. (Una versione dei fatti un po' tendenziosa, ma leale.)

"Sei bella," riprende Rosy. "Bella, giovane e naturalmente elegante. Dai l'idea di essere una ragazza a posto."

"Mi si sciolgono i surgelati. Non ho tempo di litigare," mette le mani avanti lei.

"Non ho nessuna voglia di litigare... Come ti chiami?"

"Michela," offre lei, diffidente.

"Michela," Rosy china il capo. "Anzi. Mio marito mi ha appena cacciata di casa, e mi sento piuttosto scossa." Con la coda dell'occhio guarda dietro l'angolo. L'uomo le fa un cenno: cosa devo fare?

E lei risponde con un altro cenno: aspetta.

Il tutto passa inosservato a Michela, che è imbarazzata e guarda per terra.

"Fumo l'ultima sigaretta," riprende Rosy. "Poi salgo in macchina e me ne vado in Costa Smeralda. Lì ho degli amici. Qui, evidentemente, no."

"Forse non ti sei data granché da fare per essere amichevole," obietta Michela. Ma la vena di tristezza nella voce dell'altra donna l'ha colpita. Davvero Raffaele l'ha cacciata di casa?

"Amichevole... no, non lo sono. Decisamente. Tu lo sei?"

"A volte. Con chi se lo merita"

"Amichevole e bella. Complimenti. Ma guarda che essere amichevole non è importante. L'importante è essere belle. O almeno *scopabili*," ribatte Rosy.

Michela pensa: Ma è ubriaca?

"Io non sono bella, non lo sono mai stata. Ma mi so

mettere bene, e risulto più che scopabile. Tu scommetto che risulti scopabile anche il lunedì mattina senza trucco."

"Mi sa di no," dice Michela, che ha il risveglio difficile. "E comunque chi se ne frega, mica sono così zoccola da pormi il problema." Si pente quasi subito di quel commento. Pesante e gratuito, pensa. Me lo dovevo evitare. Ma la sua interlocutrice non fa una singola piega.

"Già. E sai qual è la differenza tra una bella donna e una zoccola?" chiede soltanto.

"La zeppa leopardata?" prova a incidere Michela. Ma si rende conto di aver sbagliato di nuovo registro. Non è colpa sua, è che questo dialogo sta diventando surreale.

"No. Non dipende dall'aspetto," Rosy scuote la testa. "Il punto non è come ti vesti, come cammini, cosa dici. Il punto è se all'esterno non comunichi *Sto bene con me stessa*, ma piuttosto, *Mi ti faresti?* Il che naturalmente conduce a un paradosso."

"Il paradosso della zoccola?" chiede attonita Michela. Non sa che a Rosy piace ragionare sulle cose e probabilmente avrebbe preferito non scoprirlo in questo modo.

"Il paradosso," continua Rosy, "è che il 99 per cento delle volte la risposta del maschio alla domanda *Mi ti faresti?* è *Sì*. Ma lo sarebbe anche se la donna non avesse modi da zoccola. Perché gli uomini si farebbero tutte, sempre e in ogni caso. Dunque la zoccola è tale perché esprime un'ansia che nasce dalla paura di non riuscire a raggiungere un obiettivo già raggiunto in partenza. Ovvero essere scopabile agli occhi degli uomini."

A Michela gira la testa. Controlla la porta, possibile che nessuno abbia sentito arrivare l'auto e pensi di uscire per darle una mano con la spesa? A parte tutto le si stanno davvero sciogliendo i surgelati.

"Rosy," prova a tornare su un terreno meno accademico, "non so perché mi stai dicendo queste cose, ma non sono d'accordo. Non credo che tutti gli uomini ragionino così. Né che basti mettersi bene per essere una zoccola. E tantomeno che sia un destino irreversibile."

"Non hai capito il punto," Rosy guarda dura Michela, come una professoressa che riprende la studentessa distratta. "Il punto è: allora a cosa serve tutto questo?"

"Eh. A cosa serve?" Finalmente una domanda che ha senso, pensa Michela.

"Se gli uomini ti si farebbero comunque, che senso ha mettere queste scarpe?" accenna con antipatia alle proprie scarpe a zeppa alta, che sul terreno sassoso della Sardegna sono una specie di punizione biblica. "Che senso ha fare quattro ore di palestra al giorno, farsi iniezioni sul volto, farsi rifare il seno?" Rosy mostra i bicipiti, si pizzica le guance, sostiene il seno con i palmi delle mani aperti.

"Rosy, forse ti serve un bicchiere d'acqua..." Michela immagina che Raffaele non le sarà grato se la riporta in casa, ma allora doveva assicurarsi che se ne andasse davvero.

"Il sesso. Il sesso è la mia chiave di lettura della vita. Ma non l'ho scelta perché sono zoccola. L'ho fatto perché è la chiave più facile, a portata di tutti; e perché gli uomini sono facili. Più di me."

"Sembra di sentir parlare un portuale..." commenta Michela, ma sa di commettere una grave ingiustizia. Le è ormai chiaro che ci sono sociologi di vaglia meno ferrati di Rosy, sull'argomento della guerra tra i sessi. Ma lei questa specie di tavola rotonda non sa proprio come prenderla. Soprattutto mentre una parte del suo cervello è preoccupata per il gelato al pistacchio, il preferito di Raffaele.

"I portuali sono gente da rispettare," ribatte Rosy, che nessun velato insulto riesce a scalfire. "Devono farsi strada in un mondo duro. Proprio come me. Io non sono bella come te. Né sono scema come mio marito... Io non rinuncerei mai a una paccata di soldi per dare due calci al pallone. Né andrei in giro combinata come te ora. E non ho mai fatto la spesa in vita mia..." aggiunge occhieggiando i sedani che spuntano dalla borsa ai piedi di Michela.

Michela segue il suo sguardo e poi considera il proprio abbigliamento: short con il simbolo dell'Inferru e maglietta bianca. Sa di essere struccata, con gli occhiali da vista per riposarsi dalle lenti e i capelli tirati su in un nodo fermato con una matita.

"Ma non voglio litigare con te," Rosy prende un'altra sigaretta, praticamente la accende col mozzicone della precedente. Porge il pacchetto a Michela. "Vuoi?"

"No, grazie."
"Neanche fumi?"
"Poco."
"Dai, fai un'eccezione."
"Ok," Michela accetta la sigaretta e pensa: Al diavolo i surgelati. A questo punto vuole capire una cosa. Si appoggia all'auto, accanto a Rosy. Si fa coraggio. Se le tocca parlare con la moglie di Raffaele, almeno vuole dare un senso a questa conversazione.
"Lo hai tradito tanto?" chiede.
Rosy sembra stupita.
"Non serve un granché di fatica per tradire," risponde sempre per via filosofica. "Non è un riconoscimento di quanto sei bella, al limite di quanto è arrapato quello che ti sei conquistata. Ma comunque è gratificante, ti fa sentire viva..."
"Per essere viva hai bisogno del riconoscimento di uno arrapato?" Michela si rende conto che la domanda suona piuttosto brutale. Ma Rosy come sempre non sembra offesa.
"Forse."
Silenzio. Poi Michela ripete:
"Lo hai tradito tanto?".
"Non sai quanto."
"Lui lo sa?"
"È scemo, ma lo avrà capito."
"Allora non lo ami."
"Certo che no. Io amavo quell'altro. Mio marito non era questo qua," accenna con disprezzo al portone di casa Ventura.
"Prego?" Michela non sapeva che la moglie di Raffaele avesse avuto un altro marito.
"Mio marito era un vincente, un imprenditore di successo, con la bella macchina, arrogante, creativo."
Allora Michela capisce.
"Ma no che non lo era."
"Tu non eri ancora nata," ribatte Rosy. "Non lo conoscevi."
"Io lo conosco meglio di te," c'è una sfumatura di orgoglio nel sorriso di Michela. "Magari al tempo che dici tu gli

piaceva mostrarsi così. Perché era più immaturo, più superficiale. Ma non era così. Per fortuna non lo era. Non è lui che è cambiato," conclude con pacata sicurezza. "Sei tu che avevi sbagliato persona."

"Puoi gridarlo," annuisce Rosy. "E forse hai ragione... Il tempo passa. E se non fai il Botox ti mostra per quello che sei veramente."

"Rosy, ma per te è così importante essere bella?"

"Ma io non sono bella, Michela, te lo ripeto. Io sono scopabile. Vivo... vivo sul mercato."

"Il... mercato?" *Da portuale a commercialista,* pensa Michela.

"Il mercato," conferma Rosy. "Dove ciascuna di noi ha il suo posizionamento. Io sono sullo scaffale: donna ricca e un po' zoccola. Tu sullo scaffale: bella ragazza da sposare e farci cinque figli."

"Per carità, cinque no," si ribella Michela. Ma il gioco la intriga. "E Veronica su che scaffale è, per esempio?"

"E chi è Veronica?"

"La ragazza con l'orecchino al naso che c'era in salotto."

"Scaffale: carina, matta e piatta. Può fare di tutto: da lesbica a playmate, da casalinga a Nobel, da zitella a moglie di un Agnelli," risponde Rosy, cinica. Michela si lascia quasi sfuggire una risata.

"E Lida? Quella che ti ha preso la valigia."

"Scaffale: donne che è meglio se quando le scopi stai sopra tu."

Stavolta Michela ride sul serio. Cavolo, ma Rosy è pure simpatica, quando vuole.

"E... Iole?"

Ma stavolta Rosy si rabbuia.

"Iole... Quella, maledizione, è sullo scaffale delle indistruttibili. Con quel suo sguardo fiero e quel cavolo di marito innamorato a milletrecento anni. Quella è una cazzo di vincente. Le peggiori. Io no. Io vivo sul mercato," ribadisce, stanca del gioco. "E da oggi sono ancora più debole. Costo meno."

"Costi?... meno?..."

"Stai sicura che il mio amante non mi upgraderà a compagna ora che non ho marito. Tutt'al più mi scarica per non avere problemi. Se voglio ricominciare con qualcuno devo darmi da fare. Accettare inviti a cena, ridere per farlo sentire spiritoso, comprarmi nuovi tanga di pizzo... Ho tanto lavoro da fare... Ho davanti una montagna da scalare..."

"Ma non c'è solo quello... Hai il lavoro... tua figlia..."

"Il lavoro lo terrà mio padre per altri vent'anni almeno, sempre che non vada in galera a questo punto. Se continua a passare mazzette di qua e di là, possibile anche che io mi ritrovi per strada. Mia figlia... devo dirti la verità... non me ne frega niente. Sai?" e Rosy la guarda dritta negli occhi. "Sono davvero una stronza. Fin da quando ero bambina. E come dicono quei tre deficienti, chi nasce tondo non muore quadro."

Una madre che dice queste cose della figlia, Michela non l'aveva mai sentita. La sigaretta le si consuma fra le mani. Rosy dà l'ultimo tiro alla sua e butta il mozzicone per terra.

"Va bene, Michela, ora devo andare," dice in tono conclusivo. "Immagino che tu e Raffaele finirete insieme, e se volessi un minimo di bene a mio marito sarei pure contenta, perché sareste una bella coppia. Ma adesso, purtroppo, vi posso fare solo un regalo." Si volta e fa un cenno. Michela vede emergere dall'angolo della casa un uomo grosso, nero, capelli lunghi e un'aria pericolosa. Una spada tatuata sulla gola. La attraversa un brivido irrefrenabile.

"Questo signore che mi ha accompagnata fin qui," continua Rosy in tono indifferente, "è qui con due suoi parenti per occuparsi di mio marito... E anche di Sandro, immagino. Tu, Raffaele e quei suoi detestabili amici rischiate davvero tanto. Il liceo è finito, e mio padre sta per suonare la campanella."

"E... è questo il regalo?" chiede Michela, distogliendo lo sguardo da quel figuro. Ora cosa fa? È armato? Se entra in casa e fa una strage? La paura le prende la gola.

"Il regalo è che ora me lo porto via," dice Rosy. "E gli metto la museruola. Non tanto, solo per un po'. Per una decina di giorni."

Michela fa i conti.

"La finale," mormora. "Tra dieci giorni c'è la finale."

"Dipende dal vostro istinto di conservazione, se ci sarà o no la finale," Rosy si avvia verso il ceffo in attesa. "Fatevi un favore. Sparite."

Michela la guarda muta salire in una macchina parcheggiata poco lontano. L'uomo si mette alla guida. Non riesce a pensare a niente se non: Chissà se il gelato mi s'è squagliato del tutto.

In auto, Helver Di Rocco mette in moto e si volta verso Rosy.

"Allora?" ripete, come poco prima.

"Allora niente," la bocca di Rosy ha una piega amara. "Mi accompagni in Costa Smeralda."

"Ma le istruzioni?"

Rosy si accende l'ennesima sigaretta.

"Fate quello che dovete fare," risponde con le stesse parole di suo marito.

## 38.

Giuseppe torna assieme a Sandro verso sera, dopo un bel numero di birre. Al piano terra c'è il solito casino, ma non c'è Raffaele. Sale a cercarlo, si sente un po' in colpa per averlo mollato da solo con la stronza, ma era una questione che doveva risolvere da solo. Almeno gli ha rimandato a casa Michela... La quale però è in cucina con Iole: Geanina e Viorèla stanno insegnando a tutte a fare il goulash. Con quaranta gradi all'ombra.

Giuseppe trova Raffaele in camera sua, seduto sul letto matrimoniale, con i piedi per terra e la fronte china.

"Raffaele, mi sa che stasera ci giochiamo la sopravvivenza," lo avverte ostentando buonumore. "Goulash delle *Giacintos*!"

"Sempre meglio che goulash di mia madre," ribatte l'amico con umorismo automatico, ma il tono è senza vita.

Giuseppe potrebbe dirgli che anche Iole è della partita, ma è evidente che il filone è già esaurito. Entra e gli si siede accanto.

"L'hai mandata via?"

"Sì."

"Cazzo..."

"Ci sai fare con le parole, eh?"

"Scusa, Raffa. Il tatto non è campo mio. Deve essere difficile... Persino lasciare una come Rosy!" e gli scappa un po' da ridere.

Anche a Raffaele, sentendola messa così.

"Sì," annuisce. "È molto difficile persino in questi casi... Non che tu avrai mai occasione di scoprirlo."

"Spero di no," ammette Giuseppe. "Anche se nella vita

non si sa mai." Gli mette una mano sulla spalla. "Ora che succede?"

"Adesso dovrò trovarmi casa, parlare con mia figlia..."

"Quanti anni ha?"

"Venti."

"E sta in America?"

"Fino a novembre, mi pare."

"Vabbè, dai, è grande ormai, si sta facendo la sua vita." E solo se fosse vissuta su Marte, aggiunge tra sé e sé, avrebbe potuto evitare di accorgersi che i suoi genitori si odiano da anni.

"Ma pensi che dovrò pagarle gli alimenti?" si preoccupa Raffaele.

"A chi, a Rosy?"

"Eh, a chi."

"E con che cosa glieli paghi? In natura?"

Un rapido sguardo attonito, e stavolta Raffaele scoppia a ridere davvero. Giuseppe pure.

"Tu ci scherzi, ma adesso sto davvero nei guai... Ce ne ho di cose da mettere a posto. Dove vado a vivere?"

"Se vuoi intanto c'è casa mia a Fregene. Se no vieni direttamente da me. O magari vinciamo il torneo, ci iscriviamo al campionato e devi stare un po' qui!"

"Come no, dimenticavo. Vinciamo con gol di Giacinto, su calcio d'angolo. La spizza col calcio della pistola."

"Eh, perché no... Dai, che hai fatto bene. Rosy non era la donna adatta a te. A dir la verità non è la donna adatta a nessuno. Ma possibile che non avessi mai valutato lo scenario della separazione?"

"Sì, ovvio, ma... Sai, finché valuti in teoria pensi alle sciocchezze. Pensi: con chi mi metterei se non ci fosse Rosy?"

"Invece avresti dovuto pensare: con che cammino se Quattrociocchi mi fa sparare sulle rotule?"

Ma stavolta Raffaele non ride.

"Ecco, bravo. Avevo dimenticato il dettaglio dei Di Rocco."

"Ma allora sono davvero qua?"

"Me li ha mandati dietro mio suocero..."

"E perché? Mica hai tradito Rosy! Per ora," aggiunge Giuseppe.

Raffaele si rende conto che non può certo raccontargli dell'inghippo con Merda. Anche se a questo punto tanto varrebbe farlo, dato che non ha idea di come ne uscirà. Coi piedi in avanti, probabilmente.

*Ricorda la prima regola degli Shardana*... pensa tra sé e sé. E sorride amaro. Per qualche secondo guarda fisso nel vuoto.

Poi risponde a Giuseppe: "Non l'ho tradita, no... tecnicamente," ribatte, e porta poi la conversazione su un terreno più sicuro. "Sai Giusè? Ho sempre pensato, in caso di separazione, che sarebbe stato un incubo dover ricominciare a corteggiare una donna."

"Mamma mia," Giuseppe annuisce, empatico. Chi non ci ha mai pensato? "E sai qual è il mio incubo invece? Finire risposato con una *secondamogliecacacazzi* con vent'anni di meno."

Raffaele quasi scoppia a ridere.

"Una di quelle," sospira Giuseppe, "con quell'insopportabile entusiasmo... Che ti trascinano ad aperitivi e cocktail... Perché sono giovani!"

"E certo, a loro piace frequentare, farsi vedere in giro... nel tuo caso poi figurati. La seconda moglie giovane del vip..."

Negli occhi del vip passa uno sguardo inorridito: "Una *secondamogliecacacazzi* che passa il tempo a scovare le nostre foto sui siti di gossip, con cui ho una figlia di un paio d'anni con un cazzo di nome tipo Benedetta," mormora.

"Parli come uno che c'è passato," si insospettisce Raffaele.

"Ho avuto le mie tentazioni... Poi ho pensato proprio a lei."

"A lei chi?"

"Alla duenne di nome Benedetta."

"Ma che c'ha il nome Benedetta?"

"Ma niente... È un nome qualsiasi, figurati. Ma non è quello che darei a una figlia."

"E allora perché glielo dovresti dare con una seconda moglie?" Raffaele stavolta si è perso.

“Perché il nome l’avrebbe scelto la cacacazzi... E io glielo avrei lasciato fare, tanto la mia famiglia sarebbe stata un’altra.”

“Quale?”

“La mia, appunto, quella che ho avuto il buonsenso di non abbandonare e anzi coltivare. Anche quando buttava male. Sono rimasto, e (almeno per ora!) ho fatto bene!”

”Cioè mi stai dicendo che ho fatto male a cacciare Rosy?” tenta di raccapezzarsi Raffaele.

“Ma no. Per te non vale il discorso sulla seconda moglie o sulla seconda famiglia, perché tu non ne hai mai avuta una prima da difendere...”

“Grazie,” interloquisce Raffaele.

“...Però il problema dell’età devi portelo,” prosegue Giuseppe ormai in modalità posta del cuore. “Ne hai quasi cinquanta, non ti umiliare: non scendere in nessun caso sotto i trenta. Ed escluderei in linea di principio le sessantenni.”

“Be’, hai visto mai...” Raffaele non vede perché dovrebbe scartare le sessantenni, vuoi mettere Madonna? Sotto i trenta, pensa poi, sono inescludibili per definizione. “Ma il punto non è l’età, Giusè. Il punto è: io ci so ancora giocare, a questo gioco? Dove le porto, a cena? Che faccio, quelle scene di scegliere il vino? Pensa che imbarazzo. Non so se più imbarazzo con una giovane o con una coetanea.”

“Con una coetanea,” interloquisce Giuseppe deciso.

“Quelle cene a due, in cui lei si propone come brillante... Ti racconta prevedibili scene imprevedibili... E tu fai il paparone pronto a proteggerla...”

“Un incubo,” conferma Giuseppe, che qualche cena con ammiratrice giovane se l’è pure fatta, e tra le ragioni per cui non è mai passato al dopocena c’è proprio l’imbarazzo.

“Eh, vedi? Una serata così non la reggerei. Mi sentirei ridicolo. Che fai, reciti? Quelle scene di pagare il conto, di aprire lo sportello...”

“E mica sei un autista! D’altra parte però sì, immagino che ti toccherà un po’ recitare. Poveretta, mica la puoi trattare come una vecchia amica già alla prima uscita. Un po’ di seduzione... Di savoir-faire...” Giuseppe si interrompe.

Che sta dicendo? "Savoir-faire" e "Raffaele" sono concetti che si respingono a vicenda, come i magneti.

"Forse mi dovrei innamorare, e magari le cose andrebbero da sole per il verso giusto."

"No, Raffaele, no! Bisogna restare lucidi," lo blocca Giuseppe. Figurarsi. L'ultima volta che si è innamorato ha sposato Rosy. "La realtà è che la dovresti conoscere," Giuseppe non è sicuro di voler dire quello che sta per dire. Ma tanto dopo la scena della sera prima che dubbi ci sono? Pensa davvero di avere delle chance con Michela? Pensa davvero di *volerle* avere? Lo ha mai pensato? "Che so, una ex, una compagna di scuola, una collega del lavoro che ormai ti conosca bene e non ti impegni in quella fase patetica del sembrare chi non sei..."

"Ma così ci sono buoni tutti," obietta Raffaele con un inconsueto scatto di orgoglio.

"Mica tanto. Bisogna comunque conquistarle... Prenderle per il verso giusto... Accompagnarle a fare la spesa..." Giuseppe lascia cadere l'ultima frase in tono un po' più significativo delle altre.

E l'effetto subliminale funziona.

"Michela, ecco. Forse con Michela mi troverei a mio agio."

Una vita di giornalismo televisivo, sorride tra sé Giuseppe. Se non sapessi come portarti a dire quello che voglio farti dire sarei proprio una pippa. Con un po' di rimpianto guarda gli occhi di Raffaele che si rischiarano mentre scopre l'acqua calda. Giuseppe saluta Michela che scompare dal suo orizzonte di avventura e va verso il posto da titolare fissa nella vita dell'amico.

È giusto così. Ma che rabbia.

"Sì, Raffaele. Credo che Michela andrebbe bene. Credo che lo sappiano tutti."

"Dici?"

"Sì. Purtroppo sì, maledetto te!"

E mentre Raffaele ride, di gusto, con l'amico di sempre, suona il campanello della porta. Un suono secco. Uno soltanto. Come a non disturbare (vista l'ora).

Un momento dopo Lida compare sulla soglia. "Raffaele, Giuseppe... Visite per voi."

"E adesso? Chi può essere?" Raffaele, preoccupato dalla possibile ulteriore evoluzione – sicuramente in peggio – di una giornata che sembra non avere fine, si alza dal letto e precede Giuseppe in salone.

I due visitatori hanno i piedi nudi ancora sporchi di sabbia.

"Baìnzu! Lillìnu!"

"Buonasera mister," fa Lillìnu. "Noi la semifinale non ce la perdiamo..."

"Se ci volete ancora," aggiunge Baìnzu.

La risposta è il sorriso di Giuseppe.

"Ma... E il lavoro?" Il ritorno dei due gli sembra un miracolo, ma Raffaele non vuole essere responsabile della loro disoccupazione a vita.

"Non c'erano spazi di crescita professionale," Lillìnu storce la bocca.

"Vi avevano detto che al villaggio si scopava eh?" interviene Sandro facendo sobbalzare tutti. Affondato nel divano del salone, non l'avevano visto. "E invece era vero lavoro, dal mattino presto a notte fonda."

"Come fai a saperlo?" si lascia sfuggire Baìnzu.

"Eh, l'ho fatto anch'io l'animatore nei villaggi," spiega Sandro con aria memore.

"E anche ai tuoi tempi non si scopava?" si informa Lillìnu, con il tono di chi parla dell'epoca precolombiana.

"No no, io scopavo," precisa Sandro. "Però che fatica!"

Giuseppe trattiene una risata e pensa: Se persino Sandro ci regala una perla di saggezza, il mondo sta per finire. E allora la semifinale non potrebbe concludersi 1 a 0 per noi?

# 39.

Quella domenica alle 15 s'Inferru – come l'intera Sardegna ormai chiama la squadra – è schierato a metà campo. Chi vince passa in finale. Al di là delle reti del campo di Muvruneddu, da un lato si è schierata per tifare tutta l'Ogliastra. L'altro lato è dei galluresi, arrivati in forze per sostenere il Bèschiri.

Agli ordini del mister Giuseppe Rodàri scendono in campo

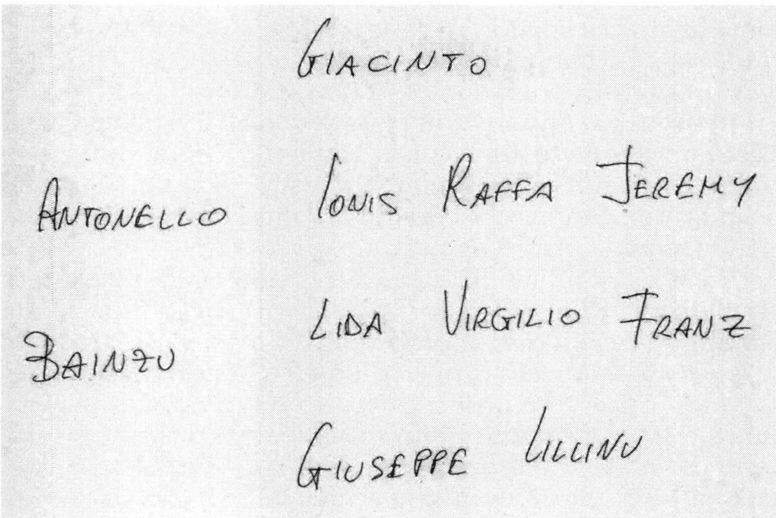

A disposizione: Sandro secondo portiere. Ha accettato la panchina senza discutere, anzi, con sollievo: così può partecipare all'impresa senza dover giocare. Poi Veronica, tzìu Martine e Carlo, il figlio di Giacinto. Ha cinque anni, d'accordo, ma ha tanto insistito per sedersi in panchina.

Il Bèschiri è una squadra dura. Sono tutti ragazzi, al massimo venticinque anni, sanno giocare e soprattutto sanno picchiare. Il primo tempo finisce 0 a 0, ma l'Inferru che si dirige verso gli spogliatoi si trova davanti ad alcune note positive.

Innanzitutto Giacinto. È un drago. Guida la difesa, urla, tiene tutti sul chi vive, chiama le marcature. Gli avversari lo temono, sulle uscite non ce n'è per nessuno e ha preso un tiro da fuori che sembrava destinato a insaccarsi all'incrocio dei pali, saltando come un gatto. Certo, il tonfo quando è ricaduto a terra è stato spaventoso.

Poi la difesa: Ionis è un'altra categoria, e si vede. Ferma gli avversari, li anticipa, dà sicurezza a tutto il reparto che comanda con intelligenza. Antonello ha iniziato un po' teso, ma poi ha trovato ritmo e preso sicurezza. Jeremy ha una condizione atletica eccellente, è un buon giocatore e corre molto. Lida è una seria, quando ha il pallone sa cosa farci, e nei contrasti non si tira indietro. Poi c'è Frantziscu. Frantziscu è in campo che acquista eleganza, altro che scarpe fosforescenti. Tocca il pallone con classe, gioca a testa alta, ha un dribbling sopraffino e pure una bella grinta. Si libera facilmente, tenta il tiro, serve assist a Giuseppe.

Ed eccoci alle note negative. Giuseppe, Raffaele e don Virgilio sono scoppiati al quarto d'ora. È la prima partita pomeridiana, le precedenti si erano giocate tutte verso sera. A questi ritmi e con questo caldo, non reggono. Le partite vere non le possono giocare. Non per novanta minuti, almeno. Lillìnu non viene servito. Gli arrivano pochi palloni giocabili, perché i più dovrebbero passare per i piedi di Giuseppe e don Virgilio, visto che gli altri a centrocampo sono costretti più a tamponare i loro buchi che a creare gioco.

Raffaele (che da qualche notte, tra gli occhiolini di tutti gli altri, scompare da casa con Michela) cerca di calciare via il pallone appena gli arriva davanti, e se non ci fossero stati Ionis e Jeremy a coprirlo, dalle parti sue sarebbe sceso anche il portiere avversario.

Don Virgilio è immobile. Quando la palla gli finisce tra i piedi sa cosa farci e non la perde, ma è ovvio che lì in mezzo Frantziscu e Lida devono fare il triplo lavoro.

Giuseppe sente le tempie pulsare. I polmoni bruciano. Il cervello pensa una cosa, il corpo si rifiuta di farla. Arriva stanco sul pallone, debole al tiro, in ritardo sull'assist. Dentro di sé spera che nessuno gli passi la palla; per non farlo capire, corre. Ma corre a vuoto, si spompa, perde lucidità. Aveva un pallone a due metri dalla linea di porta, lo ha clamorosamente ciccato.

Giuseppe guarda Raffaele, e Raffaele guarda Giuseppe, mentre escono dal campo si capiscono al volo. Sono rossi, sudati, il cuore sembra scoppiare e hanno solo bisogno di bere acqua.

Giuseppe sta per imboccare la porta che dà allo spogliatoio quando si sente chiamare da una voce al di là della rete.

"Rodàri... Rodàri... Le posso dire una parola?"

Il tono è molto sicuro, non sembra un fan o un tifoso che vuole farsi un selfie. Giuseppe si gira, e il suo sguardo annebbiato inquadra un piccoletto dal viso un po' largo siglato da due baffetti, con occhi vivi, brillanti che subito agganciano i suoi, attirandolo verso la rete.

"Ci conosciamo?" fa Giuseppe. Non è una faccia nuova. D'altra parte, dopo tutte queste settimane, facce nuove in paese per lui ce ne sono poche.

"Forse di vista," lo sconosciuto liquida la domanda quasi con fastidio, poi gli soffia in un orecchio: "Se mi posso permettere, Rodàri: fuori Ventura che è scoppiato, dentro chiunque corra, tanto con l'egiziano la difesa è al sicuro. Lei se non ha un cambio di livello che le permetta di uscire affianchi il prete a centrocampo e lasci solo il ragazzino in attacco. Là davanti lei non serve, basta lui. Un uomo in più a centrocampo invece può essere utile. Lei si piazza là, e fa scendere l'egiziano in avanti, ogni volta che vuole. Lei lo copre, e sarete un uomo in più".

Giuseppe lo fissa. Vorrebbe dirgli di farsi i fatti suoi,

ma non ci riesce. Quell'ometto di calcio ne capisce, e non ha dato un suggerimento sbagliato. Ma dov'è che lo ha già visto? Sarà uno degli habitué dello *tzilléri* che passano il tempo tra chiacchiere e Ichnusa... Sta per ringraziarlo quando Raffaele lo raggiunge e mettendogli un braccio attorno alle spalle gli fa: "Giuseppe, fammi uscire, se no ti muoio in campo. Butta dentro Veronica, almeno corre". Giuseppe lo ascolta, annuisce, si volta verso il tizio a bordo campo per chiudere la frase, o almeno strizzargli l'occhio, ma quello è già scomparso.

Nello spogliatoio, Giuseppe dà le nuove disposizioni alla squadra. Entra Veronica per Raffaele, lui terrà il campo fino alla fine.

Alle 17 del 4 luglio Prantixedda Inferru sembra Rio de Janeiro. 1 a 0 contro il Bèschiri, gol di testa di Ionis all'ottantasettesimo su cross (a caso, bisogna ammetterlo) di Veronica, e l'Ogliastra festeggia. I corrispondenti della "Nuova Sardegna" e dell'"Unione Sarda" scrivono sui portatili il pezzo che finirà in prima pagina sul giornale di domani.

"Arcobaleno in Ogliastra. Vince la squadra multietnica di Rodàri. Prantixedda Inferru in finale della Coppa Sarda dopo una partita durissima con il Bèschiri. Intervistato, il giornalista ha dichiarato: 'Dobbiamo tutto al presidente Ventura, che ha creduto in questa impresa'."

Tutta la squadra è salita sull'autocarro di Boèle, tornato in tempo dal SoleVillage per festeggiare con i suoi amici allo *tzilléri*, e fa il giro del paese come la Nazionale a Roma dopo il Mondiale di Berlino.

Prantixedda si è riempita di tifosi da tutta la zona. Anche qualche turista della costa, saputo dell'evento e attirato dalla presenza del vip televisivo, è venuto a visitare quello che fino a ieri sarebbe stato definito un ammasso di rocce e sterpaglia in culo ai cinghiali e che oggi è festeggiato come "uno splendido piccolo centro nel cuore della Sardegna, fucina di cultura multietnica e di inattesi talenti calcistici".

La pizzeria al taglio, il suddetto *tzilléri* e persino lo

spaccio della signora Adelasia stanno facendo soldi a palate. Il supermercato è rimasto aperto, nonostante sia domenica pomeriggio, e sta finendo le scorte di Ichnusa. Sono le 20 quando don Virgilio ferma Giacinto che, completamente ubriaco, vorrebbe sparare in aria con la Beretta che non intendeva togliersi dal retro dei pantaloncini nemmeno per giocare.

Attilio Crisponi osserva dal terrazzo del Municipio. Sorride e saluta tutti, ma in realtà i pochi che lo guardano lo fanno per alzargli il dito medio. Sandro, sul cofano del camion di Boèle, gli mima un barista che, strappatosi un pelo dal culo, prepara un panino. Raffaele è uno di quelli del dito medio. Sperando che nessuno lo stia filmando, Giuseppe (che canta a squarciagola *po popopopopopo...*) con gesti inequivocabili delle braccia tese invita ripetutamente il primo cittadino a regalargli un rapporto orale.

È don Virgilio a spezzare l'euforia con una nota pragmatica.

"Ragazzi," chiede agli amici. "Ma per giocare nel Prantixedda Inferru... Non bisognerebbe essere... ecco... *di* Prantixedda Inferru?"

# 40.

Sandro, Raffaele e Giuseppe assumono l'espressione inconfondibile di chi non ci aveva mai pensato.

"O quanto meno italiani?" aggiunge don Virgilio.

Silenzio perplesso intorno a lui.

"...o quanto meno regolari?" conclude il parroco.

"No, credo di no..." risponde Sandro, ma vai a fidarti delle opinioni di Sandro sulla legalità. "Poi sai, chi è che controlla dove hai la residenza..."

"Avercela, la residenza," chiosa preoccupato Giuseppe. Poi gira lo sguardo nella piazza. Va bene *meglio calvi che biondi*, pensa, ma Ionis e Jeremy non possono certo passare per isolani. Lida, poi, è pure bionda. A Giacinto di sicuro nessuno va a chiedere niente. "Michela, ma questi sono in regola con lo statuto del torneo?"

Michela, abbracciata a Raffaele, vira a una faccia imbarazzata.

"Be'... Lida sì, lei ha il permesso di soggiorno... Per il resto... il regolamento non è proprio a prova di scappatoia... Poi però... in regola... Dipende cosa si intende..."

"Ho capito. Aspettatemi qui."

Michela sussurra a Raffaele: "Mi sa che ha ragione don Virgilio. Al primo controllo ci squalificano".

Raffaele non sa se dispiacersi o essere contento. In fondo risolverebbe tutti i suoi problemi, e non avrebbe responsabilità.

Un minuto dopo vedono Giuseppe apparire sul balcone, dietro a Crisponi. Gli sussurra qualcosa all'orecchio. Si vede chiaramente il sindaco irrigidirsi. Rientrano insieme.

"Secondo voi gli ha puntato un coltello nella schiena?" chiede Sandro con interesse accademico.

"Chissà... Meglio andare a vedere," e Raffaele corre dentro, seguito dall'amico. Michela fa per andare con loro poi ci pensa due volte. No. È la loro sfida, quella di stasera, non la sua. Raggiunge su una panchina Iole e Pietro che guardano la scena. Iole piange. Piange a dirotto, di gioia, e suo marito la abbraccia. Quando Michela gli si siede accanto, passa un braccio intorno alle spalle anche a lei. Con un certo contegno, ma quando ci vuole ci vuole.

Quando Raffaele e Sandro irrompono nella stanza del sindaco, scoprono che non c'è alcun coltello. Giuseppe sta in piedi davanti al Merda, e se non gli fosse un po' troppo vicino, se non fosse per lo sguardo truce, il loro sembrerebbe un colloquio quasi amichevole.

"Quindi, Merda, ripeti con me," sta dicendo il giornalista. "Prantixedda ha tre nuovi cittadini. Noi vinciamo e riempiamo il paese di tuoi fan, ti va bene?"

"Se non mi andasse bene?" in quel momento Merda vede entrare Raffaele assieme a Sandro e la sua postura rigida un po' si rilassa. Lui quello lo tiene per le palle. "Perché io," riprende coraggio, "io vi rovino in un minuto, dementi. Ma dove credete di andare? Due profughi e quattro delinquenti? Tra due ore mando i vigili a fare l'accertamento sui negri, poi i Carabinieri pensano agli zingari."

Giuseppe sembra sul punto di prenderlo per il collo. Poi, invece, gli mette una mano sulla spalla.

"Non guardare i miei amici, Merda. Guarda me," lo invita. "Perché vedi, qui ti sbagli. Nonostante il tuo sforzo, questa città sta vivendo un sogno, e tu puoi fare due cose. La prima è cavalcarlo, o quanto meno non ostacolarlo, e fai il sindaco di una città allegra. La seconda è ostacolarlo, o addirittura boicottarlo, e fai il sindaco di una città incazzata con te. Anzi, non solo una città, ma tutta l'Ogliastra. Anzi non tutta l'Ogliastra, ma tutta la Sardegna. O il paese intero. Perché vedi, testolina di minchia, non so se hai notato che il mister della tua squadra del cazzo, e attuale interlocutore, è un giornalista famoso che, se continui a fare lo stronzo, alza un casino che neanche te lo sogni."

Raffaele e Sandro sono ammutoliti, in preda a una specie di timore reverenziale. Non avevano mai visto Giuseppe far pesare il suo ruolo. Lo fa da Dio, sembra quasi che non sia un cazzone come loro ma un vero pezzo grosso.

Si guardano l'un l'altro. E se Giuseppe fosse un pezzo grosso?

Naaah, pensano in coro. È un cazzone come loro, non c'è dubbio.

"Immagina, rettile," disegnando nell'aria un titolo a otto colonne, Giuseppe sta mostrando a Crisponi il suo futuro "*Renziano e razzista. Il sindaco burocrate uccide il sogno di una regione*. Bello, vero? Ci so fare con i titoli. E tu lo sai, bambolino, quanto ci mette Renzi a mollare quelli che rischiano di nuocergli? Pufff!! Un secondo. E come per magia tu, invece di essere il samaritano che ha lasciato l'azienda per fare il sindaco, invece di essere l'aspirante presidente della Regione, invece di essere l'aspirante ministro... Torni a essere lo squallido cacone che sei sempre stato." Poi, di nuovo disegnando un titolo nell'aria: "*Crisponi, la Merda*. Capisci quindi perché devi farci questo favorino? Per tre cittadini in più, poi. Lo dicono tutti che il mix di etnie rafforza il patrimonio genetico," conclude sarcastico.

Crisponi resta muto. Guarda Raffaele con occhi di fuoco, come chiedendogli di dire qualcosa. Raffaele pensa ai soldi che stanno sfumando, ai debiti che lo perseguiteranno per sempre, ai Di Rocco, ora anche al divorzio da Rosy. La fa facile Giuseppe, ma lui non è in una situazione come la sua. In fondo Raffaele non ha ancora deciso cosa fare.

"Sindaco," dice semplicemente. "Qua balla il culo tuo come il nostro. Forse ti conviene fare poche storie e farci questo piccolo favore..." e fa una pausa carica di intenzione. "Poi la finale si vince o si perde, la squadra dura o va in rovina... Chi può saperlo. Intanto tu ci fai questo favore."

Ma Crisponi è fuori di sé. Sentirsi trattare così da Giuseppe lo ha riportato esattamente dove non avrebbe mai voluto tornare: ai tempi del liceo. Non ci sta.

"Si vince o si perde... Chi può saperlo..." gli rifà il verso quasi sputando. "Ventura, imprenditore dei miei coglioni, avevamo un accordo! Non glielo hai detto, vero, al paladino della libera informazione? Ti sei dimenticato di *informarlo*, scommetto?"

Giuseppe si volta, stupito.

"Di che cosa sta parlando?" chiede all'amico.

Raffale esita. "È vero," ammette piano. "Avevamo un accordo."

Non voleva che i suoi amici lo scoprissero e soprattutto non così, ma di colpo gli sembra più facile confessare che tenersi ancora tutto dentro. Si porta in spalla questo macigno da troppe settimane.

In due parole, racconta dell'inghippo con Crisponi e Feliciani. Dopo aver confessato, si sente molto meglio. Ma per poco. Lo sguardo colpito di Giuseppe dice tutto.

"Quindi ti eri venduto tutto," riepiloga il suo amico come se non ci credesse. "Il torneo, la squadra, la società... era tutta una truffa per vendere il terreno di Muvruneddu."

"Che cosa?" per Sandro è tutto troppo veloce.

"E noi ti abbiamo fregato," continua Giuseppe, "perché abbiamo iniziato a vincere." I suoi occhi sono sempre più lucidi. Di fronte a lui, quelli del Merda sono accesi dal fuoco della vendetta.

"Ma se dovevamo perdere perché non ce lo hai detto prima?" chiede Sandro, semplicemente. Nessuno lo ascolta.

"Sei stato tu a far assumere dal villaggio Boèle e gli altri?" chiede Giuseppe. Il suo istinto non lo inganna mai, sta pensando. Lo sapeva che c'era qualcosa di poco chiaro. Lo sapeva fin dall'inizio. Da quel 32 a 0. Da quella notte in cui Raffaele ha negato tutto.

Certo che ha negato tutto.

"No, no quello no, lo giuro."

"Non sarebbe mai stato così intelligente," interviene Merda. "A quello ci ha pensato Quattrociocchi."

"Pure in combutta con tuo suocero..." Giuseppe parla con grande calma, ormai. "Ma che persona sei?"

"Raffaele, ma sei scemo?" chiede Sandro che a forza di fare due più due è arrivato più o meno alla cifra giusta. "Ma non lo potevi dire? Ma sai quanti impicci ho fatto io? Pensi che mi formalizzi davanti a una truffa del genere?"

"Giuseppe. È lui che si formalizza", e Raffaele alza gli occhi a incontrare lo sguardo dell'amico.

"Lo puoi giurare, che Giuseppe si formalizza," annuisce quello, gelido. E torna a rivolgersi a Merda. "Tu non pensare neanche per un momento di fare il furbo," gli dice con la stessa calma pericolosa. "Tu domani hai pronti i documenti dei nostri e se te le chiedono gli dai anche le chiavi della città. Noi," si volta verso i suoi due amici, o forse ex, non lo sa, ha la testa che gli scoppia, "noi di questa vicenda ne parliamo da soli. Fuori di qui."

Esce dall'ufficio quasi correndo. Sandro e Raffaele si scambiano uno sguardo e lo seguono. Magari lo prenderà a pugni, pensa Raffaele, ma non può che seguirlo.

"Giuseppe!" lo chiama fuori dal Municipio, sovrastando i rumori di baldoria, compresi un paio di spari sospetti che sembrano più colpi della Beretta di Giacinto che fuochi d'artificio.

Giuseppe si volta.

"Domenica quella finale la vinciamo," ringhia, tra i denti. "Perché lo dobbiamo a noi stessi e a questa gente, avete capito?" Indica la folla attorno a loro. "La vinciamo, e poi io mi levo da questo schifo e non voglio più saper niente di voi, delle vostre squallide vite, e di quei truffatori del cazzo che siete diventati."

"Non essere ingiusto," dice Raffaele, cercando di restare calmo. Quelle parole fanno male. Perché colgono nel segno.

"Già, sei ingiusto," annuisce Sandro. "Io che c'entro? A voi mica v'ho imbrogliato mai!"

"Ma che volete da me!" sbotta Raffaele sentendosi il solo a processo. "Ma chi vi ha mai detto niente! A te ti ho raccolto che scappavi dagli zingari, a te... a te... tu ci sei voluto venire qua!"

"Ma ci sono voluto venire perché tu mi hai raccontato la cazzata della squadra!" ruggisce Giuseppe. "Sfidiamo il Cagliari... Andiamo in serie A... Non ti ricordi? O a forza di raccontare balle hai perso il conto?"

"Ma se hai fatto tutto da solo!" si scalda Raffaele. "Sei arrivato... Ci penso io, lasciate fare al grande mister... La caccia al risultato... Tu sei malato, Giuseppe! Tu sei malato! Campi solo se vinci qualcosa... Non mi potevi lasciare in pace? Farmi fare il mio imbroglio e mi levavo dai guai?"

Giuseppe non sa più cosa dire. La realtà vista dal punto di vista che non ti immagini ti lascia sempre senza parole. È Sandro a rompere il silenzio. Lo dice a mezza bocca, ma Raffaele lo sente bene.

"...Ora Michela ti si incula..."

E anche questa è una grande verità. Inutile sperare che suo fratello non le dica niente, pensa Raffaele vedendo svanire il suo sogno d'amore assieme a tutto il resto.

Eccolo di nuovo che si preoccupa di preservare il suo piccolo mondo, pensa Giuseppe leggendogli in faccia. I suoi piccoli sogni da cortile. Mentre qua la faccenda è un'altra. Qua i sogni sono quelli di tutti.

"Domenica si gioca per vincere," scandisce.

E si allontana, lasciando dietro di sé un silenzio atomico.

Ignora i tentativi di abbracciarlo e fotografarlo della piazza, corre verso il Suv.

Di fianco all'auto lo aspetta un tizio che sulle prime non riconosce. Poi si ricorda, è il signore che gli ha dato la chiave di volta della partita.

"Avete giocato bene," dice il tizio.

"Grazie dei consigli," annuisce Giuseppe. La voce è affranta ma il tono è corretto, quello che usa alle serate di lavoro, quando deve tener su la maschera e non importa quanto sia stanco, annoiato, scoraggiato, incazzato.

"Ma in finale dovete giocare meglio," aggiunge quello.

"Ha altri consigli?" domanda Giuseppe realmente interessato.

"Ve la caverete benissimo!" sorride l'altro. Poi tira fuori dal portafogli un biglietto da visita e glielo porge. "Ma è stato un piacere conoscerla, Rodàri. Verrò a vedervi a Nùoro. Se vorrà commentare nel post-partita, questo è il mio numero."

Giuseppe lo guarda allontanarsi, perplesso, poi legge il biglietto.

E certo che lo aveva già visto.

È Franco Selvaggi. Franco "Spadino" Selvaggi. Italia

1982. Campione del mondo. Cagliari, Inter, Torino, Udinese. Un giocatore vero.

Cazzo, deve inseguirlo subito. Lui può aiutarli sul serio.

Ma in quel momento gli squilla il cellulare. Numero sconosciuto. Sarà quel deficiente di Raffaele che copre il numero per farsi rispondere?

Ci spera. Deve dirglielo, di Selvaggi. È troppo una notizia. Preme il tasto verde prima ancora di ricordarsi che è incazzato con l'amico.

"Pronto, Giuseppe Rodàri?" È una voce sconosciuta, con un vago accento meridionale. Una voce che lui ha già sentito.

"Sì, sono io."

"Piacere. Sono Paolo Feliciani."

# 41.

Il Golfo di Orosei è uno dei posti più belli del mondo. Giuseppe fissa i bastioni calcarei, bianchi come le scogliere di Dover, con le loro rughe profonde scavate dal tempo e i fitti boschi antichi, piombare dritti nel mare nero. La luna rende tutto magico, come lo scenario di un rituale pagano.

Non ha detto a nessuno dove andava, stasera. Ha solo detto che usciva a farsi un giro, che doveva starsene un po' da solo. Si sente come quando da ragazzo se la filava di nascosto per andare ai concerti, e la sensazione un po' lo fa arrabbiare. È un adulto e un professionista, cazzo. Ma un po' è anche piacevole, un brivido dimenticato da anni. Da quando faceva l'inviato? Sicuramente da quando di nascosto non può fare più nulla, e la spontaneità è un lontano ricordo.

Ha raggiunto a bordo di un motoscafo lo yacht di Feliciani ormeggiato davanti Cala Sisìne. Sulla tolda lo attendeva il magnate, camicia bianca a maniche corte, pantaloni bianchi, un classico.

"Benvenuto a bordo, Rodàri, è un vero piacere conoscerla."

"Ingegner Feliciani, il piacere è tutto mio, mi creda!"

Mentre indossava i pantaloni di lino e la camicia – a maniche lunghe, la sua – Giuseppe si sentiva di nuovo il vecchio se stesso. Il giornalista arrivato e capace di stare al mondo. Fino a poche settimane prima, in fuga dalla sua vita romana, la cosa lo avrebbe terrorizzato. Ora però sembra che la vita da cui fuggire sia quella nuova, in cui i cosiddetti amici si rivelano più infidi dei peggiori ruffiani del mondo televisivo... Allontanandosi dal Municipio se lo è detto mille volte. L'errore è tuo, Giuseppe. In queste situazioni non ci devi finire. *Chi va pe' 'sti mari, 'sti pesci piglia*. E il tempo non si manda indietro, te lo devi tatuare sulla fronte.

Dopo una breve visita allo yacht, Giuseppe si siede a tavola assieme a Feliciani, serviti da un cameriere in livrea, sotto la luna, davanti a una delle coste più belle del mondo. Cosa ha mai trovato che non andasse in questo stile di vita?

La conversazione è brillante. Feliciani è amico dei potenti della Terra, attende a breve nella sua villa una visita di Putin. Si parla di politica, di economia, di finanza internazionale, del futuro della televisione pubblica e privata.

Ossigeno per chi poche ore fa chiedeva al sindaco di un paesino di falsificare documenti di migranti. Cazzo: dovevo essere davvero ammattito.

Solo a cena finita, mentre il cameriere porta via i piatti sporchi del dolce, Feliciani arriva al dunque.

"Lo sa perché sono qui in Sardegna, Rodàri?"

"Affari?" Giuseppe lo sa benissimo, ma non scopre le sue carte.

"Sì, affari importanti. Per me, almeno."

"Legati allo sbarco della sua tv?"

"Sì. Tra le molte questioni da risolvere c'è quella relativa a un certo ripetitore... Che va installato proprio qui in Sardegna. Ho individuato il punto ideale. Ed è proprio dove lei gioca a pallone, sa? Nel paesino di cui tutti parlano. A Prantixedda Inferru."

"Sul serio? Che coincidenza, davvero!" Giuseppe, con l'abilità nata dalla pratica, impedisce al proprio tono di suonare ironico.

"A dire il vero è una coincidenza fino a un certo punto, Rodàri."

"Cioè?"

"Vede, per ragioni tecniche che ora sarebbe lungo e inutile stare a spiegare, l'area ideale per costruire è Muvruneddu, proprio dove ora c'è lo stadio. Per costruire lì, però, devo comprare il terreno."

"Che è proprietà privata," osserva Giuseppe. "Lo ha

comprato Ventura... Che magari glielo vende anche." Tiene lontana la rabbia dalla voce, dal viso. La maschera, Giuseppe. Tieni su la maschera.

"Sa che non lo so?" Feliciani lo guarda curioso e Giuseppe ha l'impressione che per lui la maschera sia completamente trasparente. "Non lo so se Ventura me lo vende. Ora che vi siete messi a vincere... L'ho incontrato una volta sola ma mi ha fatto l'impressione di uno che di tornare a vincere aveva molta voglia."

"Anche i vincenti si possono comprare. Proprio come i falliti", e stavolta non ce la fa, a trattenere l'amarezza. Feliciani inarca appena le sopracciglia.

"Se lo dice lei..."

"Certo una torre di trasmissione non è proprio una grande opera ambientalista," osserva Giuseppe. "Già me li vedo, tutti gli ecologisti d'Italia che arrivano a manifestare... Più che Ventura, se lei si compra il terreno il problema ce lo avrà Merda."

"Merda? Chi è Merda?"

"Crisponi, mi scusi," Giuseppe inorridisce. Altro che maschera, lasciarsi andare a chiamare "Merda" un politico locale. Queste settimane sarde gli hanno fatto più male – o bene? – di quanto pensasse. "Il sindaco Crisponi," aggiunge sobrio.

L'imprenditore lo fissa serio. Giuseppe suda freddo, e pensa: Stai a vedere che mi sta registrando.

Poi, Feliciani scoppia a ridere.

"Merda!" sputacchia tra i singulti. "Merda è un ottimo soprannome per quel geco!"

Giuseppe non ce la fa, è più forte di lui. Ride. Questo tizio gli sta simpatico. Capisce il mondo, è evidente, e poi in questa storia che colpe ha? Lui si fa gli affari suoi. È quel mollusco di Raffaele che come al solito ha incasinato tutto, venduto tutti, e se continua così non riuscirà neanche a guadagnarci. Giuseppe si accorge che la rabbia nei confronti dell'amico si va già stemperando in una sorta di esasperazione mista ad affetto. È sempre stato così, in tutti i loro scazzi. Sarà sempre così?

"In ogni caso prima che gli ecologisti," riprende Feliciani, "il problema sono i cittadini. Con una squadra che vince e va sui giornali, sa che casino piantano se gli si toglie lo stadio?"

"Ora non esageriamo, cittadini... Un migliaio scarso di anziani... E poi che squadra? È appena un'accozzaglia che sta insieme con lo scotch." Giuseppe si sente male a parlare con disprezzo dei "suoi". Ma il suo cervello sta lavorando in fretta. Feliciani, insieme a Quattrociocchi e al Merda, gli ha già boicottato la squadra una volta con la faccenda del SoleVillage. Se lo fa di nuovo – non sa come, ma quest'uomo è chiaramente pieno di risorse – non riusciranno a risollevarsi.

Cazzo, ci deve essere un modo per prendere tempo, almeno fino a domenica. Perché a lui la finale di domenica interessa. Poi se ne possono andare tutti affanculo.

"Vede, Rodàri... Lei immagino mi conosca come il Furetto, lo spietato uomo d'affari... Ma di sicuro prima di venire qui ha fatto i compiti, da bravo giornalista. Io ho studiato a Pescara, nelle scuole pubbliche. Poi ho fatto l'università a Roma, alla Sapienza, da fuori sede. Abitavo con cinque amici calabresi a piazza delle Provincie, zona piazza Bologna. Conosce?"

"Sì, certo."

"Quello che voglio dire è che non sono cresciuto nella bambagia, o nel jet set. Io so come vanno le cose. Conosco le persone... Vuole un mirto?"

"Sì, grazie," annuisce Giuseppe.

"Bianco?"

"Rosso, per favore."

"Rosso!" sorride Feliciani soddisfatto, e Giuseppe ha l'impressione di aver passato un esame. "Un sigaro?"

Giuseppe rifiuta. Feliciani se lo accende e continua.

"Ce lo facciamo portare su in terrazza, il mirto," dice alzandosi. "Mi segua, per favore." Gli fa strada su per le scalette fino alla grande terrazza di prua, da dove se possibile il panorama è ancora più bello. Si accomodano su un divano bianco a ridosso della ringhiera, sembra di stare immersi nel cielo e nel mare, con le scogliere illuminate dalla luna che li sfidano a sentirsi grandi, se hanno il coraggio, di fronte a tanta bellezza e a tanta maestà.

"Lei sa qual è l'energia più potente del mondo?" riprende Feliciani quando ormai Giuseppe pensava si fosse perso ad ammirare il panorama.

"Non saprei... il nucleare?" Giuseppe beve un sorso di mirto.

"Gli scienziati forse direbbero così. Una donna direbbe l'amore," Feliciani fa il sorrisetto di quello che le donne le conosce bene. "Io invece le dico che l'energia più potente del mondo è quella sprigionata da un gruppo di amici che condividono una passione fuori tempo massimo."

Cazzo, pensa Giuseppe, quest'uomo è un genio.

"Se vuoi mettere a rischio ogni conquista, ogni certezza, ogni equilibrio," continua Feliciani, "fai salire in una macchina quattro amici del liceo e falli andare verso l'avventura."

"Tre," sussurra Giuseppe. "Ne bastano tre."

"Ne bastano tre," concorda Feliciani. "E a guardare che casino siete riusciti a piantare lei, Ventura e Parisi una volta saliti in macchina... ed entrati nello stesso spogliatoio... Diciamo che la mia antenna, anche se non è ancora costruita, comincia a ricevere qualche segnale!"

Ridono entrambi.

"Ingegnere, io com'è evidente alla squadra ci tengo ma obiettivamente..." comincia Giuseppe.

"Scusi se la interrompo, Rodàri," lo ferma Feliciani. "Giusto per finire di esporre il concetto... Sa cosa fa da perfetto detonatore dell'energia che dicevo prima?"

"No, mi dica," Giuseppe è affascinato. Feliciani è davvero una persona amabile come sentiva dire in giro. Un vero figlio di puttana, insomma.

"Una ragazza. Una ragazza bella, simpatica e brava e conosciuta da sempre, satellite di quel gruppo di amici."

"Michela."

"Michela, già. Io ora le do questa immagine, Rodàri. Le tolgo trent'anni, a lei, a Ventura e a Parisi."

"Magari," si inserisce Giuseppe.

"Non faccia così che è più giovane di me," lo rimprovera l'altro. "Tolgo una quindicina d'anni anche a Michela, diciamo."

"Siamo appena al di qua della legge, quindi," sorride Giuseppe.

"Lei è proprio un giornalista, vero?" C'è una sfumatura di impazienza nella voce del magnate. "Mai che vi riesca di non interrompere. Dicevo, vi tolgo il peso di questi ultimi decenni diciamo adulti e vi metto tutti e quattro su una Dyane, gialla, decappottata. E voi partite. Non lascerebbe dietro di sé lavoro, successo, denaro... famiglia? Almeno per un po'?"

"Be', certo... così la mette giù dura!"

"E però è questo che avete fatto, lo capisce?" ora nella voce di Feliciani c'è una nota metallica che i suoi avversari nelle contrattazioni conoscono bene. Il Furetto è pronto ad attaccare. "Siete partiti sulla Dyane. State vivendo l'avventura. E per questo l'ho invitata qui stasera, Rodàri. Per ricordarle quello che ha lasciato partendo... E che può sempre perdere, se la macchina si ingolfa e lei non riesce a tornare a casa in tempo."

"In tempo per cosa?"

"Rodàri, col lavoro che fa, lei lo sa meglio di me," Feliciani lo guarda come a dire: siamo uomini di mondo. "I tempi vanno rispettati. *Il tempo* – potremmo dire – va rispettato."

Giuseppe, in effetti, lo sa benissimo. E sa anche capire quando un discorso sta cambiando marcia. Si mette comodo e ascolta.

"Il network che sta per sbarcare in Italia, il network che io guido, è attivo in tutta Europa, in America, in Australia, nell'Asia centrale e in gran parte del continente africano. Milioni di persone guardano StarNet in tutto il pianeta. Bene: l'operazione italiana, dal mio punto di vista, dovrebbe guidarla lei," dice Feliciani, senza girarci attorno.

"Dottore, io..." Giuseppe sente la testa girare, e non è il mirto, anche se Feliciani gli ha versato un secondo bicchiere. Direttore di StarNet Italia? Cazzarola...

"Aspetti, Rodàri, mi faccia parlare. La mia offerta vale due milioni di euro l'anno, per lei. Ci penso io a pagarle la penale con la Rai. Le propongo un contratto di sette anni. Sette anni in cui, che lei lavori bene, male, o in maniera mediocre, continuerà a percepire due milioni di euro. Ogni anno. Naturalmente se vuole continuare ad andare in video possiamo farlo, con il nostro Tg."

Giuseppe appoggia sul tavolo il bicchiere di mirto. Alquanto pesantemente. Andare in video? Non ci pensa neanche. Al limite qualche editoriale ogni tanto. Se riuscisse davvero a vivere facendo il lavoro che ama, guadagnando quelle cifre e senza essere angustiato dalla sua immagine pubblica... Come dicono i suoi figli? Avrebbe *svoltato*.

"Be'... Io la ringrazio innanzitutto della fiducia, dottor Feliciani, e le posso dire..."

"Non dica nulla, Rodàri, ci pensi. Ci pensi anche perché la proposta vale solo se StarNet può partire a dicembre, e ancora non si sa se ce la faremo."

"Da che cosa dipende?" chiede Giuseppe, ma ha già capito.

"Da un'antenna, Rodàri. Dipende tutto da una piccola, stupida antenna..."

Mentre il motoscafo lo riporta a riva e all'auto blu che lo sta aspettando, Giuseppe non è più Giuseppe: è Rodàri. Per tutta la cena Feliciani lo ha chiamato per cognome, dopotutto.

Rodàri che poco più di un mese fa veniva ricevuto da Mattarella al Quirinale e intervistava Renzi. Rodàri a cui un magnate ha appena offerto due milioni l'anno.

Basterebbe non fare nulla. La squadra, senza una guida, va in pezzi di sicuro. E tra un paio di mesi lui si ritrova a capo di StarNet Italia, con due milioni l'anno in tasca.

Per sette anni.

Solo che quella che pochi giorni fa era un'esperienza fallimentare, destinata a collassare matematicamente, stasera è il successo della stagione – e forse di tutta la storia di Prantixedda Inferru. Forse per la prima volta in vita sua Giuseppe, assieme agli altri, ha davvero fatto la differenza.

Non è tanto la difficoltà di scegliere. Perché razionalmente tra un contratto di due milioni l'anno e la vittoria del torneo fileferru o quel che è non c'è dubbio di sorta.

È la piazza festante di ieri.

È il dito medio in faccia a Merda.

È Giacinto che chiama la difesa.

Sono Pietro e Iole.

È lui che indica la bolgia e grida ai suoi amici: *Lo dobbiamo a questa gente, capito?*

È ancora vero.

Anche questo è la realtà. Quella di Giuseppe, ma anche quella di Rodàri. In fondo non sono così diversi come ha pensato in queste settimane.

Tutti e due vivono di sfide.

Entra in casa piano per non svegliare nessuno, rimuginando.

Qualcuno ha lasciato accesa la luce in cucina.

"Oh, ecco Rodàri!" lo accoglie la voce ironica di Raffaele. "È simpatico Feliciani?"

# 42.

È stato Antonello, ecco chi. Ha subodorato che qualcosa non andava e lo ha seguito, gli rivela Raffaele. Lo ha visto salire sull'auto blu e gli è andato dietro con il furgone. Scoprire a chi appartenesse lo yacht su cui era stato accolto in pompa magna non è stato certo difficile.

"E così," conclude il suo racconto Raffaele, "scopriamo che il puro di cuore Rodàri tanto puro di cuore non è. Cosa ti sei venduto?"

"Niente. E comunque niente che non avessi già venduto tu."

"Ti prende con sé?"

Giuseppe non risponde, ma non serve. Nei suoi occhi Raffaele può vedere il rewind del dialogo svolto sullo yacht, e sibila: "Davanti ai milioni la libera stampa si sente più libera, eh?".

I due si guardano in cagnesco.

E in quel momento entra il signor Pietro.

Raffaele e Giuseppe si voltano all'unisono con la stessa faccia da mani nella marmellata. E Pietro ha esattamente l'espressione severa che aveva in quelle occasioni.

La mente di entrambi è attraversata dallo stesso pensiero, quello di allora: Chi ha fatto la spia?

"Se volete proprio saperlo, me l'ha raccontata Sandro, tutta la storia," dice il signor Pietro con la tipica lettura del pensiero del padre incazzato. "E ha fatto bene, anche. Lui sì che è un amico vero, e intelligente."

Giuseppe e Raffaele tornano a guardarsi. È la prima volta che sentono definire "intelligente" Sandro.

"Andiamo di là," ordina Pietro.

Si siedono nel salone un tempo ordinato e ora cosparso di testimonianze di vita in comune: giocattoli dei bambini di Giacinto, i ferri da calza di Lida, pagine di schemi di gioco.

"Adesso rimanete solo voi due," esordisce il signor Pietro.

"In che senso, babbo?"

Pietro non parla.

Raffaele ha gli occhi bassi. Giuseppe pure. La situazione ha dell'incredibile. È tra i giornalisti più popolari del paese, è stato europarlamentare, ogni sera spiega agli italiani dove va il mondo, e sta davanti al padre di un amico a farsi fare la paternale. Come se lui e Raffaele avessero ancora quindici anni.

Ma non riesce ad alzarsi, non riesce ad andarsene. Quell'ometto dai pochi capelli bianchi seduto in punta alla poltrona li schiaccia allo schienale del divanetto. Loro sono uno a fianco all'altro, stretti, e non sanno dove guardare.

Pietro riprende.

"Io a pallone non so giocare. Non l'ho mai saputo fare, e non ho mai capito quali erano le squadre."

"Tu eri un po' del Cagliari," interviene Raffaele.

"No, non lo ero. Lo dicevo per far piacere a te, che il calcio lo amavi tanto. Tu e questo qui", e accenna a Giuseppe, "stavate tutto il giorno a giocare. In corridoio, in camera tua, al campo della chiesa. Poi al liceo, giocavate per strada, a villa Borghese, fino ai campi veri, quelli in affitto. A un certo punto ho temuto anche che tentaste di diventare professionisti... Ma per fortuna vi siete iscritti all'università. Lì ancora giocavate, poi col tempo... qualche torneo... E più nulla."

"È così che va, Pietro..." fa Giuseppe cercando di recuperare un tono adulto. "È così che va. Il tempo per giocare diminuisce. Ci si concentra su altre cose. Nascono i figli, il lavoro ti impegna, la schiena scricchiola... Ma non posso dire che mi sia andata male!"

"In che cosa non ti è andata male?" domanda Pietro, inchiodandolo con lo sguardo.

"Be', nel lavoro... nella carriera..." e, dopo un attimo di esitazione, "in famiglia..."

"Io non parlo di quello. Io sto parlando di un'altra cosa." Fissa suo figlio. "Sai Raffaele, io e mamma passiamo molto tempo insieme, senza avere molto da fare, da quando siamo in pensione. La mattina facciamo colazione in cucina. La sera ci mettiamo qui. Io nella poltrona dove sono adesso, lei sul divano dove siete seduti voi."

Raffaele lo sa bene che i suoi non fanno una vita da red carpet. Ma non capisce cosa c'entri ora.

"Una sera," riprende Pietro, "stavamo guardando un programma di sport, perché non c'era altro. E sai che ho visto?"

"Che hai visto?" Non c'è che dire, pensa Giuseppe, l'uomo sa raccontare. Li tiene con il fiato sospeso con una scena di televisione in salotto.

"Maradona, intervistato. Io non capisco nulla di calcio, ve l'ho detto, ma chi è Maradona lo so. So quanto era forte, so quanto è stato dissennato e sfortunato, vedo come è diventato adesso. E nell'intervista diceva una cosa che mi ha colpito molto. Era sfatto, grosso, suonato dalla vita. E sai che ha detto?"

Silenzio. Suspense.

"Ha detto più o meno una frase così: Se stessi con un vestito bianco a un matrimonio e arrivasse un pallone infangato, lo stopperei di petto senza pensarci."

"Bella!" esclama istintivamente Giuseppe, empatico.

"Sì, babbo... una bella frase... ma perché ce la racconti?" chiede invece Raffaele.

"Perché allora ho capito. Ho capito che non è il calcio il punto. Neanche per lui che è stato il numero uno al mondo. Neanche per lui che ormai si muove a malapena. Il punto", e Pietro alza il dito davanti ai due quindicenni che vede davanti a sé, sotto gli anni e i chili che la vita ha accumulato su di loro, "il punto è *la voglia di stoppare il pallone*. Quello che ti arriva inaspettato davanti. Può essere infangato, può essere inopportuno, perché tu sei vestito di bianco, ma è lì. Arriva, e tu hai voglia di stopparlo. E chissenefrega se ti sporcherai. Chissenefrega se ti rovina il matrimonio. Chissenefrega se basterebbe spostarsi e non guastarsi la giornata. Arriva, gli corri incontro, abbandoni tutto quello che stai facendo, e lo prendi di petto."

Silenzio.

"E allora, caro Giuseppe, io non ti sto chiedendo come sei riuscito a vestirti per andare al matrimonio. Ti sto chiedendo: ti va di stoppare di petto il pallone che arriva? Hai ancora la voglia di sporcarti? Accetti la sfida? Da ragazzo non potevi vivere senza. E tu Raffaele? A te ti va? Perché tu non hai concluso granché nella vita, è vero, ma questo pallone che ti sta arrivando addosso è bellissimo. È carico di fango, certo, ci hanno pensato quell'arpìa che hai sposato e quel pirata del mio consuocero. Il vestito bianco del debitore redento, che ti ha preparato quella lucertola di tuo cugino, questo pallone te lo rovina di sicuro." Il signor Pietro si china in avanti sulla poltrona, lo sguardo è diretto, limpido, ipnotico.

"Vi sta arrivando addosso un pallone infangato come non ne vedete da anni," conclude. "Sporcarsi, figli miei, sarà bellissimo."

Si alza. I due amici rimangono uno accanto all'altro sul divano. Quando è già sulla porta, il vecchio si volta.

"Pensateci ora e una volta per tutte," dice ancora. "Piantatela di stare a dibattere su chi ha ragione e chi ha torto, chi ha tradito e chi tradirebbe. Decidete solo se domenica volete guidare questa squadra di sconfitti alla vittoria. O se volete rientrare nel mondo di domani belli come siete, vestiti di bianco. Pensateci. E quando avrete deciso fatecelo sapere. A noi ci trovate al campo. Perché abbiamo una finale da giocare."

# 43.

Il cavalier Quattrociocchi riceve il professor Rizzotti nel suo salone. C'è da chiedersi come faccia a non soffrire di piaghe da decubito, con tutte le ore che passa sprofondato in quel divano. È chiaro che Rizzotti non lo domanderà mai. Ha già abbastanza ansia per l'ambasciata che deve portare.

Lo stereo, sempre regolato su Laura Pausini a palla, non aiuta.

*Il treno delle 7.30 senza lui*

*È un cuore di metallo senza l'anima...*

Ma ha scritto solo quella, di canzone? Si chiede Rizzotti con irritazione. Ad alta voce dice solo, il viso impassibile:

"Cavaliere, ho parlato con sua figlia".

"Era ora! E che dice, Rizzò? J'ha spiegato ar deficiente cosa deve fa'?"

"Ehm... Sembra di sì ma il dottor Ventura... Sembra che suo genero non stia più al gioco."

"Cioè? Che sta a fa' quaa testa de cazzo?"

"Pare si sia fissato sulla squadra. Le vuole far vincere il torneo."

"La squadra... 'a squadra de carcio?"

"Sì."

"Ma nun j'avevamo levato i giocatori?"

"Ne ha trovati altri. Fortissimi. C'è pure un nazionale egiziano."

"Un nazionale egiziano?" Quattrociocchi rigira quelle parole sulla lingua con il tono di chi non capisce. E in effetti è così. Che suo genero fosse uno spreco di spazio già lo sapeva, ma questo non ha senso. Che nella famiglia Ventura, oltre all'inettitudine, ci sia una vena di follia che sotto pressione è finalmente esplosa? Qui si sta parlando di un affare di milioni – e del culo di suo suocero – e quello pensa davvero al pallone?

"Sì," Rizzotti sembra pensare che lui si aspetti una spiegazione. "Pare che questo ragazzo abbia giocato contro..."

"Nun me frega 'n cazzo se ha giocato cor fijo der Faraone! Ma semo matti?" sbotta Quattrociocchi. "Lo sapevo che nun dovevo lascià fa' a Rosy, lo sapevo!" Dopotutto sua figlia quell'idiota di Ventura se l'è sposato, in primo luogo. Chiaro che c'è qualcosa che non va anche in lei, sangue del suo sangue e tutto il resto. Il viso di Quattrociocchi diventa tutto rosso, si gonfia, con un colpo di reni cerca di sollevarsi dal divano, ma non riesce. Rimbalza e ricade.

"Aiutame, cojone!"

Rizzotti capisce immediatamente che è lui l'interpellato. Gli porge il braccio, il cavaliere lo arpiona, fa per sollevarsi, ma trascina giù lui, che gli cade addosso.

"Rizzotti, lèvate! Che schifo! Lèvate e che cazzo! Chiamame Bengala che me solleva lui."

"Subito, cavaliere."

Il maggiordomo in livrea accorre rapido ed effettivamente, puntellandosi sul piede sinistro e facendo leva con la gamba destra, riesce con una manovra esperta a sollevare il panzone. Il quale passa un braccio attorno al collo del professor Rizzotti e gli bisbiglia all'orecchio: "Chiama er sindaco Crisponi, dije de fa' quarcosa".

"Vado," annuisce quello cercando di tirarsi indietro.

"'Ndo cazzo vai," la morsa di Quattrociocchi non si allenta. "Viè qua. Nun ho finito."

"Dica, cavaliere."

"Poi chiami i Di Rocco..."

"I Di Rocco? Ma cavaliere, come faccio io, nella mia posizione..."

"La tua posizione?" urla Quattrociocchi e lo spinge via. "La tua posizione è questa!" poggia entrambe le mani al muro e con un notevole sforzo atletico si piega in avanti fino a mostrare il deretano al principe del Foro. "La tua posizione è a 90 gradi co' io che me te 'nchiappetto! Capito Rizzò?"

Attimo di silenzio, poi il professore riprende: "Cavaliere... diceva dei Di Rocco?"

"Tu je spieghi ai Di Rocco che nun possono più aspettà e che la vacanza in Sardegna è finita. Je dici de annà là e se la cosa nun va come diciamo noi de spezzà i pollici a quer cojone de mi' genero. Poi chiami quer verme der sindaco e je dici che lo stesso servizio joo famo a lui tra 'na settimana se nun chiude l'affare... va bene?"

"Me ne occuperò con solerzia, cavaliere."

"Vai, mo' professò... che m'hai rotto er cazzo."

"Saluti, cavaliere, le farò sapere al più presto."

"Vaffanculo, Rizzò."

"Arrivederla."

*Marco nel mio diario ho una fotografia*
*Hai gli occhi di bambino un poco timido...*

Ma ha scritto solo questa, di canzone, per la miseria? si chiede Quattrociocchi tirando il telecomando contro lo stereo.

# 44.

Giuseppe non si è fatto vedere.

Raffaele guarda fuori dalla finestra del suo "ufficio" alla sede. Le pareti sono così sottili che può sentire Michela muoversi nella stanza accanto. Se si concentra, gli sembra quasi di essere nell'ufficio di Roma. Anche il senso di fallimento è lo stesso.

Riepilogando: ha deluso suo padre, perduto sua moglie, litigato con il suo migliore amico, ha un sindaco infuriato che gli soffia sul collo e una banda di criminali alle calcagna, che gli spezzeranno le ossa al più tardi domenica.

Non c'è male.

Ieri sera, dopo il discorso di Pietro, lui e Giuseppe non sono riusciti a dirsi niente. Di comune accordo, se ne sono andati a rimuginare ognuno sui casi suoi, a letto. Stamattina Raffaele si è alzato presto ed è venuto alla sede. Vuole prenderla qui, la sua decisione.

Che valore ha fare la cosa giusta? E ha valore fare una cosa giusta solo perché ti hanno beccato mentre facevi quella sbagliata? Ti redime o ti condanna definitivamente perché sei un inetto oltre che un infame? Ma lui poi, se non lo avessero beccato, l'inghippo lo avrebbe portato a termine? Ha intenzione di farlo, ora?

Se porta a casa il piano di Crisponi intasca una mazzetta che gli sistema la vita per un po'. Tradisce la gente di Prantixedda Inferru, tradisce i suoi genitori, delude tutti ma si rimette in sesto. Con la stessa mossa, peraltro, Giuseppe diventa direttore di StarNet e milionario. E Sandro si leva dalle palle i Di Rocco, dato che con i soldi della eventuale scommessa vinta Raffaele potrebbe pagare il loro "perdono". S'è dimenticato qualcuno?

Vincono tutti, cazzo, con questo sistema.

Vincono tutti tranne la squadra.

"Vabbè, adesso mi dici che cos'hai."

Raffaele trasalisce. Immerso nei suoi pensieri non ha sentito entrare Michela. Che ora è in piedi davanti al suo tavolo, le mani sui fianchi. Dal solito nodo di capelli tenuto insieme con la matita sfuggono un sacco di ciocche, segno che si è passata le mani sulla testa ripetutamente.

"Cos'ho cosa?" Raffaele sceglie la tipica strategia maschile: cadere dalle nuvole, sempre e comunque. Solo dopo, se serve, negare.

"Cos'hai che stamattina sei venuto qui senza passare a colazione, e quando sono arrivata anch'io ti sei chiuso qui dentro. Manco mi hai salutata."

"Sì che ti ho salutata!"

Ma Michela non lo ascolta, gli occhi verdi lampeggiano. "Torno a chiederti: cos'hai?"

Raffaele tace. È così bella. E lui la ama tanto. Ecco chi s'era dimenticato. Perdere la partita di proposito vuol dire perdere Michela di sicuro.

"È per Rosy?" riprende lei con voce improvvisamente incerta. "Ti... manca? Sei pentito di averla mandata via?"

Sulle prime Raffaele neanche capisce.

"Per...?" poi connette, e gli esce una risata che è quasi un singhiozzo. Si alza, gira intorno al tavolo e abbraccia Michela, forte. La tiene stretta così, appoggiandole il mento sui capelli. Vorrebbe dirle un sacco di cose tenere, che gli ha cambiato la vita, che è la cosa più bella che gli sia successa da vent'anni, che la ama e non la lascerà mai più andare.

"Ma sei pazza?" dice solo, in estrema sintesi. Perfetto. Voleva dirle una cosa carina, l'ha insultata. Per fortuna c'era il punto interrogativo. Lei comunque sembra non prendersela.

"E allora cos'è?" chiede, la faccia contro il suo petto.

"È che... Sono preoccupato per la finale," improvvisa. Che poi, in un certo senso, è vero.

C'è silenzio, poi sente Michela tirare un profondo sospiro, che la fa vibrare tutta tra le sue braccia.

"Sei preoccupato perché ti sei venduto la partita?" chiede.

Raffaele la stacca da sé, spaventato.

"Te lo ha detto Sandro?"

"Me lo ha detto tua madre," risponde seria lei. "Che pensava volessi far fallire la squadra per fare qualche affare strano con il terreno."

Sua madre, già. Ci mancava solo lei. Da quanto aveva già capito tutto? Da quante settimane lo osserva con compassione mentre si dibatte tra i suoi squallidi intrighi? E Michela? Raffaele ne è certo: non si è mai vergognato tanto in vita sua. Guarda la ragazza che sta abbracciando ed è come avere di fronte lei, sua madre, suo padre, se stesso. Tutti e quattro insieme. Abbassa lo sguardo.

"I Di Rocco... I debiti... Sandro... StarNet..." mugugna sconnesso. "Michela, perdere questa partita è meglio per tutti."

"Non è meglio per Prantixedda," obietta lei.

"Ma chi se ne frega di Prantixedda!" sbotta Raffaele. "La vita è così, va bene? Ciascuno si fa i cazzi suoi, e chi se li fa meglio degli altri vive tranquillo."

Non ci crede neanche lui, ma la determinazione ingenua di Michela lo manda in bestia.

Lei tace così a lungo da costringerlo a tornare a guardarla. Di sicuro starà piangendo, pensa. Ma perché riesce sempre a trattarla male? Anche ora che passa le notti nel suo letto per cui, in teoria, dovrebbe stare attento a trattarla in modo da preservare questo straordinario stato di cose...

Alza lo sguardo e incontra i grandi occhi verdi che si immagina pieni di lacrime. Invece sono pieni di fiamme.

"Raffaele," dice Michela con voce bassa, quieta, più pericolosa di qualunque urlo. "Se tu e Giuseppe non vi giocate questa partita finirete a sputarvi in faccia da soli ogni giorno che sorge il sole. Per il resto della vostra vita."

Tiene i pugni chiusi lungo i fianchi, le braccia tese.

"E se non lo fate da soli," aggiunge, "lo farò io. Puoi stare sicuro."

# 45.

Giuseppe ha chiamato il numero segnato sul biglietto da visita e ora si sente un ragazzino, un giovane tifoso, davanti a quel bar a dir poco spartano nel porto di Arbatax. Getta uno sguardo alla Torre di San Miguel che domina il mare trasparente, quasi a chiedere protezione, ed entra. Altro che grande giornalista: lui, che ha intervistato papi e capi di Stato, ora avanza quasi titubante verso il tavolino dove, puntualissimo, lo aspetta Franco Selvaggi.

Per chi non fosse avvezzo alle cose del calcio, Franco Selvaggi è stato centravanti del Cagliari prima, del Torino, dell'Udinese e dell'Inter poi. Detto Spadino per la bassa statura e la misura ridotta del piede, segnò ovunque tantissimi gol, ma divenne in particolare l'idolo dei tifosi isolani. Punta centrale del famoso tridente cagliaritano Virdis-Selvaggi-Piras, fino all'esordio di Simone Zaza era stato l'unico giocatore lucano a vestire la maglia della Nazionale.

Perché Franco Selvaggi giocò in Nazionale, e fu uno dei ventidue campioni del mondo nel 1982. Vinse con la Nazionale i Mondiali di Spagna.

Con una particolarità.

Non ha mai giocato una partita del Mondiale.

Non è mai andato neanche in panchina.

Ha visto tutte le partite dalla tribuna, e poi ha alzato la coppa.

"Mister! Mister Selvaggi!"

"Rodàri!"

I due si salutano e si accomodano al tavolino.

È Selvaggi a rompere il ghiaccio: "Prima di tutto mi

dica la verità: quando mi ha visto, mi aveva riconosciuto?" chiede con un po' di civetteria.

"Be', mister... Io nel 1982 avevo quindici anni, vuole che non mi ricordi di lei? Certo, trovarla a bordo campo nel bel mezzo del nulla..."

"Siete una bella squadra, me lo avevano detto, e sono venuto a vedervi."

"Chi glielo aveva detto?"

"Se ne parla in Sardegna dell'Inferru, se ne parla!"

"Le posso offrire qualcosa?"

"Sì, grazie, Rodàri."

Un mirto (rosso) per Giuseppe, un'Ichnusa gelata per Selvaggi, e la conversazione entra nel vivo.

"Non sa che peripezie per portarla avanti questa squadra, non ha idea!" si sfoga Giuseppe. "Anche solo ambientarsi in quest'isola di matti... Venirci d'estate è un conto, ma provi a metter su un'attività che coinvolga più di due persone... Lei vive in Sardegna?"

"No, sono in vacanza qui ad Arbatax. Il mare più bello del mondo."

Sembra di sentire un sardo, pensa Giuseppe. Qua hanno sempre tutto più bello del mondo.

L'ex calciatore guarda la sua bottiglia di birra, poi alza gli occhi verso il grande giornalista, di nuovo con quella sfumatura di malizia.

"Che fa non me lo chiede? Proprio lei, l'uomo delle domande scomode?"

"Che cosa, scusi?" Giuseppe finge di non capire. Non vuole essere scortese. Ha bisogno di quest'uomo.

"Me lo chieda, su!"

"E va bene! Cosa si prova..." comincia Giuseppe.

"...a vincere un Mondiale senza giocare una partita?" conclude Selvaggi.

I due si fanno una bella risata, brindano, e Selvaggi comincia a raccontare:

"La verità è che quel Mondiale l'ho vinto anch'io, sa. Indipendentemente da quello che dicono gli almanacchi: l'ho vinto contribuendo alla qualificazione dell'Italia, l'ho vinto allenandomi giorno dopo giorno coi miei compagni che giocavano, l'ho vinto soffrendo con loro, gioendo con loro, incoraggiandoli e spronandoli".

"Sono infiniti i modi per vincere," annuisce Giuseppe. Un Mondiale, una partita... O anche un torneo, pensa.

"Vede, Rodàri, io venni convocato per meriti calcistici, non come si disse allora, per creare un alibi all'esclusione di Pruzzo. Sia io che Pruzzo eravamo stati provati, avevamo avuto le nostre occasioni in azzurro: ma alla fine Bearzot scelse me. Non ero l'ultimo arrivato: a Cagliari ero qualcuno, tre campionati, tantissimi gol. Ero arrivato al Mondiale con tre partite da titolare alle spalle, tutte al fianco di Graziani, che era rimasto 'solo' a causa dell'infortunio di Bettega. Poi rientrò Paolo Rossi: ma Bearzot mi confermò la fiducia e mi portò con sé."

"Quei Mondiali resteranno indimenticabili per un'intera generazione," interviene Giuseppe.

"Sono storia e leggenda assieme," precisa Selvaggi. "Lei saprà a memoria la formazione, immagino."

"Certo. E chi no? Bearzot praticamente utilizzò solo quindici giocatori, peraltro."

"Credeva molto nel concetto di squadra-tipo," annuisce Selvaggi, fissando Giuseppe con intenzione. "Noi riserve, gente come Dossena, Bordon, Vierchowod, Massaro, lo stesso Causio, avevamo il dovere morale di essere parte integrante di un progetto che aveva la sua base soprattutto nello straordinario affiatamento. E fu proprio nella difesa di questo progetto che Bearzot si rivelò per il più grande personaggio della storia del calcio italiano che io abbia mai conosciuto. Sa cosa ricordo? Una volta passate le qualificazioni in maniera indegna, ricoperti di critiche in patria e sulla stampa internazionale, ci riunimmo nello spogliatoio: ci guardammo in faccia. La sensazione fu che fosse saltato il tappo, che ci fossimo liberati di un peso. 'Ragazzi, il più è fatto,' disse un leader della squadra. 'Adesso ce la giochiamo.' Raccolse solo consensi: e cominciò il trionfo Mundial."

*Adesso ce la giochiamo...* pensa Giuseppe. In fondo è vero: nel momento più basso, quello dell'umiliazione, quello della tentazione di mollare tutto, è lì che si tirano fuori le risorse vere. È lì che nasce una squadra.

*Adesso ce la giochiamo...* Un'occasione sola, pensa Giuseppe. La finale.

"Dopo il rigore sbagliato da Cabrini perdeste la fiducia?"

"Per niente! Come facevo sempre, scesi negli spogliatoi durante l'intervallo: si respirava un solo sentimento, quello della tranquillità. Abbinata alla totale e non so se incosciente certezza di vincere. Solamente Cabrini era un po' stordito, Zoff lo scosse e gli disse: 'Ma non hai capito che grazie al tuo rigore sbagliato adesso il Mondiale non lo perdiamo più?'. E forse Dino aveva ragione: perché fu proprio quell'episodio, a parer mio, a darci l'ultima mano di rabbia che ancora ci mancava. Avessimo segnato subito, chissà, poteva finire come in Messico dodici anni prima, quando la precocità di un nostro gol stimolò la reazione dei tedeschi che portò al loro pareggio. Quando segnò Rossi, invece, era il momento ideale: erano cotti al punto giusto e senza più alcuna possibilità di ribattere."

"E per lei fu gioia uguale agli altri? Scusi se mi permetto... senza essere mai stato neanche in panchina?"

"Una gioia irripetibile... Non so descrivere il clima dello spogliatoio a fine partita: non ci sono parole che possano rendere l'idea. Non c'era euforia, c'era la sensazione di essere tutti sospesi a mezz'aria. La baldoria venne dopo, all'Hotel Alameda, sede del nostro ritiro. Ventidue ragazzini-campioni del mondo a rincorrersi e a far danni... Anzi, ventuno. Gaetano Scirea: era salito in camera come se nulla fosse successo a leggersi un libro!"

Giuseppe vorrebbe fare altre domande – è incredibile come si riprenda in fretta la mano a fare il giornalista, pensa – ma si accorge di avere la gola chiusa. *Non so descrivere il clima dello spogliatoio...* Non occorre che Selvaggi lo descriva. Lui lo conosce benissimo. Lui l'ha provato. E non importa se non erano gli spogliatoi del Santiago Bernabeu.

I due restano in silenzio.

Un giornalista che per un torneo estivo ha deciso, perché lo ha deciso, di rinunciare a un ingaggio milionario. Un campione del mondo a pieno titolo, ma senza avere mai infilato gli scarpini in terra di Spagna. Il Camp Nou, il Bernabeu, li ha visti da lontano. Le partite col Brasile, con l'Argentina, la finale con la Germania, le ha vissute da spettatore.

Qualcosa che deve fare malissimo a un giocatore.

Ma lui era là. E tifava per l'Italia.

Giuseppe lo guarda, e qualcosa nell'occhiata che gli risponde, insieme furba e ingenua, saggia e scanzonata, scioglie il magone che gli impasta le corde vocali.

"Mister, ci allenerebbe lei?" chiede con semplicità.

"Cosa? Ma la finale è tra pochi giorni!"

"La prego, lo faccia come favore personale. Prenda in mano l'arcobaleno d'Ogliastra, ci renda una squadra una volta per tutte. Lo so, in cinque giorni..."

"Si può fare in cinque minuti, se è per quello," lo interrompe Selvaggi. E di fronte allo sbalordimento di Giuseppe aggiunge: "Perché voi siete già una squadra".

"La ringrazio, ma la verità è che siamo un'accozzaglia di personaggi raccattati in giro per quest'isola, un po' per caso e un po' per non morire..."

"E un po' per la cosa più importante di tutte, invece."

"Che sarebbe?"

"Quella cosa che sta all'anima del calcio, Rodàri. L'amicizia."

# 46.

Attraverso la finestra aperta le voci della squadra salgono fino a lui. Sono passate le ore e i giocatori hanno finito gli allenamenti mattutini, stanno affluendo tutti alla sede per organizzarsi per il pranzo. Giuseppe, stamattina, ha brillato per la sua assenza, e anche adesso l'unica voce che Raffaele non sente è la sua. Probabilmente è tornato a Roma. Ha un bel dire Michela, la verità è che lui e Giuseppe non sono più dei ragazzini. Non possono permettersi il lusso di pensare al pallone, o agli amici, insomma alle utopie. Dopo i quaranta, anzi, alle soglie dei cinquanta, se non vivi nel mondo reale, sei un fallito.

Raffaele ha il dubbio privilegio di vivere nel mondo reale ed essere un fallito lo stesso. Ascolta gli schiamazzi della "sua" squadra. Ha fallito come capo. Un'altra volta. Per l'ennesima volta i suoi amici hanno visto in lui la speranza di cambiare in meglio le proprie vite, e chi ha puntato su di lui ha perso.

E ha perso lui stesso, ovvio. Che come dice Michela dovrà sputarsi in faccia ogni mattina, da domani. Ufficialmente un perdente. Non più uno che ricorre in appello, ma un condannato a vita. Un ergastolano dello squallore.

Raffaele beve. Beve mirto caldo direttamente dalla bottiglia. E gli viene da pensare che tanto la pancia gonfia ormai è il suo ultimo problema.

Vinceranno Quattrociocchi e Merda, che si prenderanno la mazzetta. Vincerà Feliciani, che piazza la sua antenna. Vincerà Rosy, che ha sempre saputo che lui era un cretino e che con il divorzio potrà divertirsi a strizzare un limone già mortificato. Perderà Prantixedda, che si becca un'antenna, ci rimette lo stadio e rinuncia al sogno. Perderà anche Giuseppe, per quanto milionario.

"E allora, Raffa? Che valore ha fare la cosa giusta?"

La porta si apre lasciando entrare insieme Giuseppe e questa domanda. La stessa che lui si stava ponendo prima.

La prima emozione di Raffaele è un enorme sollievo. Giuseppe è venuto. Non è tornato a Roma. Non lo ha lasciato solo con la sua decisione.

"Che valore ha?" ripete Raffaele fissandolo.

"Me lo sono chiesto tutta la notte," Giuseppe avanza fino al tavolo e si siede di fronte all'amico. "E poi mi sono detto: falso problema."

"Mica tanto falso," obietta Raffaele.

"Falso," l'altro scuote la testa, con forza. "Perché la domanda vera è: che valore ha fare quello che ti piace?"

"Non saprei dirtelo," commenta Raffaele con amarezza. "A me non capita mai. Dimmelo tu, magari." Si pente subito; se ora Giuseppe gli propina di nuovo il pippone sulla trappola della celebrità stavolta gli spacca il naso. "Che hai deciso?" chiede per anticiparlo.

Giuseppe guarda il muro, non lui. Sembra riflettere. Quando parla, è con voce lontana.

"Io per ottenere il successo ho rinunciato a tante cose. Alla leggerezza. Alla spensieratezza," dice. "Ma due rinunce mi sono pesate davvero. Quella all'anonimato..."

"Poverino," sibila Raffaele, sentendo arrivare il pippone. "Te lo lascerei volentieri. L'anonimato, e la sfiga."

"E la libertà," ribatte Giuseppe. La sofferenza nella sua voce è talmente vera che Raffaele di colpo si sente quasi in soggezione. "La libertà che è la somma di tre elementi: la ricchezza intellettuale, la ricchezza economica e l'anonimato. Devi immaginare le cose, devi poterle fare e devi essere libero dall'idea che gli altri hanno di te, per farle. Io le prime due possibilità le ho, ma ho perso la terza. E se la riacquisterò, mi sentirò pure peggio."

Raffaele non sa che dire. Gli passa il mirto caldo.

"E l'altra?" chiede.

Giuseppe prende la bottiglia, tira un lungo sorso, fa una smorfia.

"Ma è caldo!" Poi lo guarda: "*L'altra* che cosa?".

"L'altra rinuncia."

"L'altra rinuncia è pure peggio. È la rinuncia al gusto di essere sorpresi dall'imprevisto."

"Qua l'imprevisto non manca," è tutto quello che gli viene da obiettare.

"Esatto!" Giuseppe sbatte sul tavolo la bottiglia con tanta forza da rischiare di romperla. "Qua io ho recuperato le due cose che a Roma mi mancavano di più, capisci? Qua a nessuno frega un cazzo se io sono Rodàri perché per loro sono il mister, e importa solo che li schieri in campo e che gli faccia vincere la partita, capisci?"

"Ma tu... gliela vuoi far vincere?" trasecola Raffaele. Davvero Giuseppe sta seriamente prendendo in considerazione la possibilità di rinunciare alle offerte di Feliciani in nome della finale della Coppa Sarda?

"E poi c'è l'imprevisto," continua Giuseppe senza rispondere. "Quello, come dici tu... È da quando siamo arrivati che non si sta tranquilli un momento. Un giorno sugli altari, un altro sull'orlo dell'abisso..."

E come se ci fosse bisogno di sottolineare una volta ancora questa verità, la porta si spalanca di nuovo. È Sandro, con la faccia da mimo terrorizzato. Apre e chiude la bocca senza emettere suono. Indica la finestra. Fa il gesto di sparare, con il pollice e l'indice messi a formare una pistola.

"Sandro, che cazzo stai facendo?" sbotta Raffaele. Non è il momento per provare il suo prossimo spettacolo.

"Sì, Sandro, davvero," gli dà manforte Giuseppe. "Lasciaci parlare."

Sandro si afferra la testa tra le mani, sempre urlando senza suono. Si guarda alle spalle, assume un'espressione ancora più terrorizzata, entra e chiude la porta, appoggiandocisi contro. Quasi immediatamente si sente bussare, con decisione.

"Aprite falliti!" dice la voce melliflua e secca del Merda. "Tanto lo so che siete là dentro..."

"Sandro, ma che fai? Che hai, paura del Merda?" chiede Giuseppe stupito.

Sandro scuote la testa e Raffaele si rende conto che la sua afasia non è un vezzo teatrale, ma terrore vero.

Sentono bussare di nuovo alla porta, con molta più decisione. Abbastanza da farla vibrare sui cardini.

"Aprite," dice una voce molto più profonda e pericolosa di quella del Merda.

# 47.

"I Di Rocco," riesce infine ad articolare Sandro.

"Sono in anticipo," ribatte meccanicamente Raffaele. Gli amici lo guardano come se fosse matto.

"Perché, avevi un appuntamento?" chiede Giuseppe.

"Una specie..." e Raffaele spiega in due parole di Rosy e dell'avvertimento a Michela.

"Ma che c'entra Rosy con i rom?" Giuseppe, da bravo giornalista, anche in questa situazione di crisi è ossessionato dalla chiarezza dell'argomentazione e dall'evitare i tempi morti. Anche se qua i morti rischiano di essere loro.

"Il padre di Rosy," spiega Raffaele, "si serve dei Di Rocco per i lavori sporchi."

"Quindi loro non stanno inseguendo solo Sandro per quella sua truffa..." comincia Giuseppe.

"Affare andato male, prego," corregge Sandro.

"...ma stanno inseguendo anche te per convincerti a portare a termine l'imbroglio?" Giuseppe guarda Raffaele, che annuisce. Fa la faccia di chi sistema l'ultima tessera di un puzzle. "Il che vuol dire che tu non lo stavi portando a termine, l'imbroglio," conclude. "Tu non la stavi tradendo, la squadra!"

Omar, il capo del clan dei Di Rocco, si stanca di bussare, con un calcio ha ragione della serratura e della resistenza di Sandro appoggiato alla porta e spalanca l'uscio. Sandro finisce per terra. Sulla soglia si stagliano un gigante dai capelli e dagli occhi neri e un untuosissimo Merda.

"Dovete scusare l'intrusione," dice quest'ultimo, "ma io ho pochissimo tempo a disposizione... E il mio amico pochissima pazienza."

"Che cosa vuoi?" chiede Raffaele.

Merda avanza verso il tavolo, calpestando di proposito una mano di Sandro steso a terra e ignorando altrettanto di proposito Giuseppe. Di Rocco lo segue, accarezzandosi distrattamente un tirapugni scheggiato sistemato sulla massiccia mano destra. Come ha fatto a scheggiare un tirapugni? Nessuno vuole scoprirlo, in quella stanza.

"Voglio che firmi questo. Subito." Merda piazza un foglio sul tavolo di Raffaele. È una lettera in cui annuncia che per motivi personali è costretto ad abbandonare la presidenza del Prantixedda Inferru e che pertanto ritira la squadra dal torneo. "Poi firmerai anche le carte per la cessione del terreno. E la facciamo finita con le vostre bambinate." Si china in avanti, le mani appoggiate sulla scrivania. "Quattrociocchi ha perso la pazienza, caro il mio fallito," dice. "E io pure, francamente."

Raffaele lo fissa muto. Non si aspettava che la resa dei conti arrivasse davvero. In un certo senso, riesce persino a pensare, questo lo solleva da ogni responsabilità. Nessuno può aspettarsi da lui che si faccia massacrare per non firmare un documento che poi, alla fine, sarebbe costretto a siglare lo stesso, ma con la mano destra spezzata. Dovrebbe provare sollievo. E invece prova una voglia di ribellarsi che non ha mai sperimentato prima.

"E se non firmiamo?" chiede Giuseppe al suo posto, e Raffaele gli è infinitamente grato per quel plurale.

"Se non firmate adesso," risponde prevedibile il Merda, "firmerete quando lui avrà finito con voi." E accenna con il mento a Di Rocco.

"Be'..." È Sandro a parlare, alzandosi. Raffaele lo guarda stupito. "Ma ti faccio notare che il tuo ceffo è solo uno e noi siamo in tre..."

Il pugno del gigantesco mafioso lo raggiunge allo stomaco, fulmineo. Sandro si piega a metà, con un grido. Non riesce a respirare. Il secondo pugno arriva sulla mascella e lo stende di nuovo.

"Basto da solo, contro tutti e tre," dice calmo Di Rocco sovrastandolo. Poi si volta verso Raffaele. Con una mano gli afferra il pollice sinistro... Con l'altra, a sorpresa, estrae dal taschino della camicia una stilografica d'oro massiccio, e gliela porge. “Allora, Ventura, lo vuoi fare con le buone il tuo dovere?”

Raffaele prende la penna. È finita. Lui non ha quel tipo di coraggio fisico e anche se lo avesse a che cosa servirebbe? Toglie il tappo dalla penna con i denti, fissa Di Rocco, la sua manona intorno al suo pollice sinistro, poi riporta lo sguardo sul foglio. Le parole gli ondeggiano davanti agli occhi mentre cerca lo spazio in cui apporre la firma.

“Il primo che si muove, sparo,” dice una voce femminile. È chiara e squillante.

Cinque paia di occhi, compresi quelli di Sandro boccheggiante sul pavimento, si voltano verso la soglia. Dove Michela, ansimante come al termine di una lunga corsa, sta puntando verso Di Rocco una pistola dall'aria molto seria.

“Oddio,” Raffaele sente la bocca farsi secca e il cervello vacillare. Queste cose nella vita reale non succedono. Quando succedono, sono pericolosissime. “Michela, no...”

“Calma, stiamo tutti molto calmi,” gli dà manforte Giuseppe. “Michela, non occorre...”

“Firmo, e nessuno si fa male,” dice Raffaele.

“Vale anche per te,” la ragazza non lo guarda, continua a tenere sotto tiro Di Rocco, che lascia il pollice di Raffaele e si gira verso di lei. “Appoggia la penna su quel foglio, e io ti sparo.”

Dopo un momento, nel silenzio pietrificato si sente un suono che non ha nulla di umano. Ci mettono tutti un po' per rendersi conto. Merda sta ridendo. E ora che ha cominciato non sembra intenzionato a smettere. Merda ride, e sulle guance gli scivolano lacrime di ilarità.

“Non so chi cazzo sei,” dice infine a Michela “ma se davvero spari a questi tre coglioni ti sposo.”

“Allettante. Ci penso su,” gli occhi di Michela non lasciano un momento Di Rocco.

“Tanto non sai tirare con quella,” la sfida il mafioso.

“A questa distanza?” lo sfida di rimando Michela. “Che faccio, provo?”

“Va bene, va bene,” si arrende a sorpresa Merda. “Diciamo che hai vinto il primo round, va bene? Ma ti assicuro, è per pura cavalleria.”

"Non vorrai davvero andartene?" chiede sbalordito Di Rocco.

"A parte che questa ti spara davvero," gli risponde secco Merda, "noi non facciamo la guerra alle donne. E soprattutto non cerchiamo pubblicità. Andiamo."

"Non da soli," obietta una voce cavernosa. Ben più cavernosa di quella di Di Rocco.

È Giacinto. Ansima anche lui. Evidentemente Michela lo ha battuto nella corsa dopo avergli sottratto la pistola. Il gitano si riprende l'arma dalle mani della ragazza, e la tiene puntata su Di Rocco. Adesso la scena acquista più credibilità.

Dietro di lui arriva pure Boèle. Probabilmente sotto barba, baffi e sopracciglia ansima anche lui.

Raffaele, Giuseppe e Sandro tirano un sospiro di sollievo.

"Salvati da una ragazza, da quei falliti che siete," sputa Merda uscendo assieme al suo scagnozzo.

I tre amici li sentono allontanarsi lungo le scale: Giacinto con l'arma puntata nella schiena di Di Rocco, Michela e Boèle che controllano che Merda non faccia scherzi.

"Quella non era mia sorella con una pistola, vero?" è Sandro a rompere il silenzio.

"Ho paura di sì," annuisce Raffaele, la voce piena di ammirazione e terrore. "Con la pistola di Giacinto a quanto pare. E adesso che si fa?"

"Adesso ci asserragliamo in questo posto, e ci alleniamo per la finale," decreta Giuseppe. "E a questo proposito, Raffa... Vieni giù a vedere, che ti ho portato una sorpresa."

# 48.

"I Di Rocco sono quelli che dicevate alla spiaggia di Efisio?" chiede don Virgilio. I tre amici hanno raggiunto la squadra giù al campo e hanno spiegato la situazione.

"Sì. Sono la mafia dei rom. La peggiore," risponde Sandro.

Giacinto scuote la testa e storce la bocca, come a riconoscere alla famiglia romana un relativo ruolo di supremazia, ma tace. Una volta recuperata la pistola che Michela gli aveva strappato dalla cintura per precipitarsi su a salvare "i suoi uomini", ha preso da parte con gentilezza e discrezione la ragazza, raccomandandole di non farlo mai più o sarà "costretto a punirla". Michela, che passata l'adrenalina del momento si sta rendendo conto del pericolo che ha corso puntando un'arma che non sa usare contro un criminale vero, lo ha guardato come per scusarsi ed è salita nel suo ufficio a sentirsi male in privato.

"Ma quindi adesso che succede?" chiede Veronica.

"Facciamo la guerra?" propone Lillìnu, gli occhi accesi di avventura. Baìnzu annuisce speranzoso.

"Adesso," decreta Giuseppe con il suo miglior piglio da mister, "ci alleniamo."

"E fino alla partita non torniamo a casa," aggiunge Raffaele. "Non possiamo mettere in pericolo i miei," spiega di fronte agli sguardi stupefatti dei suoi giocatori.

"E come facciamo con... tutto? Mangiare, dormire, lavarci..." protesta Veronica.

"Faremo a meno di lavarci," decide Baìnzu con voce profondamente soddisfatta. Nemmeno sua madre potrà dirgli niente se non si lava i piedi: è una situazione di emergenza.

"Stai scherzando?" protesta inorridito Frantziscu. "Ma non ho neanche un cambio di biancheria!"

"Ci penso io," si offre Antonello. "Prendo il Ducato e porto qui tutto quello che ci può servire."

"Vengo con te!" si offre a sorpresa Veronica. Lui la guarda stupito.

"Ma..."

"Vengo con te," ripete lei senza lasciarlo parlare.

"Ora non cominciate a svignarvela tutti, eh?" sbuffa Giuseppe. "Antonello, anche tu devi allenarti."

"Allenarsi per cinque giorni a stomaco vuoto non si può," sentenzia Antonello. "Stai tranquillo che torno. Con tutto il necessario."

"E se tornano anche quelli?"

"Se quelli tornano li affronteremo," dice una voce sconosciuta. Raffaele si gira. La voce appartiene a un ometto sorridente, che non aveva neanche notato.

"Scusi, e lei chi è?" chiede. Il tizio ha un'aria familiare.

"La sorpresa che ti dicevo," interviene Giuseppe. "E dai Raffa, possibile che non ti ricordi di lui?"

Raffaele se lo guarda meglio.

"È possibile..." comincia in tono dubbioso.

"Ma lei è Franco Selvaggi!" esclama don Virgilio.

"Proprio così," annuisce Giuseppe, fiero. "Vi presento il vostro nuovo mister."

Il mister Selvaggi viene accolto da un'ovazione. Alla squadra non sembra vero. I più anziani lo ricordano, ai più giovani basta sentire parlare di campione del mondo. Ionis va a stringergli la mano, emozionato.

Con la finale dietro l'angolo, il nuovo mister non può fare molto di più che parlare con giocatori e giocatrici, per capire quali siano le predisposizioni, le intenzioni, le disponibilità. Poi una piccola prova atletica (brevi scatti) e una breve seduta tecnica. Passaggi, tiri in porta, colpi di testa. Infine la partitella.

Mentre la squadra esegue i compiti assegnati sotto il

suo occhio attento, Selvaggi va a sedersi accanto a tzìu Martine, che è stato tutto il tempo in panchina, a veder giocare gli altri.

"Martine, la posso disturbare?"

"Dica, mister."

"Le posso chiedere come la posso utilizzare?"

"Non mi può utilizzare, mister. Sono zoppo. Non so se lo ha notato," gli fa un sorriso che toglie asprezza all'osservazione.

"Ebbene sì," sorride Selvaggi di rimando.

"All'inizio servivo per fare numero, ma ora siete a posto. Se do fastidio anzi, potrei anche non venire più..." ma il viso si incupisce. Non pensava che la vita gli avrebbe mai dato l'occasione di far parte (di nuovo) di una squadra di calcio. E abbandonare gli altri nelle peste non è da lui.

"Ma lei a pallone sa giocare," azzarda Selvaggi

"Ero una buona punta, giocavo nel San Teodoro. Poi l'incidente in cantiere, e ho smesso. Di giocare e, purtroppo, di lavorare. Era la fine degli anni ottanta, e non avevo un gran legale. Tiro avanti con l'invalidità. Tutto qui," e sorride di nuovo, allargando le braccia, a smussare l'amarezza.

"Le racconto una cosa, Martine," Selvaggi ci pensa un momento, cercando le parole. "Lei sa che io ho vinto il Mondiale..."

"...senza aver mai giocato. Lo so, mister. Io tifo Cagliari da quando respiro. E lei è stato il nostro bomber, per tanti anni. Lei ci ha regalato la gioia di vedere un nostro giocatore in azzurro, dopo tanto tempo. Lei..."

"Grazie, Martine," lo interrompe Selvaggi. "Ma io le voglio dire un'altra cosa. Quel Mondiale l'ho vinto anch'io, certo. Ma non solo perché c'ero, ero con gli altri, vivevo le emozioni della squadra con la squadra. Anche per un altro motivo. Un compito che mi era stato dato."

"Un compito?"

"Eh già. Io il Mondiale l'ho vinto," continua Selvaggi, "sopportando Tardelli per quaranta giorni e, soprattutto, per quaranta notti. Sa che cosa vuol dire stare in camera con Marco Tardelli? Vuol dire non dormire mai!"

"Era in stanza con Tardelli?"

"Sì. Io, l'unico calciatore lucano arrivato ai fasti della maglia azzurra (fino a Zazza, me lo ripetono sempre), forse ho vinto il Mondiale per la mia capacità di accontentarmi di poche ore di sonno. Ero un ottimo centravanti, ma il mister mi scelse come accompagnatore di Marco detto il Coyote perché non dormiva mai più di due ore per notte. Ci voleva qualcuno che dividesse le notti di Spagna con lui e Bearzot mi chiese il sacrificio. Tardelli era elettrico come una lampadina: c'erano dei momenti in cui, se fosse già esistito il telefono cellulare, sarebbe bastato appoggiarglielo in mano per ricaricarlo. Dopo certe partite poi..."

"Posso immaginare cosa combinò dopo il primo gol a Italia-Argentina... da quella partita in poi non ci fermò più nessuno..."

"Già: alle sei di mattina avevamo ormai parlato di tutto, ma proprio di tutto. Gli dissi: Marco, io dormirei un po'. E lui: Dai Franco, non hai proprio voglia di fare due chiacchiere?"

Martine ride, Selvaggi riprende:

"Un Mondiale si vince in tanti modi. Anche accettando un compito ingrato. Forse perché si sapeva che non avrei mai giocato, mi fu assegnato il compito di non dormire...". Selvaggi sembra perso nei ricordi, poi si riscuote. "Capisce? Io facevo da sfogatoio per Tardelli. Non perché non fossi un buon giocatore, ma perché come giocatore in quel momento ero sostituibile, come compagno di stanza evidentemente no. Così rimasi sveglio quaranta notti, a fianco del Coyote."

"Un modo come un altro per partecipare alla vittoria," osserva Martine, pensieroso.

"Esatto, Martine," annuisce Selvaggi. "E ora parliamo di come parteciperà lei."

# 49.

"La soluzione ce l'ho io," dice Veronica ad Antonello mentre sono in macchina, diretti verso casa dei Ventura. Lui si sta congratulando con se stesso per aver trovato una buona scusa, così da non restare chiuso dentro con gli altri. Stasera ha una consegna importante. Con tutto il daffare che ha dato la squadra negli ultimi giorni, ha rimandato pure troppo.

"Antonello, mi ascolti?" Veronica gli dà una gomitata. Veronica ha gomiti assai spigolosi.

"Ahia! Ma sì, ma sì, ti ascolto! Hai la soluzione, hai detto."

"*Eja!*"

"Brava! Ma la soluzione a cosa?"

"Ai Di Rocco."

Al solo sentirli nominare, Antonello dà una pedata sul freno. Peggio di quelli c'è solo la gente con cui se la fa lui.

"*Itte* vuoi risolvere!" dice con condiscendenza. "Quella è gentaglia vera. Avere a che fare con i Di Rocco vuol dire quantomeno uscirne in sedia a rotelle. Lascia perdere, guarda, io ti consiglierei di non tornare neanche al campo."

Si è accorto che l'idea di Veronica nelle grinfie dei mafiosi proprio non gli piace. Lo inquieta davvero. Be', proverebbe lo stesso per qualunque ragazza, cerca di giustificarsi con se stesso. Ma non è così. È proprio che si è affezionato a Veronica, in particolare.

La scoperta lo colpisce al punto che ferma il furgone a

bordo strada. Si accende uno spinello. Dà due tiri, le mette una mano sulla spalla.

"Veronica, non ci tornare," ripete.

"Ma certo che devo tornare, dobbiamo allenarci!" ride lei.

"Ma allenarci per cosa? Per rischiare la pelle in nome della Coppa Sarda?" Ha un'illuminazione. "E poi diciamocelo: non sarai tu a fare la differenza," sa di essere brutale, ma meglio offesa che menomata.

Veronica a guardarla bene è una bella ragazza. È piccolina, ma proporzionata. Un po' piatta, è vero, ma il corpo atletico è come se fosse perennemente percorso da una scarica elettrica. È una tosta, sempre disposta a mettersi in gioco. Guardatela ora: canottiera Scorpion Bay con un teschio disegnato sul davanti. Jeans strappati sulle ginocchia e infradito. Dà un tiro di canna mentre cerca di convincere un trentenne scettico che ha trovato il modo di sgominare una gang di criminali.

"Magari non farò la differenza in campo," ribatte senza lasciarsi turbare dalla valutazione sulle sue capacità calcistiche. "Ma fuori dal campo posso farla. Con il tuo aiuto."

"Che cos'hai in mente?" Antonello è incuriosito suo malgrado. È sicura di sé come solo una diciassettenne incosciente può essere. Ecco bravo, ripetitelo cento volte, che ha diciassette anni, si dice con severità togliendole la mano dalla spalla. Che lui di porcherie ne ha fatte, nella vita, ma sedurre minorenni ancora no.

"Quand'è che devi consegnare il carico?"

Antonello trasalisce. Poi arrossisce. Getta lo spinello dal finestrino. Non si aspettava certo che la sua attività criminale fosse di dominio pubblico. E che lo sappia lei, poi...

"*Ma itte ses nande? Ma de itte ses faveddande?* Ma quale carico! Di che parli!" prova a negare.

"*Ajò,* Antonè... Lo hai già consegnato o hai il carico di fumo nascosto da qualche parte?"

Doveva sospettarlo quando sua madre e Iole gli hanno fatto la maternale che qualche notizia di troppo fosse filtrata. E d'altra parte in paese cosa vuoi nascondere...

"Se avessi un carico," arriva ad ammettere, "non avrei

fatto in tempo a consegnarlo, con tutti questi casini degli ultimi giorni."

"Benissimo," invece di dargli dello spacciatore e scappare a gambe levate, Veronica si illumina come se avesse ricevuto una splendida notizia. Questa è proprio di una razza a parte, si dice Antonello con riluttante rispetto. "Andiamo a prenderlo. Ci serve."

"Ma sei pazza? Ci serve che? Non è mica roba mia!"

"Per ora lo è. Ce l'hai tu," obietta lei con quella che alcuni chiamano logica femminile.

"Ma lo sta aspettando della gente... I Di Rocco non sono nulla rispetto ai genovesi che aspettano i pacchi di fumo!" Cede ogni riserbo. Ci sono voluti sessanta secondi. E il panico.

"Non finiamo nei guai con i genovesi, fidati," dice lei.

"Facile dirlo." Che ne sa lei del clan dei genovesi? Quelli sono dei criminali veri. Non solo infidi, ma bastardi.

Antonello è risoluto. Ma Veronica ha l'arma segreta. Gli prende la mano e si sporge verso di lui.

Veronica a pochi centimetri: sale e mirto. Alghe e rocce. E shampoo alla camomilla. *Ceeeh!* Ad Antonello gira la testa.

"Ti fidi di me, Antonello?" mormora Veronica.

"Certo," mormora lui, che non si fida di nessuno da sempre e per principio.

Lei fa un altro di quei sorrisi radiosi e gli porta la mano sulla chiave di accensione.

"*Ajò!* All'avventura!"

Poche ore dopo, col favore del buio, il Ducato di Antonello si aggira a fari spenti per la circonvallazione del paese. Lui e Veronica sono passati prima da casa dei Ventura a prendere tutto il necessario per cinque giorni di assedio. Non sarà uno scherzo per la squadra vivere asserragliata tra il campo e la sede fino alla partita di domenica. Ma Raffaele è stato irremovibile. Non vuole mettere in pericolo i suoi genitori. Ha già fatto abbastanza danni, in famiglia. Se anche questa finale fosse l'ultima cosa che fa – e da come si mettono le cose è probabile che lo sia – vuole giocarla a modo suo.

Geanina ha fatto il broncio all'idea di essere abbandonata in una casa piena di vecchi, donne e bambini. Antonello ha avuto l'impressione che, più che da Giacinto, le secchi essere separata da Sandro. Tanto meglio, pensa. Manca solo che i rom locali si alleino con quelli continentali contro l'avvocato più squinternato del pianeta.

La signora Iole ha voluto a tutti i costi invitarli a cena, e Veronica ha accettato con piacere. Non tanto per la cucina della signora Iole – anzi – ma perché per la fase uno della loro missione, ha detto, avevano bisogno del buio e tanto valeva mangiare nell'attesa.

Secondo Antonello, hanno più che altro bisogno di un angelo custode. Di quelli con le spalle robuste.

"Ma come facciamo a trovarli?" chiede mentre ripartono col Ducato. Oggetto sottinteso, i Di Rocco. Che francamente preferirebbe non trovare, ma i generosi giri di fileferru offerti dai genitori Ventura gli hanno dato, se non coraggio, almeno quel po' di incoscienza che basta ad assecondare il folle piano di Veronica. Almeno la fase uno, si dice. Poi si vedrà. Ma gli piace l'ammirazione che ha visto negli occhi della ragazza (ragazzina, torna a ripetersi) quando ha accettato questa sua idea suicida. Almeno per ora, vuole che continui a guardarlo così.

"Tu conosci ogni anfratto della zona," dice ora Veronica, con fiducia. "Prova a riflettere."

Antonello si gira, colpito dalla sua voce divertita e fiduciosa. Come se con lui fosse sicura che andrà tutto bene. Come se lui avesse le risposte. Come fosse un eroe. Lui che non lo è mai stato. Si perde per un attimo in quegli occhi accesi, neri come il petrolio.

"Ma sei bionda naturale?" le chiede incongruo.

"No, mi tingo. Sono di Prantixedda, mica di Oslo."

"Lo sai che sei pazza?"

"*Eja.*"

Non c'è più niente da dire. Antonello guida piano piano, sempre a fari spenti. E ragiona a voce alta.

"Escludiamo che dormano in paese. Troppo visibili. Escludiamo che dormano sulla costa, ci metterebbero troppo ad arrivare, e poi per aver tenuto d'occhio così bene Sandro e Raffaele a casa Ventura dovevano essere vicini, non aveva senso fare avanti e indietro sulla provinciale. Devono stare qui, dalle parti della cantoniera..."

Il motore è al minimo. Il Ducato quasi scivola nelle stradine fuori dal paese. Finché davanti alla vecchia casa cantoniera abbandonata scorgono una grande Bmw bianca. Parcheggiata.

"Eccoci," sussurra Veronica, col tono di una che non si sente più tanto coraggiosa.

Da dentro la casa filtra l'azzurrino di una luce a gas. Antonello prosegue silenzioso. Ferma il furgone dietro un angolo.

"Tu aspetta qui," dice aprendo la portiera.

"No!" protesta lei. "Dove vai?"

"A vedere se sono loro."

"Ma certo che sono loro, c'è la macchina."

"Dobbiamo essere sicuri."

"Ma non metterti in pericolo."

Lui la guarda allibito.

"Non metterti in pericolo? Dopo quello che mi hai chiesto di fare?"

Lei esita, come se volesse dire qualcosa. È evidente che è sul punto di annullare l'operazione. Forse è un'idea del cazzo. Non può funzionare. E rischia di rimetterci la pelle Antonello, che le ha insegnato di nascosto a essere meno pippa a calcio, in queste settimane. Lei non vuole che gli succeda qualcosa di male.

Ma non vuole neanche che succeda a Raffaele, a Giuseppe, a Sandro, a Michela. Alla squadra.

Devono pensare alla squadra.

"Vai allora," dice togliendo la mano dal braccio di lui. "Mettiti in pericolo. Ma stai attento," aggiunge con profonda coerenza.

Lui fa una bassa risata ed esce, senza sbattere la portiera.

Striscia rasente i muri fino al magazzino. La Bmw è la loro, non c'è dubbio: è targata Roma, alla vecchia maniera. La porta della casa abbandonata è stata forzata. Nascosto a lato di una finestra senza tende, sbircia dentro e vede un ceffo sulla cui appartenenza al clan dei Di Rocco non ci sono dubbi possibili. Abbiamo già conosciuto Omar ed Helver. Questo è Valentino, ed è basso, grasso e con la cresta. Probabilmente è il più giovane dei tre. Un mostro. È intento a cucinare qualcosa su un fornello a gas di quelli da campeggio, ma persino con un cucchiaio di legno in mano riesce a essere minaccioso come se brandisse una scimitarra.

Li hanno trovati.

## 50.

"Come sarebbe a dire, state arrivando?" Giuseppe dallo choc quasi inghiotte il cellulare.

"Sì, siamo quasi lì... È solo che ho paura di essermi persa. Il navigatore continua a farmi girare in tondo. Secondo me soffre il caldo."

"Il navigatore ha ragione!" esclama Giuseppe, la paura che gli morde la voce fino a farlo gracchiare. "Perché voi qui non ci dovete proprio venire, hai capito?" Sente in sottofondo un familiare suono di litigio all'ultimo sangue e riesce solo a pensare oddio, oddio ci sono tutti, oddio cosa faccio.

"Eh già, ma poi: qui dove? Sei a casa dei genitori di Raffaele o sei al campo?"

"Sono al campo ma tu..."

"Aspetta, aspetta! C'è una persona cui posso chiedere..."

Impotente, Giuseppe ascolta la seguente conversazione, che se l'ansia non gli stesse corrodendo la mente avrebbe del surreale.

"Buongiorno, mi scusi. Lo stadio di Prantixedda?"

Anna pronuncia correttamente: *Prantisgedda*. Lei è sempre stata capace, un talento naturale anche per le lingue più astruse, pensa Giuseppe.

Giuseppe sente la risposta, una voce maschile: "Come mai non dice PrantiXedda, con la X?".

"Perché so come si pronuncia," risponde educatamente lei, dopo un primo momento di spaesamento.

"I continentali in genere dicono Prantixedda, con la X," ripete l'interlocutore, sospettoso.

"Conosco abbastanza bene il sardo," replica lei, gentile.

"Comunque non è uno stadio, è un campo," precisa la voce maschile.

"Mi scusi, ma non ci sono mai stata."

"È sicura che vuole andare al campo? Ora non c'è nessuno."

"Devo raggiungere mio marito..."

"Suo marito chi è?" la voce torna sospettosa.

E la linea cade. Come se qualcuno avesse spento il telefono, senza preavviso.

*C'è una persona...*

E se la persona era, metti caso, un famiglio dei Di Rocco?

Giuseppe prova a richiamare. Il cellulare squilla, ma squilla a vuoto.

"Ehi, altro mister! Vieni a vedere lo schema della vittoria?"

Adesso che è arrivato Selvaggi lo chiamano così, altro mister, con lo stesso rispetto di prima, anzi se possibile di più. Ha fatto il massimo. Ha procurato loro un vero allenatore. Ha ceduto ad altri il suo ruolo per il bene della squadra. Si volta, il viso bianco e gli occhi vuoti.

"Vengo," dice, senza sapere cosa sta dicendo, ma Lillìnu è già schizzato via.

Giuseppe continua a provare a chiamare, senza risultato. Poi va a cercare Raffaele. Lo trova nel suo ufficio. Quando entra, l'amico sta mettendo giù il telefono. Lo guarda tra il sorpreso e il colpevole, ma Giuseppe non registra.

"Raffaele," dice piano. "Ho paura che Anna sia stata rapita dai Di Rocco."

Quella frase, ora che l'ha formulata ad alta voce, sembra a lui stesso del tutto assurda.

"Anna tua moglie?" Raffaele strabuzza gli occhi. "Come? E perché?"

"Mi ha chiamato... Ha detto che stava arrivando, che era qui vicina... Poi si è fermata per chiedere informazioni e poi..." tende il telefono muto, con un gesto di impotenza. Raffaele si alza e va a mettergli una mano sulla spalla.

"Giuseppe, i Di Rocco non ce l'hanno con te," dice. "Perché dovrebbero rapire tua moglie? Non ha senso!"

"Dopo che li abbiamo cacciati... E con la finale dopodomani..." Giuseppe non riesce nemmeno a ragionare, ma sa che quello che dice ha senso. Lo vede sul viso di Raffaele, in cui comincia a filtrare l'orrore.

"Cazzo. Solo Anna può arrivare e mettersi subito a chiedere indicazioni stradali a dei mafiosi, cazzo!" esplode Giuseppe, e per poco non scaraventa per terra il telefono. "Che lo vedrebbe anche un cieco che quelli non sono delle utili nonnine da cui farsi prendere per mano!"

È in quel momento che si spalanca la porta.

"Papà!"

E nell'ufficio di Raffaele irrompono due ragazzetti sovraeccitati, una signora snella dal viso allegro, senza un capello fuori posto, e una donna più d'età che le assomiglia parecchio, ma è un po' più massiccia e sudata.

"Anna!" Giuseppe si precipita verso la professoressa Anna Tosse in Rodàri, la prende per le spalle e comincia a scuoterla con violenza, ignorando i figli che gli si aggrappano alle gambe per salutarlo. "Anna, ma cosa ti è venuto in mente di chiedere indicazioni a quelli lì? Ma non lo sai chi sono? Non lo avevi visto?"

Anna lo guarda senza scomporsi.

"Giuseppe, sono le quattro del pomeriggio," dice con la sua quieta voce beneducata. "Hai bevuto molto a pranzo?"

"Io non ho bevuto, ma tu..." ruggisce lui con il genere di furia che nasce solo dal sollievo. "Come hai fatto a non accorgerti che stavi chiedendo indicazioni a un mafioso rom, santo cielo?"

"Un mafioso rom?" Anna spalanca gli occhi. "Ma a me sembrava un benzinaio... È stato persino gentile, a modo suo, solo che era certo di sapere meglio di me dove volessi andare. Ma siamo arrivati subito." Si volta verso Raffaele. "Raffa, ma che c'è la mafia dei benzinai in Ogliastra?"

C'è un momento di attonito silenzio prima che tutti scoppino a ridere.

"Giusè!" esclama Raffaele rivolto all'amico. "T'eri fatto un bel film... I Di Rocco! Il rapimento!" E velocemente spiega tutto alla moglie dell'amico, a grandi linee.

Al termine del discorso è la signora Prisca, la madre di Anna, a schioccare la lingua e scuotere il capo.

"Si è fatto bene a venire," dice con un inconfondibile

accento toscano. "Siete sempre stati bravi, a mettervi nei guai, ma codesto li batte tutti."

"Puoi dirlo forte," annuisce Giuseppe. "E proprio per questo... Non potete stare qui." Prende per mano i suoi figli e accompagna tutti al piano di sotto, dove Lida ha cercato di rendersi utile scaricando le valigie dall'auto a noleggio con cui è arrivata la famiglia.

"Io le ho scaricate, ma dove le porto?" chiede la gigantessa. "Perché non è che ci sia tanto posto in sede..." guarda le mille borse sparse ai suoi piedi.

Giacinto, seduto su una seggiolina accanto al portone di ingresso, aggiunge pensoso: "Più che una visita sembra un trasloco".

Anna si gira, lo vede e gli sorride, incerta. "Eh già, forse abbiamo esagerato..." Poi, rivolta a Giuseppe, aggiunge a mezza bocca: "Giuseppe, ma questo è in squadra con te?".

"Sì, è Giacinto, il portiere."

"E ti preoccupi dei mafiosi degli altri?"

"Lascia perdere..." con un'occhiata nervosa a Giacinto, Giuseppe comincia a ributtare borse nel bagagliaio.

"Altro mister ma che fai!" urla a un certo punto Lida, vedendolo che tiene ferme le valigie con la mano sinistra dentro al bagagliaio e con la mano destra tenta di abbassare il portellone. "Così ti fai male!"

Invece dopo quindici anni di partenze con la famiglia Giuseppe è diventato un drago. Dà un'ultima spinta alle valigie con il braccio sinistro e contemporaneamente, mentre lo sfila, con il destro abbassa il portellone. Le valigie non fanno in tempo a ricadere verso terra che lui ha già estratto il braccio sinistro. E il gioco è fatto. Contro ogni legge della fisica l'auto può tentare di partire. Lida abbozza un applauso.

"Le accompagno e torno!" dice a Raffaele sporgendosi dal finestrino.

"Certo, non ti preoccupare," annuisce l'altro. "E già che ci sei, vedi se a casa ci trovi Antonello e Veronica, vuoi?"

"Perché, sono scomparsi di nuovo?"

"Da dopo pranzo..."

È da mercoledì mattina, quando sono tornati con i vestiti e le vettovaglie per "l'assedio", che quei due si comportano in modo strano. Confabulano tutto il tempo, si lanciano strani sguardi, spariscono per ore, la sera nessuno li trova mai.

"Be', mi sembra che ci sia una spiegazione semplice," commenta Anna quando Giuseppe, guidando, glielo racconta.

"Ma no, ma che vai a pensare... Antonello ha trent'anni, Veronica diciassette. Figurati!"

"Ragion di più," interviene la signora Prisca. "Il fascino dell'età... L'atmosfera romantica del mare... Eh Riccardino? Ne sai qualcosa eh?" aggiunge rivolta al nipote.

Riccardo, che al campo estivo a Cortona ha sperimentato i primi subbugli amorosi, arrossisce muto.

"Mica già pensate a rimorchiare in vacanza voi?" chiede Giuseppe guardando i suoi figli nello specchietto retrovisore. Ha una piccola fitta di quello che potrebbe essere senso di colpa, o rimpianto. Da settimane pensa solo alla squadra e ha trascurato la famiglia. Ha persino fatto più di un pensierino su Michela... E intanto a quanto pare si è perso qualche momento importante dei suoi figli. Momenti che non torneranno mai più.

"Io sì," risponde impassibile il piccolo Matteo. "Ma Riccardo si innamora."

Il principio di malinconia di Giuseppe si scioglie in una risata.

"Ha preso da me, che sono sempre stato un romantico!" commenta.

"Tu? Romantico? Ah, mbe'..." fa Anna, scettica.

"Che c'è? Non ti mandavo le poesie più belle di tutti i tempi per lettera?" si gira a metà verso i figli. "Una al giorno gliele mandavo quando eravamo fidanzati... Baudelaire, Prévert, sonetti di Shakespeare come se piovesse, Byron, Neruda, Kavafis, Ferlinghetti..."

"Piantala che sembri la pubblicità di una collana in edicola," lo blocca sua moglie, ma ha uno sguardo un po' intenerito. Lei quelle lettere le conserva ancora tutte, in una scatola. E le rilegge pure, di tanto in tanto, mentre Giuseppe è in video. Dicendosi che quest'uomo di successo ha ancora dentro molto del giovane che ricopiava poesie d'amore. "Tanto poi Raffaele ce lo ha svelato, l'arcano!"

"Eeehh... Vai a credere a quello..." protesta Giuseppe.
"Perché mamma? Che t'ha detto zio?"
"Tuo padre cercava le poesie su internet... E sai cosa scriveva come parola chiave per la ricerca?"
"Cosa scriveva?" fanno in coro i due ragazzi.
"Lasciamo perdere," la prega Giuseppe.
Anna esita.
"Scriveva *poesie per scopare*," interviene Prisca.
"Noooooo! Grande papà!"
"Non credete a queste scemenze..." si difende Giuseppe ridacchiando.
"Sì, sì... non ci credete," ridacchia anche Anna. "Un tenerone vostro padre. Uno spirituale. Infatti lo chiamavano l'Avvoltoio..." aggiunge più piano per farsi sentire solo dal marito. Lui le appoggia una mano sul ginocchio e le sorride.
Come ha potuto pensare di giocare questa finale senza la sua famiglia tra il pubblico?
"Sono contento che siete venuti," dice.
"Per la verità mi sembravi più che altro terrorizzato," ribatte sua moglie.
"Anche. Terrorizzato e contento."
"Sempre meglio che terrorizzato e basta," chiosa Prisca da dietro, filosofica.
"Prisca, questa storia della squadra mi ha ridato vent'anni di vita," confessa Giuseppe.
"Bene," annuisce lei. "Quanti te ne tolgo ora se ti dico che c'è una Bmw bianca che ci segue?"

## 51.

"Eccovi qui!" Entrando in casa Ventura seguito dalla famiglia, Giuseppe sorprende Antonello e Veronica seduti su una delle panchine del cortile. Come al solito stanno parlando fitto. "Si può sapere perché non siete al campo ad allenarvi?"

"E tu che ci fai qua?" contrattacca Antonello. Ha un'espressione colpevole. Stai a vedere che ha davvero una storia con una diciassettenne, pensa Giuseppe.

"È arrivata la mia famiglia... Pietro, Iole," si volta verso i genitori di Raffaele che sono usciti ad accogliere i nuovi arrivati. "Ho paura di avervi portato l'ennesimo gruppo di ospiti..."

"Nessun problema!" esclama la signora Iole. Le piace molto Anna, che è quella che lei definisce "una vera signora". Quante volte si è augurata che anche suo figlio avesse portato a casa una così, semplice e allegra ma elegante, invece che quella stronza di Rosy. Ma adesso c'è Michela, si ricorda. Che è ancora meglio che una vera signora. È una brava ragazza.

"Buonasera Iole, ma avete casa invasa! Noi possiamo anche andare in albergo..." si offre Anna guardandosi intorno. Dall'ala riservata alla famiglia di Giacinto arrivano voci di bambini e sui fili da stendere c'è un campionario di abiti che sembra appartenere ad almeno venti persone. Invece è solo il guardaroba di Geanina: le piace abbinare. Qualsiasi cosa, e apparentemente alla cieca, ma le si sono affezionati e ormai a loro sembra persino elegante.

"Ma no, figurati, c'è un sacco di spazio! Accomodatevi."

Mentre i padroni di casa fanno strada alla sua famiglia, Giuseppe si volta per sussurrare ad Antonello:

"La Bmw dei Di Rocco ci ha seguiti fin qui".

L'effetto di quelle poche parole è inatteso.

"Davvero?" Antonello si illumina. Veronica balza in piedi.

"E sono ancora qui fuori?" chiede la ragazza.

"Credo che si siano fermati un po' più avanti... Ho paura che intendano seguirmi quando esco."

"Quanti erano?"

"Come?"

"Quanti erano in macchina?" ripete Antonello impaziente.

"Antonè, che ne so, almeno due... Ma che vi prende?" chiede Giuseppe osservando lo sguardo febbrile negli occhi degli altri. Cosa stanno combinando? Non c'è bisogno delle sue antenne da giornalista per capire che questo non è un intrallazzo sentimentale.

"Due dovranno bastare. Giuseppe, fammi un favore," Antonello gli parla in tono serio. "Adesso tu esci di qui e li porti a spasso."

"A spasso? Ma sei pazzo? Che è, vado a bussargli al finestrino e gli dico: Venite a vedere le bellezze locali? Ci fossero poi..."

"Giuseppe, non è difficile," interviene Veronica, ancora più decisa di Antonello. "Esci di qui con aria un po' misteriosa, come di soppiatto. Sali in macchina. Ti volti a controllare che nessuno ti segua, come se dovessi andare in qualche posto importante. Insomma, ti fai seguire."

"E poi?"

"*Pìcalu a ziru,*" dice Antonello.

"Eh?"

"Portali a zonzo," traduce Veronica.

"Ma a zonzo dove?"

"E che ne so? Ma tu non eri quello intelligente?" sbotta Antonello. "Portali dove vuoi... Portali allo yacht di Feliciani, ecco."

"I Di Rocco da Feliciani? Hai preso un colpo di calore?"

"Non c'è bisogno che glieli porti fin sullo yacht! Basta

che fai finta di dover andare là... Poi torni indietro... Giri ancora un po' a vuoto, robe così."

"L'importante è che li tieni lontani da qui," conclude Veronica. "Devi darci almeno due ore."

"Ma due ore per fare che?"

"Abbiamo un piano," Antonello si rende conto che è la prima volta che dice una cosa simile, nei due giorni passati ad assecondare Veronica in quell'impresa folle.

"Fai come ti diciamo, Giuseppe. È importante. E fallo subito." C'è una tale urgenza nel tono di Veronica che Giuseppe decide di obbedire. Fidarsi di uno spacciatore e di questa diciassettenne con orecchini ovunque è indubbiamente il segno che sta rimbecillendo, e l'idea di portarsi una macchinata di criminali a spasso per la regione...

"Vado," dice. Le decisioni rapide sono il suo forte. E pazienza se sono scriteriate.

Mentre Giuseppe esce, Veronica guarda Antonello. Da due giorni aspettano questo momento. I Di Rocco in paese sono in tre, lo hanno scoperto con gli appostamenti di questi giorni: se due di loro stanno correndo dietro a Giuseppe, è possibile che il terzo sia rimasto a fare la guardia alla squadra, al campo.

E quindi al loro covo forse non c'è nessuno.

Mancano quarantott'ore alla finale, il terzino destro dell'Inferru e la prima scelta della panchina dovrebbero essere ad allenarsi. Ma hanno ben altro da fare. Aspettano che Giuseppe parta e che la Bmw bianca si avvii dietro di lui, poi controllano che il campo sia libero e salgono sul Ducato.

"È lontana la roba?" chiede Veronica mentre Antonello guida a rotta di collo lungo quelle mulattiere che gli abitanti del posto chiamano strade.

"È alla spiaggia di Efisio, dentro una caverna coperta dai cespugli," le rivela finalmente lui, che finora si è rifiutato. Veronica ha l'impressione che abbia deciso solo adesso di andare davvero fino in fondo. E che la vista della famiglia di Giuseppe in qualche modo faccia parte della decisione.

"*Ajò* Antonè, stavolta li freghiamo."

Se non si corre come Antonello è solito correre (e stavolta non è proprio il caso di farsi fermare dalla polizia) dalla spiaggia di Efisio alla casa cantoniera ci vogliono una quarantina di minuti. Tanto serve a un Ducato carico di hashish per inerpicarsi lungo gli infiniti tornanti che collegano la costa a Prantixedda.

"Ma come sei finito a fare il trafficante?" domanda Veronica mentre per non vomitare cerca di respirare a pieni polmoni l'aria che entra dal finestrino come sempre spalancato.

"La Procter and Gamble non assumeva il mio profilo!"

I due si fanno una gran risata, poi Veronica insiste:

"Almeno ci guadagni bene?".

"Neanche tanto."

"Ma allora perché lo fai? È rischiosissimo... Tu hai anche un lavoro al comune, se ti beccano perdi anche quello."

"È un contratto di sei mesi. Poi figurati, Merda mi taglierà comunque."

"Se sei arrivato al comune qualche aiuto lo hai avuto... Non potevi farti infilare al SoleVilllage?"

"A leccare il culo ai turisti? Mai!"

"Meglio calvo che biondo, eh?"

"Meglio calvo!"

"Da lì al traffico di droga però..."

"È stato un oristanese che conoscevo. Ci ho pensato un po'. Poi mi sono detto, che cazzo, è un'opportunità. Magari qualcosa succede. Magari qualcosa si muove. Quando le cose non girano, tanto vale sparare per aria."

"È che qua rischi che sparano a te," commenta Veronica.

"Ha parlato quella prudente..." ribatte lui.

Ma pensa che ora è così che si sente: come se qualcosa stesse succedendo. Da quando sono arrivati i romani con la loro assurda pretesa di rimettere insieme la squadra, le cose si muovono. Un po' a cazzo, se vogliamo. Però si muovono. E lui si sente di nuovo vivo.

Una curva scopre lo splendido paesaggio di rocce a precipizio sul mare. Poco lontano lungo la costa si intravvedono le costruzioni del SoleVillage, unico punto di contatto di quella splendida vallata col resto del mondo. Veronica le guarda:

"I turisti... Darei dieci anni di vita per diventare una turista..."

"Ti piace viaggiare?"

"Mi piacerebbe. Non l'ho mai fatto."

"Mai stata fuori dall'isola?"

"Mai."

"Ma tu studi, Veronica?" Antonello si rende conto che dovrebbe saperlo.

"Sì, faccio l'ultimo anno al classico. Sono un anno avanti."

"Pure. Dove studi?"

"A Cagliari."

"Be', allora viaggi!"

"Sì! Ogni mattina alle 5.30 prendo il pullman!" ride Veronica. "Ti posso fare una domanda?"

"Certo."

"Metti che avessi un figlio. Saresti contento che studiasse in una classe piena zeppa di stranieri?"

"Boh, penso di no..."

"Io ho sperato ogni santa mattina di ogni santo primo giorno di scuola che nella mia classe capitasse uno straniero."

"Sì... Magari uno che somiglia a Brad Pitt..."

"E dai, *cantu ses maccu!* È un discorso serio," lei lo spintona scherzosamente e il Ducato ondeggia troppo vicino al bordo della strada, rischiando di precipitare nel vuoto.

"Oh, che cazzo fai?" protesta Antonello.

Lei non si è neanche accorta di aver rischiato la vita. Sorride e continua: "Guardati intorno. Cosa vedi?".

"A parte il burrone in cui stavamo per finire? Montagne."

"E se ti giri dall'altra parte?"

"Montagne. Poi, in fondo in fondo, il mare. Mbè?"

"È tutta la vita che vedo solo questo. Acqua e rocce. E oltre... rocce e acqua. Il luogo più esotico in cui vado è Cagliari. E infatti all'inizio in classe ero contenta di aver trovato gente di città. Li ascoltavo, rubavo le loro frasi, sognavo di avere anche io la possibilità di uscire, andare al cinema, o a mangiare una pizza in un locale dove non ero già stata mille volte. Poi però ho capito che erano tutti come me. Pensavano le cose che pensavo io, parlavano la mia lingua, avevano i miei sogni. Ho sperato ogni giorno che la porta si spalancasse e arrivasse che so: un africano. O un cinese. O anche solo un rumeno, un rom... Niente." Il tono è leggero ma sotto Antonello percepisce l'amarezza. Non la capisce fino in fondo, neanche lui è mai uscito dalla Sardegna. E nemmeno ci tiene. Però sta ad ascoltare. "Mi fanno ridere quelli che non vogliono gli stranieri," continua Veronica. "Sai, pensa ai figli di Giuseppe, che è un vip, o alla figlia di Raffaele, che ha la moglie piena di soldi."

"Ex moglie," la corregge Antonello.

"Be', come che sia la figlia sta in America, mica a Prantixedda Inferru. Quelli possono permettersi di non avere stranieri a scuola: tanto possono viaggiare. Io se avessi più stranieri in classe avrei l'opportunità di viaggiare, pur rimanendo lì."

"Viaggi a domicilio."

"*Eja!* Viaggi a domicilio! Io spero che un giorno, se avrò figli, loro di stranieri in classe ne abbiano tanti. Di modo che possano viaggiare anche da fermi, tutti i santi giorni. E imparare nuove lingue, altre religioni, nuovi cibi quando vanno a pranzo dagli amichetti."

"A mangiare couscous."

"E ti pare poco? È per questo che ci tengo tanto a salvare la squadra," conclude Veronica.

"Che c'entra la squadra col couscous?"

"Ma non hai notato com'è tutto meraviglioso, in questi giorni? Tutti diversi, la pelle, la religione, la cucina... Mi sento rinascere. Pur di poter stare con loro mi va bene anche giocare a calcio."

"Eh," annuisce Antonello. "Non offenderti, ma mi sembrava che il calcio per te non fosse proprio una vocazione, diciamo."

"Be', ora che lo faccio mi piace."

"Dimmi la verità... Quando hai fatto il provino era la prima volta che vedevi un pallone?" chiede Antonello. D'altronde lo avrebbe sospettato chiunque.

"Più o meno... ma imparo in fretta, no?"

"Hai avuto un ottimo insegnante," si stima Antonello.

"La Coppa Sarda è stata una finestra aperta," spiega Veronica. "E io mi ci sono buttata. Il calcio per me è come per te l'hashish. Una via di fuga. Un modo di sparare in aria."

Antonello allunga una mano a stringerle una spalla. Ora capisce. Sono così diversi, loro due, eppure fin dall'inizio di questa assurda avventura c'è stato fra loro come un cameratismo, una strana comprensione reciproca. Pensava che fosse perché erano due sardi in mezzo a quei matti di romani. Ma no, invece è perché sono due anime in cerca.

In cerca di guai, al momento.

Sono arrivati alla casa cantoniera.

È immobile nel sole vivido delle sei del pomeriggio, nessuna macchina ferma fuori.

Il che non vuol dire che non ci sia qualcuno dentro.

Parcheggiano il Ducato un po' distante dalla casa, invisibile dalla strada, e tornano sui propri passi a piedi, sperando che nessuno li stia osservando dalla finestra. Si guardano intorno in cerca di un posto adatto. Dietro l'abitazione c'è una specie di capanno per gli attrezzi: perfetto. È evidente che nessuno ci si avvicina da anni.

"Vado ad accertarmi che la casa sia vuota," sussurra Antonello. Se qualcuno li sta spiando, possono anche cominciare a correre subito. "Tu intanto vedi se riesci ad aprire il capanno... senza che si noti."

L'edificio è deserto. Speriamo che i Di Rocco non si siano già stufati del giro turistico di Giuseppe, pensa Antonello. Se li beccano adesso lui e Veronica sono fottuti. E qui il telefonino neanche prende. Torna fuori ad aiutare la ragazza, che nel frattempo ha aperto il capanno senza difficoltà. C'era solo un grosso chiavistello, senza lucchetto. Evidentemente non contiene nulla di valore.

"Almeno non lo conteneva, fino a stasera..." mormora tra sé Antonello, mentre con Veronica cominciano a trasbordare dal Ducato i pacchi di hashish.

Lavorano in fretta e in silenzio.

"Non è che stai cercando un secondo lavoro?" le chiede a un certo punto Antonello. "Mi farebbe comodo una come te, quando arrivano i carichi sulla spiaggia." Il massimo del flirt che ha deciso di concedersi.

“Dovresti essere da un’altra parte pure tu, quando arrivano i carichi sulla spiaggia,” lo rimprovera Veronica come tutta risposta.

Non ci sono più le diciassettenni di una volta, pensa Antonello spostando un telone di plastica scura, umido e ammuffito. Dove sono finite le ragazze che arrossivano e andavano in confusione? O almeno quelle affascinate dal furfante?

D’altra parte che Veronica non sia il tipo da perdersi in sciocchezze è un bene. Perché proprio mentre stanno per scivolare fuori dal capanno, dalla curva sbuca la Bmw bianca dei Di Rocco.

# 52.

Quando Antonello e Veronica arrivano alla sede dell'Inferru è notte fonda. Sono sfiniti. Hanno dovuto passare ore nel capanno, aspettando che si facesse buio per poter uscire senza essere visti dalla casa. È estate, c'è luce praticamente fino alle dieci di sera: sono state ore lunghissime in uno sgabuzzino soffocante e pieno di ragni. Antonello, che non ha paura di niente, ha il terrore dei ragni. Veronica ovviamente no, e l'ha preso in giro.

Quando sono finalmente riusciti a sgusciar fuori dal capanno gli era passata del tutto la voglia di farle la corte.

Hanno recuperato il Ducato e sono scesi guidando verso il paese come se avessero il diavolo alle calcagna. Ma nessuno li ha visti, ne sono sicuri.

Il Ducato si ferma davanti alla sede. Se uno dei Di Rocco monta ancora la guardia, penserà semplicemente che sono stati in spiaggia a scopare.

Antonello si concede una breve fitta di rimpianto. Diciassette anni, si ricorda poi duramente. Non pensarci nemmeno.

Lui e Veronica si guardano.

Ce l'hanno fatta.

Quasi.

A entrambi il cuore scoppia dentro la cassa toracica mentre iniziano a ridere come folli.

È esattamente quello che sono: folli. Stanno sfidando contemporaneamente due gang pericolosissime, per permettere a una squadra sgangherata guidata da un giornalista, un fallito e un parafangaro di vincere un torneo che non conta niente.

Iscriversi alla Coppa Sarda è stata la scelta migliore di tutta la loro vita.

Quando la risata un po' isterica si placa, Antonello respira a fondo, e prende il telefonino. Raschia le corde vocali con un colpo di tosse, richiama il numero in rubrica. "Zia Teresa" c'è scritto. Lo fa squillare. Attende che dall'altra parte spingano il tasto verde.

"Dottore? Sono Antonello. C'è un problema. Un grosso problema. Hanno rubato il carico."

In qualche modo l'aver aspettato quell'ora poco canonica per telefonare rende tutto più credibile.

Lui non ha mai mentito al Dottore. Non avrebbe osato.

Infatti il Dottore, il terribile capozona genovese dell'organizzazione che porta l'hashish dalla Tunisia al continente, gli crede. La vicenda che Antonello gli racconta, peraltro, è del tutto plausibile: stava rientrando dalla spiaggia di Efisio con il Ducato carico di roba quando sulla provinciale è stato affiancato da una Bmw bianca. Tre uomini armati e mascherati dal forte accento romano lo hanno costretto a fermarsi. Si sono impossessati del carico e sono scomparsi.

"Com'erano fatti?" gli chiede il Dottore. Sono anni che lavora con Antonello. Si fida.

"Sembravano zingari, Dottore. Sembravano zingari."

"Il numero di targa lo hai preso?"

Antonello gli snocciola il numero di targa della Bmw dei Di Rocco.

"Zingari e di Roma..." riflette il genovese. "Per andare così fuori zona devono essere molto potenti... O molto disperati. Di sicuro sciocchi. Lo scopro in un minuto chi sono. Lo ritroviamo il carico, non preoccuparti."

"Mi dispiace, Dottore," dice sincero Antonello. D'altronde non sta mentendo: se quello scopre l'inghippo, gli dispiacerà sul serio.

"Non preoccuparti. Intanto domani ti mando quattro dei miei per aiutarti nelle ricerche", e il Dottore riattacca.

Quindi domattina, o al massimo domani sera, arriverà alla spiaggia di Efisio un motoscafo carico di gaglioffi armati fino ai denti, pronti a scontrarsi con i Di Rocco. Il piano di una ragazzina matta come un cavallo. E se non vogliono inguaiare anche gli altri – più di quanto già non siano – sarà meglio tenerselo per sé, pensa Antonello.

Ma mentre scendono dalla macchina si sente chiamare.

"Antonello!... e... Veronica?!"

È don Virgilio in piedi sulla porta della sede.

"Che tornate a quest'ora, ragazzi?" chiede sospettoso il prete.

"Siamo andati a fare un giro..." Veronica si butta coraggiosamente nella breccia ma non si sa tra lei e Antonello chi abbia l'aria più colpevole.

"Antonello: guardami negli occhi. Dove eri?" chiede don Virgilio, rivolgendosi a quello che secondo lui è l'adulto responsabile della situazione.

Antonello lo guarda spaventato. Può sapere qualcosa? Può immaginare qualcosa?

"Virgilio... Siamo andati in spiaggia... E a mangiare una pizza... Non ci si può allenare sempre."

"Non mi prendere in giro, Antonello. Sono due giorni che sparite..."

Questo è troppo, pensa Antonello. L'avesse sfiorata, almeno! Sta mettendo a rischio il culo per salvare questa gente, e gli tocca anche la paternale notturna. Non di fronte a Veronica, poi. È troppo imbarazzante.

"Veronica, tu vai pure a dormire," le dice deciso. "Sarai stanca. Qui me la sbrigo io."

"Ma non penserai davvero..." comincia a protestare lei con foga, rivolta a don Virgilio.

"Veronica. Ti prego," la voce di Antonello è quella di un uomo al limite della sopportazione. E Veronica, dopotutto, ha diciassette anni, ha vissuto per ore di sola adrenalina, e si accorge all'improvviso di essere esausta.

"Va bene. *Notte bona Antonè*... E grazie."

"*Grazie a tibe, Verò*." Lui le sorride. "E come direbbe il nostro amico qui, che Dio ce la mandi buona."

Quando la ragazza è fuori portata d'orecchio, don Virgilio non ci pensa due volte a fare il contropelo alla sua pecorella.

"Ma sei pazzo? Quella è una ragazzina! Tu hai più di trent'anni!"

"Ma che scherzi, Virgilio? Che ti sei messo in testa!"

risponde di scatto Antonello, cercando di non far trapelare i pensieri che ha fatto nel capanno, e a dire il vero negli ultimi giorni con Veronica.

"Fai una cosa allora, Antonello, per tranquillizzarmi. Te la faresti una confessione?"

"Virgilio, ma sono almeno quindici anni che non mi confesso! Non finiremmo più di parlare..."

"Hai fretta tu? Io no."

Antonello ci pensa su. Poi gli viene un'illuminazione.

"La confessione è quella cosa che io ti dico tutto e tu non puoi riferirlo a nessuno, vero?"

"*Ostregheta! Gavemo un teologo, qua!*" sbotta il religioso. "Sono contento che ti ricordi un po' di catechismo... È proprio così, Antonello. Segreto assoluto."

"E allora andiamo, Virgilio. Ma ti avverto: non ti aspetti nulla di quello che sto per dirti."

I due, di comune accordo, fanno due passi fino al campo da calcio. Si siedono sulle sedie arrugginite a bordo campo. E Antonello comincia a parlare. Della droga, il suo secondo lavoro, dell'idea della ragazzina pazza, del capanno, della fuga e della telefonata a "zia Teresa".

Virgilio ascolta, senza dire una parola. Quando il racconto è finito, fissa Antonello, ancora senza parole.

Forse era meglio se se la scopava.

Gli era sempre sembrato un ragazzo tranquillo, e anche un po' apatico. Alla faccia dell'apatico. Lentamente, dà l'assoluzione al componente della squadra che probabilmente ha appena scatenato una guerra tra gang a Prantixedda Inferru.

"Ero convinto che della squadra non ti importasse poi molto," osserva poi.

"Ne ero convinto anch'io," conferma Antonello.

"Adesso dovremo stare molto attenti..." mormora Virgilio, preoccupato.

"Ma ce la caveremo, don Virgilio... Com'è quella frase che diceva il tuo boss?"

"Quale boss?" Tutti i criminali che girano per il paese ultimamente gli hanno dato alla testa, questo vede boss dappertutto, si dice il prete.

"Quello sulla croce."

"Nostro Signore?"

"Eh, lui," Antonello non si scompone. Rovescia indietro la testa e fissa il cielo stellato sopra di loro. "Non era lui che diceva: Siate prudenti come i serpenti e semplici come le colombe?"

"Eh già..." annuisce Virgilio guardando anche lui il cielo. "E anche loro erano pecore in mezzo ai lupi..."

## 53.

Raffaele, con tutti i cazzi che c'ha, non avrebbe mai pensato di finire di nuovo in campo dall'inizio, e vive la formazione diramata dal mister con una certa ansia. Giuseppe invece per essere in campo dall'inizio darebbe tutto, ma la schiena lo ha tradito.

Sarà stata la tensione, qualche movimento falso, l'aria del ventilatore che sua moglie ha insistito per accendere contro il caldo che anche di notte picchia su Prantixedda Inferru, ma il giorno della finale Giuseppe non riesce ad alzarsi dal letto.

"Anna! Anna!"

Anna arriva dal salone dove stava chiacchierando con Iole e Michela.

"Che hai?"

"Guarda nel cassetto... Acchiappa il Voltaren e fammi subito un'iniezione... Non riesco ad alzarmi, cazzo!"

"Papà! Che hai?" chiede suo figlio maggiore entrando in camera con il piccolo Carlo inerpicato sulle spalle che gli batte una bottiglia di plastica in testa. Vuota, per fortuna.

"Mi sono incriccato... Aiutami ad alzarmi."

Riccardo mette giù Carlo, che schizza via, e aiuta suo padre a tirarsi su, mentre Anna impugna la siringa. Zac! Un bel 75 mg di Voltaren, e Giuseppe si rimette a letto.

"E ora che fai?" chiede la moglie disperata. Non vorrebbe che le saltasse la giornata in spiaggia. Va bene la buona o la cattiva sorte, ma se stasera deve andare a friggere sugli spalti di un campo da calcio almeno prima ha diritto a una giornata di relax.

"Ora sto sdraiato, faccio esercizi e bagni caldi," sospira Giuseppe. "Oggi pomeriggio un'altra iniezione e speriamo di stare in piedi per la finale."

Gli viene da piangere come un ragazzino. Non può perdersi la finale. Non può essere così sfigato.

Chiama Selvaggi, gli comunica la sua condizione. Gli spiega che sarà in ogni caso al campo, che la lombare gli si è bloccata tante volte, e che non esclude di potersi rimettere in sesto nelle ore che mancano alla partita.

"Ma mi sa che devi pensare anche a un'alternativa, mister," aggiunge onestamente.

"Non ti preoccupare, Giuseppe. Tu cerca di rimetterti in piedi, che io intanto penso al piano B."

E il piano B viene autorizzato dal sindaco Crisponi in persona. Una delegazione dei notabili di Prantixedda si presenta in forze al Municipio e lo esorta a chiedere un favore personale alla direzione del SoleVillage.

"Va bene, va bene, chiamerò il direttore," promette Crisponi. "Vi ringrazio del vostro... ehm... interessamento."

Ma quelli non si muovono.

"Be'? Non avete le vostre botteghe a cui tornare?" chiede nervosissimo Crisponi.

"È domenica," gli ricorda la farmacista.

"Abbiamo tutto il tempo di stare qui ad assisterla durante la telefonata", il macellaio si siede davanti alla scrivania del sindaco, regalandogli una vista inquietante sulle macchie brunastre di sangue bovino (si spera) sul suo grembiule.

"Casomai servisse qualche suggerimento," aggiunge il tabaccaio che sempre pensa alla sua scommessa da difendere. E si appoggia allo stipite mettendo a pulirsi le unghie con un taglierino.

È sempre commovente vedere un gruppo di elettori che si fida così tanto del proprio sindaco.

Così la telefonata viene fatta, Boèle viene eccezionalmente liberato dai servizi della giornata e riaggregato alla squadra, e su suggerimento del tabaccaio il sindaco cerca di ottenere anche i cugini del forestale, i due Virgilii. Ma quelli sono stati mandati in continente col traghetto il giorno prima a caricare i nuovi windsurf per lo sport club.

"Mi dispiace, sindaco," si tormenta al telefono il direttore del villaggio. "Me lo avesse detto prima avrei liberato anche loro... Per il trionfo dell'Inferru questo e altro..."

"Fa niente, fa niente," il Merda cerca di chiudere velocemente la telefonata e si lascia sfuggire un "Meglio così...".

"Mi dispiace davvero, sindaco," insiste l'altro. "Anche perché io poi con questi nuovi arrivi non ci faccio niente... Me li hanno imposti da Roma da un giorno all'altro ma non sanno fare nulla, giocano sempre e solo a pallone. Il gigante che vi riprendete oggi, il mostro, se volete farmi un favore potete pure tenervelo. Spaventa i bambini, non dice una parola, rompe tutto quello che tocca, non è un dipendente è un cataclisma!" si sfoga il pover'uomo.

Dieci minuti di lamentele dopo, Merda riesce a chiudere la telefonata, non prima di aver dovuto concedere all'esacerbato direttore un paio di permessi in più per le moto ad acqua del villaggio.

"Il colmo, questo è il colmo!" sibila il sindaco al telefono a Raffaele, quando finalmente riesce a estromettere dal proprio ufficio i tre bravi cittadini. "Mi tocca perfino trovarti i giocatori... Ma se stasera non fai perdere questi quattro stronzi, ci penseranno i Di Rocco a farti capire come gira il mondo. E stavolta se la tua fidanzatina si mette in mezzo finisce male anche lei, capito?"

"Non ti azzardare a minacciare Michela," ribatte Raffaele, ma ha un brivido.

"Perdete male questa finale," si limita a ripetere il Merda. "Poi l'estate e le polemiche faranno il resto, a settembre non ti presenti al campionato e vendi tutto. Così eravamo d'accordo e così deve andare, capito?"

E sbatte giù il telefono.

Raffaele rimane immobile. La sua scommessa l'ha piazzata, si ricorda. I giochi sono fatti. E adesso è ora di giocare.

Alle 15 Prantixedda Inferru è già tutta in piazza, pronta a muoversi verso Nùoro, l'Atene sarda. L'arrivo di Boèle sul Suv guidato da Sandro che è andato a prenderlo al villaggio viene salutato da una folla in tripudio che urla, canta e batte le mani sul parabrezza dell'auto come se fosse arrivato in paese Ibrahimović.

"Bo-è-le, Bo-è-le!"

Il gigantesco forestale apre il finestrino, si sporge, stringe mani e saluta con gesti benedicenti che neanche il papa.

Sandro lascia il Suv nel parcheggio del Municipio e raggiunge il pulmino della squadra. Il paese intero si è tassato per noleggiare ai suoi atleti, almeno nel gran giorno, un mezzo di trasporto degno di questo nome. Mica possono presentarsi alla finale in ordine sparso come dei turisti. "*Su Paradisu est inoghe*" campeggia in giallo sulla fiancata: *Il paradiso è qui*. Partono, in mezzo a un tripudio che rasenta l'ebbrezza, anzi data la consumazione di Ichnusa e vino rosso fin dal mattino più che rasentarla la centra in pieno. Una carovana di almeno una trentina di macchine tra parenti e tifosi fa da scorta fin dalle porte del paese agli eroi dell'Ogliastra, ma da tutta la regione si stanno muovendo automobili, motorini, autobus interi e persino biciclette, carretti e qualche ragazzino in autostop.

Un esodo.

Mentre il pulmino dell'Inferru viaggia sulla statale per Nùoro, il mister Selvaggi si alza in piedi, si piazza al centro del corridoio e si schiarisce la voce. Tra i giocatori, che finora hanno esorcizzato i nervi pre-partita facendo più cagnara possibile, cade il silenzio.

"Voi sapete quali sono le squadre che vincono, ragazzi?"

Svariati polmoni trattengono il respiro, appesi alle parole del mister campione del mondo.

"Le squadre che vincono le finali sono quelle che sono arrivate in finale," si risponde da solo Selvaggi. "Composte dagli stessi uomini, animate dallo stesso spirito."

Dal sedile davanti dove si è accomodato insieme a sua moglie, il signor Pietro annuisce serio, approvando.

"Se voi siete qui è perché meritate questa partita," continua il mister. "E stasera non dovrete essere altro che ciò che siete sempre stati. Una squadra messa su per caso, per emergenza, ma fatta di persone che amano il calcio. Che vogliono giocare e che hanno accettato di giocarsela. Non domandatevi se c'è qualcuno più forte di Raffaele che potrebbe stare dietro..."

Raffaele ride, ridono tutti, e parte un applauso.

"...perché qualcuno più forte di lui c'è sicuramente.

Così come esiste sicuramente un centrocampista più allenato di Virgilio...”

“Ho alzato ostie tutta la settimana, mister!” e il parroco si guadagna un altro applauso.

“...o un *falso nueve* che non soffra di sciatica...”

La battuta viene accolta da una smorfia di dolore di Giuseppe, che sta facendo stretching sui sedili dell’ultima fila.

“Ma il punto non è ognuno di voi: il punto siete voi, tutti insieme.” I giocatori tornano seri, concentrati. Si guardano l’un l’altro e hanno negli occhi gli ultimi giorni asserragliati tra campo e sede, gli allenamenti e la paura dei Di Rocco, i canti sardo-egiziani di Ionis e Jeremy e quel po’ di doping fornito da Antonello per calmare i nervi, le grigliate di Giacinto e le terrificanti favole popolari russe serali di Lida... Fili della tela obliqua, bucherellata ma sorprendentemente resistente di un’amicizia nata intorno al pallone. “Importano gli equilibri che avete trovato tra di voi, importa chi dà sicurezza all’altro, e chi costringe l’altro a dare il massimo proprio perché non si sente sicuro,” prosegue Selvaggi che di questa tela è stato il tessitore, nel poco tempo che ha avuto con loro. “Una squadra è un mistero. Una squadra vincente è un mistero assoluto. Il bravo coach che se la trova tra le mani non deve pensare troppo, perché se no la rovina. Non deve pensare al livello dei singoli giocatori, ma al ruolo dell’insieme, a come funziona. E voi funzionate bene. Non so perché, ma vi dico una cosa: se siete in finale è perché siete una squadra da finale. E potete essere i campioni.”

La parola rimane sospesa nell’abitacolo come una promessa troppo grande per essere mantenuta.

“Non vi dico neanche che dipenderà da voi. Dipenderà dal dio del calcio, quello che mi ha fatto vincere un Mondiale senza aver messo piede neanche in panchina. Voi potete fare solo una cosa stasera. Giocare al massimo, ogni minuto che passa, ogni secondo che passa. Per ogni gol da recuperare, per ogni gol da difendere. Voi giocherete al massimo, perché siete i finalisti. E i finalisti giocano per vincere!”

Tace e guarda i suoi giocatori, uno a uno, in un silenzio pieno di pensieri.

Jeremy, che di quel lungo discorso in italiano non ha capito un cazzo, è il primo ad alzarsi in piedi e a urlare: “Grhande mister!”.

Evidentemente ha imparato tutto l’italiano che serve.

L’intero pulmino comincia a inneggiare. “In-fer-ru, In-fer-ru!!”

Antonello, alla guida, ritma col clacson.

“Ma Antonello ce l’ha la patente per questo mezzo?” chiede sottovoce Michela a Raffaele. Manca solo che la polizia lo blocchi proprio adesso, dopo tutto quello che hanno passato.

“Michela, mezza squadra ha in tasca dei documenti falsi,” le ricorda Raffaele. Merda, con l’amabile sollecitazione di Giuseppe, ha fatto il possibile, ma nemmeno un esercito di notai sarebbe bastato a regolarizzare quella squadra in meno di una settimana.

“Quindi devo stare tranquilla?” lo prende in giro lei.

Documenti falsi. Sindaco incazzato. Mafiosi rom sul piede di guerra. C’è davvero da stare tranquilli, certo, pensa Raffaele. E almeno lei non sa nulla della scommessa...

In quel momento sul cellulare gli arriva un sms.

“Sarò in tribuna a fare il tifo.”

È di Feliciani.

Qualcosa gli dice che non farà il tifo per loro.

# 54.

Alle 20 di domenica 15 luglio, allo stato Frogheri di Nùoro – ma tutti lo chiamano ancora Quadrivio, il nome che ha avuto per più di cinquant'anni perché costruito al centro di un molteplice incrocio stradale – agli ordini del mister Franco Selvaggi scende in campo il Prantixedda Inferru così schierato:

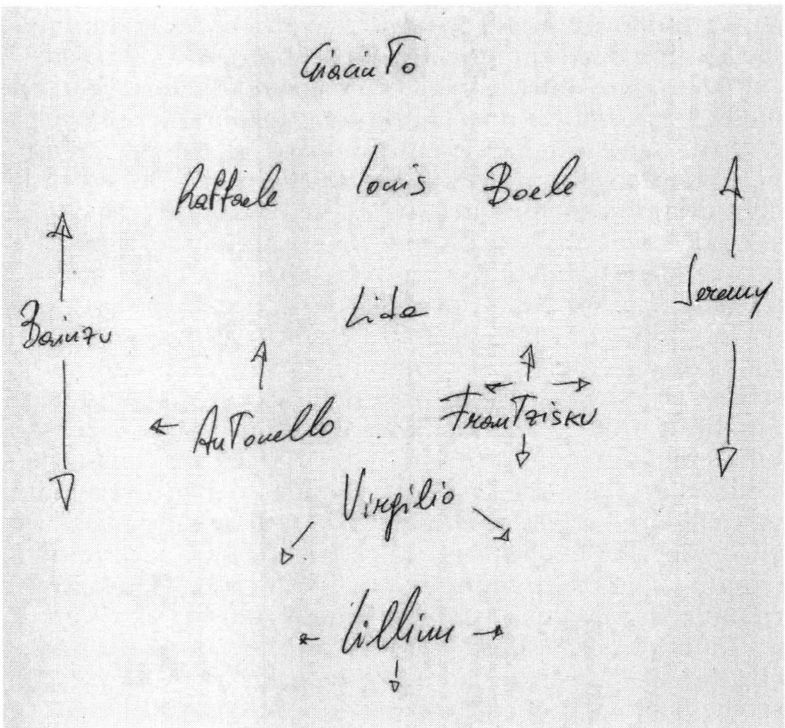

In panchina sono il secondo portiere Sandro, tzìu Martine, Michela e Giuseppe. Quest'ultimo, appena arrivato al campo, ha trovato Goliardo, il cugino di Boèle, un operaio edile di due metri per due che, alla luce di nozioni di osteopatia probabilmente apocrife, lo ha scrocchiato senza pietà. Poteva andare bene o poteva restare invalido a vita. È andata bene. Giuseppe adesso maledice la telefonata fatta stamattina al mister, ma ormai quel che è fatto è fatto e gli tocca la panchina, almeno all'inizio. Sistemata la sua fascia lombare (e più nel complesso la sua armatura da Robocop) il vip redivivo si accomoda a bordo campo, pronto a entrare al primo (scontato) acciacco di un compagno.

Lo stadio è pieno.

Ogliastra contro Campidano.

In Barbagia.

Fischio d'inizio.

La trasformazione operata da Selvaggi in soli quattro giorni dimostra chiaramente che quando uno ci capisce di calcio le cose cambiano. I giocatori sono i soliti, ma la formazione fa la differenza. Girando attorno ai pregi e ai difetti di ognuno di loro, il mister ha disegnato la squadra perfetta. La difesa a tre è l'uovo di Colombo. Liberati dai compiti prettamente difensivi, Baìnzu e Jeremy sulle fasce si rivelano travolgenti. Scendono, tornano, crossano, tirano. Antonello, spostato a centrocampo e promosso capitano data l'assenza di Giuseppe, dà sicurezza a tutti, e in particolare a Lida, che sembra essere più lineare nel suo ruolo di interdizione. Frantziscu, in un centrocampo costruito con logica, spicca per quello che è, un raffinatissimo direttore d'orchestra. Tocca il pallone con grazia assoluta, lancia il cuoio a trenta metri di distanza, palleggia e si libera degli avversari quasi li prendesse in giro. La mamma, che era venuta al Quadrivio per urlarne quattro a figlio e zio, non fa che applaudire quello che il suo vicino in tribuna ha già soprannominato "il Platini dell'Ogliastra" e ripetere "È mio figlio, quello. Il giallo gli dona tantissimo".

Ionis guida la difesa con maestria, e si concede spesso alle sue discese travolgenti, Raffaele, protetto dagli altri, svolge il suo compito con attenzione, e così fa Boèle. Don

Virgilio (vertice del rombo di centrocampo sulla tre quarti) è in fondo l'unica nota stonata. Nervoso, tagliato fuori dal ritmo veloce, non più abituato al clima rovente e al tifo acceso, non riesce a entrare in partita. Ma pochi se ne accorgono anche perché davanti c'è Lillìnu che, servito da ogni dove, diventa il vero incubo del Bidda Ruja. Scatta, dribbla, inventa, tira. Un'ape, un serpente, un rapace.

Già: il Bidda Ruja, l'altra squadra finalista. Sono quelli del 32 a 0 della prima partita, e da quando hanno scoperto che si sarebbero ritrovati di fronte quei brocchi dell'Inferru non hanno smesso un momento di ridere.

Il Bidda Ruja è fisico. È una squadra molto giovane, e l'idea di perdere con una squadra di cariatidi non l'ha presa proprio in considerazione.

Stanno smettendo di ridere in questo preciso momento.

Sono in difficoltà. Non sanno prendere le misure.

Evidentemente alcuni elementi cruciali dell'Inferru sono cambiati, e non di poco. Per esempio il portiere. Nel primo incontro era uno spilungone scoordinato che faceva delle facce strane, ora tra i pali c'è un corsaro con un occhio solo che fa paura anche solo ad avvicinarsi. Urla, strepita, ordina schemi e chiama i difensori. Ce l'ha soprattutto con il numero 5... "Venturaa! Venturaaa!! Torna... è tuo! Prendilooooo!"

Mettici poi l'egiziano che gioca come se volasse, lo sconvoltone a centrocampo che dà il fritto, la bionda-ursus che mena come pochi, quel dandy del cazzo con la sua aria strafottente, le due saette sulle fasce e il piccolo Pelè davanti che anche l'altra volta era l'unico decente ma adesso è diventato un campione (tutte quelle ore ad allenarsi al SoleVillage invece di lavorare) ed ecco perché sul finire del primo tempo siamo sul 2 a 0 per il Prantixedda.

Lillìnu-Lillìnu, ovviamente.

Il mister del Bidda Ruja non sarà un campione del mondo come il suo dirimpettaio, ma capisce subito che sul fronte tecnico, o su quello tattico, la partita è persa. L'unica strada è sul fronte fisico, e del carattere. E dà il via alla guerra con un cenno al suo capitano.

Al quarantesimo del primo tempo il 15 del Bidda Ruja sdraia malamente da dietro Baìnzu lanciato verso la porta.

Neanche un secondo e Lillìnu gli sta mangiando la faccia. Antonello si getta in mezzo al crocchio per sedare la rissa, ma viene centrato con un diretto al mento dal 9, il capitano del Bidda Ruja. Da lì è il disastro.

A centrocampo ventidue giocatori sembrano volersi uccidere. Dalla sua porta è partito Giacinto che avanza tra le file nemiche come Obelix tra le coorti romane, liberando a suon di manate la strada che lo separa dal numero 15. Don Virgilio cerca di calmare gli animi, ma quando il 9 avversario gli mette una mano sul viso lui gli molla un manrovescio che lo cappotta, proprio sotto gli occhi di Giuseppe, che lo guarda allibito. Il prete si guarda intorno, si accerta che i giudici di gara non lo abbiano visto, e continua a strattonare maglie in giro per il campo. Anche Frantziscu valuta il campo visivo della terna arbitrale, infilandosi e scalciando negli angoli morti. A fermare il 9 in cerca di vendetta pensa invece Lida, con una violentissima gomitata invisibile ai più. Ma purtroppo non a uno dei guardalinee.

L'arbitro non sa più cosa fare fino a che Selvaggi e Giuseppe, dando fondo al loro carisma, non riescono a portare la calma sul rettangolo di gioco. Il giudice di campo si consulta con i guardalinee e sentenzia. Fuori il 15 del Bidda Ruja, fuori Lillìnu e Lida. Ammoniti tre campidanesi e Giacinto, con don Virgilio.

Il pubblico ogliastrino esplode, la decisione è ingiusta, almeno il capitano dei campidanesi doveva esser cacciato. L'intera squadra protesta, ma l'arbitro è irremovibile. Si ricomincia con s'Inferru in inferiorità numerica: 9 contro 10.

Si batte la punizione, giusto il tempo per un tentativo da fuori del Bidda Ruja e l'arbitro fischia. Fine primo tempo, si torna negli spogliatoi.

S'Inferru è scosso. Antonello non può rientrare, ha un labbro spaccato che, dice, non smette di sanguinare. E il regolamento non consente di sanguinare. "Non mi sembra messo così male..." obietta Raffaele.

"La fai facile, non sei tu che sanguini!" lo rimbrotta Veronica. Lo sguardo di intesa che si scambia con l'amico sfugge a tutti tranne che a don Virgilio.

"Veronica, entri tu," taglia corto Selvaggi.

Antonello incrocia lo sguardo del prete, e gli sussurra: "Zia Teresa ha trovato i pacchi alla cantoniera. I suoi nipoti stanno arrivando. Devo andare".

"Ce la faresti a entrare al posto mio?" chiede allora il prete a Giuseppe.

"Che ti sei fatto?"

"Non ci sto con la testa. Se rientro mi buttano fuori. E poi sto giocando male."

Giuseppe guarda il mister, Selvaggi annuisce.

"Te la senti?" chiede.

"Certo che sì," è disposto a tutto pur di giocare anche se, passata l'euforia post-trattamento, è preoccupatissimo per la sua schiena. Comunque non c'è alternativa. Oltre a lui in panchina ci sono Sandro, Michela e tzìu Martine. Deve entrare, punto e basta.

Lillìnu e Lida sono sull'orlo delle lacrime (il primo, soprattutto. La seconda è troppo orgogliosa). I compagni di squadra li abbracciano, sorridono e fanno battute per tirarli su, ma in realtà sono disperati: sono stati espulsi due dei migliori. E Antonello resta fuori.

Il mister batte le mani, cerca di restituire carica e concentrazione a una squadra sotto choc, e s'Inferru esce dagli spogliatoi per rientrare in campo.

Giuseppe, Sandro e Raffaele sono rimasti ultimi della fila, intenti a battersi pacche sulle spalle per farsi coraggio.

È allora che, prima che possano uscire, sulla soglia dello spogliatoio si para Omar Di Rocco.

Chiude la porta alle proprie spalle. Si avvicina a Giuseppe con una mossa stranamente fulminea per un uomo così massiccio, lo spinge a sedere su una sedia e tira fuori il coltello.

"Tutti zitti, e nessuno si fa male," ringhia.

La cosa più strana è che vedendosi poggiare il coltello sulla gola Giuseppe pensa: Da quant'è che non lo avranno lavato?

## 55.

Le squadre sono in campo, e aspettano il fischio di inizio. Nella tribuna centrale, in mezzo al pubblico, ben visibili a tutti, si sono piazzati i tre Di Rocco. La voce di Omar risuona chiarissima nella mente di Giuseppe e di Raffaele: *Avete quarantacinque minuti per farci godere. Non ci deludete, campioni.*

Risuona anche nella mente di Sandro che però non può fare altro che tormentarsi le mani in panchina.

Michela nota i tre mafiosi, lancia uno sguardo a Raffaele che vorrebbe rassicurarla con un cenno, ma proprio non ce la fa. Tira una manica del fratello seduto accanto a lei.

"Sandro, oddio, ci sono i Di Rocco."

"Li ho visti."

"Vattene. Scappa. Tanto mica devi giocare," lo esorta lei, con urgenza.

Sandro la guarda con fraterno disprezzo.

"Io non scappo, sorellina."

"Ma quelli ti ammazzano!"

"Io non scappo," ripete lui, cocciuto. Non sa a far che, ma lui deve restare. Sarà pure er Pippa, ma ha finalmente capito che la posta in gioco è molto più alta dei suoi casini da parafangaro. Se vincono la partita quelli li ammazzano tutti e tre, questo è sicuro. Se la perdono, però, tanto vale che si ammazzino da soli.

"Sandro..."

"Zitta," ingiunge lui severo, poi però alza una mano a farle una carezza, e le volta il viso verso il campo. "Ora si comincia."

Fischio d'inizio.

Selvaggi ha messo Veronica dietro, avanzato Jeremy e riportato la difesa a quattro. Ora s'Inferru è così schierato:

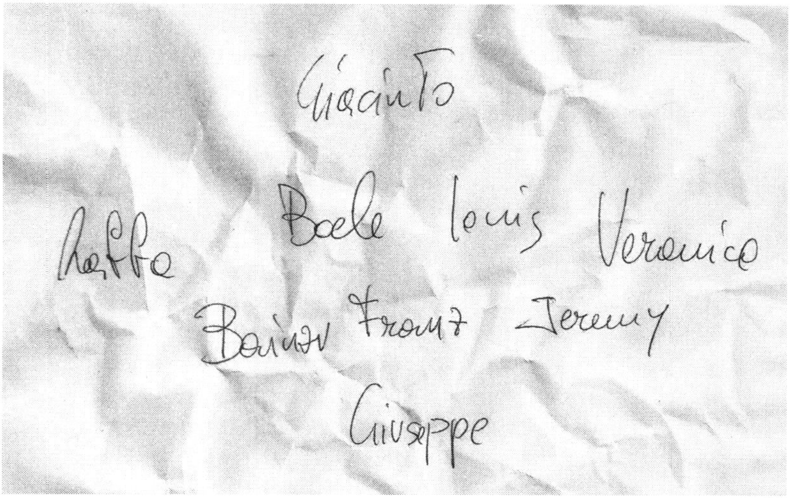


Con Giuseppe che arretra in copertura e Baìnzu pronto a scattare in avanti alla prima occasione. La squadra soffre, il Bidda Ruja non ha subìto contraccolpo psicologico dalla perdita di un solo giocatore – e per di più quello stronzo del numero 15 che non paga mai da bere – mentre il morale di s'Inferru sembra reggersi più che altro su Ionis e su Giacinto, che urlano per riprendere la squadra in mano.

Richiamano i compagni uno a uno, suonano loro la sveglia, danno la carica. E sembrano riuscirci, anche se in nove è tutto più difficile. Soprattutto se si considera che al posto di Antonello è entrata una ragazzina sveglia e atletica, ma che non sa giocare, e che al posto del fuoriclasse Lillìnu c'è un giornalista televisivo menomato dal colpo della strega. E che al momento sulla partita non riesce proprio a concentrarsi, come il suo amico in difesa.

Il Bidda Ruja capisce che s'Inferru è in difficoltà, attacca e non dà tregua. Al decimo minuto s'Inferru perde palla. Ripartenza del Bidda Ruja, azione veloce e botta da fuori dell'odiato numero 9. Pallone che colpisce Raffaele su un fianco e si insacca alle spalle di Giacinto.

2 a 1.

Per Michela e Sandro, dalla panchina, è difficile seguire la partita. La postazione dà loro un'ampia vista sul campo, ma ancora più diretta è la vista sulla tribuna centrale, dove i Di Rocco stanno sgranocchiando noccioline a manciate. Sandro vede in ogni arachide che esplode tra le loro mani un chiaro ammonimento: ora lì c'è la nocciolina, tra meno di venti minuti ci saranno le sue falangi.

Poi Sandro strabuzza gli occhi. Michela lo stesso.

"Ma quello... È don Virgilio?" chiede incredula.

"Con Antonello," annuisce suo fratello.

"Ma perché si è vestito da prete?" sbalordisce tzìu Martine seguendo la direzione del loro sguardo.

Don Virgilio, in effetti, si è rimesso l'abito talare, neanche dovesse dir messa. Antonello invece è ancora in calzoncini e maglietta. Sono in compagnia di quattro energumeni vestiti di nero, che anche da lontano non danno l'idea di essere pacifici tifosi. Sembrano più i buttafuori di una discoteca.

"Ma sono amici di Antonello?" Sandro pensava che non si sarebbe stupito più di niente, ma è stupito. Il loro amico sembra capeggiare quella specie di commando di pesi medi. E sta indicando loro i posti in cui sono seduti i Di Rocco. I quali non si sono accorti di niente.

La panchina dell'Inferru segue con il fiato sospeso una scena che, con la telecronaca della partita e i cori da stadio come audio, ha del surreale. Antonello addita. Don Virgilio annuisce con forza, dice qualcosa. I quattro in nero si avviano, spostando a spintoni gli spettatori che li separano dal loro obiettivo. I Di Rocco si girano, li vedono, si alzano. La tribuna si disperde, come se tra le seggiole fosse esploso un petardo. E in un amen – è proprio il caso di dirlo, dato il religioso coinvolto – si sviluppa un violentissimo corpo a corpo.

È in quel momento che il Bidda Ruja segna il 2 a 2. È il venticinquesimo e segna con un colpo di testa il numero 10, sfuggito alla marcatura di Veronica, chiaramente distratta da quanto succede sugli spalti. L'arbitro fischia, la palla va al centro mentre Giacinto scuote Veronica che non sa più se guardare nella rete che è stata bucata per colpa sua o sulle tribune dove si sta scatenando il finimondo.

Le sembra di veder brillare dei coltelli, sotto le luci della tribuna. Si sente male. Antonello, già suonato per la rissa in campo, ora è in mezzo a un'altra rissa, con armi da taglio... per colpa sua. Veronica trema e scoppia a piangere, Michela entra in campo e la abbraccia per consolarla. Mentre Raffaele e Giuseppe cercano di rendersi conto di cosa stia succedendo – i Di Rocco hanno aggredito qualcuno o il contrario? ma quello è don Virgilio vestito da prete che mena fendenti con un seggiolino divelto? – la rissa comincia a spostarsi. Sono i Di Rocco in fuga. Scendono, correndo, verso la rete che separa gli spalti dal campo. In tribuna è arrivata la polizia.

"Ma dove sono finiti i quattro tizi in nero?" chiede Michela attonita, ancora abbracciata a Veronica.

Sandro si guarda attorno ma è come se quei quattro non fossero mai esistiti. Si è volatilizzato anche Antonello. Mentre don Virgilio, dritto e composto come se stesse declamando la predica, adesso parla con i poliziotti. Addita i Di Rocco, cui non resta che scavalcare la rete e invadere il campo.

Ora sono al centro del rettangolo di gioco; uno di loro ha la pistola in mano. Sono chiaramente disorientati. Non sanno dove scappare e se farlo. Al posto dei loro aggressori, che non li hanno inseguiti, ora sono circondati da uomini in calzoncini.

"Prendeteli!" grida rabbioso Omar Di Rocco, nel dubbio, indicando Raffaele e Giuseppe.

Dalla panchina, Sandro balza in piedi.

"Dove vai?" grida Michela.

"Tu non muoverti da lì!" e si precipita verso i suoi amici, irrompendo nel campo assieme alla polizia che è scesa di corsa dalla tribuna. Gli agenti puntano le pistole verso i tre rom, che stanno prendendo di mira Giuseppe e Raffaele.

"Fermi! Buttate le armi!"

Omar Di Rocco è una fiera ferita. Allunga il braccio,

ghermisce Veronica, la tira a sé strappandola dalle braccia di Michela e le punta la pistola alla tempia.

"Lasciateci andare! Lasciateci andare o le..."

Non fa in tempo a finire la frase. Lo colpisce una sorta di treno sulla schiena. Di cazzottoni come quello Giuseppe e Raffaele ne hanno visti solo nei film di Bud Spencer. Dall'alto verso il basso, all'attaccatura tra collo e spalla. Un colpo così forte che il mafioso per un attimo crede di essere stato sbalzato in un'altra dimensione. La pistola vola per aria e Di Rocco, girando su se stesso mentre cade, fa in tempo a vederla atterrare nella mano aperta di Giacinto. L'altra mano del gigantesco gitano, la destra, è ancora chiusa nel pugno che lo ha steso.

Omar Di Rocco piomba a terra come un sacco di patate, e due poliziotti gli sono subito sopra, mentre gli altri si avvicinano ai suoi compari per disarmarli. Non fanno in tempo. Il Di Rocco numero due, Valentino, viene afferrato da Boèle, che lo solleva sopra la testa e con un magistrale tiro in porta lo usa per segnare un gol fuori partita. Helver Di Rocco, ormai solo, approfittando della confusione, prende la fuga verso gli spogliatoi; ma ha fatto i conti senza Sandro che lo rincorre, e tende da dietro una delle sue lunghe gambe interrompendo la sua corsa con un micidiale sgambetto. Il Di Rocco numero tre spicca il volo, decolla verso l'alto e va a spiacciccarsi contro la rete di recinzione.

Sandro gli è subito sopra. Si siede sulla sua schiena e gli sussurra all'orecchio: "Quante volte ve l'ho detto che non mi dovete rompere il cazzo?".

# 56.

Riprendere la partita o annullare tutto? Per un lungo quarto d'ora la questione è in bilico.

L'arbitro e i guardalinee sono terrorizzati: coltelli, pistole e tirapugni in campo, scazzottate sugli spalti, e questo lo chiamano calcio? In Sardegna non si fa così. I giocatori del Bidda Ruja vogliono riprendere: sentono la vittoria vicina. Ai giocatori del Prantixedda converrebbe rimandare, sono in nove e con le ossa rotte, ma sono (tutti, ormai) abbastanza sardi da non avere alcuna voglia di arrendersi. E poi l'adrenalina impedisce loro di pensare.

Inaspettatamente è proprio il commissario di polizia che ha guidato la squadra di salvataggio a rompere l'impasse.

"Riprendete," dice.

"Ma commissario, non dovete interrogare..." prova a protestare l'arbitro.

"Li interrogherò quando hanno finito di giocare," taglia corto quello. E mentre le squadre si organizzano per riprendere la partita, alza il pollice in direzione di suo cugino, il massaggiatore del Bidda Ruja.

A bordo campo Selvaggi cerca di risollevare il morale alla sua squadra scioccata, pesta e decimata.

"Ragazzi, non distraetevi," li esorta. "Vi è toccato tirare di boxe, abbiamo momentaneamente cambiato sport. Ma siamo qui per giocare a pallone. Per vincere la Coppa Sarda. E questa coppa la potete vincere solo voi."

"Ma dove cazzo andiamo in nove?" Baìnzu si guarda intorno desolato.

"Andate dovunque vogliate andare. Andate a rete," risponde il mister, con una punta di severità. "Non importa se manca Lillìnu o se manca Antonello. Quando la coppa sarà appoggiata in una bacheca non ci saranno scritti i nomi di chi giocava e di chi non giocava, di chi è uscito o di chi è entrato. Ci sarà scritto solo *Inferru*. O ci sarà scritto *Bidda Ruja*. E s'Inferru ora siete voi."

Al fischio dell'arbitro parte s'Inferru. Mancano venti minuti alla fine, salvo recupero ed eventuali supplementari e rigori, visto che siamo sul 2 a 2. S'Inferru continua a soffrire. Il Bidda Ruja attacca, spinge; Ionis, Jeremy, Boèle, Baìnzu e Frantziscu però sembrano reggere. Raffaele, Giuseppe e Veronica danno tutto quello che possono dare. Giacinto para l'impossibile. Ora salva sulla linea, prima allontanava un cross, prima ancora deviava sulla traversa una punizione diretta sotto al sette.

Selvaggi guarda quel che resta della sua panchina. Chiama Sandro. Lui si avvicina incredulo.

"Mister, che vuole che faccia?" chiede. "Se me lo dice lei entro, ma lei lo sa che io sono er Pippa? Sono più bravo come attore che come calciatore, e questo è tutto dire..." fa un breve sorriso autoironico e per un momento tutti i presenti vedono l'amarezza e la fatica, dietro la maschera del mimo. E pensano: non abbiamo mai capito un cazzo, di Sandro. "Però quelli sono i miei amici," continua l'uomo chiamato er Pippa accennando al campo. "E allora mi dica cosa devo fare, e lo faccio."

Selvaggi guarda i suoi nove leoni che resistono agli attacchi di dieci avversari inebriati dall'odore della vittoria vicina. Il pubblico ogliastrino è ammutolito. La curva campidanese fa un tifo assordante.

Senza smettere di seguire la partita, Selvaggi passa un braccio dietro il collo di Sandro, tirandolo verso di sé. "Sandro," dice, "una pippa, nelle circostanze giuste, è un campione."

Sandro lo fissa senza capire. Selvaggi lo volta verso gli spalti.

"Adesso tu ti metti al lavoro," dice indicandoglieli, "e per i minuti che ci mancano alla fine della partita voglio che tu, quella gente, la faccia *entrare in campo*. Voglio il massimo dell'incoraggiamento per quelle nove persone che giocano. Voglio che ti seguano. Voglio lo spettacolo di tifo più imponente che questo stadio abbia mai visto."

Sandro fissa il pubblico, e sembra che il pubblico fissi lui, in attesa di un cenno.

"Sì," annuisce piano. "Io questo lo posso fare... io questo lo so fare."

"Vai, Sandro," Selvaggi gli dà una pacca sul braccio e lui parte. Spalle al campo, occhi sul tifo ogliastrino, inizia da solo, a ritmare: In-fer-ru, In-fer-ru, In-fer-ru!! Metro per metro, centimetro per centimetro, si fa tutto il perimetro del campo guardando negli occhi i suoi tifosi, che, risvegliati come da una scarica elettrica, cominciano a urlare la propria passione al seguito del romano più pazzo di tutti.

Quello della piazzetta.

Come dalla panchina della piazza, tutta l'Ogliastra comincia ad appassionarsi al nuovo spettacolo di Sandro Parisi, che urla a squarciagola verso le tribune amiche, trascinandole in un tifo sfegatato. Antonello e don Virgilio, con le lacrime agli occhi, sostengono a tutti polmoni la squadra dalla panchina, dietro la rete urlano il loro tifo anche Lillìnu e Lida, attorniati dai Ventura e dall'intera famiglia di Giuseppe.

Il Quadrivio è trasformato in un catino infernale. Adesso il Prantixedda Inferru gioca in casa.

All'ottantacinquesimo il 16 del Bidda Ruja colpisce il palo al termine di un'azione solitaria sulla fascia. Ma non è tanto quello il problema, quanto che Veronica, per inseguirlo, cade a terra e batte male una spalla. Il dolore è troppo acuto, viene raccolta a bordo campo da Antonello. Non ce la fa a rientrare.

Michela scatta in piedi, pronta a entrare per sostituire l'amica. Ma Selvaggi le mette una mano sulla spalla.

"No, Michela, grazie. Entra Martine."

Lo zoppo alza gli occhi e lo guarda. Non sembra sorpreso. È come se si aspettasse quelle parole. E in realtà le aspettava da anni. Dal giorno in cui il cantiere si è portato via la sua gamba.

"Te la senti?" gli chiede Selvaggi.

"*Eja,*" fa Martine, e si alza.

Michela sposta lo sguardo dall'uno all'altro, poi esplode in uno dei suoi luminosissimi sorrisi.

"Vai, *tzìu*!" esclama. "Sei tutti noi."

Selvaggi parlotta con Martine, che annuisce ed entra in campo, saltellando sul piede buono. E dà le disposizioni agli altri.

"Io mi metto davanti. Giuseppe passa a centrocampo, Jeremy torna in difesa."

Giuseppe annuisce un po' perplesso. Guarda Raffaele, che secco gli fa: "Pensa a giocare". Non c'è un angolo del suo corpo che non sia zuppo di adrenalina. In poche settimane ha perso tutto, pensa. O ha guadagnato tutto, ancora non lo sa. È sudato fradicio. Il cuore gli scoppia. Le tempie gli pulsano. Ma mancano cinque minuti alla fine e cazzo, se il mister pensa che serva lo zoppo, lui allo zoppo lo fa pure segnare.

Giuseppe vede la sua espressione cambiare, raggiungere l'ultimo nocciolo di determinazione, e capisce.

"Hai scommesso, vero?" chiede, ansimando, le mani sulle ginocchia per riprendere fiato.

Raffaele annuisce.

"Per noi o contro di noi?" Giuseppe crede di sapere la risposta, ma deve sentirglielo dire. Sono faccia a faccia. Raffaele esita. Poi allunga le braccia, piazza le mani sulle spalle dell'amico di sempre.

"Per noi," dice. "Ho scommesso dei soldi che non ho."

Giuseppe sorride. Gli chiede: "Hai paura?".

Raffaele non risponde. Poi gli dice: "Vinciamola, Giusè". Si volta verso il mister, gli fa cenno che è tutto ok.

Rinvio di Giacinto, palla a centrocampo. Testa del 7 campidanese che anticipa Frantziscu. Palla al Bidda Ruja, che imposta sulla sua sinistra. Dal 7 al 9, poi indietro a cercare il 10.

Ma si inserisce Baìnzu, che con uno scatto brucia l'avversario. Si impossessa della palla, la lascia a Frantziscu, che cambia gioco verso Raffaele. Ventura si allunga il pallone, e inizia a correre sulla fascia. Salta il primo, poi il secondo avversario. Finge di convergere al centro, si allarga di nuovo, e ricomincia a correre. Il cuore gli scoppia. Le gambe gli fanno male, stanno arrivando i crampi. Una finta, salta il terzino. È quasi sul fondo. Si ferma di botto. Il campo gli gira intorno. Con la coda dell'occhio vede Sandro, che corre dietro le panchine. "In-fer-ru, In-fer-ru!..." il fracasso è terrificante. Vede arrivare un avversario di corsa, sposta il pallone di quel tanto che basta, e quello in scivolata finisce oltre la linea di fondo. Poi alza lo sguardo, e calcia il pallone.

La palla taglia tutto il campo, per arrivare al vertice opposto dell'aria avversaria. Qui piomba in corsa Giuseppe, che salta più in alto di tutti, la stoppa col petto, dandole un tocco sufficiente a farle riprendere una breve parabola verso l'alto.

Il vestito bianco, cazzo, sta pensando. Mi sono macchiato il fottutissimo vestito bianco.

Prima che il cuoio cada a terra, e mentre è ancora per aria, Rodàri gira le spalle verso la porta avversaria e in rovesciata lo tocca di quel tanto che basta a rimettere la palla al centro dell'area piccola.

I difensori del Bidda Ruja la stanno guardando cadere, pronti a rilanciarla, quando a 30, 40 centimetri da terra arriva un missile. Un uomo, in tuffo, perfettamente parallelo al terreno, che si è lanciato dall'altezza del dischetto del rigore. Colpisce il pallone di testa con una tale potenza che il portiere si accorge di essere stato superato solo quando sente il pubblico del Quadrivio esplodere in un mostruoso boato.

Tzìu Martine, di testa, alla destra del portiere.

3 a 2.

## 57.

L'aria che colpisce sul volto Giuseppe è secca, e sa di sale. Gli schizzi d'acqua che volano dalla chiglia del motoscafo lo risvegliano come un tonico. Questa notte d'altronde non ha dormito.

L'incredibile notte di Nùoro.

L'sms è arrivato cinque minuti dopo il fischio finale dell'arbitro: *Caro Giuseppe, se le fa piacere un mio motoscafo la verrà a prendere al porto di Arbatax domani alle ore 9. Paolo Feliciani.*

Ed eccolo lì, sul motoscafo. Cosa vorrà il miliardario? Che abbia riempito lo yacht di altri Di Rocco per farlo pestare? Se fosse una trappola? Ma il Furetto non gli sembra il tipo del pirata, non in questo modo. E allora cosa vuole?

Giuseppe chiude gli occhi contro lo schiaffo del vento, e ripensa alle ore appena trascorse, con una meravigliosa morsa allo stomaco.

Martine che fa per rialzarsi, ma viene sepolto dall'abbraccio dei compagni di squadra: una montagna umana festante. Lo stadio che esplode: sulle prime un boato di urla distinte, poi un unico impressionante coro: "In-fer-ru / In-fer-ru...". È sempre Sandro che li guida. In piedi, sopra al tettuccio che copre la panchina, a torso nudo con la maglietta in mano. Mancano quattro minuti, il gran finale è a portata di mano, ma i tifosi devono esserci, e lui li tiene in pugno.

"Più forteee!" grida Sandro, chiamando i cori. Dà il ritmo, alzando e abbassando le braccia. Come un albatros che prova ad alzarsi in volo. Migliaia di persone lo seguono come un capo. E lo è: è il loro leader, il loro regista.

"In-fer-ru, In-fer-ru!"
Non c'è più lo spazio del dubbio.
Forse non c'è mai stato.
L'arbitro deve tirare i giocatori per la maglia, per staccarli da tzìu Martine, rimandarli nella loro metà campo e far riprendere la partita.
"In-fer-ru! In-fer-ru!" Quel ritmo Giuseppe non se lo toglierà dalle orecchie mai più.
Martine si rialza da terra, lo sguardo sicuro, come di chi sapeva che quella palla non l'avrebbe sbagliata. Ci sono ancora quattro minuti da giocare.
E sono quattro minuti terribili. Il Bidda Ruja attacca, disperatamente. Giacinto occupa il centro dell'area e sale in cielo ad artigliare ogni pallone che prova ad arrivare dalle sue parti. Con un ruggito respinge ogni avversario che prova a spintonarlo, e se non fosse per Jeremy che ha il sangue freddo di trattenere il suo portiere, una nuova rissa manderebbe a monte tutto.
*Tuttu s'Inferru* è schiacciato nella sua area. Solo Baìnzu, il più veloce, si concede di tanto in tanto un tentativo di sortita. Per due, tre volte, gli arriva il pallone sulla lunetta. Lui lo prende, si allontana il più possibile, viene chiuso in un angolo dagli avversari e lo protegge finché un calcio lo butta a terra. Punizione. Calciata lontano da Ionis o da Boèle. Palla al Bidda Ruja, e ricomincia l'assedio.
"In-fer-ru, In-fer-ru!"
E Sandro corre intorno al campo, chiamando uno a uno i tifosi e le tifose ogliastrini, urlando il ritmo che deve portare la squadra alla vittoria.
C'è il tempo anche per l'espulsione del 9 campidanese, che reagisce con un calcione all'irridente *sombrero* di Frantziscu.
"In-fer-ru, In-fer-ru!"
Sandro è finito praticamente in campo, con le braccia alzate, e guarda verso la tribuna; ha perso la voce per tener viva la tensione dei tifosi, e quasi non si accorge che l'arbitro fischia tre volte.
La partita è finita.
E da quel momento Giuseppe ricorda poco.
Merda che abbassa la testa di colpo e si accascia a se-

dere in tribuna, come un pupo siciliano a cui un coltello abbia tagliato il filo. L'invasione di campo. Anna, Riccardo e Matteo che lo raggiungono e lo abbracciano. Raffaele e Michela che provano a baciarsi ma vengono travolti dalla folla, Lillìnu e Baìnzu sulle spalle di Boèle, una spalla per uno, Frantziscu su quelle di Ionis. Sandro che corre da solo verso la curva impazzita. Pietro e Iole estasiati, seduti in una tribuna ormai vuota assieme a Bea e Tore che sono venuti, come promesso, a fare il tifo per Lida e Raffaele. La russa insieme a don Virgilio e Jeremy che fa su e giù per il campo, correndo come una biglia impazzita. Veronica abbracciata ai fratelli, al padre e alla madre, venuti tutti a fare il tifo per l'ultima passione dell'imprevedibile figlia. Martine sulla sedia del papa, sostenuto da Antonello e Giacinto e osannato dall'intero popolo del Quadrivio. Persino dalla curva avversaria, perché un gol così quando lo rivedono? Il mister Selvaggi in piedi accanto alla panchina, solo e fermo in mezzo a quel bailamme, nella postura precisa di chi ha un magone che se si muove rischia di sopraffarlo.

I giocatori del Bidda Ruja che sfilano verso lo spogliatoio. Il 15 che va a scusarsi con Baìnzu, e stringe la mano anche a Lillìnu (che non vuole, ma la madre lo convince con un urlaccio e una pacca in testa).

E poi la premiazione. Il presidente della Regione che porge la coppa a Giuseppe Rodàri, capitano e altro mister dell'Inferru. La sollevano insieme, lui, Raffaele e Sandro. E poi la coppa finisce nelle mani di tutti, uno a uno.

Selvaggi arriva dopo: "È la vostra vittoria," ha mormorato. Selvaggi sempre con quella faccia da magone. Che si scioglie in commozione vera quando la squadra lo salda in un abbraccio.

"Oggi sei di nuovo campione del mondo," gli sorride Giuseppe. "Di questo mondo qui."

Lo sono tutti loro.

## 58.

Hanno visto tutti il sole sorgere sul mare, gli eroi di Prantixedda Inferru. C'è stato tempo per raccontarsi la partita, ciascuno dal suo punto di vista. Hanno ascoltato la storia rocambolesca di Antonello e Veronica, il folle intrigo ai danni dei Di Rocco.

"E noi che pensavamo che andaste a scopare!" ha scosso la testa Giuseppe.

"Già. Non c'è più religione," ha commentato don Virgilio.

Poi sono andati tutti al bar del panorama, a qualche tornante dal paese, a fare colazione sui *tacchi*, sospesi nel vuoto, con le rocce dietro e il mare davanti.

Raffaele e Giuseppe erano i più silenziosi. Loro lo sanno che non è proprio tutto a posto. I genovesi di Antonello, dopo aver recuperato il carico e visto sistemati i Di Rocco, se ne sono andati prima che la polizia cominciasse a fare domande imbarazzanti. Ma i Di Rocco, dopo una breve detenzione, saranno presto fuori. E assetati di vendetta. I soldi che Raffaele ha vinto con la scommessa non basteranno mai a placare loro e il cavalier Quattrociocchi. Per tacer dei debiti.

"Devo andare a vedere che vuole Feliciani," ha detto infine Giuseppe alzandosi. "Mi ha convocato per le nove."

"Vai Rodàri, vedi che vuole il miliardario," lo ha esortato Raffaele con una pacca sulla spalla, "e mi raccomando. Ricorda la prima regola degli Shardana."

"E che dicono gli Shardana?" ha chiesto Giuseppe.

"Una cosa da iniziati," si è intromesso serio Antonello. "Tu vai. Se torni vivo te lo diciamo."

Giuseppe, perplesso, si è allontanato pensando che sarebbe un bel titolo: *L'ultimo degli Shardana*. Alla deformazione professionale non si sfugge.

"Non far partire tutti prima che io sia tornato, ok?" ha chiesto a Raffaele.

"Tranquillo," la partenza generale non sarà prima del pomeriggio. "C'è ancora il pranzo di mia madre da sopportare... Fai in tempo."

Sono passate più di cinque ore da quella conversazione, il pranzo è stato consumato insieme a una quantità indefinita di bottiglie di rosso e mirto, e Giuseppe non si è più visto. Capace che Feliciani gli ha confermato la direzione di StarNet, dopotutto, e lo ha già messo su un volo per gli States, pensa Raffaele. È quello il posto di Giuseppe, si dice poi cercando di essere equo: aerei privati con miliardari e hostess di lusso. Non le sassaie dell'Ogliastra e il colpo della strega in agguato. Giuseppe ha fatto tutto quello che un amico può fare.

Nel pomeriggio da campioni l'atmosfera in casa Ventura è quella caotica e malinconica degli addii. Giacinto carica le sue valigie sull'auto in un tripudio di abbracci dei suoi familiari – soprattutto sua moglie con un imbarazzato Sandro, ma anche il bambino più grande che non sembra volersi staccare dai figli di Giuseppe. Parcheggiato davanti al patio c'è anche il Ducato di Antonello, pronto a un bel giro della Sardegna: innanzitutto Elmas per Ionis e Jeremy, poi su per la Carlo Felice fino a Nùoro per Frantziscu. Lida la riporteranno Bea e Tore, che si attardano a parlare con Pietro e Iole. Quanti ricordi...

"Quindi è finito tutto, presidente."

"Non è finito nulla, Ionis. Tu e Jeremy siete convocati per il campionato. Ora un po' di tempo per mettere a posto le cose, e..." A Raffaele non viene facile continuare. Se anche volesse iscrivere davvero la squadra al campionato, non saprebbe nemmeno da dove cominciare. Se anche volesse investire la vincita della sua scommessa nella rinascita del Prantixedda Inferru, non basterebbe. "Ti faccio sapere, Ionis. Ti avverto io," conclude, e sa che quelle parole suonano malissimo.

È in quel momento che un'auto blu parcheggia davanti a casa Ventura. Mentre l'autista scende ad aprire una portiera posteriore, dall'altra sbuca Giuseppe.

"Giusè! Ti avevamo dato per disperso!" esclama Raffaele. Il tono è leggero, ma lo sguardo interroga ansioso l'amico. *Che ti ha detto? Che ti ha offerto? Cosa vuole?*

Ma Giuseppe ha quella sua maledetta faccia da poker, la stessa di quando in trasmissione non vuole che si veda da che parte sta.

E dall'auto scende Feliciani in persona. Raffaele assume la caratteristica faccia da tonno di chi non può credere ai suoi occhi. Che vuole il miliardario a casa sua?

"Ventura, buongiorno!" lo saluta Feliciani, avvicinandosi. Con quel suo sorriso caloroso e quel fisico da Asl, proprio non riesce a stargli antipatico anche se capace che si sta portando via Giuseppe per sempre, via pure da Roma magari. Niente più aperitivi del venerdì, niente più Trio. Si rende conto di quanto è stato fortunato, ad avere i suoi amici a portata di scooter per tutti questi anni.

"Ingegnere, benvenuto," dice, sobrio, tendendo la mano.

"Complimenti per la vittoria!" il sorriso di Feliciani sembra vero. Ma non ha appena perso un affare da milioni?

Riconoscendo un protagonista dei blog mondani che legge avidamente, Frantziscu gli va incontro abbacinato. "Ingegner Feliciani? Frantziscu Mameli, ingegnere. È veramente un piacere."

"Il piacere è mio, Mameli. Lei è un gran bel giocatore lo sa? Giacinto! Mi permetta di presentarmi," il magnate adocchia il gigante rom e gli stringe la mano con particolare calore. Tra pirati ci si capisce. "Una gran partita la sua. Complimenti."

Feliciani si presenta a tutti i giocatori della squadra. Li conosce uno per uno, nomi e risultati. Sa persino che Antonello di cognome fa Pittalis. Non lo sapeva nessun altro. Feliciani ha un complimento, centrato, per tutti. Per Michela anche molta galanteria. Quando arriva davanti ai genitori di Raffaele li guarda in silenzio per lunghi secondi. Poi fa una specie di lievissimo inchino, il viso serio come chi rende omaggio a una bandiera.

"Pietro e Iole Ventura. Sono onorato," dice, sobrio. "Complimenti, per il figlio che avete cresciuto."

E ai due vecchi la commozione riempie gli occhi di lacrime. Che, naturalmente, riescono a non fare uscire.

"Ventura," Feliciani si rivolge a Raffaele, "c'è un posto dove possiamo parlare con un po' di calma?"

"Certo, ingegnere, mi segua dentro casa, prego."

"Rodàri," aggiunge poi il Furetto, "ci segue anche lei?"

"Volentieri, ingegnere ma... Non solo io," Giuseppe fa un gesto circolare ad abbracciare l'intera via affollata.

"Tutti?" traduce Feliciani un po' sorpreso.

"Tutti per uno," annuisce Giuseppe.

## 59.

"Adesso che volete fare di questa squadra?" esordisce Feliciani una volta seduto al tavolo del salone. Sulle altre sedie, in senso orario, Sandro, Michela, Giuseppe, Antonello e Raffaele. Variamente assiepato attorno a loro il resto dell'arcobaleno ogliastrino, compresi i due figli di Giacinto che hanno capito una cosa sola, che nessuno per il momento li separerà dai nuovi amici. E sono saliti in braccio ad Anna, ciascuno su un ginocchio. In mezzo al tavolo la signora Iole ha messo papassini e amaretti, tè freddo, caffè e mirto gelato, perché non si sa mai.

Raffaele proprio non ci sa fare nei colloqui di lavoro: "Non ne ho la più pallida idea, ingegnere," risponde.

"Allora senta la mia di idea, che mi sono permesso di esporre già al suo amico. Mi perdoni sa, ma avevo bisogno di capire se era aria di parlargliene, perlomeno."

A Raffaele di essere stato scavalcato non frega assolutamente nulla. Se potesse lascerebbe rispondere Giuseppe a tutte le domande. Il business è sempre stato il suo amore, ma è un amore non ricambiato, non c'è niente da fare. Fissa Giuseppe in cerca di ispirazione, e si sente come quando aspettava che gli passasse il compito di greco al liceo. Ma quello guarda davanti a sé, sempre inespressivo. Nemmeno un indizio. Buone o cattive notizie?

"Lei mi ha fatto un bel danno, Ventura," Feliciani lo scruta severo, e Raffaele si sente gelare. "Mettere l'antenna nel sito B che abbiamo individuato mi costerà un occhio della testa, soprattutto perché ci tocca cambiare programma in corsa, con alcuni accordi già chiusi."

Raffaele apre la bocca per dire "mi dispiace", poi si accorge che non gli dispiace affatto, e la chiude.

"C'è da dire che nel nuovo sito almeno non ci saranno politici untuosi da foraggiare," ammette il Furetto con una strizzata d'occhio. "Compro da un privato, offro le compensazioni alla zona e sto a posto. Ma l'affare mancato mi brucia, Ventura. Io ho un vizio, vede: odio quando mi sfugge un affare. Mi fa proprio star male fisicamente. Quindi lei me ne deve una."

"Una che?" balbetta Raffaele. Ha capito bene? Feliciani sta chiedendo dei soldi a lui? E poi cosa?

"Una compensazione."

Raffaele comincia a iperventilare. Ho mai firmato qualcosa? si chiede cercando di ricordare. Quel giorno nell'ufficio di Merda? Nelle ultime settimane, per sbaglio? Nel sonno? Michela gli mette una mano sul ginocchio sotto al tavolo temendo che svenga, ed è lei a dire, decisa:

"Ci dispiace che abbia perso l'affare, ingegnere, ma la partita l'abbiamo vinta onestamente".

Raffaele inorridisce. Ora che fa, lo provoca pure? È la rovina.

Ma dopo un istante di tensione, Feliciani scoppia a ridere.

"L'avete vinta onestamente, sì... Magari in modo un po' rocambolesco, vero?" sotto il suo sguardo penetrante, Michela è costretta ad abbassare gli occhi. "Ventura, ecco la compensazione che le chiedo: il 49 per cento del Prantixedda Inferru."

"Vuole che le regali mezza squadra?" chiede Raffaele mentre un pezzo del suo cervello è occupato a chiedersi: Come ha fatto a pronunciare giusto "Prantixedda"? Avrà antenati sardi?

"Voglio comprarla. La metà meno qualcosa," dichiara Feliciani. "Voglio diventare suo socio. Aver perso un affare non mi impedirà di farne un altro. Se lei è d'accordo, ovviamente."

Preso dal dilemma sugli antenati sardi di Feliciani, Raffaele lì per lì non registra. Poi registra.

"Un affare?"

"Sì," conferma sicuro Feliciani. "Un affare."

"Socio?!" ripete Raffaele e si volta a guardare Giuseppe che, finalmente, si apre in un bel sorriso. Anzi: è proprio una risata di gioia, strizzata in gola.

"Una quota troppo alta? La preoccupa?"

"Preoccuparmi?" Il suo amico è completamente inebetito, pensa Giuseppe con compassione. Come davanti al compito di greco.

"Ci metto io i soldi, e questa squadra la facciamo decollare," continua il Furetto.

Raffaele sente che se apre la bocca per qualsiasi motivo, anche solo per respirare, scoppierà in lacrime. Respira dal naso con determinazione yoga. Si concentra su quello. Non può coprire la famiglia di disonore mettendosi a piangere davanti a un miliardario.

"Però," per fortuna il miliardario non sembra aspettarsi un contraddittorio, "ci sono delle condizioni."

"Quali condizioni?" È Antonello a chiederlo, inalberando il suo sguardo sospettoso di sempre.

"Primo: tutti i giocatori sono confermati."

Raffaele controlla i volti degli altri. Cerca conferme. Sta sognando? Ma l'uditorio è tutto a bocca aperta. Solo Giuseppe sembra tenere serrata in bocca una risata. Deve tenerla chiusa là dentro da parecchie ore.

"Okay," riesce solo a esalare Raffaele.

"Ma ci sono anche degli extracomunitari, ingegnere, e forse degli apolidi..." interviene Michela. Raffaele le getta un'occhiataccia. Ora che fa, cerca di scoraggiarlo?

"Li mettiamo in regola tutti, dottoressa Parisi, di questo non deve preoccuparsi," Feliciani scaccia l'obiezione come scaccerebbe una mosca. Poi alza un altro dito.

"Condizione numero due, l'avvocato Sandro Parisi diventa vicepresidente con delega agli affari legali. E le chiederei anche di occuparsi dei rapporti con i tifosi. Sa, dopo averla vista guidare uno stadio intero... le sarò grato," aggiunge con un sorriso.

"Ingegnere, io la ringrazio," Sandro sembra stranamente incerto. "Ma sa... Io ho dei guai grossi, a Roma, con gente neanche troppo rassicurante e..."

"Ai Di Rocco non deve più pensare, avvocato," liquida

il problema Feliciani. “E già che ci siamo, Ventura, consideri acqua passata anche Quattrociocchi.”

“E pure la figlia?” si sente una voce dall'assembramento della squadra, che finora ha tenuto il fiato sospeso.

“I miracoli non li posso fare nemmeno io!” protesta Feliciani, scatenando quella che vorrebbe essere una risata, ma si spegne subito perché nessuno può credere che, finalmente, potrebbe esserci qualcosa da stare allegri. “E a proposito di signore Ventura...” lancia uno sguardo penetrante a Michela, che neanche a dirlo arrossisce, “lei, dottoressa Parisi, sarà la vicepresidente con delega agli affari amministrativi. Accetta?”

Michela annuisce, come telecomandata da un'altra stanza.

“Il presidente sarà lei, ingegnere?” riesce a chiedere Raffaele. Gli sembra il minimo.

“Il presidente è lei, Ventura. Sta scherzando?” Poi lo sguardo di Feliciani si posa su Antonello. “E lei il direttore generale, Pittalis. Ma, Antonello...” si interrompe.

“Dica.”

“La deve smettere. Ok?”

“Quella non è gente che molla facilmente, ingegnere,” obietta Antonello senza far finta di non aver capito. “Non ci sono gli anni sabbatici o il prepensionamento, per così dire.”

“Se non mollano me lo dirà. Ma vedrà che mollano. Lei è bruciato in questo campo. Affidarsi a lei, da domani, con l'incarico che le offro, sarebbe come mettersi a spacciare in una vetrina del centro”, e qui tutti si chiedono quanto ne sappia, esattamente, l'ingegnere, di spaccio e di vetrine del centro. Ma nessuno è così stupido da chiederlo a lui.

“E Giuseppe?” la domanda di Raffaele quasi gli scappa dalle labbra. StarNet, ci giurerebbe. E questo pensiero quasi gli guasta tutto il resto. Quasi, eh.

“Al dottor Rodàri non posso offrire niente che non abbia già,” per qualche motivo, gli occhi di Feliciani intercettano quelli di Anna, seduta con il fiato sospeso, due zingari in braccio e un figlio per ogni mano. “Ma mi ha assicurato la sua presenza ad almeno metà delle partite. Poi se giocherà lo decideranno il mister... E la sua schiena. Ma il vip ci serve." E qui Giuseppe scoppia finalmente a ridere.

"Il vip. Lei a me, lo dice!" scuote la testa. "Comunque ci sono, Raffa, e che, credevi che ti avrei lasciato tutta la gloria?" aggiunge sornione, rivolto all'amico.

"Lo deciderà il mister... Perché, non sarai tu il mister?" domanda Raffaele sentendosi di nuovo sul punto di piangere, dal sollievo.

"Io spero che sarà il... due volte campione Franco Selvaggi," dice Feliciani.

Tutti si voltano verso l'unico calciatore di professione della loro compagine, che sembra meditare sulla proposta.

"Cioè devo allenarli normalmente? Senza che rischino di andare in bancarotta, di finire deportati in un villaggio vacanze, di essere arrestati per traffico di stupefacenti o immigrazione clandestina o massacrati dai mafiosi?"

"Esatto," annuisce sornione Feliciani.

"Che palle!" commenta Selvaggi, e la stanza è spazzata da una bella risata. "Ci devo pensare," aggiunge il campione, ma nessuno ha dubbi sul risultato, stavolta.

"*Nande chi nono, nande chi nono: est chi eja!*" urla Boèle dal fondo della stanza. La traduzione sarebbe "Dice di no, dice di no, ma in realtà è sì", ma stavolta non c'è bisogno di interpreti. Selvaggi per primo scoppia a ridere, e tra gli applausi abbraccia il gigantesco stopper.

Sono salvi. Hanno un allenatore. Sono una squadra. E applaudono di nuovo.

"Un'ultima condizione: avrete un giocatore in meno," continua il Furetto.

"Chi?"

"Veronica," l'ingegnere la guarda con gli occhi stretti, come se leggesse nel suo futuro. "Appena diplomata, lei se ne viene a Milano. La Bocconi," riassume. "Le va?"

"Milano?" balbetta Veronica, come se dicesse: Dubai. "Ma io... Milano è lontana... È costosissima..."

"Ci penserà la mia società a finanziare i suoi studi, in toto. E se meriterà come penso, spero lavorerà in una delle mie aziende," taglia corto Feliciani.

"...spera?" ripete Veronica. Le sta offrendo una carriera

su un vassoio d'argento e sembra che il favore glielo stia chiedendo lui?

"Ma lei si rende conto," continua Feliciani appoggiando i gomiti sul tavolo, "che senza di lei questi sarebbero tutti morti? Ha idea di quanto spendo ogni anno in accademici e corsi di *problem solving* per i miei dipendenti? Veronica," conclude, "io la porto a Milano a costo di rapirla, mi dispiace."

"Non ce ne sarà bisogno," gli occhi di Veronica, che se non consideriamo la finale del giorno prima non piangeva da prima del capodanno del Millennio, si riempiono di nuovo di lacrime; la ragazza si chiede se sia il caso di abbracciare forte l'ingegnere. Decide che ora no, ma prima o poi lo farà.

"Ma..." Antonello sputa quella sillaba come se gliela strappassero dalla bocca.

"Pittalis, la capisco, ma..." ride Feliciani, strizzando l'occhio, "deve aspettare, c'è poco da fare! Neanche tanto poi..." Ride tutto il tavolo, stavolta, una risata corale e liberatoria. E, alla fine, ride anche Antonello.

Meno di mezz'ora ma svariati giri di mirto dopo, l'uomo d'affari si sta congedando dalla nuova dirigenza del Prantixedda Inferru e da una squadra ancora sotto choc davanti a casa Ventura, quando si fa avanti Sandro.

"C'è solo una cosa, ingegnere. Posso?"

Tutti lo guardano preoccupati. Cosa può volere quel pazzo del Pippa adesso? Adesso che tutto è a posto? Oddio, ora gli propone di finanziare un musical sulla vittoria della Coppa Sarda, pensa Raffaele con un'illuminazione improvvisa. Lo sa, ne è certo. Se non è un musical sarà un film muto stile anni venti.

"Dica pure, Parisi, che c'è?"

"C'è uno che se la cava con poco, in questa storia," dice Sandro serio. "Uno che ha fatto un sacco di porcherie e rischia di non rimetterci nulla, e questo non va bene."

I suoi amici ci mettono un po' a connettere. Feliciani invece capisce subito.

"Merda."

# 60.

"Merdaaaa! Merdaaaaa!!"

Sandro e Giuseppe, in piena notte, sotto la finestra di casa Crisponi.

Il sindaco di Prantixedda Inferru domattina partirà di buon'ora, per tornare nei suoi uffici di Milano.

Sa che dovrebbe starsene buono, resistere alla tentazione di affacciarsi. Ma ricordate la regola universale dell'invarianza? Chi nasce tondo non muore quadrato. E quindi Attilio Crisponi si affaccia.

Ma non vede nessuno.

Solo un pacchetto, davanti alla porta d'ingresso.

Crisponi scende al portone, apre la porta, lo raccoglie e lo scarta.

Ma non è carta da regalo. È la prima pagina del "Messaggero" online, stampata evidentemente pochi minuti prima. Titola: *Parla Mariano Quattrociocchi, Roma trema. L'imprenditore chiede di incontrare il pm Fabiani e annuncia: farò tutti i nomi*. Nel bel mezzo della pagina la foto del panzone affiancato da un uomo alto e distinto, ma col riporto. Narra la didascalia: "Il cavalier Quattrociocchi accompagnato in procura dal suo avvocato, il professor Rizzotti".

Crisponi fa una smorfia di disappunto, getta via la carta e si concentra sul contenuto, ricoperto in carta stagnola.

Morbido.

Lo sa cosa c'è dentro. E lo lancia via.

Tanti anni fa, ma lui quel panino lo ha già mangiato.

“Che fai, sindaco, niente spuntino di mezzanotte?” la voce di Sandro lo colpisce come una scossa elettrica.

“Inappetente alla tua età... Non farci preoccupare, caro Merda...” aggiunge Giuseppe.

Crisponi si sente circondato, e viene preso da una scossa quasi di paura.

E, naturalmente, reagisce come un serpente. Allunga il collo, come se stesse per sferrare un morso velenoso, poi sibila: “Che volete, brutti deficienti? Sul serio pensate che per me sia un problema buttare qualche migliaio di euro? Mi dispiace per voi che avete sprecato l’ennesima occasione di sollevare la testa dal fango. Ma io domani sono a Milano, ricomincio a macinare denaro, e mi occuperò anche di voi”.

Vede emergere dall’ombra Raffaele e gli si rivolta contro.

“A te,” sputa, “ti faccio terra bruciata intorno, e non solo qui in Sardegna. A te, cretino...” aggiunge guardando Sandro, ma per uno come lui è impossibile immaginare una vita peggiore di quella che conduce Sandro, e quindi lascia stare. “A te ti lascio campare da quel morto di fame che sei,” conclude.

È proprio Sandro ad avvicinarsi, passandogli un braccio intorno al collo.

“Ma Stercolino!” dice con dolcezza, “che si fa così con i tuoi amici di scuola? Ti abbiamo lasciato un così brutto ricordo?”

“Vieni con noi, Attilio,” lo esorta Giuseppe, “che per farci perdonare facciamo una cosa che non abbiamo mai fatto. Ti portiamo a una festa.”

“Una festa,” ripete il Merda sospettoso. Ma è più forte di lui. Un invito da parte del Trio. Il primo della sua vita. E c’è anche il fatto non secondario che la stretta del braccio di Sandro è una morsa, e lo trascina verso la piazza.

Mentre si avvicinano, li raggiunge il rumore di persone vocianti. E di musica.

Una festa in piazza, e il sindaco non era stato invitato.

Tutto il resto della cittadinanza sì. Da sopra il camion della forestale Feliciani, assieme a Selvaggi, ha appena finito di raccontare come farà rinascere la squadra di Prantixedda Inferru – e presumibilmente tutto il paese. Gli applausi lo sommergono. Don Virgilio, microfono in mano, inizia a presentare gli eroi della Coppa Sarda. E del prossimo campionato.

"...Ionis!... Jeremy!... Lillìnu!... Baìnzu!..."

A ogni nome scoppia un boato della folla: "Alè!".

Crisponi non si capacita.

"Feliciani è impazzito?" chiede. "Lo avete drogato?" Guarda Raffaele con rabbiosa perplessità. "Cos'è questa buffonata?"

Raffaele si prende il tempo per godersi la folla in delirio. Due baldorie in due settimane nella piazza di Prantixedda mica s'erano mai viste.

"Questa buffonata è il futuro del tuo paese," risponde poi.

"Non so cosa pensi di aver vinto," ruggisce il sindaco, "ma l'antenna si fa, e non sarà un fallito come te a fermarmi! Quanto pensi di poter reggere? Cosa credi, che non abbia un altro imprenditore pronto in coda se a Feliciani non interessa più? Credi che una vittoria nel torneo delle pippe cambi qualcosa? Adesso che ho capito che quell'inutile terreno serve a qualcosa l'affare è solo rimandato, idiota."

"Merda Crisponi," dice piano Raffaele. "Il sindaco di Prantixedda Inferru. Il viscido politico deciso a piazzare un'antenna nel cuore dell'Ogliastra..." Crisponi trasalisce. Ventura adesso ha cambiato tono della voce. Fa paura. "Tu proprio non hai capito, vero, povero Merda?"

"Capito cosa, fallito?" prova a sfidarlo Crisponi, ma la voce è preoccupata. Questo non è il Raffaele Ventura sconfitto con cui ha avuto a che fare negli ultimi mesi. "Capito che Feliciani si è bevuto il cervello? Quello tra un mese avrà per le mani un altro giocattolo, di voi si dimenticherà. Mentre tu e la tua bella squadretta avrete per le mani... me. Ogni giorno. Per ogni maledetto permesso che dovrei concedervi. Per ogni creativa tassa locale che posso inventarmi. Hai capito, campione dei miei stivali?" conclude stridulo, cercando di farsi coraggio con la sua stessa rabbia.

"Tu non hai capito," continua Raffaele senza ascoltarlo

e senza scomporsi, "perché si vede che non conosci la prima regola degli Shardana."

"Che sarebbe?"

Raffaele si volta. La domanda viene da Feliciani, che chiamato da Giuseppe è sceso dal camion e li ha raggiunti.

"Ingegnere," gli chiede Raffaele, "quanto tempo è che non senti il premier?"

"Mah, sarà qualche settimana. Sai, d'estate..."

"Non credi sia il momento di fargli una telefonatina?" suggerisce Raffaele. "Magari per parlargli un po' di politica locale?"

"Volentieri," risponde Feliciani tirando fuori il telefonino. "Chiamo?"

"No, aspetta per favore," lo ferma Raffaele. A Crisponi intanto si è gelato il sangue. "Prima vediamo se il mio cuginetto qui ha capito bene. Se gli è chiaro che a questa telefonata sono appese tutte le sue prospettive politiche."

"E i suoi business," aggiunge Giuseppe.

"Già, perché immagino che se il Furetto qui presente," Raffaele indica Feliciani, che fa un inchino, "decide di non far toccare palla a qualcuno, quello non tocca più palla davvero, giusto?"

Il Furetto annuisce sornione. Ci mancherebbe.

"A meno che?" balbetta Crisponi, e la voce è quasi implorante.

"A meno che... Puff!" Raffaele disegna una nuvoletta in cielo con la mano. "Scompari. Dai le tue belle dimissioni e non ti fai più vedere da queste parti. Torni nel tuo ufficio lombardo e cerchi di fare quei pochi affari che sei in grado di portare avanti senza rubare. A Prantixedda non mancherai di certo."

# Epilogo

Merda Crisponi scivola via, nell'ombra. Se fossimo in un vecchio cartone animato gracchierebbe: "Ebbene sì, maledetto Carter, hai vinto anche stavolta". Se fossimo in un fumetto si mangerebbe il cappello – o magari il panino ai peli di culo.

Ma siamo in un angolo della piazza centrale di un paesino dell'Ogliastra. È passata da un bel po' la mezzanotte e la baldoria non accenna a scemare. Qualcuno si è già appartato, per fortuna la moglie di Giacinto non è riuscita ad approfittare della gara di bevute del marito, visto che Sandro è al sicuro con gli amici. In compenso la signora Viorèla, che è meno anziana di quello che sembra, ha scoperto all'improvviso quanto sia bello Jeremy, e il gambiano si è dovuto esibire in alcuni dei suoi migliori dribbling. Sono spariti anche Antonello e Veronica, ma nessuno vuole pensar male. Staranno debellando qualche criminale, certo.

In un angolo un po' in ombra sotto un lampione rotto – un altro chiodo nella bara dell'amministrazione Crisponi, ovviamente – tre amici di sempre e un milionario chiacchierano con in mano quattro Ichnusa gelate, seduti sui gradini di una casa. Il portone si apre, colpendo Raffaele nella schiena.

"Ventura!" esclama Mariedda col capo coperto di nero parandosi sulla soglia.

I quattro si alzano immediatamente, e stanno per scusarsi per aver invaso l'uscio della vecchia, ma lei domanda (o forse ordina) secca: "*Bibies calchi cosa?*". Regge con mano sorprendentemente ferma un vassoio con una bottiglia e dei bicchierini di vetro.

Sandro, quando riconosce la tetra figura che li accolse a Prantixedda il primo giorno, quella del proverbio sulla volpe, quella che lo aveva terrorizzato, scatta praticamente sugli attenti.

"Raffaele... che ha detto?" balbetta occhieggiandola timoroso.

"Ha detto se vogliamo bere qualcosa," traduce sorridente Raffaele.

"E che altro stiamo facendo da cinque ore?"

"Sandrino," Raffaele lo fissa cercando di trasmettergli un po' di buonsenso, "tu *non* vuoi offendere questa signora. Credimi."

"Accettiamo volentieri!" salva la situazione Giuseppe. "È mirto, quello, vero?"

La centenaria annuisce. Giuseppe si alza e versa solennemente. Porge un bicchiere anche alla vecchina. Sandro, sottovoce, gli chiede:

"Secondo te è scortese se le chiedo se ne ha di bianco? Sai com'è..." lascia cadere con aria da intenditore. Mariedda, che ha sentito benissimo, lo fulmina con lo sguardo.

"*Chie non iscultat consizos andat in hora mala,*" borbotta.

"E mo' che vuole?" sospira Sandro, sfinito.

"Bevi il rosso e taci, minchione!" taglia corto Giuseppe. Poi tra le risate generali lo consola: "Non te la prendere, Sandro. Questa cosa del mirto è il segreto meglio custodito dell'isola, secondo solo a... a quella regola dei guerrieri del mila avanti Cristo..." e rivolgendosi a Raffaele, "a proposito, ce la puoi dire ora?".

"Ah. Quella. Signora Mariedda, lei la conosce la prima regola degli Shardana, vero?" domanda Raffaele alla vecchina. Negli occhi di lei passa un lampo mentre annuisce, leva il bicchierino di mirto come a brindare all'antica regola, e poi beve tutto d'un fiato.

Giuseppe si lascia sfuggire un fischio. Hai capito, la nonna alcolica. Ma si sente in soggezione davanti a quella figura nera che di colpo gli pare più alta, la schiena curva drizzata da una solennità millenaria.

"Ecco. Ve lo volevo chiedere da prima. Chi sono questi

Shardana?" domanda Feliciani, che non è un tipo suggestionabile.

Tutti si girano verso Raffaele. Pure Giuseppe, che già lo sa. Sandro fa una faccia da mimo incuriosito.

Ventura si limita a buttar giù il secondo bicchierino di mirto. Tutto d'un fiato, come la vecchina con cui scambia uno sguardo di intesa. Secoli di sarditudine scorrono tra di loro come una corrente.

"Gli Shardana," esordisce Raffaele come se li ricordasse di persona. "I guerrieri sardi. I ribelli che nessuno ha saputo mai sconfiggere. Grandi navigatori, pirati. Erano l'incubo delle popolazioni del Mediterraneo. Gente che di regole non ne aveva poi molte. Ma una sì. Una l'aveva. Quella che li portava alla vittoria."

Sandro, Giuseppe e Feliciani ormai si sentono degli Shardana. E sono appesi alle parole di Raffaele.

"La prima regola degli Shardana è..." Raffaele si concede una pausa a effetto. Guarda di nuovo la vecchina, che annuisce con fare da sacerdotessa. Poi scandisce: "Mai pisciare controvento".

E mentre gli altri restano fulminati, incerti se scoppiare a ridere o picchiarlo, e la signora Mariedda si abbandona a una risata da ragazza di cui nessuno l'avrebbe creduta capace, Raffaele osserva la piazza festante, la squadra vittoriosa, il vicolo in cui è scomparso Crisponi. Poi torna a guardare i suoi amici e ripete, con l'indice alzato a monito: "Mai".

# Ringraziamenti

Innanzitutto grazie a Bea, Valerio e Fabio per gli splendidi luglio.

A Babbo e Mamma, per avermi fatto crescere anche sardo.

A Daniela, Marco, Stefano, Marianna e Vittorio. Perché amiamo la stessa spiaggia.

Poi grazie a Beppe Caschetto, perché mi ha dato l'idea della partita, e a Michela Gallio, perché l'ha capita anche più di me.

Poi grazie a Giacomo Mameli, perché ha le chiavi dell'isola e le presta volentieri.

A Nùoro, perché mi ha fatto cittadino.

A Via Grecia, perché ci aspetta.

Un grazie va anche al Mischione, e a tutti gli amici con cui ho giocato e gioco (vestiti da Robocop).

Devo poi ringraziare Franco Selvaggi, uomo di spirito, che si è scoperto protagonista del libro con la telefonata di uno sconosciuto (io). E Marino Bartoletti; anche lui scopre ora che gran parte dei dialoghi di e con Franco Selvaggi da pagina 252 in poi sono tratti dalla sua intervista *Selvaggi, campione di pazienza: "L'impresa fu sopportare Tardelli"*, comparsa sul "Corriere della Sera" del 22 maggio 2002.